Annemarie Weber:
Westend
Roman

Deutscher
Taschenbuch
Verlag

dtv

Ungekürzte Ausgabe
Februar 1985
Deutscher Taschenbuch Verlag GmbH & Co. KG,
München
Der Roman erschien zuerst 1966 im Kurt Desch Verlag,
München

Umschlaggestaltung: Celestino Piatti
Gesamtherstellung: C. H. Beck'sche Buchdruckerei,
Nördlingen
Printed in Germany · ISBN 3-423-10375-2

Das Buch

Mitte April 1945 in Berlin. Das Ende des Krieges steht bevor. Das wissen alle. Das wissen die Luftschutzwarte, Parteiobmänner und Greise, das wissen die zahllosen Mädchen und Frauen, die in den Kellern der zerstörten Stadt auf den Einmarsch der Russen warten. Zu ihnen gehört auch Elsa Lewinsky, eine junge Frau aus gutem Hause, wie man so sagt, die von den Nazis wegen »politischer Unreife« von der Universität verwiesen wurde. Sie ist allein zurückgeblieben in der Stadtwohnung ihrer Eltern mit dem Klavier, den Schmucktellern, den Kristallgläsern, der Standuhr und den anderen Relikten einer vergangenen Zeit. Was kommen wird, ist ungewiß. Nicht ganz allerdings. Man wird sicher weiterhin hungern müssen. Wenn man eine Frau ist, wird man ertragen müssen, was Sieger tun, wenn sie in das Land der Besiegten einziehen. Doch trotz Hunger, Angst und Vergewaltigung entsteht mit dem Ende des faschistischen Terrors die Hoffnung auf eine Zukunft, die vielleicht besser wird. Elsa Lewinsky will auf jeden Fall überleben.

Die Autorin

Annemarie Weber wurde am 8. Juni 1918 in Berlin geboren. 1945–1948 war sie Dolmetscherin bei der britischen Militärregierung in Berlin, später Journalistin und Lektorin. Sie lebt heute noch in Berlin. Einige Werke: ›Korso‹ (1961), ›Roter Winter‹ (1969), ›Der große Sohn von Wulkow‹ (1972), ›Rosa oder Armut schändet‹ (1978), Romane. Außerdem Erzählungen, Kurzgeschichten, Feuilletons, Satiren, Kritiken.

Erster Teil

I

Neben dem Haus lag die Kaserne, rot, mit weitläufigen Höfen. Die Fenster waren vernagelt, kleine Drahtgeflechte ließen, obwohl sie blind schienen, zögernd die Nachricht nach draußen, daß hinter ihnen nichts mehr war.

Über den Hof ging eine Katze und schlüpfte durch den Spalt des angelehnten Tors auf die Straße. Jemand tippte an das Tor, es knarrte, es ließ sich öffnen. Das Tor knarrte, alle Türen waren offen.

Eine halbe Stunde später war die Kaserne voll von Frauen mit Taschen und Körben.

Die Wirtschaftsräume lagen in den Kellern. Es gab kein Licht, der Strom war gesperrt. Die Kaserne streckte sich bis hinüber zur Parallelstraße, ihre Keller waren weitreichende, vielfach verzweigte Gewölbe, die mit ihren Schätzen in der Finsternis auf befähigte Entdecker und Ausbeuter warteten.

Die Kellerlandschaft hatte eine Hauptstraße, auf der eine Prozession kleiner, schwacher Hindenburglichter schwankte. Die Menschen, die sie vorsichtig vor sich her trugen, flüsterten miteinander.

»Wenn man wüßte, wo das Mehl liegt.«

»Das sind wohl Kartoffeln. Nicht wahr, es riecht doch nach Kartoffeln.«

Fräulein Lewinsky tastete sich im Dunkeln nach rechts und drängte sich an eine Hürde. Ihr Licht erlosch. Hier hatte niemand ein Licht, jeder brauchte beide Hände, um sich Kartoffeln in die Taschen zu füllen.

»Was erlauben Sie sich!« rief eine Frau, »Sie buddeln mir ja meine Kartoffeln wieder aus meiner Tasche raus!«

»Ich muß doch sehr bitten!« erwiderte eine andere Frau in tiefer Beschämung. Fräulein Lewinsky sah in einem matten Lichtschein ihr weißes Gesicht. Es war Frau Mathauser, die in ihrem Hause wohnte.

Fräulein Lewinsky kam in einen Raum, in dem Weizenkörner in hohen Hügeln lagen, und sie füllte sich eine Tasche, weil eine Frau ihr riet: »Durch die Kaffeemühle, dann hat man das schönste Mehl.«

In einem kleinen, sonst leeren Raum saß auf einem weißen, glitzernden Hügel eine Frau und füllte sich mit beiden Händen die rieselnden Kristalle in ihr Kopftuch.

»Was ist das, was ist denn das da, was die Frau sich nimmt?«

»Hören Sie doch, was ist es, ist es Zucker?«

»Es ist Salz«, sagte die Frau, die auf dem Berg saß. Die Menge hatte sich im Eingang festgekeilt, endlich fiel eine Frau durch die Tür. Sie stippte mit dem Finger in den weißen Kristallberg und steckte den Finger in den Mund.

»Es ist Zucker! Wie gemein!«

Sie hielt ihre Handtasche in den Berg hinein wie ein Maul, das fressen sollte. Andere Frauen drängten herein, einige schütteten Kartoffeln aus ihren Taschen aus, um sie dafür mit Zucker zu füllen. Eine zog ihren Schlüpfer aus und versuchte, ihn zuzubinden, um ihn als Beutel zu benutzen.

Tausende häßlicher Gesichter, raffender, schaufelnder, greifender Hände drangen durch Gänge und Türen. Es schrillten die Stimmen weiblichen Sorgetriebes. Ein Brei von Ursorge floß in den Kellergängen der Kaserne, die verlassen war.

»Was? Ein Schlüpfer?«

»Na, was ist dabei!«

Am Ende gelangte Fräulein Lewinsky in die Küche. Hier war alles leer, längst geplündert. Die Frauen liefen vergeblich zwischen Herden und Schränken umher, zogen Schubkästen auf, öffneten Schranktüren, steckten sich liegengelassene Blechgabeln ein, warfen sie wieder weg, nahmen dafür einen Milchtopf. In einem großen Kessel, in dem gestern Graupen für die Waffen-SS gekocht worden waren, klebten Reste. In dem Kessel saß eine kleine, alte Frau und kratzte mit den Händen die Graupen ab. Sie stopfte sich die weißlichen, glänzenden Ballen in den Mund. Mit der Zunge leckte sie die Kesselwand ab. Sie hatte graues Haar, es klebte in einem dünnen Zöpfchen auf ihrem Hinterkopf, und sie trug ein graues Kleid. Dem Kessel und der Graupenfarbe war sie vollkommen angepaßt.

»Es ist mit Fleisch!« schrie sie.

Fräulein Lewinsky traf ihre Wohnungsnachbarin Frau Reitze, die sich an der Plünderung zu spät und glücklos beteiligt hatte, und sie gab ihr Weizenkörner ab. Sie gingen nach Hause und drehten mit Frau Reitzes Nichte zusammen einen Tag lang das Getreide durch die Kaffeemühle.

Die Fenster ließen die warme Luft herein. Der Donner der Artillerie war schon vertraut. Er zog näher wie ein Bundesgenosse der Menschen, die die Partei immer gehaßt oder doch nicht geliebt hatten und die nun zu erleben hofften, wie die Partei erniedrigt und verhöhnt wurde. Sie freuten sich darauf, doch noch diesen Triumph genießen zu können. Manchmal aber schien es Fräulein Elsa Lewinsky wieder, als sei sie es allein, die so empfand, und als sei die Furcht vor den Russen so groß, daß sie Freunde und Feinde der Partei einte.

Es war Mitte April. Viele Nächte verliefen ohne Alarm, der Frieden zeigte schon Proben. Russische Flieger griffen bei Tage an, aber man fürchtete sie nicht mehr.

»Wenn es wahr ist, daß sie die Frauen vergewaltigen!« sagte Frau Reitze.

Ihre Nichte Gundula schlug die Augen nieder und füllte Mehl in einen Leinenbeutel.

»Es gibt doch immer genug Mädchen, die sich von selbst anbieten«, sagte Fräulein Lewinsky, »das ist bloß Propaganda.«

Sie überprüfte noch einmal ihre Maßnahmen zur Rettung des Lewinskyschen Familienbesitzes. Wie alle Hausbewohner trug sie Möbel und Teppiche in den Keller. Es entstand eine Art Wettbewerb, wer den wohnlichsten Keller eingerichtet hatte. Frau Kaulfuß, die Frau des Luftschutzwartes, hatte die Herrenzimmereinrichtung gewählt und die Klubgarnitur aufgestellt. Vor ihre Kohlen hatte sie einen Vorhang gehängt.

»Vielleicht müssen wir jahrelang so in den Kellern leben«, sagte Frau Fellhauer aus dem zweiten Stock, »dann haben wir es wenigstens gemütlich.«

Sie saß in einem Ohrenstuhl bei einer Kerze und strickte. Neben sich hatte sie einen großen Waschtopf mit Wasser. Ihre Katze lag auf ihrem Schoß. Frau Mathauser, ihre Flurnachbarin, saß mit ihrem rundleibigen, übelriechenden Hund auf einer kleinen Bergère, die ihr Fräulein Lewinsky heruntergetragen hatte. Der Straßenkehrer Reutherer, Hinterhaus vierter Stock, zeigte allen, die es lernen wollten, wie man aus Kerzenresten neue Kerzen gießen konnte. Er war der Parteiobmann des Hauses und zeigte Beflissenheit, den Mietern Patentlösungen für schwierige Lebenslagen beizubringen. Die Frauen kramten nach Baumwollfäden für die Dochte.

Fräulein Elsa Lewinsky verschob das Kerzengießen auf später. Sie nahm ihr Fahrrad und machte bei Verwandten und Bekannten Abschiedsbesuche. Sie hielt es für ihre Pflicht, jedem einen Gruß noch in diesem alten Leben zu entbieten, ehe das neue anfinge, in dem alles verändert wäre, alles neu begänne, und das, so mußte man vermuten, viele nicht mehr kennenlernen würden.

Sie trug auf dieser Fahrt doppelte Wäsche, doppelte Strümpfe, zwei Blusen, zwei Röcke, für den Fall, daß in ihrer Abwesenheit das Haus zerstört würde. Auf dem Gepäckträger ihres Fahrrades war der Tornister festgeschnallt, mit dem sie in ihrer Pfadfinderzeit auf Fahrt gegangen war. Er war vollgepackt mit wichtigem Besitz. Um ihre Schulter hing der Brotbeutel mit Wäsche, Brot, Hautcreme, Eau de Cologne und Gift. In ihrer Jackentasche trug sie die Briefe an ihren Freund, der seit den Vogesenkämpfen vermißt war. Sie fuhr fort, an ihn zu schreiben, weil es ihr in sechs Jahren zur Gewohnheit geworden war. Den letzten Brief hatte sie in der vergangenen Nacht im Luftschutzkeller geschrieben.

Nun packe ich die Sachen zusammen, die ich, wenn wir fliehen müssen, mit mir tragen kann. Es ist auch ein Röhrchen mit Gift dabei, eine Abart von Blausäure, es wirkt sehr schnell. Wo immer ich bin und was immer mir geschieht, kann ich also entscheiden, ob ich es erleben will. Das Gift habe ich gegen meine Pistole getauscht. Die Pistole gab mir mein Vater, ehe er mit Mama nach Wulkow zog. Wenn das Haus herunterbrennt und wir können nicht heraus, brauche ich mich nicht zertrampeln zu lassen. Du aber, wenn Du nicht in Gefangenschaft, sondern tot sein solltest, wirst mir mit Deinem Tod ebenfalls keine lange Qual bereiten. Als ich noch die Pistole hatte, fürchtete ich die Tage, die ich mit dem Entschluß hinbringen würde. Jetzt habe ich das Gift, und so habe ich den Tod so sicher wie das Leben.

Besuche ich Deine Eltern, so sieht Deine Mutter mich manchmal argwöhnisch an. Zu heiter bin ich ihr, und sie begreift nichts.

Ich wiederum verzeihe ihr nicht, daß ich mich damals so gehenließ vor ihr. Ich schrie und rannte mit dem Kopf gegen den Kachelofen in meinem Zimmer. »Ich muß Ihnen eine traurige Nachricht bringen, Albert ist vermißt.« Das sagt sie und reckt sich in Tapferkeit. Ich schreie. In meinen Schreien ist auch noch die Wut, daß gerade sie mir die Nachricht bringt, daß sie befugt ist, sie zu empfangen und nach Belieben an mich weiterzugeben.

Sie spendet mir diesen wahnsinnigen Schmerz aus ihrer Hand, ich empfange ihn aus zweiter Hand – daß Du mir das antun mußtest. Warum hast Du mich nicht geheiratet? Warum hast Du mich noch immer nicht geheiratet? Siebenundzwanzig bin ich, und ein Fräulein. Wenn Du wüßtest, was für eine Schmach es ist, jetzt ein Fräulein zu sein. Ganz junge Mädchen sind jetzt Frauen, alle sind sie noch geheiratet worden. Ich aber bin sieben-

undzwanzig und ein Fräulein. Bist Du tot, so werde ich als Fräulein sterben; und es wird also kommen, wie ich es mein ganzes Leben lang gefürchtet habe: Als Fräulein werde ich sterben.

Warum hast Du mich nicht geheiratet? Warum warst Du zufrieden mit den armseligen Gelegenheiten, die wir für unsere Liebe fanden, im Hinterstübchen von Bellas Laden, im Grunewald, unter dem Stadtbahnbogen, auf Bänken im Tiergarten. Dann zogen aber meine Eltern nach Wulkow, darum hast Du mich wieder nicht geheiratet, denn nun hatten wir es bequem, endlich ein Bett. Da triumphierte ich über Deine Mutter, Du lebtest bei mir, sie ahnte nicht, daß Du da warst. So mutig konntest Du immerhin sein. So habe ich als letztes doch diese Tage mit Dir, ich habe sie, habe sie für immer. Kommst Du zurück, so werde ich Dich keine Stunde zu Deiner Familie lassen; Du wirst sofort zu mir kommen, und Dein Vater, Deine Mutter, Deine Schwester können hierher eilen und Dich bei mir besuchen, ich werde Dich nicht fortlassen. Du wirst mir jeden Wunsch erfüllen müssen, denn diesen Lohn bist Du mir schuldig.

Daraus, daß ich weiß, Du wirst mich belohnen, stellt sich nun wiederum mein Glück her. Die Wohnung liegt in vollkommener Stille, und ich lebe in ihr mit Dir. Es gibt Dich hier als überwirkliche Erscheinung; sie ist immer dort anwesend, wo ich es mir wünsche: um mich, in mir, neben mir im Bett, in der Luft. Ich spiele Klavier, und Du sitzt im Sessel und hörst mir zu. Zwar ist solcher Gehorsam an Dir absurd, denn Du machst Dir nichts aus meinem Spiel. Aber der von meinem Entzücken nachgeschaffene Albert liebt Musik. Und wie sollst Du sie nicht lieben, wenn Du doch dafür danken mußt, daß Du mir zurückgekehrt bist? So sitzt Du also gern in diesem Sessel und verhältst Dich ganz ruhig. Das ist eine von den vielen Arten der Kommunikation zwischen Dir und mir. Im Augenwinkel seitlich halte ich die Sicht auf Dein schwarzes Haar, Deine schwarzen Augen, Deine bleiche Haut, Deine Uniform. Du hast den ganzen Morgen mit mir im Bett verbracht. Solange lagen wir schon im Bett, ganze Tage; nun ist es uns schon zuviel geworden. Wir haben uns so oft und so lange umarmt, daß es uns gelüstet, einander einmal in Kleidern zu sehen.

Wir gehen durch die Wohnung und belustigen uns an den langweilig vertrauten Sachen, die meinen Eltern gehören: Römern, aus denen niemals jemand trank, Keksdosen, in denen seit

Jahren keine Kekse mehr aufbewahrt werden, Leuchtern, Karaffen, Schmucktellern in der Vitrine, auf dem Büfett, auf dem Ofensims. Das Pendel der Standuhr schlägt hart hin und her. Auf der Radierung hinter dem Ofen raucht der Förster seine lange Pfeife und blickt humorvoll unter schattendem Hut.

Nun spiele ich die ›Zweistimmigen Inventionen‹. Du wendest mir Dein Gesicht zu, einen bleichen Fleck, den ich nur undeutlich wahrnehme. Du zündest Dir eine Zigarette an, ich sehe den Rauch dünn und steil aufsteigen. Du bist geduldig und hörst mir zu, wenn Du nur bei mir sein darfst. Ich brauche dieses Klavierspiel, weil Du mir gerade dabei am ehesten erscheinst. Es ist der wirksamste Trick, Dich erscheinen zu lassen. Du bist im seitlichen Bildeinfallswinkel meines rechten Auges. Ich sehe den Rauch Deiner Zigarette.

Ich gehe nun nicht mehr in die Fabrik. Am Freitag war ich zuletzt da, am Sonnabend rief ich den Werkmeister an und meldete mich krank. Mein Husten ist noch sehr schlimm, der Werkmeister glaubte mir, daß ich nicht kommen konnte. Gestern früh kam eine Prüferin, sie mußte nachsehen, ob ich auch wirklich krank bin. Es ist erstaunlich, daß solche Amtspflichten noch erfüllt werden. Ein Attest habe ich nicht, aber ich habe mir einen Hustenanfall gemacht, der sie so erschreckte, daß sie gleich wieder die Treppe hinunterlief. Heute schon wird sie ihre Gänge nicht mehr ausführen, jeder tut nur noch das Notwendigste, viele, vielleicht die meisten, bleiben zu Hause und tun nichts anderes mehr, als ihre Sachen hin und her zu tragen.

Jetzt habe ich vor, wieder zu gesunden. Der Husten läßt langsam nach. Im Winter, wenn nachts die Hustenkrämpfe kamen, richtete ich mich auf und bot mich zum Sterben an. Eine weinerliche Seligkeit überkam mich. Endlich in meinem Leben war ich einmal krank, erlebte Todesangst. Die Arbeiter in der Fabrik sorgten sich um mich, der Kamerad, der gegenüber von mir an der Werkbank saß, brachte heimlich einen Heizofen zu meinen Füßen an.

Mein Wille, den bevorstehenden Ereignissen gesund zu begegnen, trifft zusammen mit der ungewöhnlichen Frühlingswärme in diesem Jahr. Ich werde wieder kräftig. Gestern plünderte ich in der Kaserne nebenan, heute früh ging ich hinüber zur Ruine des abgebrannten Altersheimes, dort sammelte ich Holz. Ich möchte, wie die anderen auch, etwas Ameisenhaftes tun, denn man tadelt mich schon als ewige Nachtigall. Nie stelle ich mich an, achte nicht auf Sonderzuteilungen, sorge nicht für kommen-

de Winter. Jetzt aber sammle ich kleine Stückchen Holz zum Feuermachen. Zwischen Stein, Kalk und Geflecht von Rabitzwänden sehen hier und da zarte, schmale Holzsplitter hervor. Unter meinen dicken Schuhsohlen knirscht das Geröll. Staub löst sich ab, weiße und graue Wolken heben sich und wehen der Himmelsbläue entgegen, dann senken sie sich auf Gras und junges Buschwerk. Im Sommer werden Königskerzen auf starken Blättern Kalkkrumen tragen.

Ich finde Splitter von grauen Fensterkreuzen, Teile von Treppenstufen, ja auch Rahmenteile von Bildern. Die Vögel singen. Immer wird es Überlebende geben, und ich werde unter ihnen sein. Wir werden die Glieder in der Sonne recken, mit den zehn Fingern durch die Haare fahren, sorgen, daß wir im Winter nicht sterben oder durch Siechtum anderen zum Ärgernis werden. Wir sammeln Beeren, wir sammeln Holz, wir verzichten auf Schönheit, alte Spiegelscherben verachten wir. Welche Erlösung, das eigene Gesicht nicht mehr zu kennen.

Doch können wir es nicht lassen, alte Fotografien aufzuheben und sie zu betrachten. Sie sind auf starkem Karton aufgezogen und können, wie der Aufdruck von Hoffotografen oder ersten Ateliers in Nordhausen, Liegnitz, Stettin, Berlin besagt, jederzeit nachbestellt werden. Die Bilder zeigen junge Mädchen und Frauen mit Stirnlöckchen und Stehkragen. Zu Hunderten liegen diese Bilder unter den tastenden Wurzeln neuen Wildnisgrüns. Geschichtslos sind diese Alltagsgesichter, die Natur kann sich nicht schnell genug über ihnen schließen. Sie rühren mich nicht, und ich sehe sie mir lange an, um mich meiner Ungerührtheit zu versichern.

Die Wohnung ist, seitdem das Mädchen weggelaufen ist, voller Tücke. Das Parkett knackt. Leere und Stille in allen Zimmern. Niemand wird mir eingewiesen, ich habe den Winter über mit Absicht alles entzwei gelassen. Das Schweigen in den Zimmern wirkt erschreckt, wenn ich eine Tür öffne. Sind Tisch und Stuhl überhaupt da, wenn niemand sie sieht, hinter geschlossener Tür? Immer, wenn ich hineinschaue, ist mir, als fänden sich in Sekundenschnelle die Möbel erst wieder zusammen zu dem von ihnen geforderten Arrangement. Besonders verdächtig sind mir die Stühle. Immer sehen sie aus, als seien sie eben erst wieder angekommen, mühsam unterdrücken sie noch ein Zittern.

Und doch erscheint mir der Zustand dieser Zimmer friedensähnlich. Du erinnerst Dich doch ihrer noch aus jener Zeit? Du entsinnst Dich des Friedens? Aller Fenster mit Glas? Nein, Du entsinnst Dich nur der Zeit, die wir hier noch »wie im Frieden« verbrachten. Des Friedens selbst erinnert sich keiner mehr. Es muß eine Art durch wahnwitzige Ansprüche vergiftete, unverantwortlich herabgesetzte Lebenstüchtigkeit des Menschen gewesen sein. Wir kennen nur die friedensähnliche Zeit, in der es Pausen gab, Tage und Nächte voll ruhigen Fahrens in der Straßenbahn, ruhigen Essens, ruhigen Schlafens, Pausen, in denen einmal andere Städte, andere Straßen, andere Häuser an der Reihe waren, getroffen zu werden.

Am Sonntagmittag fuhr ich noch einmal zum Kurfürstendamm und zum Tauentzien. Es war menschenleer dort. Nur ein paar Frauen führten ihre alten Hunde spazieren. Alte Männer hoben Panzersperren aus. Der Seiteneingang des Zoologischen Gartens stand offen, ich trat ein und ging die Wege entlang, die wir im vorigen Frühjahr zuletzt gingen. Es sind fast keine Tiere mehr da. Nur ein Hirsch lief einen Hügel hinan und wölbte die Brust. Über einen Weg rannte eine Ratte. Schließlich fand ich die Hunde, französische und deutsche Bracken. Die französischen sind doch die schöneren. Im Käfig daneben lief ein Schakal auf und ab, dürr und furchterregend. Niemals steht er still. Es ist, als halte er durch sein Hinundherlaufen eine Uhr in Gang, und es ist gewiß, daß diese Uhr am Ende keine gute Stunde anzeigen wird.

Auch in der »Balalaika« war ich, bei Frau Balotowa. Sie bot mir ein rotes Getränk an, es schmeckte widerlich. Frau Balotowa trug ein kniekurzes schwarzes Kleid, und sie sah sich ständig im Lokal um, als hätte sie noch alles mögliche zu zählen, Fenster, Bilder, Tische und Stühle. Sie fragte nach Dir und war erschrokken über die Nachricht, Du seist vermißt. Sie hat die Augen eines verstörten, doch schicksalergebenen Hasen. Ihr Lokal ist leer. Durch die Nürnberger Straße weht frei der Wind. Kein Haus hält ihn mehr auf.

Ich bin raffiniert, finde mich mit allem ab. Ich lasse nicht zu, daß mich etwas trifft. Denke ich an mein Raffinement, meine Schläue, meinen Gleichmut, so sehe ich freilich, daß ich am Ende wie eine Ratte leben werde, auf Müllhaufen, schlau bleibe ich in Saft und Kraft; und wenn die Sonne hervorkommt, recke ich meine Gliederchen. Vergnügen bereitet mir das Bestaunen der Details. Welch staunenswertes Detail, daß, während ein solcher Krieg seinen Verlauf nimmt, dreimal täglich auch ein Schakal gefüttert wird. In London, Paris, New York – überall wird in den Zoologischen Gärten auch ein solcher Schakal gefüttert.

Hellgelbe Staubschleier ziehen in der Sonne. Der Winter in der Fabrik liegt schon zurück wie das Leben in einer Höhlenstadt voller grauer Schatten. Trotzdem gehöre ich dieser Welt immer noch an, bin einer der Schatten. Nie werde ich mich ganz von meinen grauen Kameraden entfernen, den dürren blassen Männchen. Ein so unerhörtes Behagen empfand ich dort. Die Drehbänke, die Bohrmaschinen, die Lötapparate, die Feilen. Wie ihre Geräusche sich mit den leisen Unterhaltungen der Arbeiter mischen zu einem gleichbleibenden Summen, das gemütvoll und anheimelnd ist. Ich vermisse meine Werkbank, meine Werkzeuge. Ich bekam besondere Werkzeuge; man hatte Vertrauen zu mir, gab mir feine Bohrer und Schraubenzieher, feinste Zangen. Einen Schatten habe ich dort zurückgelassen, am anderen Ende der Stadt, ein anderes Ich ist von da fortgegangen und lebt nun dies Leben hier in der Aprilsonne, ganz müßige Tage in großbürgerlicher Wohnung.

Das Gift tauschte mir ein italienischer Arbeiter gegen meine Pistole, ein dienstverpflichteter Uhrmacher aus Mailand. Ich habe, um mich mit ihm unterhalten zu können, etwas Italienisch gelernt, es war sehr leicht.

Ich habe die Wohnung saubergemacht, alle Pappen an den Fenstern neu befestigt. Sie sind feucht und werfen sich. Die Nägel muß ich aus den Rahmen herausziehen und geradeklopfen, es gibt keine neuen Nägel mehr. In jedem Zimmer habe ich eine Fensterscheibe, da es aber so warm ist, öffne ich alle Fenster, und Licht fällt in alle Räume, über die kahlen Bodenflächen, die zusammengerollten Teppiche. Aber hinter dem Holz der Türrahmen rieselt es, hinter den Verschalungen ist schon alles mürbe. Kalk, Verputz, alles löst sich, Nägel stehen blank in der Luft, Rabitzwände reißen, weißes widerliches Geflecht wölbt sich. Ich hasse den Aufstand all dieses Materials, aber ich rede mir ein, ich müßte Mitleid mit Steinen, Kalk und Mörtel, Holz und Eisen haben.

Eine Art Chaos bricht jetzt allenthalben aus, ein Chaos der Lähmung, bei so heiterem Wetter, was für ein April! Die Fähigkeiten, mit denen man sich in normaler, gewohnter Gefahr behauptet, lassen nach. Die Selbstverständlichkeit aller gewohnten Handgriffe lockert sich. Der Nachtalarm, der uns alle so tüchtig vorfand, hat einen anderen Charakter angenommen. Wie mechanisch reagierten wir sonst, mit nur halbgeöffneten Augen, mit schwachen, kindlichen Füßen, die in die Kleidungsstücke fahren, und die resoluten Hände besorgen alle Arbeit. Sie haben eine Art Dauerauftrag aus dem Gehirn empfangen, deshalb darf der Kopf noch eine Weile benommen wackeln. Jetzt aber heißt es, elastischer sein, sich auf Ungewöhnliches vorbereiten. Vom Ungewöhnlichen aber haben wir keine Vorstellung. Tritt man ihm mit gepackten Koffern entgegen? Hat man Hoffnung, ins Bett zurückzukehren, das aufgerissen zurückbleibt, und in dem der Schlaf wartet? Kehren wir in die Mulden unserer Kissen zurück, in die Form unserer Körper, die dort als Negativ zurückgeblieben ist? Ich sage, wenn ich wiederkehre in dies Bett, in diese Mulde: Willkommen ich selbst. Ich liebe mich, feiere meine wohlerhaltene Wärme, gedenke derer, die in dieser Stunde kein Bett mehr finden, die, nichts begreifend, in den raucherfüllten Nachthimmel sehen. Und ich bin dankbar, daß es mich nicht getroffen hat. Ich rolle mich hin und her, schiebe ein Knie vor bis zur Wand, steige und steige hinan in den Schlaf. Alle Wärme ist meine, aller Schlaf der Welt ist meiner. Ich schwimme in Schlaf; ich breite die Arme, treibe in Fluten geretteter, warmgehaltener Dunkelheiten, drehe mich, schnelle wie ein Fisch, tauche nieder, schwimme im Dasein der Verschonten.

Das war das Gewohnte. Wir alle hatten uns darin eingerichtet. Vor dem Ungewöhnlichen sind wir unsicher.

Fräulein Lewinsky besuchte an diesem Dienstag zuerst ihre Freundin Bella, die einen Frisiersalon hatte. Drei Frauen saßen dort mit aufgewickelten Haaren und warteten auf Strom zum Trocknen. Bella sagte: »Ab morgen werde ich den Laden nicht mehr aufmachen.« An der Wand hing das Bild ihres gefallenen Mannes, Addy, in einem schwarzseidenen Kittel mit groß eingesticktem A. Bella, mit honigfarbenen Locken und breiten, weichen Lippen, war allein in Addys Frisiersalon. Fräulein Lewinsky ließ im kleinen Büro den Blick über die Couch schweifen. An der Hintertür war ein Schlitz, durch welchen sie, wenn sie mit Albert hier gewesen war, beim Fortgehen den Schlüssel eingeworfen hatte. »Soll ich dir noch mal die Haare machen?« fragte Bella. »Ach, wie siehst du nur aus!«

Elsa Lewinsky hatte keine Zeit. Sie küßte Bella auf die Wange und nahm wieder ihr Rad. In der Lungenheilanstalt besuchte sie ihre Tante Elfriede. Die Tante sah von der guten Krankenkost rosig und etwas füllig aus. Nur in ihren Augen, die sie weit aufriß, stand die alte Verstörung. Von ihren Söhnen hatte sie keine Nachricht, seit Kiew gefallen war. »Wie wird es in Wulkow aussehen?« fragte sie weinerlich. »Deine Eltern! Und Olga und Erna! Und das Haus!« Sie rang die Hände. Elsa machte ihr Mut. »Es wird alles besser kommen, als du denkst, als wir alle vermuten. Karl und Eberhard kehren zurück. Du wirst in deine Wohnung zurückziehen, geheilt, es wird Frieden sein. Alle Nächte Schlaf.«

Sie redete, bis Tante Elfriedes Augen das rötliche Flimmern ablegten und wieder ihr einfaches Braun annahmen.

Nachmittags langte sie bei der Familie ihres Freundes an. Alberts Mutter lud sie zu Kaffee und Kartoffelkuchen ein. »Es ist zwar kein Sonntag«, sagte sie, »aber man weiß ja nicht, was nächsten Sonntag sein wird.«

Sie sah scheu zu ihrem Mann hin, der bei ihren Worten ein unwilliges Gesicht machte. Auf seiner Behörde hatte es heute nichts für ihn zu tun gegeben, man hatte ihn nach Hause geschickt. Man hatte für den alten Postrat keine Verwendung, dafür hatte er sich zu Hause in seiner Straße am Ausheben von Gräben beteiligt, obwohl er es für sinnlos hielt, denn er glaubte nicht, daß die Rote Armee bis Berlin vordringen würde. Frau Küster, Alberts Mutter, verriet, wie man aus Magermilch und ein wenig Mehl eine falsche Schlagsahne bereitete, und sie holte eine Schüssel voll herein. Dorothea, Alberts Schwester, strickte an einem Pullover für Albert. Die Wolle lief gekräuselt von zwei sich auftrennenden alten Pullovern ab. Dorothea strickte in grauen und schwarzen Streifen.

»Wenn er in Gefangenschaft ist«, sagte sie, »wird man ihm bald etwas schicken können.« Sie senkte ihr anmutlos edles Gesicht über die Arbeit. Elsa war eifersüchtig, daß jemand anders als sie selbst etwas für Albert tat. Sie betrachtete das Strickgebilde mit Kälte. Alberts Schwester war so alt wie Elsa. Ihr Bräutigam war bei Charkow gefallen. Sie hatte ihn durch Briefwechsel kennengelernt und dann in einem Kurzurlaub drei Tage gesehen. Dorothea war ein unberührtes Mädchen. Elsa hatte tiefes Mitleid mit ihr. Aber Dorothea war nicht wie sie, Elsa, aus der Bahn geworfen; sie hatte trotz ihrer Trauer im letzten Herbst das Bibliothekarexamen abgelegt. Sie arbeitete in der Bücherei des Oberkommandos des Heeres, hatte allerdings ebenfalls seit zwei Tagen ihre Arbeit niederlegen müssen, weil eine Kampfeinheit das Gebäude besetzte. Sie wartete auf ihren Einsatz beim Roten Kreuz. Elsa, vor einem Jahr wegen politischer Unreife von der Universität verwiesen, nach zehnsemestrigem Studium der Anglistik und Geschichte, erschien sich im Kreise dieser Familie als eine Person, die gesellschaftlich nicht mehr einzuordnen war, nachdem sie seit einem Jahr in ihrem Arbeitsbuch den Vermerk »Hilfsarbeiterin« stehen hatte.

Der alte Herr Küster vertrug keine Anspielung auf das nahe Kriegsende. »Es kann nicht sein, es ist unmöglich, das läßt das Geschick nicht zu, daß das deutsche Volk vernichtet wird!« Seine Frau und seine Tochter wagten nicht mehr, zu ihm über die Kriegslage zu sprechen. Er würde morgen wieder ins Amt gehen und seine Pflicht zu tun suchen, ein alter Postrat, der nicht Oberpostrat geworden war, weil er sich geweigert hatte, der Partei beizutreten.

Elsa stieg wieder auf ihr Fahrrad. Es ging auf den Abend. Als die Sirene heulte, stieg sie nicht ab. In ihrer doppelten Kleidung fühlte sie sich zu steif und zu schwerfällig, zu träge, die Fahrt zu unterbrechen. Auch reizte es sie, ihr Glück zu erproben. Russische Tiefflieger senkten sich in brummendem Flug über die Dächer, sie fuhr durch die menschenleeren Straßen, in der Mitte des Fahrdammes, um von etwa einstürzenden Häusern nicht getroffen zu werden.

Sie trug ihr Rad in den Keller und meldete sich beim Luftschutzwart. Es gab nichts mehr zur Sicherung des Hauses und seiner Bewohner zu tun. Kaulfuß glaubte nicht, daß noch viel in der Stadt zerstört würde. »Die wollen ja hier auch noch was vorfinden, wo sie sich selbst 'reinsetzen können.«

Die Hausbewohner saßen bei offenen Türen in ihren privaten Kellern wie auf einer Ausstellung, als warteten sie auf eine Preisverteilung an die, die sich den hübschesten Keller eingerichtet hatten. In ihre Wohnungen gingen sie nachts nicht mehr hinauf, sie schliefen unten. Sie handelten wie Kinder, die mit Puppenstuben spielen, oder wie Kinder, die süchtig auf Sensationen sind, um sich in ungeordneten Verhältnissen von alltäglichen Pflichten befreien zu können. Das ganze Haus schien von Infantilismus befallen. Nur Fräulein Lewinsky spielte: Ordnung schaffen, damit alles bereit wäre. Wofür, wußte sie nicht.

In den Kellern besuchte man sich gegenseitig und verbrachte Stunden in müßigem Plaudern. Nachts rüstete man sich mit Redensarten, deren Humor man als Galgenhumor bezeichnete, zum Schlafengehen. Nur Fräulein Lewinsky schlief oben in ihrer Wohnung, im Nachthemd im weißen Bett mit roten Seidenschleifen, und atmete die Frühlingsluft ein, in die sich Geruch von Bohnerwachs mischte. Der Mond schien, und am Morgen riefen sich die Vögel ihre freundlichen Worte zu.

2

Da Albert vermißt war, hatte Elsa das Gefühl, sie müsse ihrem Freund in ihren Briefen vor allem das Wesentliche sagen. Die Briefe gedachte sie, später, wenn es möglich würde, an ihn abzuschicken oder ihm bei seiner Rückkehr in einer sehr fernen Zeit vorzulegen. Zum Wesentlichen gehörte nicht die besondere Mitteilung, daß sie am Sonntag nicht allein in die Stadt gefahren, nicht allein in den Zoologischen Garten gegangen war, sondern mit Herrn Cervelloni vor dem Käfig des Schakals gestanden und mit Herrn Cervelloni im Lokal von Madame Balotowa gesessen hatte. Es war eine sehr unwesentliche Einzelheit. Giovanni Cervelloni war ein Italiener aus der Fabrik. Er bedeutete ihr nichts. Verloren und einsam war er in der Stadt; sie empfand es nur als angenehme Pflicht, einem jungen Mann in seiner Lage zu helfen, damit er nicht verzweifelte. Außerdem hatte er ihr schließlich das Gift besorgt. Er trug Luftwaffenuniform, war eingezogen, aus Mailand, im vergangenen Sommer, vom Fußballplatz weg mit anderen auf Lastwagen verladen und nach Deutschland transportiert worden, mit tausend anderen Italienern aus Mailand, Venedig, Turin und Bologna. Seine Kameraden waren jetzt mit Vorortbahnen an die nahe Front geschickt worden, nur er wurde zurückgestellt. An einem Fuß fehlten ihm die Zehen, er hatte sie sich vor Stalingrad erfroren. Er sollte von einer Volkssturmkompanie erfaßt werden, die aber noch nicht gebildet war oder täglich wieder zerfiel. Giovanni Cervelloni schlug sich von Köpenick durch die Stadt, um Elsa zu sehen. Am Sonnabend, nach Fabrikschluß, war es ihm gelungen, und auch an diesem Morgen stand er vor der Tür.

»Ich habe mich beim Standort gemeldet, aber es war niemand da. Ich bin noch nicht erfaßt. Aus der Fabrik bin ich aber entlassen. So kann ich wieder bei Ihnen sein.«

Ein halbes Jahr lang hatten Fräulein Lewinsky und Herr Cervelloni an der Werkbank nebeneinander gesessen. Sie hatte Kurbelwellen in Apparate eingebaut, die sie ihm jeweils zureichte, damit er die Arbeit an ihnen beendete. Jedesmal hatten sie sich dabei angesehen, er fragend, sie ohne Verständnis für seine Frage. Mußte sie nachmittags an die Bohrmaschine, erschien ihr der Rest des Tages leer und sinnlos.

Giovanni war kleiner als Elsa. Der Uniformmantel war ihm zu weit. Klein, mit schwarzem gekräuseltem Haar und blauen

Augen, stand er in der Diele, legte diesen häßlichen Mantel ab, und Fräulein Lewinsky hängte den Mantel auf einen Bügel, als empfange sie in normaler Zeit einen normalen Besucher.

»Wie schön Sie es haben. Wie sonnig die Wohnung daliegt.«

Fräulein Elsa Lewinsky prüfte sich, wie immer, wenn sie Giovanni sah, ob sie in ihm eine Versuchung zu sehen hätte. Wie immer fühlte sie Neugierde und Verlangen, sich von ihm küssen zu lassen, ihn als Liebhaber kennenzulernen, aber aus der Gewißheit, dann Albert zu verlieren, erwuchs ihre Festigkeit. Sie hielt es für möglich, daß im Augenblick der Sünde der Himmel auf die Erde fallen würde, beinahe glaubte sie daran, und gewiß war, daß sie dann alles, was ihr Glück ausmachte, verspielt haben würde. Es wäre nicht notwendig, es Albert zu gestehen; er wüßte es sogleich, und eine schreckliche Strafe würde der Tat, die einem Ehebruch gleichkäme, auf dem Fuß folgen. Giovanni war ein einfacher Mann, ein Uhrmacher; er bedeutete ihr nichts. Nur sein Haar, seine starken Zähne, die Bewegungen seines Körpers und seiner Hände beunruhigten sie. Sie merkte auch, daß er ihr mit Absicht von seiner Mailänder Geliebten, einer verheirateten Frau, erzählte, um sie zu erregen. »Göttliche Stunden«, sagte er, »verbrachte ich mit Ludovica.« Und er sah sie sanft und abwartend dabei an. »Sie ist eine sehr erfahrene Frau, sie kann einen Mann unendlich glücklich machen.«

Fräulein Lewinsky erwog, ob es in den nächsten Wochen, vielleicht schon in Tagen, eine Situation geben könnte, die sie die Furcht vor Strafe vergessen ließe, und ob sie dann diesem Mann zeigen könnte, daß sie ihn ebenso glücklich zu machen verstünde wie jene Ludovica. Sie stellte sich ein Chaos vor, in welchem Ungewöhnliches ungestraft sich ereignen könnte; eine Generalamnestie würde hernach alles als ungeschehen erklären.

Sie ließ Giovanni in dem blauen Plüschsessel im Herrenzimmer Platz nehmen, aber als er da saß, wirkte er klein und ungewandt, armselig.

Elsa liebte aber männliche Gesellschaft. Jeder junge oder halbwegs junge Mann war gut genug, ihr als Bewunderer oder jedenfalls als Betrachter zu dienen. Er sollte nichts verlangen, nichts erwarten, er sollte nur dasein und sie ansehen. Noch niemals hatte sie ihr Dasein als ihr selbst wirklich wahrnehmbar empfunden, wenn nicht ein Mann in der Nähe war, der sie sah. In Wulkow, wenn die Badeanstalt bei schlechtem Wetter vollkommen einsam dalag und kein Junge gekommen war, um mit ihr zu schwimmen, so war da doch noch immer der Bademeister gewesen, ein Mann, der nicht in Betracht kam und nichts erwartete, aber ein Mann. Am See auf einer Bank sitzend, ein Buch in der Hand, ertrug sie es nicht lange, wenn da nicht die Hoffnung bestand, der Forsteleve käme einmal vorbei oder der Wirt der Waldschänke oder in seinem Boot führe Hauptlehrer Kalisch vorüber.

Auch die vielen Männer in der Fabrik hatten sie mit ihren Blicken erfreut. Es sollte immer ein Anlaß gegeben sein, einen Gürtel sehr eng umzulegen, das Haar über die Augen fallen zu lassen, beim Gehen sich der Hüften bewußt zu werden – war kein Betrachter da, wozu war man dann vorhanden? Zwar war alles allein für Albert bestimmt, aber stellvertretend für ihn sollte »der Mann an sich« dasein und mit seinen Blicken ihr zu ihrem Daseinsbewußtsein verhelfen.

»Ich habe«, sagte sie, »ein Pfund Fleisch bekommen. Wir werden uns ein gutes Mittagessen machen.«

Sie aßen Roastbeef vom wohlgedeckten Tisch, mit weißen Servietten; sie tranken einen milden Burgunder. Das Donnern der Artillerie kam deutlich näher.

Fräulein Lewinsky scheute sich schon seit längerem nicht mehr, die von Albert gesandten Weinvorräte aufzubrauchen. Als sie Giovanni zu Weihnachten eingeladen hatte, war der Anfang gemacht worden. Sie hatten sich drei Tage lang betrunken und einander mit glänzenden Augen angesehen. Seither nannten sie sich »Giovanni« und »Elsa«. Doch hatte Herr Cervelloni keine Annäherung gewagt. Es war zu spüren, daß sein Stolz eine Niederlage nicht verwunden hätte. Auch war er erzogen worden, die Unschuld, die Treue einer Frau zu respektieren.

So begrenzte sich Fräulein Lewinskys Verfehlung – und sie konnte nicht anders, als in ihr eine nur sehr unwesentliche zu sehen – darauf, Alberts Wein mit einem anderen Mann zu trinken. Nach den zu erwartenden großen Ereignissen konnte jedoch Albert nicht verlangen, auch diese Weinflaschen unangetastet vorzufinden. Es war an der Zeit, kleinliche Ängste abzulegen.

Auf dem Grammophon bejubelte ein Chor den Einzug der Sänger auf der Wartburg. Elsa brachte einen falschen Kuchen und falsche Schlagsahne auf den Tisch, und sie wurden so satt, daß die Gespanntheit aus ihrer Stimmung wich.

Schlusnus sang ›Gang durch die Dämmerung‹. Elsa und ihr

Gast meinten, sich Bewegung machen zu sollen, sie zogen den Eßzimmertisch aus und spielten Pingpong. Das Klicken der Bälle war unten im Hof zu hören. Hausbewohner riefen hinauf und drohten: »Das heißt das Schicksal herausfordern!« und »Sie sind verrückt! Kommen Sie herunter!« Aber die Spieler achteten nicht auf die Rufe aus dem Hof.

Einige Straßen entfernt war eine beim Schlächter anstehende Menschenmenge von einer Granate getroffen und eine Frau getötet worden. Fräulein Lewinskys Betragen erschien als frivole Ausschweifung. Trotzdem bat Frau Fellhauer sie um ihre Begleitung, als die Kunde kam, beim Bäcker in der Parallelstraße gäbe es Mehl ohne Marken zu kaufen. Es sprach sich herum, daß dieser Bäcker sein Vorratslager auflöste, um jedem noch etwas zukommen zu lassen und damit das Risiko der Vernichtung so vieler Mehlsäcke zu verhindern.

Elsa ließ Giovanni allein zurück und leitete Frau Fellhauer durch Keller und Gänge zu einem Ausgang, der auf jene Straße hinausführte. Nun mußten sie noch über den Fahrdamm. Elsa nahm die alte Frau beim Arm, sie sprangen in großen Sätzen bis zur Straßenmitte. Dort schrie Elsa:

»Hinlegen!« und Frau Fellhauer legte sich auf den Bauch zwischen die Straßenbahnschienen.

Als der Beschuß schwächer wurde, liefen sie hinüber zum Laden, wo die Bäckersfrau hinter dem Tisch stand, im weißen Kittel, und einen ordnungsgemäßen Verkauf durchführte, so als sei draußen nur Gewitter. Das Geschäft war voll von Leuten aus den Nachbarhäusern. Man sprang von Hausflur zu Hausflur, als wenn es regnete und man keinen Schirm habe. Elsa bekam von Frau Fellhauer für ihr Geleit hundert Gramm Zucker.

Zum Abendbrot bot sie Giovanni Zuckerbrot und Wein an. Auf dem Grammophon spielten sie Schlager aus den dreißiger Jahren und tanzten dazu. Elsa zog ihre Schuhe aus, so war Giovanni nicht mehr kleiner als sie. Das hellgraue Licht der Aprildämmerung fiel in seine Augen. Seine rosigen Lippen lagen leicht aufeinander, seine dünne gebogene Nase hatte etwas Scharfes und Grämliches. Ernst sah er auf ihr Gesicht. Ihre Augen blickten über seine Schulter hinweg, über den Schreibtisch ihres Vaters, das Ofensims, das blaue Sofa, in den dunkler werdenden Himmel.

Sie tanzten den Foxtrott ›Hochzeit der Holzpuppen‹. Wieder zog Elsa das Grammophon auf. Das Haar hing ihr ins Gesicht, ihre Brust hüpfte unterm dünnen Seidenkleid, während sie die Kurbel drehte. Sie tanzten nach dem ›Puszta-Fox‹ und nach ›Wenn ich die blonde Inge abends nach Hause bringe‹.

»Morgen gibt es wieder Fleisch. Ich erwarte Sie wieder.«

»Morgen werde ich wohl nicht mehr kommen können.«

Fräulein Lewinsky war verstimmt. Für wen sollte sie ihr Haar waschen, für wen es mit Kamille spülen, für wen es bürsten, daß es glänzte? Wer sollte sie ansehen, wenn sie durchs Zimmer ging und noch eine letzte Platte auflegte, ehe die Russen kamen? Sie wünschte sehr, daß Giovanni ihr noch alle Tage Gesellschaft leistete.

»Morgen werden sie mich sicher dabehalten. Es ist auch gefährlich für mich, in dieser Uniform einfach so durch die Stadt zu spazieren. Ich wollte Sie heute aber noch einmal sehen.«

»Dann trinken wir jetzt die letzte Flasche.«

Es würde schwer sein, später Albert zu erklären, daß sie seine letzte Flasche Burgunder mit einem Italiener ausgetrunken hatte, mit dem sie tanzte, während das Artilleriefeuer näher kam.

Aber die Leichtfertigkeit, diesen Wein mit Giovanni zu trinken, war kein Schritt zu weiteren Leichtfertigkeiten. Es kam beim Tanzen mit ihm nicht dazu, daß ihre Körper sich berührten oder daß er sie an sich zog. Er fühlte deutlich, daß sie es nicht wünschte. Nur sein Atem traf sie auf Hals und Wange, ein warmer Hauch, der sie zärtlich stimmte, ohne daß sie aber imstande war, diese Zärtlichkeit zu erkennen zu geben. Ihre Treue, fand sie jetzt, war nichts als die Unfähigkeit zur Untreue. Ihr Körper war nicht entgegenkommend, er war steif; es war Alberts Macht über sie, die sie so steif machte. Sie war auch unfähig, entgegenkommende Worte zu sagen. Wenn sie eine so verfängliche Situation herbeigeführt hatte wie diese Trunkenheit und das Tanzen nach Grammophonmusik, so war damit schon das Äußerste geschehen, und Herr Cervelloni respektierte diesen kühlen Dunst der Untadeligkeit, der sie umgab.

Als sie in der Fabrik die ersten Worte miteinander sprachen, teilte er ihr mit, welchen wunderbaren Eindruck sie gleich auf ihn gemacht hatte, als sie an die Werkbank getreten war. »Ich merkte sofort, diese Frau da ist eine Dame!«

Ich bin eine Dame! dachte Fräulein Lewinsky erstaunt und traurig, während ihre Hand leicht in der Hand des jungen Mannes lag und auf der Grammophonplatte jemand sang: »Es sprach der Marabu . . .«

Gäbe es jetzt Alarm, und dauerte er vielleicht bis in die

Nacht, und würden sie von Bränden betroffen, sähen sie sich auf engem Raum allein, in Ungewißheit, was als nächstes geschähe, befänden sie sich in Todesgefahr, und besäße Giovanni dann den Mut, seinen Mund mit dem warmen Atem ihrem Gesicht zu nähern, so würde aus dem so lange aufgestauten Verlangen die ganze Herrlichkeit der Sünde ausbrechen. Und doch, meinte Fräulein Lewinsky, hätte Giovanni nicht die Wonnen zu spenden, die sie mit Albert erlebte. Ihre Neugierde wurde, auch bei der bloßen Vorstellung, sie gäbe sich diesem schönen jungen Mann hin, gestört von der Gewißheit, sie werde nur eine Enttäuschung erfahren, und letztlich könne es sich überhaupt höchstens um einen karitativen Akt handeln, um eine Tat des Erbarmens mit einem Verliebten, dem es einmal zu zeigen gälte, daß er sein Gefühl in der richtigen Ahnung einer Frau zugewandt hatte, bei der die Liebe in süßer Fülle und zärtlicher, ekstatischer Erregtheit zu finden war.

Es gab keinen Alarm, nichts Außergewöhnliches trat ein. Der Wein war ausgetrunken. Giovanni holte seine letzten beiden Zigaretten hervor. Es waren englische Zigaretten, aus einem letzten Päckchen von jener Ludovica. Die Wohnung lag im Dunkel. Giovanni gab Elsa Feuer, das Streichholz erlosch, er hielt seine Zigarette an ihre Zigarette, wühlte die Spitze seiner Zigarette in die glühende Spitze der ihrigen, drängte sie in die Glut hinein, drehte und wendete sie darin, ließ sie in dem rötlichen Glimmen ruhen, übernahm das Feuer, wartete, und der Mann und die Frau starrten auf die Begegnung ihrer Zigaretten. Der Mann hob die Augen, sah in die Augen der Frau, sie zogen an ihren Zigaretten, ihre Hände zitterten.

Doch Fräulein Lewinskys Hände ließen sich nicht aufhalten, Kerzen zu suchen und Licht zu machen. Sie entzündete viele Kerzen, damit sich wirkliche Helligkeit verbreitete. Die Musik war zu Ende. Sie rauchten schweigend.

Beim Abschied hielt Elsa Giovannis beide Hände.

»Danach, nicht wahr, kommen Sie doch gleich wieder?«

Sie sah ihn an, als ließe sich »danach« über alles in einem ganz anderen Licht denken und reden, ja auch handeln, als sei vielleicht in der Freude, daß man alles überlebt habe, eine Feier zügellosen Übermutes möglich. Konnte nicht auch eine reine Seele eine Art Krankheit durchmachen, und könnte ihre Krankheitsgeschichte nicht auch von einem Albert als klinischer Fall beurteilt und damit vergeben werden?

Sie sah Giovanni nach, wie er die Treppe hinunterging, leuchtete ihm mit der Kerze. Auf dem unteren Treppenabsatz sah er noch einmal zu ihr auf. Das Blau seiner Augen war mit einem stumpfen Grau überzogen. Leicht lagen seine Lippen aufeinander. Er nickte ihr zu und wandte den Kopf. Sein Hals war stark, der Anblick seines schönen schwarzen Haares schmerzte Fräulein Lewinsky.

Später am Abend heulte die Sirene. Fräulein Lewinsky ging hinunter in den Keller, wo die Hausbewohner den ganzen Tag verbracht hatten. Sie bedachten Elsa mit bösen Worten und ironischen Blicken. »Tanzen! Bei dieser Lage! Eine unerhörte Frivolität!« – »Frivol! Ja, frivol ist das richtige Wort.«

Dann sprach man wieder vom Fleisch, das am anderen Tag verteilt werden sollte. Vom Kaufmann an der Ecke hieß es, die Leute hätten ihn vergeblich bedrängt, alles zu verkaufen, was er noch hatte.

»Er sagt, er hat nichts«, sagte Frau Fellhauer.

Die Frau des Luftschutzwarts sagte: »Er hat alle Keller voll.«

Es gab einen Luftangriff, und die Hausbewohner saßen in gesammelter Furcht wie in normalen Nächten des Krieges in ihren Sesseln, mit Handtüchern vor dem Gesicht, und wenn das Haus bebte, wiegten sich die Frauen angstvoll hin und her.

Als die Bombenabwürfe sich entfernten, sagte der Luftschutzwart: »Herrschaften, ich habe zuverlässige Nachricht, daß die Russen überall den Boden umgraben und alles finden. Wollen wir nicht also alles, was wir im Hof vergraben haben, wieder herausholen?«

Vor einer Woche hatten alle Mieter ihre Schnaps- und Weinvorräte tief in der Erde des Hofes versteckt. Die Portiersfrau hatte Rasen darüber gesät.

»Sonst wehe!« sagte der Luftschutzwart, »Alkohol trinken die Russen aus, und dann vergewaltigen sie die Frauen.«

Ein älteres Fräulein, das mit einem ihr auf ungeklärte Weise zugehörigen Mann ins Haus eingewiesen war und in der Wohnung des Parteigenossen Liebich wohnte, fing an zu zittern. Der Mann, der einen dicken Schal um den Hals und karierte Pantoffeln an den Füßen trug, drehte den Kopf zu ihr hin, dann sah er wieder weg. Das Fräulein aber sank auf dem Stuhl um und bekam Krämpfe, in deren Verlauf ihr sogar Schaum vor den Mund trat. Die Hausbewohner sahen sie angeekelt an. Alle Neuen im Haus, alle Eingewiesenen, die das Unglück gehabt hatten, ihre Wohnung zu verlieren, betrachteten sie ohnehin mit Abscheu. Es war, als fürchteten sie, diese Menschen könnten ihr Unglück mit in dieses Haus einschleppen, das alle Bomben überstanden hatte, in dem alle Brände rechtzeitig gelöscht worden waren. Dieses Fräulein wohnte in der Wohnung der Liebichs, und diese wieder hätte man gern jetzt in diesen Tagen beobachtet, was sie für Gesichter machten, wenn ihre Phrasen vom sicheren Endsieg verstummen müßten. Aber sie waren aufs Land gezogen, nach Bayern, dort kannte sie keiner, und niemand würde sie also dort fragen: »Nun, was ist nun mit Ihrem Führer? Wo bleibt Ihr Endsieg?« Um diesen Triumph kamen die Mieter des Hauses Soorstraße 106. Einige hatten undeutliche Träume davon gehabt, wie sie Frau Liebich in der Stunde des Triumphes womöglich ohrfeigen könnten. Um alle Genugtuung waren sie aber nun gebracht. Den Hausobmann, der ein Straßenkehrer war, konnte man mit endlichem Auftrumpfen und dem Sagen der Wahrheit nicht noch kleiner machen, als er schon war.

Elsa las im ›Oblomow‹. Alles auf dem Gute schlief, nur Fliegen waren zu hören. Elsa bekam Sehnsucht nach der heißen Stille von Wulkow, wenn auch nur die Fliegen an den Fensterscheiben hinter den Spanngardinen rasten, auf und ab und im Kreise; und wenn man die Augen hob, lag da die Zeitung auf dem Tisch, eben hingelegt, aber von wem? Niemand war dagewesen. Es war so still, und die Faulheit mittags im Sommer in Wulkow war so groß, daß der Zeitungsjunge, der klein war und barfuß ging, so gut wie unsichtbar und unhörbar war, ein Niemand.

In diesem Augenblick – das Fräulein wand sich und zuckte, die Hausbewohner berieten, was mit dem vergrabenen Alkohol zu geschehen habe, im ›Oblomow‹ sprach man von der möglichen Ausbesserung einer kleinen Brücke – kam der Blockwart Thiele aus dem Nebenhaus, wo er Portier war, zur Kellertür herein und sagte Heil Hitler. Die Hausbewohner erhoben ein schwaches Heilhitlergemurmel, und Thiele sah den Luftschutzwart an und sprach:

»Ich habe eine Durchsage von der Partei weiterzugeben. Es soll jetzt manchen Parteigenossen geben, der sein Parteiabzeichen nicht mehr trägt. Das wird in Zukunft schwer bestraft. Jeder Pg. hat jederzeit sein Parteiabzeichen sichtbar zu tragen. Pg. Kaulfuß, es tut mir leid, daß ich Ihnen das sagen muß!«

Der Luftschutzwart, den alle für einen mutigen, immer unvorsichtigen Widersacher der Partei gehalten hatten, wurde gelb im Gesicht, als er in den Kreis der überraschten und plötzlich mißtrauischen Gesichter sah. Seine dünnen Lippen zogen sich hart und grau um ein kleines »Oh!« zusammen, das er wie in körperlichem Schmerz formte, aber nicht laut werden ließ. Die Hausbewohner verwunderten sich so, daß sie versteinerten. Was hatte dieser Mann jahrelang für ein Spiel gespielt? Sich als Gegner des Regimes und als Opfer seiner Gesinnung ausgegeben? Seine Frau senkte die Augen und schüttelte den Kopf, als werde sie zu gegebener Zeit alles aufklären können. Frau Ruf, Hinterhausnachbarin des Straßenkehrers Reutherer, hob die scharfe Nase, als wolle sie damit etwas abschneiden. Kaulfuß nahm aus seiner Rocktasche eine kleine runde Scheibe, die gleich darauf an seinem Revers schwarz-weiß-rot hart aufleuchtete und zugleich den Eindruck entstehen ließ, als sei an dieser Stelle seines Körpers der Luftschutzwart durchlöchert. Er hatte ein Loch in der Brust, durch das zogen kalte Luft und Musik, Stiefeltritte, Fahnenknattern; aber die Musik war verstimmt, die Stiefel waren zerrissen, die Fahnen verrottet. Alle schwiegen. Der Blockwart sagte Heil Hitler und ging. Kein Wort begleitete ihn.

Das Fräulein richtete sich wieder auf, und ihr erster Blick fiel auf das Parteiabzeichen. Da lösten sich Tränen aus ihren Augen, und sie rief: »Ach, ach, was soll nun werden!« Die Hausbewohner, die es ablehnten, sich die Namen der Eingewiesenen zu merken, entsannen sich jetzt, daß sie Schwandritzky hieß, ihr Freund, ein Herr Funke, sagte Irma zu ihr. Er hatte offene Füße, deshalb trug er die Pantoffeln.

Kaulfuß blickte mutig um sich und sagte: »Jeder kann mal eine Dummheit machen!« Als der Alarm zu Ende ging, schlug er vor, sofort den Alkohol auszugraben und schnell auszutrinken.

Im Mondlicht hackten die Hausbewohner die Erde im Hof wieder auf.

»Wie kriegen wir das nun so schnell weg?« rief Reutherer, der von der Brandwache zurückkam. Frau Fellhauer sagte ruhig: »Jetzt wird alles geteilt! Wo wir sowieso nun alle kommunistisch werden.«

Kaulfuß setzte eine Kognakflasche an den Mund.

»Nicht doch, Ludwig«, tadelte seine Frau, »hier sind doch die Gläschen, es ist doch alles da.«

Mit einem Tablett voller gefüllter Gläser ging sie umher und bot allen an.

»Mein Mann hat viel durchgemacht«, sagte sie zu jedem, »das

mit der Partei, das war alles ganz anders. Er wäre heute mehr, das kann ich Ihnen sagen, Regierungsrat wäre er, wenn er richtiger Pg. wäre.«

»Laß, Trude«, sagte Kaulfuß und schloß seine dünnen Lippen wieder um den Flaschenhals.

Frau Fellhauer ging mit Wassergläsern voll Rotwein umher, ihrer Feindin Frau Ruf jedoch bot sie nichts an. Vor vielen Jahren hatten sie sich einmal an der Wäscherolle gestritten. Doch saßen sie im Luftschutzkeller nebeneinander, und wenn das Haus bebte, hielten sie sich bei den Händen. Die Witwe Ruf, um den Eindruck zu vermeiden, sie erwarte ein Glas, wandte die messerdünne lange Nase heftig zur Seite, und ihre blauen Männeraugen blitzten in der hellen Nacht. Auf eine Kiste hatte man den alten Havemann gesetzt, Hinterhaus dritter Stock, einen Zitterer, der im Ersten Weltkrieg verschüttet gewesen war. Seine Frau hielt ihm das Kognakglas an den Mund, aber er zitterte mit Kopf, Schultern und beiden Armen, so daß der Kognak ihm auf die Jacke floß. Frau Havemann gab das Glas mit Dank zurück. Frau Ruf lehnte am Kellergitter, der Portier Schoppe entkorkte ihr den Wein, den der Bursche ihres Schwiegersohnes ihr gebracht hatte, und sie verfehlte nicht, die Herkunft des Weines zu erläutern, so daß allen wiederum in Erinnerung gebracht wurde, daß sie, obwohl im Hinterhaus wohnend, einen Schwiegersohn hatte, der Offizier war. Schoppe öffnete auch zwei Schnapsflaschen für Fräulein Schwandritzky, und überall, wo er half, gab man ihm reichlich ab. Die Portiersfrau schaufelte die Erdlöcher wieder zu und trat mit Holzpantinen darauf, um den Boden zu glätten.

»Auf die Hausgemeinschaft!« rief Kaulfuß.

Frau Mathauser verbesserte ihn: »Auf unser gutes Haus, das soviel überstanden hat und auch das Letzte überstehen wird!«

Kaulfuß hob die Flasche und sagte: »Herrschaften, jetzt hat das Haus noch nicht alles hinter sich, aber es wird stehenbleiben. Prost! Die Russen sind schon in Strausberg.«

»Wenn es nur nicht wahr ist, daß sie das mit den Frauen machen!«

»Man kann nicht ewig Jungfrau bleiben!« Reutherers Tochter Inge tanzte betrunken mit einer Flasche im Arm; sie hielt sie wie ein Kind und rollte mit ihren Augen, daß das Weiße leuchtete. Ihre Mutter gab ihr eine Ohrfeige. »Fünfzehn Jahre!« rief die Portiersfrau erstaunt, aber alle lachten. Frau Ruf trank nicht mehr aus dem Glas, sie setzte die Flasche an den Mund.

»So ist's recht«, lobte Kaulfuß, »was gut weg ist, kann nicht schlecht wiederkommen.«

Frau Mathauser saß auf dem Müllkasten und trank schluckweise französischen Likör aus einem kleinen Glas. »Meine Damen und Herren«, sagte sie, »haben Sie keine Angst vor den Russen! Ich kann ein bißchen Polnisch, das verstehen die Russen alle. Ich werde mit ihnen verhandeln, wenn sie kommen.« Die Hausbewohner tranken auf das Wohl der alten Dame. Sie erzählte aus ihrer Jugend. »Ich war das Schneewittchen von Westend! Schwarzes Haar, blaue Augen. Die Offiziere von den Elisabethern nebenan waren alle meine Verehrer. Wir haben getanzt, im Sommer auf dem Rasen, bei Lampionlicht.« Die Hausbewohner sahen in die Richtung der Villen und Gärten. »Ich trug ein weißes Kleid. ›Schneewittchen‹, sagten meine Verehrer, ›nur noch diesen Walzer.‹ Und ich wurde beinahe ohnmächtig vom vielen Tanzen.«

Die Hausbewohner stießen sich an und lachten und betrachteten die grauen Schnecken, die um die Ohren der alten Frau baumelten, ihren alten schwarzen Hut, ihre schwarzen Stiefel, mit denen sie gegen den Müllkasten schlug. Über ihren Backenknochen spannte sich dünn die Haut, ihre Augen waren weißlichgrau, das gerühmte Blau, das die Hausbewohner zu entdekken suchten, war abhanden gekommen; es war, als würde es anderswo aufbewahrt, sei wie andere Schätze verlagert.

Der Morgen graute. Im Geschützdonner klirrten die Mauern. Der alte Havemann zitterte so sehr, daß er in den Keller getragen werden mußte. Frau Ruf stand betrunken neben einer Steinschale mit frischgepflanztem Farn und rief: »Die Menschen sind gottlos, das ist es! Sie beten nicht! Sie beten nicht!« Sie legte die Hand auf die Schale, holte Erde heraus und bekreuzigte sich damit.

»Sie bigotte Person!« rief Frau Fellhauer. »Jetzt zeigt sich Ihr wahrer Charakter!«

»Prost! Auf daß unsere Kinder lange Hälse kriegen!« rief der Luftschutzwart und trank aus der Flasche.

»Sie gemeiner Mensch!« schrie Frau Ruf.

»Lassen Sie Herrn Kaulfuß in Ruhe«, mischte sich Frau Fellhauer ein, »was der für uns schon getan hat, kann kein Mensch wiedergutmachen.«

»So spricht die Frau, die ihr Dienstmädchen mit dem jungen Kaulfuß verkuppeln wollte!«

»Unverschämtheit! Gewarnt habe ich meine Lore! Aber das

sagen Sie bloß, weil Sie Ihre Victoria mit dem jungen Herrn Kaulfuß zusammenbringen wollten.«

»Mein Sohn hat hier im Hause überhaupt nichts gehabt«, sagte Frau Kaulfuß stolz. »Das habe ich mir ausgebeten.«

Die Morgenröte schob sich über die Dächer. Der Luftschutzwart sammelte torkelnd die leeren Flaschen ein und ging über die Straße, wo er sie in die Ruine des Altersheimes warf. Dann ging er in seinen Keller und sank in einen Klubsessel, seine Frau legte ihm die Beine hoch und deckte ihn zu.

Alle kehrten in ihre Höhlen zurück. Nur ein paar Frauen gingen hinauf in ihre Wohnungen, und das Treppenhaus war bald von Ersatzkaffeegeruch erfüllt.

Am Vormittag gab es beim Kaufmann an der Ecke einen Menschenauflauf. Die Menge drang in den Laden ein, wo der kleine dünne Kaufmann vor den leeren Regalen stand und kreischend beide Arme hob. Seine Frau stand schweratmend neben ihm, mit roten Flecken im Gesicht. Ihre blonden Flechten waren auf dem Kopf mit vielen starren Nadeln festgesteckt. Den ganzen Krieg über hatte sie immer gesagt, die Menschen äßen seit jeher zuviel und wären gesünder, wenn sie noch viel weniger als jetzt bekämen, die Unzufriedenheit rühre bloß daher, daß die Frauen nicht zu kochen verstünden. Der Kaufmann schwor, er habe keine Ware mehr. »Bei allem, was mir heilig ist, nicht einen Krümel! Sie können mich totschlagen! Ich habe nicht einen Krümel!«

Seine Frau sagte: »Das ist die größte Frechheit! Da kommen Leute, die nie bei uns eingetragen waren! Gehen Sie doch zu Hoffmann, wo Sie immer alles geholt haben! Gehen Sie, mal sehen, was der noch hat!«

Aber die Filialleiterin von Hoffmann am Spandauer Berg hatte alles verteilt. Sie stand mit ihrer Gehilfin im Laden und wusch alle Fächer aus. Dann ließ sie die Rolläden herunter und legte das Gitter vor. An das Gitter hängte sie ein Schild: »Bis zum Eintreffen neuer Ware geschlossen.« Der Drogist verkaufte Fräulein Lewinsky noch eine Tüte Kamille.

Die Bäume auf dem Spandauer Berg entfalteten ein Flimmern gelbgrüner Pünktchen. Panzer knatterten durch die leere Straße. Zwei Tage nach dem Trinkgelage im Hof der Soorstraße 106 fuhr zum letzten Male auf dem Spandauer Berg eine Straßenbahn und ließ ihren hochgestimmten Gesang hören. Es war ein leerer Arbeitswagen, gesteuert von einem alten Mann mit grauem Gesicht.

Am Sonntag wusch Fräulein Lewinsky sich das Haar und spülte es mit Kamille. Bekümmert sah sie sich in der Wohnung um. Das gebohnerte Parkett war mit Staub und Mörtel bedeckt. Flügel, Büfett, Anrichte, Tische und Stühle glänzten unter frischem Schmutz. Die Wohnung war für das »Danach« nicht bereit, viel würde zu tun sein, um sie für den Frieden herzurichten. Sie sagte sich, daß es vernünftiger sei, jetzt nichts mehr zu tun. Die Sensation mußte erst vorüber sein. Sie nannte es bei sich nur noch die Sensation. Eine Schwäche angenehmer Erregung durchzog sie von den Schultern bis zu den Knien. Ähnlich hatte sie sich vor ihrem ersten Ball gefühlt. Es geschah etwas. Außerordentliches kam auf sie zu. Sie sang: »Ach, ich habe sie verloren«, und machte im Kohlenherd ein Feuer an. »All mein Glück ist nun dahin«, sang ihre Stimme in einer lauen Aprilbläue, die sich von Fenster zu Fenster spannte und vom Kriegsdonner abenteuersüchtig bebte. Das Wort Glück klang in Elsas Stimme nicht nach Verlust, sondern nach der ewigen Haltbarkeit eines Gegenstandes aus hartem, glänzendem Messing.

Du bist nun fast ein halbes Jahr vermißt, und darüber habe ich schon allen Wirklichkeitssinn verloren. Ich fange an, mich selber unsäglich zu lieben, als seist Du in mir enthalten und ließest mich immer wieder Deine Bewunderung wissen. Sehr schön erscheint mir mein Körper. Ich bin sehr dünn geworden; ich sehe, wie meine Körperachse sich aufbaut, die Hüftknochen stehen leicht hervor, die Rippen des Brustkorbes zeigen sich zart, die Brust ist sehr klein, die Schlüsselbeine weisen, unter dünn gespannter, glänzender Haut, zu den Schultern, die bräunlich und eckig sind. Meine Hände sind groß und hart und verarbeitet. Ich sehe mich im Spiegel an und erkenne, wie unberührbar ich bin. Nur ich selber darf mich streicheln. Beim Einschlafen lege ich die Hände auf meine Hüftknochen und fühle mich wie ein Mann, der als Asket lebt, nicht aus religiösem Antrieb, sondern weil er nicht anders kann. Ich bin der Mann Albert, der einem fernen Mädchen treu ist, und ich bin das Mädchen, zu dem kein anderer Mann gelangt, weil Albert einen Zauber ausgesprochen hat, der über alle Fernen hin wirksam ist. Und ich bin das Mädchen, das einen Zauber ausgesprochen hat, auf daß der Mann, wenn er einem anderen Mädchen begegnet, nicht in der Lage ist, die Liebe mit ihr zu vollziehen. Wir haben einander unfähig gemacht, fremde Reize zu empfinden, fremde Berührungen zu dulden; wir sind eine Einheit, kalt, impotent, kon-

taktlos; und jeder von uns lebt als diese Einheit; er vertritt sie, bis wir uns wiedersehen, uns wieder lösen und ein Paar, Mann und Frau, sein können.

Das ist die Phase, die Du bei mir erreicht hast nach all den Jahren, in denen Du in so vielen Bildern, so vielen Erscheinungen mit mir lebtest. Immer gab es den Albert, der ruhevoll bei mir war, der Nahe, der mich mit Blicken überall verfolgte, der abends auf mich wartete, wenn ich aus der Fabrik kam; der wartete, daß ich Zeit für ihn hatte, der nachts mit mir schlief, morgens mit mir erwachte. Ein anderer war der Albert, der in Paris lebte, in seinem Zimmer abends saß und las oder an mich schrieb. Zu diesem Albert mußte ich mich hinbegeben, mich in den Sessel neben seinen Schreibtisch setzen und warten, bis er merkte, daß ich da war. Dann gab es den Albert in seiner elterlichen Wohnung, Albert, den Sohn, einen Albert, der beinahe ein Feind war, weil er nicht darauf drang, daß seine Mutter mich respektierte. Der leibhaftigste Albert war der, der mich zum letztenmal auf dem Anhalter Bahnhof küßte. Wir gewährten einander die letzten Berührungen wie Sakramente und standen uns gegenüber in der Nachtdämmerung des Bahnsteigs. Der Himmel war ein schwarzer Stahlhelm, die Stimme des Zugabfertigers schepperte. Plötzlich gab es Alarm, mit den Zivilisten mußte ich in einen Bunker gehen; Du mußtest in Deinen Zug einsteigen, und ich sah den Zug nicht abfahren. Während des Angriffs wußte ich nicht, ob der Zug nicht in der Nähe auf einem Gleis stehengeblieben war. Der Gedanke quälte mich, daß Du vielleicht noch ganz nahe warst. Lieber wäre mir gewesen, Dich schon auf dem Weg zu Deinem gewohnten Leben zu wissen, damit ich mich mit den gewohnten Vorstellungen von Dir wieder einrichten konnte. Ich konnte durchaus keinen Albert auf einem Transport, keinen Albert auf freier Strecke ertragen. Als ich gegen Morgen nach Hause kam, öffnete mir ein vorwurfsvoller Albert die Tür. Er wartete schon so lange. Der andere Albert war wohl in Paris angekommen. Da wurde ich verrückt von dem Gedanken, daß ich schon Albert mit Albert betrügen konnte, einen nach Paris kommandierten mit einem in Berlin belassenen, schuldbewußt an den im besetzten Gebiet diensttuenden Albert denkend, der dort wiederum auf den reisenden Albert wartete, den, der gerade aus dem Urlaub kam. Schließlich säumten Hunderte von Alberts die Wege, die meine Gedanken im Örtlichen und Zeitlichen gingen, und auf denen man einen Mann verlassen und wiederfinden kann.

Es scheint, als würden jetzt Tage kommen, an denen ich weniger heftig an Dich denken kann. Ich werde mich darauf konzentrieren müssen, mein Leben, meinen Besitz zu erhalten, ich werde vielleicht in außergewöhnliche Situationen geraten. Zu meinem Glück werden sie mich nicht in der Fabrik treffen, sondern hier zu Hause. Es kann sein, daß die Russen schon in Köpenick sind und die Fabrik erobert haben. So ist die Gefahr, daß man mich dorthin zurückholt, jedenfalls vorüber. Auch habe ich nicht zu fürchten, daß man mich zu einer anderen Arbeit holt. Man hat mich vergessen; ich bin nicht erfaßt, ich bin frei, und meine Freiheit ist von der gefährlichen Art, die nirgends registriert, nirgends genehmigt ist. Ich habe allen Grund, die Beschleunigung der sich nahenden Ereignisse herbeizuwünschen.

Mein anderes Ich, das in Köpenick noch Fabrikarbeiterin war, ist nun wohl ausgelöscht. Aber es behauptet sich noch, kommt von dem Leben dort nicht los. Zwar ist es im Winter bitter, bei Nacht aufzustehen, bei Nacht in der Bahn zu fahren, deren Innenwände vereist sind, bei Nacht dort durch das große schwarze Tor zu gehen. Der Mond spiegelt sich in den Wasserlachen, die auf dem Hof stehen. Im Saal fließt bleiches, nebliges Licht über die Werkbänke und die hundert kleinen grauen Männer, zu denen ich gehöre. Die Arbeiter der Nachtschicht legen ihre Werkzeuge ab und waschen sich die Hände mit einem gelblichen Sand, der in einer Schüssel neben dem Waschbecken steht. Der Werkmeister ist ein großer dicker Mann im braunen Kittel; er legt seine dicken, blondbehaarten Hände auf seine Schreibplatte und überblickt durch eine Glaswand den Saal mit seinen Arbeitsplätzen. Du mußt wissen, so ein Werkmeister ist schon ein Gott in so einer Fabrik. Der Vorarbeiter war ein widerlicher, lüsterner Mensch. Wenn ich an der Bohrmaschine stand, ödete er mich mit Schweinereien an. Der Uhrzeiger will nie vorrücken. Wir haben am Ende gar kein Material mehr. Eine Minute vergeht unerklärlich langsam, die Dauer einer Stunde erscheint sinnlos übertrieben. Die sinnlos gewordene Schichteinteilung wird zum Schein aufrechterhalten, damit niemand zum Heer eingezogen wird. Die Arbeiter begreifen und verbringen alle Tage in wohlabgemessenen Leistungen. Alle sind sehr gut zu mir. Einer, den sie Lockenpaul nennen – er hat einen kahlgeschorenen Kopf mit breiten roten Narben –, kommt sogar einmal zu mir in die Wohnung und setzt mir die Türen wieder ein. Es war, als die Flügeltüren mit den Rahmen heraus-

gerissen waren. Als er geht, sagt er: »Das braucht aber keiner von den Kollegen zu erfahren, daß ich bei Ihnen war. Das gäbe ein schönes Gerede!« Da muß ich lachen, aber das Lachen ist eigentlich kränkend für ihn, später fällt es mir ein. Lockenpaul war viele Male im Gefängnis, er kann seinen Mund nicht halten. Wenn er wiederkommt, geht er zuerst an die Karte vom Kriegsschauplatz und staunt: »Wer hat hier an den Nadeln gespielt? Wer war da dran? Wo habt ihr Königsberg gelassen?« Wir müssen ihn mit Gewalt auf seinen Platz ziehen, sonst wird er gleich wieder abgeholt.

Es war, so schien mir, die unterste Schicht des Daseins, in die ich hinabgezwungen werden konnte. Ich war angekommen auf dem Grunde. Das Schreckliche war, zu erkennen, wie wohl ich mich da fühlte. Es lebte sich gut, auch da, diese Erfahrung war zu machen. Ottmüller machte mir den Heizofen unter der Werkbank an, Hackbarth reparierte mir Schuhe, der Italiener richtete mir meine Uhr. Vor Weihnachten fertigten die Arbeiter unter der Werkbank Weihnachtsgeschenke an. Ottmüller machte eine Puppenküche für seine Tochter. Der Werkmeister lächelt mich an, durch die Glasscheibe. Mehrmals am Tag kommt er und fragt, ob ich mich wohl fühle. Morgens schon freue ich mich, wenn ich im Vorraum der Halle Krause sitzen sehe, einen alten Mann; er kommt freiwillig, kann sich von der Arbeit nicht trennen. Er sortiert Schrauben. An der Wand bei ihm hängt die Stechuhr. Alle müssen wir an ihm vorbei. Ich wüßte gern, wie es Krause jetzt geht, wie er alles überstanden hat. Ich denke an Lockenpaul und ob er nun zufrieden ist, daß alles so gekommen ist, wie er es immer gesagt hat und wofür er soviel im Gefängnis gesessen hat. Die ganze Zeit, die Du vermißt warst, verbrachte ich unter Menschen, die mich gern hatten und die mir halfen. Es waren auch Italiener in der Fabrik. Am letzten Tag, den ich noch da war, zogen sie gerade ab; sie wurden zu einer Kampfeinheit zusammengezogen. Darunter war auch dieser italienische Uhrmacher.

Nun fange ich wieder an, das Fräulein Lewinsky zu sein, das ihren Neigungen leben kann. Es ist ein luxuriöses Spiel, in wunderbarer, gefahrvoller Freiheit. Die Leute im Hause wissen nicht, was sie davon halten sollen. Es mißfällt ihnen, daß ein Mädchen, dessen Bräutigam vermißt ist, so schwere Tage in solcher Leichtigkeit verbringt. Doch zwinge ich sie, mich zu achten, helfe ihnen, Sachen in den Keller tragen, bin ihnen gefällig. Und schließlich konnten sie selbst nicht anders: Auch sie erlebten schon Stunden plötzlicher Heiterkeit. Denn in das Leben hier zog, als das Artilleriefeuer näher kam, eine eigentümliche träumerische Zuversicht ein; sie drückte sich zuerst aus in Sonderzuteilungen von Fleisch und Vorausfreigabe von Zukkerrationen. Depots mußten aufgelöst werden, und wir holten im März unseren Zucker für Mai und Juni, später für Juli ab. Diesen Julizucker in Händen, dürfen wir vertrauen, daß es einen Juli geben wird. In den Geschäften herrschte friedliche Heiterkeit. Die Filialleiterin des Lebensmittelgeschäftes sah so heilig aus, als habe sie schon Gesichte, in welchen ihr die Rettung der Menschheit verheißen werde. Sie wog kleine Schüsselchen ab und wog kleine Häufchen Marmelade oder Stückchen Fett hinein; dann holte sie für jeden die blaue Zuckertüte, wie aus Friedenszukunft herbeigeschafft, und es war, als könne ihre auserwählte Hand schon hineingreifen in den Sommer, könne den Vorhang schon ein wenig lüften. Diese blauen Zuckertüten, blau wie satter Sommerhimmel! Sommer 1945! Es wird ihn geben! Die Filialleiterin verteilte alles gerecht und in der Tugend, die sie jahrelang geübt hatte. Sie blickte mit ihrem Heiligengesicht auf die Gewichtsskala wie in einen Spiegel, in dem sie prüfte, ob durch keinen Makel ihrer Seele ihr Bild getrübt würde. Gerechtes Gewicht! heißt die oberste Tugend in allen diesen Jahren. Gerechtes Gewicht! ist unser strengstes Verlangen. Nur ungerechtes Gewicht hätte uns zu Aufstand und Empörung zusammenrufen können. Anderes nicht. Grausamkeiten, Gefallene, Verbrannte, Gerüchte von Ungeheuerlichkeiten nahmen wir hin. Aber in dieser Sache mit dem gerechten Gewicht, da waren wir heikel. Ich sah, wie eine Frau einen Heringskopf zugeteilt bekommen hatte, der fünf Gramm zuwenig wog; sie tanzte damit vor dem Ladentisch tobsüchtig auf und ab.

Die Filialleiterin hatte es aber auch leicht, so gerecht und gütig zu sein, so sanft. »Wie geht es Ihrem Mann?« frage ich. »Danke, er geht jetzt auf Krücken«, antwortete sie, und alle Frauen im Laden beneiden sie. Sie hat ihren Mann zu Hause. Die Frauen werden vor Neid gelb. Der Mann hat einen Fuß erfroren, den anderen verloren. Beinahe alle Frauen, hätten sie einen Wunsch frei, mit dem sie ihre Männer schwer verwundet, aber für immer, zurückbekommen könnten, würden gern einen Arm, ein Bein, ein Auge ihres Mannes hingeben, ohne ihn zu fragen. Sie erbitten vom Schicksal: Gib mir meinen Mann unter allen Umständen wieder! Doch sieht man noch immer nur wenig Frauen im glücklichen Besitz eines einarmigen oder einbeinigen Mannes.

Ich habe meinen Zucker längst aufgegessen, aber die blaue Tüte, vom kommenden Sommer 1945, habe ich aufgehoben. Sie ist ein Kalenderblatt.

Auch Fleisch gab es im voraus. Die Schlächtersfrau steht inmitten blutigen Rotes. Friedensvieh, Sommerrinder, festliche Roastbeefscheiben klatschen auf weißen Marmor. Wir stehen Schlange danach, unterhalten uns froh, es geschieht etwas, wir spüren deutlich, das Warten im Dunkel hat ein Ende. Wir denken an Sommernächte, in denen wir vom Abend bis zum Morgen durchschlafen können. Ich esse Fleisch und bin satt und fromm. Der Mann, den man liebt, muß nicht bei einem sein, es genügt, wenn man auf ihn wartet und satt ist.

Es gibt besonders viele und glückliche Vögel in diesem Jahr. Es ist erstaunlich, daß es Kreaturen gibt, die vom Krieg nicht betroffen werden und die Würde ihrer Existenz behalten können.

Ich singe viel. Ich singe die Arie des Orpheus, »Ach, ich habe sie verloren ...« Wenn ich singe: »All mein Glück ist nun dahin«, gerade dann empfinde ich mit Lust, wie ich von einem fremden Glück entlastet bin und im Tausch mein eigenes zurückkehren fühle.

Mein Haar fällt mir über die Augen und ich sehe hinein in die flimmernden Fäden, in denen Sonne ist, und aus denen ein Duft von Kamille steigt.

Am Sonnabend war der Zeitungskiosk an der Ecke ganz geschlossen, es wurde keine Zeitung mehr geliefert. Der Luftschutzwart meldete sich nicht mehr bei seiner Behörde zum Dienst, sie war abgeschnitten. Von einem Erkundungsweg kam er zurück und brachte eine Zeitung mit, in welcher der Leitartikel versprach, wenn jetzt die Bevölkerung Berlins aushielte, wenn alle Männer, die ältesten und die jüngsten, zu den Waffen griffen, so sei der Entsatz nahe, und der Glaube an den Endsieg werde sich erfüllen und das Volk für seinen heldenmutigen Kampf belohnen. Reutherer, der Hausobmann, brachte ein Flugblatt mit einem Aufruf mit: »An die Soldaten und Männer Berlins! Soldaten und Verwundete, die noch ein Waffe tragen können, melden sich sofort freiwillig auf der Kommandantur Berlin, Johannisstraße. Soldaten, Verwundete, Männer Berlins! Auf zu den Waffen!« Doch kein Mann im Hause Soorstraße 106 sah sich genötigt oder imstande, diesem Aufruf zu folgen. Der alte Havemann bekam einen Schüttelanfall. Kaulfuß berief sich auf seine Verantwortung, die er als Luftschutzwart für das Haus zu tragen hatte. Herr Funke, der Freund des eingewiesenen Fräulein Schwandritzky, wies auf seine offenen Füße, die in Filzschuhen steckten. Reutherer, der gesund und kräftig war, erklärte, er habe als Straßenkehrer und städtischer Beamter seine Sonderbefehle und habe sich hier im Hause zur Verfügung zu halten.

»Die U-Bahn zwischen Wittenbergplatz und Ruhleben verkehrt nicht mehr«, berichtete Kaulfuß am folgenden Tage. »In dem U-Bahn-Schacht werden jetzt Artilleriegeschütze aufgestellt.«

Als bald das Artilleriefeuer näher kam und sich ständiges Donnern von der Richtung des Adolf-Hitler-Platzes hören ließ, sagte Kaulfuß: »Jetzt schießen sie durch den Schacht nach Ruhleben. Da liegen die Russen schon.«

In dieser Nacht blieben alle Mieter angezogen in ihren Sesseln sitzen, niemand wagte zu schlafen. Nur Fräulein Lewinsky breitete eine Decke auf der Erde aus und schloß die Augen. Sie hielt die Hand über ihrem Brotbeutel. Am Morgen, obwohl die Hausbewohner sich über ihren Leichtsinn erregten, ging Fräulein Lewinsky hinauf in ihre Wohnung und traf letzte Maßnahmen. Sie öffnete alle Fenster, damit durch den Luftdruck bei Bombenabwürfen oder bei Artilleriefeuer die Pappen nicht splitterten. Fensterrahmen, die Glasscheiben besaßen, hob sie aus und legte sie unter die Betten, damit das Glas vielleicht erhalten bliebe. Sie setzte einen Topf mit Dörrkohl auf den Herd, in der unklaren Vorstellung, daß sie »danach« womöglich ein warmes Essen in der Küche vorfände.

Sie entschloß sich, während der »Sensation« ihren Wintermantel zu tragen. Es galt, an den nächsten Winter zu denken, an Verschleppung, an Nächte ohne Obdach, an eine Lebenstüchtigkeit, die sich in solchen Situationen zu bewähren hätte. Sie zog Schihosen an, machte sich häßlich, ohne daß sie darunter litt. Sie fühlte sich geschlechtslos, als ein Wesen, das nichts als den Menschen schlechthin repräsentierte, den zähen, starken, gewandten Menschen, der sich durchschlug, während schwächere verzagten und liegen blieben. Die Briefe an Albert band sie zusammen und nähte sie in ihren Mantel in einer Innentasche ein.

Als sie in den Keller gehen wollte, klingelte das Telefon. Eine

Kränzchenschwester Frau Lewinskys sagte erregt: »Sie sind hier! Die Russen sind hier! Sie sind in Zehlendorf! Sie holen alles aus den Kellern; sie wissen schon, daß die Leute da alle Werte haben.« Sie gab diesen Bescheid an die Kränzchenschwestern durch, damit sie ihre Werte aus den Kellern noch heraufholen konnten.

Elsa trug Teppiche, Wäsche und Bücher wieder in die Wohnung und teilte neu die drei Regionen ihrer Habe ein. Zur ersten Region gehörte ein Brustbeutel mit dem Bild Alberts und einem Bündel Geldscheine sowie dem Giftröhrchen; nach Möglichkeit einzubeziehen war der Brotbeutel mit unverändertem Bestand. Doch fügte sie jetzt noch einen Band der Inselbücherei mit »schönsten Gedichten« und das ›Pocket Oxford Dictionary‹ hinzu. Zur zweiten Region gehörte der Tornister mit Wäsche und Schuhen; die dritte umfaßte ihre Koffer mit der gesamten Garderobe, Kleidern, Kostümen, Hüten, Kartons voller Eau de Cologne und Parfümflaschen, die Albert aus Paris geschickt hatte, und eine Shakespeare-Ausgabe aus dem Jahre 1779, Garrick gewidmet, ferner zehn Büchsen einer mit Mehl versetzten Leberwurst, die ebenfalls aus Frankreich stammten.

Zur Nacht setzte sie sich in ihren Korbsessel im Keller neben Frau Reitze und ihre Nichte Gundula und erwartete die »Sensation«. Die Stromversorgung hatte ganz aufgehört, so steckte sie ›Oblomow‹ noch in ihren Tornister. Der alte Havemann mit seinem Detektorapparat hatte noch die letzten Nachrichten gehört, konnte sie aber vor Zittern niemandem mitteilen. Alle Hausbewohner saßen steif in ihren Sesseln und suchten eine würdige Haltung einzunehmen. Frömmigkeit, Ergebenheit, Stolz, Lust am weltgeschichtlichen Augenblick, Furcht und Hoffnung drückten sich in ihrer Haltung aus. Reutherer und Kaulfuß hatten ihre Parteiabzeichen weggeworfen. Auch seinen Stahlhelm trug der Luftschutzwart nicht mehr. Frau Mathauser las in einer polnischen Grammatik und bewegte die Lippen, während sie manchmal zur Kellerdecke aufblickte. Sie saß neben der Kerze und beugte sich immer wieder mit ihrem Buch tief ins Licht hinein. »Sie verstehen Polnisch«, sagte sie und blickte alle beruhigend an.

Um zehn Uhr abends hörten sie die Tür vom Hof aufgehen und zufallen und polternde Schritte auf der Treppe. »Das sind sie«, sagte der Luftschutzwart, gelb verfärbten Gesichts, und alle richteten sich in ihren Sesseln gerade auf.

Zur Tür flogen aber nur zwei Frauen herein. Sie waren aus

dem Haus Soorstraße 15a, das schräg gegenüber an der Ecke lag. Sie weinten, doch wiederum genossen sie es, atemlos die Nachricht herauszustoßen: »Bei uns sind sie schon! O Gott! O Gott! Sie vergewaltigen alle Frauen!«

Elsa glaubte es nicht. »Es ist die Hysterie, die durch die Propaganda erzeugt ist«, sagte sie zu Frau Reitze. Gundula hielt ihr Cello im Arm und neigte den blonden Kopf mit dem Mittelscheitel etwas schief, als steige aus dem Instrument eine Melodie und suche ihr Gehör. Die beiden Mädchen vom Eckhaus entschieden sich, wieder in ihr Haus zurückzukehren, was allen sehr seltsam erschien. »Wir haben unsere Sachen da«, erklärten sie, »und was soll aus der Wohnung des Doktors werden?« Der Arzt, der im Eckhaus wohnte, war mit einem Koffer in den Bunker gezogen und hatte sich seit Tagen nicht blicken lassen.

»Jetzt machen sie Nachtruhe«, versicherten die Frauen, »es wird nicht geschossen. Die Deutschen liegen in Ruhleben.«

Die Kellertür fiel hinter ihnen zu.

In dieser Nacht kamen die Russen nur bis zu den Häusern Soorstraße 15a und 15b. Fräulein Schwandritzky gestand, sie habe noch eine Flasche Schnaps. Sie ließ sie herumgehen, jeder trank davon auf ihrer aller Gesundheit. Den Rest der Nacht verbrachten sie schweigend. Frau Ruf betete und wiegte dabei Kopf und Schultern, Frau Fellhauer bewegte sich im gleichen Rhythmus hin und her.

Gegen Morgen lief Fräulein Lewinsky in die Wohnung hinauf und legte im Herd Kohlen nach. Der Dörrkohl war noch immer hart. Sie ängstigte sich vor dem Hunger, der nun folgen würde.

Vorsichtig sah sie aus dem Küchenfenster, und bei dem Anblick eines lehmbraun uniformierten Mannes, der über die Hofmauer kroch, war ihr, als erlebe eine andere Person, die ihr sehr vertraut war, jetzt eine Art Explosion in Hirn und Adern; als brächen jenem anderen Menschen vor Staunen und Sensationsfieber die Augen, in weißer Helligkeit, unter dem Schmettern eines Hornes, dem Trommeln eines Nachrichtenverkünders, der ergriffenen Stimme eines Reporters: Der Feind ist da!

Sie selber aber fühlte das alles nicht. Über die Mauer, die den Hof vom Hof des Nachbarhauses trennte, kletterte ein Mensch in lehmbrauner Hose, lehmbrauner Jacke. Die Jacke war über dem breiten Gürtel blusig gezogen. Der Mann lag auf dem Mauerrand, ein Käfer, der seinen Weg suchte. Dann fiel er von der Mauer herab. Ein zweiter Mensch in gleicher Kleidung kam denselben Weg gekrochen. Im sonnigen Morgen schallten kläffende kehlige Laute. Die Fremdheit dieser Rufe war der Beginn der Sensation.

Ein Klicken, ein Zischen und Schneiden fuhr zum Küchenfenster herein, von der Decke fiel der Kalk herab. Elsa fand sich auf dem Küchenbüfett sitzend wieder, flach an den Aufbau angepreßt. Sie hielt den Atem an und sah, wie noch drei Einschüsse in die Decke prasselten, und sie merkte sich alles genau, um es später Albert zu schildern. Was für ein großer Augenblick in ihrem Leben! Wie bürgerlich war es bisher verlaufen, ohne Auf und Ab, gemächlich, kaum wirklich Leben zu nennen. Jetzt kamen die Tage bedeutender Erfahrungen. Man öffnete weit die Augen und merkte sich, was man sah. Dies alles gab es also.

Sie lief gebückt durch die Wohnung und nahm einen kleinen Sessel mit ins Treppenhaus. Sie wollte ihn Frau Reitze bringen, die über ihren unbequemen Stuhl geklagt hatte. Auf dem untersten Treppenabsatz angekommen, sah sie, daß die Haustür offenstand und gegenüber auf der Straße ein Maschinengewehr auf das Haus gerichtet war. Sie benutzte den Sessel als Schild und rannte um die Treppenwindung; sie gelangte auf den Hof, wo sie nicht Zeit hatte, sich umzublicken, riß die Kellertür auf, hörte ein paar trockene, sich leicht und harmlos ausnehmende Schüsse und erreichte den Keller.

Die Hausbewohner saßen dort wie seit langem verschüttet, ohne Kenntnis von den Vorgängen, die sich oben im Licht abspielten. Die letzte Kerze war sehr weit heruntergebrannt. Elsa setzte sich auf ihren Platz und hielt sich vor, daß nun die Stunde käme, in der ihre Lebensregeln auf die Probe gestellt würden: ruhig zu bleiben inmitten von Unruhe, keine Erregung zu zeigen, wo Erregung nichts bewirken konnte, und als letzte aus dem Keller zu gehen.

Wieder gingen die Türen, klapperten Schritte auf Treppen und Gang. Wieder kamen zwei Frauen aus dem Nachbarhaus. Die eine blutete an der Hand. Frau Ruf verband sie. Den ganzen Krieg über hatte Frau Ruf, die den Verbandskasten und das Amt der Ersten Hilfe hatte, nichts verbinden müssen. Würdevoll leistete sie nun ihren Dienst, dann setzte sie sich wieder auf den Platz neben Frau Fellhauer. Wenn Schüsse und Krachen zu hören waren, ergriffen die beiden Frauen sich bei den Händen und wiegten sich hin und her.

»Es ist elf Uhr dreißig«, sagte der Luftschutzwart. Er hatte jetzt einen weichen Schlapphut auf.

»Die SS liegt gegenüber im Altersheim«, sagte die verwundete Frau, »sie verteidigen jedes Haus. In Nummer hundertsieben waren sie drin, aber dann mußten sie wieder raus.«

»Das wäre ja ... Mein Gott, wenn die SS hier noch mal ins Haus käme!« Frau Fellhauer drückte ihre Angst mit beherrscht klagender Stimme aus. Sie beugte den Kopf vor und sah mit ihren schwarzen Augen vor sich hin, sah dort ihr Grab ausgehoben.

Die alten Frauen waren ungeübt, solche Situationen mit praktischem Sinn zu erfassen. Dafür war ihr Betragen feierlich und würdig. Sie hatten nicht, wie Elsa, körperliche Gewandtheit; sie hatten keine Geschicklichkeit, keinen Gleichmut gegen Verluste. Dennoch verhielten sie sich, als kennten sie solche Lage schon, als sei in jedem Menschen die Erfahrung, »Besiegt auf den Einzug der Sieger warten«, vorgebildet, gehöre zum Kern seines Menschseins von Geburt an.

Elsa indessen kam sich vor, als habe sie eine Spezialausbildung genossen, um in dieser Lage sich frei beweglich zu fühlen. Hatte sie lange noch an dem Wunsch festgehalten, ihre Kleider zu retten, so fiel dies Verlangen jetzt von ihr ab, seitdem sie unablässig den Geruch ihres Brotbeutels einatmete. Er roch nach dem vorigen Krieg, nach Heu und Jugendherberge. Er machte ihr die Tugenden, die jener vergangenen Zeit, als sie mit den Pfadfinderinnen auf Fahrt ging, wieder gegenwärtig. Damals war es ihr sehr befriedigend erschienen, auf fertiggepacktem Tornister zu sitzen und abzuwarten, wohin die Fahrt ginge. Ähnlich zufrieden war sie jetzt. Zwar war es schmerzlich, von Albert und von ihren Eltern ohne Nachricht zu sein. Seit Januar lebten ihre Eltern jenseits der russischen Front, vielleicht waren sie auch umgekommen. Für Elsa zwar lebten sie, so wie Albert für sie am Leben war, so lange, bis ihr wirkliche Tatsachen bekannt würden. In diesem Augenblick sah sie vor allem klar ihren Vorteil, ganz allein zu sein, diese Lage überblicken und überstehen zu können, ohne sich mit jemandem zu beraten, ohne auf jemanden Rücksicht nehmen zu müssen.

Den Tornister würde sie vielleicht nicht mitnehmen können, aber einen Becher zum Trinken, einen Löffel zum Essen, ein Messer zum Schneiden mußte man haben, und sie hatte dies alles, sie war bereit. Mit dem Geruch des Brotbeutels kamen ihr auch die Lieder wieder in den Sinn, die sie als Pfadfinderin gesungen hatte, am Straßenrand durch den Staub marschierend, die Waden einer Kameradin vor sich, staubumwölkt. »Und schlägt man uns das Bummerleinbum, die Trommeln zum letzten Male ...« Zwischen dem Glück, so frei zu sein, und dem Drang, zu den Möbeln in der Wohnung zurückzukehren, zum Nähtischchen mit der Schale aus Berchtesgaden, zum Ölbild mit dem kriechenden Hummer, hielt sie sich in der Mitte.

»Vielleicht kommen sie heute gar nicht mehr«, sagte Kaulfuß, »vielleicht müssen sie noch mal zurück.«

Ein Krachen im Haus schnitt seine Überlegungen ab. Hallende Stiefelschritte, Klirren, Scheppern erschütterten den Hausflur, das Pflaster auf dem Hof.

»Seien Sie nur ruhig«, flüsterte Frau Mathauser, »ich verhandle mit ihnen.«

Die Tür vom Hof zur Kellertür krachte, die steinernen Stufen knallten von aufschlagenden Eisen. Durch die offene Tür des Luftschutzkellers traten zwei lehmbraune Fremde, Wesen von jenem anderen Stern, der Sowjetunion hieß. Im flackernden Kerzenlicht entdeckten die suchenden Augen der Sieger die demütige Gemeinde des Hauses Soorstraße 106. Sie hielten die Maschinenpistolen im Anschlag und gaben bellende, böse fauchende Laute von sich.

Frau Mathauser stand auf und trat mit erhobenen Armen vor sie hin. Alle Hausbewohner hatten die Arme erhoben, der Comment der Besiegten lag ihnen gleich im Blut. Frau Mathauser sprach artig einige Worte. Die Soldaten bellten und fauchten, und sie wandte sich um und sagte: »Also, wir sollen ruhig sein und uns wieder auf unsere Plätze setzen. Es passiert uns nichts, wenn wir bleiben, wo wir sind.«

Alle setzten sich wieder. Die Soldaten blickten wütend, dann hallte der Keller von Schüssen wider. Die Menschen schrien, die Soldaten bellten böse; alles drängte zur Tür, wo die Soldaten zur Seite traten und deutlich machten, daß alle den Keller verlassen sollten. Die alte Frau weinte über das Unglück, das sie angerichtet hatte. Frau Reutherer stürzte Blut aus dem Mund. Es sah aus, als sei ihre untere Gesichtshälfte zerschossen. Sie schrie und hielt ein Handtuch davor, das schnell rot wurde und tropfte. Aber sie reihte sich ein und ging hinaus. Einer der Soldaten sah sie verwirrt an. Er hatte in die Wand geschossen, ein Mauersplitter hatte sie in die Lippe getroffen, aber die Hausbewohner glaubten sekundenlang, ein Blutbad solle angerichtet werden und alle Kellerinsassen würden getötet. Als sie, auf den Treppenstufen hinaufschlurfend, sich noch am Leben fühlten, fanden sie die Sieger hochherzig und human, oder erkannten doch an, sie hätten korrekt nach internationalen Bestimmungen gehandelt. Es war die Zeit, in der man sich internationaler Bestimmungen entsann und Hoffnungen auf sie setzte.

Elsa ging als letzte aus dem Keller. Ihre Philosophie, ihre Moral hatten die Probe bestanden. Die Soldaten ließen niemanden Gepäck mitnehmen. Aber mit ihrem Brotbeutel kam sie zwischen den beiden hindurch. Sie wagte nicht, sie anzusehen, spürte aber ihren gleichgültigen kalten Blick.

Sie ging die Kellertreppe hinauf ins Licht, die Arme erhoben, im vollen Bewußtsein, mitten in der Sensation zu sein. Sie war die letzte, hinter ihr gingen die Soldaten, die Maschinenpistolen im Anschlag. Sie fühlte die Läufe ihren Mantelsaum entlangstreifen, ihre Kniekehlen kitzelnd berühren. Machten sich die Soldaten einen Spaß? Waren sie Sadisten, würden sie ihre Beine durchschießen? Sie war voller Blut und konnte gut etwas hergeben, doch wie sollte sie laufen mit durchschossenen Sehnen? Solche Gedanken beschäftigten einen Menschen, der mit ihr identisch war, ihr aber doch keine Angst mit seinen Gedanken machen konnte. Sie nahm jede Stufe und gelangte oben im Licht an. Ihre Beine zitterten, Schwäche befiel sie, aber Heiterkeit und Dank trieben sie weiter.

Mit erhobenen Händen gingen die Hausbewohner durch den Hausflur auf die Straße. Da leuchtete blau der Mittag. Früher waren sie bei solchem Wetter vors Haus getreten und hatten sich umgeblickt, in welcher Richtung sie am besten spazierengingen. Sie hatten an ihren Hüten gerückt, an ihren Kleidern gezupft, dann waren sie in der Sonne unter den Ahornbäumen dahingegangen. Ähnlich schwerelos waren sie jetzt. Unentschlossen blickten sie sich um, bis die Soldaten sie zum Spandauer Berg trieben.

Elsa spazierte mit aufgereckten Armen zur Straßenecke. Sie hätte vorher nicht geglaubt, daß man so lange die Arme heben konnte, ohne Anstrengung zu spüren. Sie kam aus dem Dunkel des Krieges ans Licht des Friedens und hob die Hände in die Bahnen der Sonne, wie um dies Licht zu begrüßen. Es war vollkommen passend, immer ging man nach dem Ende eines Krieges mit erhobenen Armen, aus Freude und in leidenschaftlicher Zuwendung zum neugeschenkten Leben.

Zuversichtlich sah sie die sowjetischen Soldaten an. Ihre Gesichter sahen offen und froh aus. Viele waren deutschen Gesichtern sehr ähnlich, andere erschienen in ihrer Rundheit und Roheit abstoßend, und manche waren gelb und mongolisch. Die

Soldaten waren sauber und wohlgenährt, groß und kräftig. Sie waren keine Karikaturen von Menschen, keine Schemen des Grauens. Elsa genoß die Demütigung der Partei und der Propaganda, die ihnen jahrelang die Physiognomien von Untermenschen gezeigt hatte. Sie bedauerte, daß nun niemand zur Stelle war, dem sie ein gehässiges »Sehen Sie!« zurufen konnte. Würde jemals der Augenblick kommen, da man die Frau des Amtswalters mit dieser neuen Realität demütigen konnte? Sie war fort, alle Amtswalter waren fort, über niemanden konnte man triumphieren. In welcher Weise wollte man Reutherer seinen Irrtum vor Augen halten? Wie wollte man den Blockwart Thiele verhöhnen?

Hammer und Sichel an den Mützen der Sieger waren das Zeichen, das der nationalsozialistische Staat zum Signum der Menschenfeindlichkeit, des Mordes und der Folterqualen gemacht hatte. Elsa hatte Hammer und Sichel nur in Karikaturen des ›Simplizissimus‹ und des ›Kladderadatsch‹ gesehen, über vertierten, grauenerregenden Fratzen. Vor dem Zeichen Hammer und Sichel hatte sie zittern gelernt. Jetzt saß es ordentlich aufgenäht auf anständigen, sauberen Mützen. Es erschien als vernünftiges Merkmal der Uniform, als Feldzeichen wie jedes andere.

Baumäste bedeckten zerfetzt die Straße. Pflaster und Asphalt waren aufgerissen. Seit dem letzten Weg zum Kaufmann war die Straße eine Straße des Krieges, des Häuser- und Kellerkrieges geworden, eine gemarterte Ader der Stadt, der das Leben entströmte. Aus der Erde schossen Gasflämmchen, in Senken bildeten sich Wasserlachen. Die Oberleitung der Straßenbahn war zerrissen und schleifte und klirrte auf dem Fahrdamm. Panzer rollten mit scharfem gleichmäßigem Krachen vorbei. Die Luft zitterte. Die Bäume ließen gelbflimmernde Lasten herabfallen. Straßenbahnmasten und Pfähle von Haltestellen lagen zerbrochen und verbogen auf dem Damm. Laternen neigten sich, bogen die Köpfe, krachten aus den Fußgelenken, brachen klaffend auf. Der Mittag rauschte vom Krieg.

Die Soldaten schoben die Zivilisten auf der Straße weiter, in der Richtung zum Stadtbahnhof Westend. Die Freude auf ihren Gesichtern verlor sich. Jemand sagte: »Die müssen noch mal zurück. In Ruhleben liegt die SS, die kommen wieder.«

Die Bewohner des Hauses Soorstraße 106 hatten sich zerstreut. Elsa fand sich unter fremden Menschen. Sie war allein, für niemanden verantwortlich.

Die Menschen wurden von der Straße vertrieben, ohne daß sie verstehen konnten, wohin sie gehen sollten. Elsa strebte nach der anderen Straßenseite, wußte aber nicht, wie man im Krieg eine Hauptverkehrsstraße überquerte, auf der Panzerkolonnen rollten. Schließlich rannte sie vor einem Panzer über den Damm, sprang über Draht, aufgerissene Schienen und gelangte auf die andere Seite. In ihren Manteltaschen klapperten ihre Ketten, Armbänder und Ringe. Sie machte sich nichts aus Schmuck und würde nichts Besonderes tun, ihn zu verbergen.

Ein Soldat mit einem unangenehm großen und runden Kopf lachte Elsa zu. Seine Zähne waren große gelbliche Vierecke, die in breiter Reihe gefräßig prunkten. Elsa machte ein abwesendes harmloses Gesicht und suchte einen Platz, an dem sie sich aufhalten konnte. Sie sah drüben die Straße von Zivilisten geräumt. Die Läden des Fischhändlers, der Filiale von Hoffmann und des Drogisten waren zertrümmert, hingen geborsten heraus.

Der sonnige Mittag schien Elsa jetzt sehr festlich. Es war nichts mehr als natürlich, daß ein Krieg mit der Niederlage des einen Gegners und mit dem Sieg des anderen endete. Jeder Krieg fand in einem Sieg seinen vernünftigen Abschluß. Die Deutschen hatten sich ihren Sieg vorgestellt, wie die tapferen Truppen durch das Brandenburger Tor marschierten. Die Herrlichkeit der Militärmärsche beim Einzug der heimkehrenden Sieger stand ihnen gelb und messingblitzend vor Augen. Trompeten, Fanfaren, Pfeifen und Trommeln sollten den Frieden und Deutschlands Macht anzeigen. Das Schweigen der Besiegten, die Blicke der hassenden ohnmächtigen Unterdrückten in den eroberten Ländern war in der Siegeslust mit enthalten. Die Wut der Unterlegenen würde später beschwichtigt werden. Sie mußten sehen: Gab es anständigere, korrektere, ordentlichere Menschen als die Deutschen? Nicht lange, und sie würden sich mit ihnen zum Wein setzen, dann könnten sie sehen, wie menschlich und weich die Deutschen im Frieden waren.

Gutmütig ließen die deutschen Krieger das Schweigen der Menschen in erobertem Land ihre marschierenden Kolonnen abtasten.

Oder durchmaß man die Städte und Dörfer der Besiegten gleichmütig, arrogant? Elsa schien es jetzt so: Sicher war dies das natürlichere Benehmen einziehender Sieger. Eine Musik wie Hähnekrähen gehörte dazu. Eine Musik, nach der man sich sogar anspucken lassen konnte.

Plötzlich durfte man ja vermuten, den Sieger durchschauere

auch ein Gefühl von Unterlegenheit, eine angenehme Regung von Selbstbezichtigung, süßer Genuß des Makels, sich so krähend aufführen zu müssen, während die Entwaffneten in wunderbarer Würde dastanden.

Elsa, befreit von Patriotismus und Siegesverlangen, fand sich in individueller menschlicher Würde den Siegern gegenüber. Die Unterwerfung war nicht schwer, eher ebenfalls angenehm. Ein Austausch masochistischer Anwandlungen lag beim Siegen und Besiegtwerden vor, der den Unterlegenen instand setzte, die Gefühle des Siegers zu teilen. So wurde sie doch nicht um die Erfahrung gebracht, was es hieß, zu siegen.

Dünne Burschen saßen oben auf den Panzern, die Maschinenpistole quer über den Knien. Unter tiefgezogenem Mützenrand blickten sie finster. Am meisten bewunderte Elsa einen Kosaken, der auf einem kleinen Pferdchen den Spandauer Berg heraufgerast kam, das Tier mit kurzem Peitschenhieb auf die Flanke schlagend. Das Leben bescherte große Augenblicke: Man konnte Kosaken sehen, siegende Bolschewisten, Leutnants wie junge Hähne, Bauernjungen, die Enkel der Leibeigenen, gelbhäutige Asiaten.

Eine Frau sagte giftig zu Elsa: »Sie denken wohl, Sie kommen drumrum. Was bilden Sie sich denn ein?«

Elsa wandte sich nach ihr um und betrachtete sie ungläubig. Das war also eine Frau, die schon ein Soldat vergewaltigt hatte?

»Ich bleibe hier, solange man mich nicht vertreibt«, sagte sie und wandte sich wieder ab.

»Seht doch die«, keifte die Frau, »sie denkt, sie kommt so durch. Da wird sie sich aber täuschen.«

»Bleiben Sie nur hier«, sagte eine andere Frau, die mit Schleierhut und hochhackigen Schuhen auf und ab ging. Sie trug ein dunkelblaues Kostüm, eine weiße Bluse und war geschminkt.

»Sie staunen«, sagte sie, »aber ich kenne die Russen. An elegante Frauen wagen sie sich nicht ran. Ich kenne sie. Ich habe das schon in Reval erlebt.«

»Seien Sie vorsichtig vor der!« flüsterte eine andere Frau Elsa zu. »Die spitzelt, die ist von den Russen bestellt, die horcht uns aus.«

Elsa stand auf der Straße bis zum späten Nachmittag. Ab und zu stellte sich ein junges Mädchen neben sie und berichtete, was sich in den Häusern und Kellern abspielte.

»Glauben Sie mir, es ist nicht so schlimm. Sie benutzen alle Schutzmittel.«

Elsa hatte lange nicht gegessen. Die Art, wie dies Mädchen die Geschehnisse auffaßte, verursachte ihr Übelkeit. Das Mädchen war sehr hübsch, braunes Haar fiel ihr auf die Schultern.

»Ich kenne Sie vom Sehen«, sagte sie, »ich wohne mit meinem Freund in dem Appartementhaus schräg gegenüber von Ihnen. Ich habe Sie gesehen, als Sie Holz sammelten in den Ruinen von dem Altersheim.«

Jenes Haus war bekannt als Junggesellenvilla, in der noch im Krieg viele Feste gefeiert wurden. Es war verwirrend. Was für eine Frau war diese junge Person, die mit so bordellmäßig hygienischer Vernunft von den Schutzmitteln der Soldaten sprach?

»Wie nimmt Ihr Freund es hin?«

»Gott, es ist natürlich nicht angenehm. Aber es ist doch besser, als wenn ich tot bin. Oder? Eine Frau hat gesagt, sie ist krank. Da haben sie sie gleich erschossen. Sie haben furchtbare Angst vor Krankheit. Sagen Sie bloß nicht, Sie sind krank!«

Hinter einem Panzer zog ein Trupp deutscher alter Männer mit einer Bahre vorbei. Auf der Bahre lag eine Frau, bis an den Hals weiß zugedeckt, auf weißem Laken, mit weißem Gesicht, die Augen geschlossen. Elsa sah sie wie durch Milchglas. Sie nahm das Bild nicht als Realität an. Sie glaubte nicht, daß jetzt körperliche Qualen für sie begännen, daß Dinge geschähen, von denen sie schon als Kind entsetzliche Vorstellungen gehabt hatte, die sie aber immer für Ereignisse hielt, in die ein Kind aus ordentlichem Haus niemals hineingezogen würde. Sollte sie vielleicht jetzt doch durch eine Zeit der Folter gehen?

Die Frau schwebte auf der Bahre vorbei wie in einer Filmszene. Ein Stück wurde gedreht, das vor dem Schrecklichsten nicht haltmachte; es war ein ganz neuer Realismus am Werke. Man sah aber nicht das Wirkliche, nur seine Darstellung. Elsa war in jedem Fall nur Zuschauerin, diese Frau war Akteurin.

Die Frau auf der Bahre hatte das Äußerste geleistet, um nun in vollkommener Unschuld auf dieser weißen Bahre zu liegen. Geschlechtslust war ihr ausgetrieben worden, bis sie zum wahren Engel wurde.

»Die Ärmste«, sagte das Mädchen, »man muß ein bißchen geschickt sein, dann kommt es nicht so schlimm.«

Elsa sann über den Weg nach, der zwischen Qual und Geschicklichkeit läge.

Die wütende Frau schrie wieder: »Ich mußte schon dreimal, und die da tut, als geht sie das nichts an!«

Das Mädchen flüsterte: »Am Friedrich-Karl-Platz hat sich ein Mädchen aus dem Fenster gestürzt. So was finde ich dumm.«

»Ich werde mich nicht aus dem Fenster stürzen. Mein Verlobter, später, wird froh sein, wenn er mich überhaupt wiederfindet. Ich habe Gift, aber ich werde es nicht nehmen.«

Von einem Sanitätswagen sprang ein Soldat ab und legte einen Ballen Watte auf die Bahre.

»Sehen Sie den!« sagte das Mädchen, »so sind sie. Erst nehmen sie keine Rücksicht. Aber wenn sie Blut sehen, geben sie Watte.«

Als der Abend dämmerte, wurde Elsa von der Straße vertrieben. Sie hoffte, in einem Keller einen Platz im Dunkeln zu finden. Die Menschen saßen in langen Reihen auf Bänken. Die jungen Frauen sahen grau und stumpf aus, ihre Mütter starrten blicklos ins Leere, die alten Männer ließen die Hände zwischen den Knien hängen. Der Keller hatte zwei Eingänge. Zu dem einen traten die Soldaten herein und gingen an den Reihen entlang. Sie winkten den Mädchen und sagten: »Komm, Frau.« Die Mädchen standen auf, gaben ihre Handtaschen den Müttern und gingen mit den Soldaten zur anderen Seite hinaus. Es erinnerte an das Auffordern in der Tanzstunde.

Elsa fand in der Nische eines Kellerganges Platz. Im Kerzenlicht erkannte sie neben sich Frau Reitze. Sie trug ein Herrenjackett und einen Herrenhut. Zu Elsa war sie einsilbig und unfreundlich. Ihr Gesicht war verzerrt vor Angst um ihre Nichte, von der sie getrennt worden war. Elsa versuchte, sich hinter ihr zu verstecken. Frau Reitze war eine alte Frau mit grauem Haar und faltigem Gesicht. Eine andere alte Frau kam herangekrochen und warnte: »Sie nehmen auch alte. Eine Siebzigjährige haben sie ... da haben sie zu mehreren, alle mit'm Mal, und einer in'n Mund und immer auf'n Kopf gehauen dabei. Die ist tot.«

Die Frauen löschten das Kerzenlicht. Nach einiger Zeit streiften Soldaten mit Taschenlampen durch den Kellergang und leuchteten den Frauen ins Gesicht. Einer berührte Elsa mit der Hand unterm Kinn und hob ihr Gesicht prüfend. Sie sah ihn an, als könne sie sich nicht empfehlen. Er hatte ruhige freundliche Augen.

Nun hob er seine Hand und winkte ihr. Sie stieg über Frau Reitze hinweg und ging hinter dem Soldaten her. Seine Bluse bauschte sich über schmalen Hüften. Er sah sich öfter um, ob sie ihm folgte. Am Ende des Ganges stieß er eine Lattentür auf und führte sie in einen Kellerverschlag, wo in der Ecke ein Bettenbündel lag. Es war zu Flucht und Rettung zusammengebunden, die Zipfel standen betulich von dem Ballen ab. Der Soldat schloß die Lattentür hinter sich und sah Elsa an, dann hob er die Pistole und richtete sie auf ihr Gesicht. Sie riß die Arme hoch, der Soldat legte die Pistole weg, nahm Elsa in die Arme und zog sie an sich. Seine Lippen legten sich in harmloser Weiche und Wärme auf ihren Mund. Sie wehrte sich nicht. Sie dachte an Albert und daß dies nun der Verrat sei, seltsamerweise dachte sie auch an Giovanni, und ob eine Verfehlung mit ihm nun nicht völlig ausgelöscht wäre, wenn dieser Soldat sich mit Gewalt verschaffte, was sie in strenger Treue zu bewahren gedacht hatte.

Der Soldat erledigte den Kuß wie nach einer Heeresdienstvorschrift, dann drückte er Elsa auf das Bettenbündel.

Sie fand den Vorgang seltsam sanft und das Betragen des Jungen komisch. Sie fühlte unter ihrem Kopf und ihrem Körper weich das Bett und bereitete sich, den Jungen zu empfangen.

Als heranwachsendes Mädchen war sie von niemandem angesehen worden. Als sie fünfzehn war, machte sie sich auf ein langes einsames Leben als Lehrerin gefaßt. Sie bedachte es jetzt, während sie an der Kellerwand den Schatten des Soldaten beobachtete, der an seiner Hose riß. Alle Nachmittage, erwartete sie damals, würde sie am Fenster sitzen, Hefte korrigieren, dann lesen, neben sich eine Tüte Konfekt. Sie würde vom Buch aufblicken und hinaus auf die Straße sehen, wo das Leben vorbeizog. Das Fenster würde sie aber geschlossen halten, weil sie den Lärm, den das Leben machte, nicht hören wollte. Lieber stellte sie Radiomusik an. Es war interessant, einen Mann mit Hut und Aktentasche nach dem ›Forellenquintett‹ vorbeigehen zu sehen.

In einem fernen Erdteil aber gäbe es vielleicht einen Mann, mit dem sie Briefe austauschen konnte. Er wäre verhindert, sie jemals zu sehen; und dieser Umstand erlaubte ihm, sie ewig zu lieben, ihre Häßlichkeit nicht kennend.

Trotz solcher Gedanken ging sie abends an der Kaserne vorbei und sah zu den Fenstern hinauf, wo SA-Hilfspolizisten heraussahen und den Mädchen nachriefen. Ihr aber rief keiner etwas nach, und sie ging weiter, die lange Straße an der langen roten Kaserne hinunter. Sie war fünfzehn und hatte ein langes einsames Leben vor sich. Erst als auf einem Rummelplatz ein Junge sie küßte, hielt sie doch für möglich, daß sie die Liebe kennenlernte. Nach Jahren leidenschaftlicher Kußerlebnisse fand sie es an der Zeit, ihr »Kostbarstes« – so hatte sie es andere Mädchen nennen hören – Herrn Theodor Hentrich, einem Musikstudenten, zu schenken. Er wollte es eigentlich nicht annehmen, aber Elisabeth brachte ihn dazu, als die Gelegenheit günstig war. Ihre Eltern waren in Wulkow, nur Rosa schlief in ihrer Kammer, die lag hinten in der Wohnung. Über die früher vermuteten Vorzeichnungen ihres traurigen Schicksals triumphierte Elisabeth in jener Nacht. Herr Hentrich lag bedrückt an ihrer Seite. Er litt an einem starken Husten, der ihn auch während des Liebesaktes überfiel. Sie empfand bei der Liebe nichts Besonderes. Angespannt wartete sie auf Herrn Hentrichs Husten und bereitete sich darauf vor, nicht zu erschrecken, wenn es an ihrem Ohr aufbellte. Sie liebte ihn mehr, wenn er Klavier oder Orgel spielte. Oft begleitete sie ihn in die Kirche; er übte Tokkaten und Fugen. Seine Frömmigkeit indessen war störend. Mühsam verheimlichte sie vor ihm, daß sie nicht an den Sohn Gottes glaubte und nicht an eine Auferstehung des Fleisches, die sie sich nicht anders als eine furchtbare Plage vorstellen konnte, als Menschenplage im verwüsteten Himmel.

Sie verließ Theodor, um sich Albert zu verbinden; und mit ihm lernte sie die Freuden, die Befriedigungen, die Höhepunkte der Liebe kennen. Sie verabschiedete die traurige Illusion von der einsamen Frau am Fenster endgültig. Doch gerade jetzt, in dem Augenblick, in dem der Russe sich zu ihr herabbeugte, sich auf seine Knie niederließ, stand ihr das einsame, häßliche, unbegehrte Mädchen vor Augen, als das sie sich einmal angesehen hatte. So weit konnte der Bogen sich spannen; jedenfalls schien ihr dies als ein Bogen; er reichte von unfreiwilliger Unberührtheit bis zur Vergewaltigung. Nicht nur, daß sie nun das Begehren eines Mannes zurückwies, was sie damals nicht für möglich gehalten hätte, nein, sogar gegen ihren Willen überwunden wurde sie, so stark war das Begehren eines Mannes nach ihr. Das häßliche Kind hatte seinen Triumph.

Der russische Junge legte sich über sie, und sie bedachte den Rat jenes Mädchens und war geschickt, so daß er ihr nicht weh tat. In ihrem Kopf formten sich Sätze, die Albert erklärten, daß dies nichts mit ihm zu tun habe, ihn nicht zu kümmern brauchte. Schlauheit, Lebenstüchtigkeit war es, sich nicht zu wehren, Einsicht in die Macht ungeheurer, neuer Verhältnisse, die es zu durchstehen, zu überleben galt für Albert, dem eine vergewaltigte lebende Frau gewiß lieber war als eine unberührte Tote. Erwartete er vielleicht, daß sie nicht die Schenkel öffnete, daß sie sich gegen den russischen Jungen stemmte? Verlangte er, daß sie wenigstens weinte und schluchzte? Elsa hörte sich sagen, es geschehe ihr etwas Belangloses, etwas sehr Unwichtiges, Nebensächliches, es sei des Tränenvergießens nicht wert.

Es war dunkel. Der Vorgang war dem gleichen Vorgang mit Albert lächerlich ähnlich, nur war sie unempfänglich für die warme Berührung an ihrem Schoß, der ihr jetzt nichts war als eine gleichgültige funktionelle Möglichkeit, diesem Fremden seinen Willen zu lassen. Ihre Geschlechtlichkeit war abgestellt. Sie fühlte sich nicht geschändet. Sie war nicht erniedrigt. Ihr Geist war frei, ihre Gedanken zogen halb verwirrt, halb amüsiert, hierhin, dorthin, in einer dämmerigen, aber präzis erkennbaren Landschaft, in der alle gewohnten Maße aufgehoben waren. Dächer beugten sich zur Erde, Wände ragten schräg und rot, rhombenförmige Fenster reihten sich schief, Bäume krochen an der Erde entlang oder hingen angefangen und nicht beendet von einem tiefen buckligen Himmel herab. Menschen in wehenden Mänteln rannten mit mißtrauischen Hüten um hämische Straßenecken. Worte in Kinderkreide standen an Mauern. Der Soldat wurde schwer auf ihr. Dann standen sie auf und richteten ihre Kleidung. Der Soldat küßte sie und ging fort.

3

Zu ihrem Platz in der Kellernische kehrte Elsa nicht zurück. Sie fürchtete sich vor dem Warten im Dunkel, vor dem Stiefelpoltern der Soldaten, vor ihren Taschenlampen. Sie fand hinauf zu einem Hof.

Es war noch hell. Im Keller war schon Nacht, hier war noch Tag. Soldaten standen umher, lärmend und lachend. Elsa setzte sich auf eine Steinstufe, zwischen zwei Soldaten, und bat um eine Zigarette. Der Junge, von dem sie nun sagen konnte, er habe sie vergewaltigt, war reinlich und hübsch gewesen. Ihre Angst stellte sich nur noch auf häßliche und ekelerregende Männer ein. Es gab viele üble Gestalten, sah sie jetzt, kahlgeschorene Köpfe von furchterweckender Rundheit, kleine kurzbeinige Männer mit abstoßenden Gesichtern. Von ihnen würde die Berührung eines Fingers sie in tiefste Verzweiflung bringen. Vergewaltigung hieß jetzt für sie, von Häßlichkeit überwunden zu werden, die abscheuliche Macht der Verachteten zu spüren zu bekommen.

Sie zog an ihrer Zigarette und ließ ihre Gedanken das Problem eilig, aber exakt behandeln. Es war ihr Problem allein, keinem anderen stellte es sich wie ihr. Mitten in ihren Gedanken mußte sie über die Tugend lachen, die sie vor wenigen Tagen noch Giovanni gezeigt hatte.

Die Schmach, die Frauen jetzt ergriff, war ein ästhetisches Problem, entdeckte sie, das sich innerhalb der gegebenen und hinzunehmenden Sittenlosigkeit für sie ergab.

Der Soldat neben ihr schenkte ihr eine zweite Zigarette. Ein anderer bot ihr Traubenzucker an. Die Soldaten waren über diese Frau verwundert und belästigten sie nicht. Die Kampfhandlungen hatten aufgehört. Ein paar Soldaten sangen, aber es hörte sich nicht gut an.

Das geschickte Mädchen kam vorbei, an der Seite des rundköpfigen kahlgeschorenen Soldaten mit den Zahnreihen gelber großer Vierecke, den Elsa schon am Morgen gesehen hatte. Das Mädchen und der Soldat lachten einander an, so weit ging des Mädchens Geschicklichkeit. Zu Elsa sagte sie: »Na, mehr Mut jetzt? Passen Sie aber bloß auf, es sind Polen in der Nähe, betrunken, die sind schlimmer als die Russen.«

Im selben Augenblick hallten Schritte einer Kolonne im Hausflur, der auf den Hof hereinführte, und eine Schar kleiner gedrungener Gestalten marschierte herbei. Sie waren betrunken und sangen mit häßlichen Stimmen. Die Männer machten vor den Stufen halt, wo Elsa zwischen den Soldaten saß und rauchte. Der Anführer war kahl und pockennarbig, er hatte kleine grausame Augen, eine platte Nase, einen widerwärtigen Mund; er dunstete nach Schnaps. Seine Blicke prüften Elsa wie eine Ware, die er pfundweise einzukaufen gedachte. In diesem Augenblick kam sie zum Abschluß ihrer Gedanken über das Problem, und sie sah sich suchend nach einem Soldaten um, der besser aussah. Die Männer der bedrohlichen Horde stellten sich schon in einer Art Schlange vor ihr an. Sie fand seitlich auf dem Hof einen großen blonden Burschen mit hübschem Gesicht. Sie stand auf, ging hin zu ihm und fragte: »Brot?« Er bedeutete ihr, er werde ihr Brot geben, und ging mit ihr ins Haus.

Auf dem Klingelschild einer Tür stand: *Lehmann, Hauswart.* Der Soldat schloß die Tür hinter ihnen und sagte: »Komm!« Er küßte sie, zog sie in ein Zimmer, und sie legten sich auf eine Chaiselongue, von der er mit dem Stiefel alles, was darauf lag, hinunterstieß. Elsa sah ihn böse an, aus dem Gefühl, daß die Umarmung des jungen Mannes alle Merkmale der Vergewaltigung tragen müsse, damit sie sich nicht eines ehrlosen, verworfenen Entgegenkommens zeihen müßte. In dem Zimmer lag die Abenddämmerung grau und dürftig. Es roch nach Erbrochenem. Zwei Ehebetten waren von aufgeschnittenen Kissen und Federn gebirgig bedeckt. Zwischen zwei Federnhügeln lag erstarrt ein Fluß rosafarbenen Mageninhalts. Aus einer Waschschüssel auf dem Waschtisch ragte ein Haufen von Fotoalben, das Zimmer war von herausgefallenen Fotos übersät. Die Scherben des Lampenschirms knirschten auf dem Fußboden, zwischen umgestürzten Nachttischen, zerbrochenen Stühlen, Eimern und Kannen. Dann wieder trat man weich auf Kleider und Pullover. Bilder hingen schief an den Wänden, in einer Wäschekommode stak tief eine Axt.

Es war Elsa – wenn sich nun schon alles bewahrheitete, was den Deutschen von den frauenvergewaltigenden Sowjetsoldaten erzählt worden war – eine angenehme Überraschung, daß die Frauen die Kleider anbehalten konnten. Die Gewalttat verlor damit eine ihrer schrecklichsten Merkmale. Sie wurde zu nichts anderem gezwungen, als was der Soldat ebenfalls tun mußte, um seine Gewalt anzuwenden. Fremd und rauh lag das Tuch seiner Jacke auf dem Stoff ihres Mantels. Seine Mantelknöpfe stießen klappernd an ihre Mantelknöpfe. Das Leder seiner Stiefel rieb sich am Leder ihrer Schuhe. Die Haut seines Leibes berührte ihre Haut an einer fremden, isolierten Stelle. Er mußte sich demütigen, sich erniedrigen, sich mehr entblößen als die Frau. Er war es, der sich hingab, er war es, der Lust empfand, nicht sie gab sich hin, nicht sie empfand Lust.

Sie setzten sich auf und rauchten. Der Soldat sagte: »Ich Nikolai.« Elsa dachte an die Reihe betrunkener widerwärtiger Männer, denen sie entkommen war, und sagte: »Ich bin Elsa.« Er holte einen Briefumschlag aus seiner Jackentasche und zeigte ihr Bilder von seiner Familie. Ein Mann und eine Frau, beide mager und alt, mit breiten Wangenknochen und tiefliegenden Augen: seine Eltern. Ein zartes junges Mädchen: seine Schwester. Auf einer dritten Fotografie waren drei lachende junge Mädchen zu sehen, die sich untergehakt hatten. Nikolai zeigte auf die mittlere und sagte: »Polska Liebe.« Dann küßte er Elsa und sagte: »Jetzt du.« Sie nahm die Fotos der Familie und betrachtete die Bluse der Frau mit Kragen und Knöpfen, und besonders die akkurate Reihe dieser Knöpfe versetzte sie in Zweifel über das bolschewistische System, das sie sich niemals anders als einen chaotischen Wirbel hatte vorstellen können. Sie sah nun, daß die Frauen dort ihre Blusen wie alle Frauen der Welt knöpften. Die junge Schwester des Soldaten trug ein dunkles Kleid mit einem weißen Kragen. Sie hatte lockiges Haar, Dauerwellen wie alle Frauen in der Welt, und sie legte den Kopf etwas schief und öffnete leicht die Lippen, wie alle jungen Mädchen, die auf einer Fotografie sanft wirken wollen.

Der Soldat drückte Elsa wieder auf die Chaiselongue zurück und knöpfte sich die Hose auf. Vor Abscheu, Erregung und Hunger war ihr übel, sie fürchtete, das Bewußtsein zu verlieren, aber die Umarmung des Mannes hielt sie bei Besinnung und ließ nicht zu, daß ihr das geringste entging. Sie starrte an die Zimmerdecke, wo Stuckblumen den abgebrochenen Lampenstiel umringten. Der Mann war rücksichtslos und tat ihr weh. Sie überlegte, wie lange und wie viele Male sie diesen lächerlichen, stumpfsinnigen Vorgang aushalten könnte. Sie stellte sich die Rückkehr in ihre Wohnung vor, wie sie die Tür verschließen und sich Sicherheit vor den Winken und Rufen der Soldaten verschaffen würde.

Der Soldat schnallte sein Koppel um und setzte sich die Mütze auf. Er öffnete die Tür und klopfte dreimal mit dem Zeigefingerknöchel daran: »Ich tuck-tuck-tuck«, sagte er, »du aufmachen.« Dann schloß er die Tür von draußen. Elsa drehte den Riegel um.

Vor dem Fenster der Portierwohnung war es jetzt dunkel, aber im Aufflammen von Streichhölzern und im dünnen Lichtstrahl von Taschenlampen erkannte sie Scharen lehmbrauner Gestalten. Leder glänzte, Zähne leuchteten, hier und da sah sie das Weiße eines Auges. Ein Granatwerfer stand im Hof, das Rohr über das zerstörte Nachbarhaus hinweg in Richtung Spandau weisend. Elsa glaubte, Nikolais lange Gestalt zu erkennen, wie er sich an dem Granatwerfer zu schaffen machte.

Sie trat vom Fenster zurück, suchte die Stücke des Verdunklungsrouleaus zusammen und deckte die beiden leeren Fensterrahmen damit ab. Nikolai hatte ihr eine Taschenlampe, Zigaretten und Traubenzucker dagelassen, dazu ein Stück Brot, wie er es ihr versprochen hatte. Sie aß aber nur den Traubenzucker, weil es ihr widerstrebte, etwas Größeres anzunehmen. Ihr war, als könnte die Annahme von Brot den Tatbestand der Vergewaltigung ablösen, um den der Hurerei zu erfüllen. Ängstlich überlegte sie, worüber Albert von ihr Rechenschaft verlangen würde, und sie legte sich die Worte zurecht, mit denen sie die Wahl Nikolais rechtfertigen würde.

Sie setzte sich auf die Chaiselongue, rauchte und leuchtete vorsichtig das Zimmer ab. Mit ihrer Lage war sie zufrieden. Niemand als Nikolai käme durch die Tür, er hatte sie für sich allein verwahrt.

Eine Tür führte ins Nebenzimmer, in dem ein noch widerlicheres Durcheinander herrschte. In einem umgestürzten Tisch lag Kot, in einen Sessel war erbrochen worden. Ein seidenes hellblaues Kleid lag über einem Tischbein, wie das zurückgebliebene verwunderte Wimmern eines Körpers, der sich im Wahnsinn aufgelöst hatte und in den lärmenden Kriegshimmel aufgefahren war. Elsa stieß mit dem Fuß alles Ekelhafte und Chaotische aus dem ersten Raum in dieses angrenzende Zimmer hinein. Über die Federhaufen auf den Betten warf sie eine Decke und schob den Ballen durch die Tür. Das Waschbecken räumte sie aus.

Im Hof wurde der Granatwerfer abgefeuert. Es war ein klirrendes Krachen von ungeheurer Macht, der Boden bebte, die Mauern zitterten. Ein befriedigter, scheppernder Nachhall folgte, dem die Besiegten in der Hoffnung lauschten, er werde helfen, ihre Niederlage schnell zu besiegeln. Sie dachten an die deutschen Soldaten in Spandau und Ruhleben in Haß und Wut: Das waren Kriegsverlängerer, Wahnsinnige, Verbrecher der SS, die nichts zu verlieren hatten.

Elsa erschrak noch jedesmal beim Abfeuern des Granatwerfers, fühlte sich aber zufrieden auf der mächtigeren, stärkeren, auf der richtigen Seite.

Es klopfte dreimal an die Tür. Sie öffnete und ließ Nikolai herein, er küßte sie und knöpfte sich die Hose auf, seine Jacke legte sich auf Elsas Mantel, sein Stiefel an ihren Schuh. Es schmerzte sie, sie wimmerte und schluchzte, aber der Junge achtete nicht darauf.

Sie setzten sich wiederum auf und rauchten. Wenn der Schmerz nachließ, kam eine Art Glück. Sie nannte den Soldaten jetzt Kolja, in der Hoffnung, er werde sie etwas schonen. Sie versuchten, sich zu unterhalten. Der Soldat setzte sich rittlings auf einen Stuhl und hielt die Hände, als drehe er ein Lenkrad. Dazu ahmte er das Geräusch eines fahrenden Autos nach. »Ich, Taxi, Moskwa«, sagte er. Dann nahm er ihre Hand und lehrte sie an ihren Fingern die russischen Zahlen. Manchmal ging er hinaus, um den Granatwerfer abzufeuern. Die Mauern klirrten. Bei der Rückkehr umarmte er Elsa, dann übten sie wieder die Zahlen: adin, twa, tri, tjätirjä, pjatj ...

Gegen Morgen, als sie die russischen Zahlen bis zehn beherrschte, verließ der Soldat sie für längere Zeit. Sie nahm ihr Buch mit »schönsten Gedichten« aus ihrem Brotbeutel und versuchte, Verse zu finden, die über die Sensation hinausführten und ihr halfen, ihre Erlebnisse als unbedeutend anzusehen. Es mußte im Gefüge der Welt für die Situation, in der sie sich befand, einen Platz geben. Aber das Gedicht ›Wie soll ich meine Seele halten‹ erschien ihr jetzt anders als jemals zuvor, sie fand es komisch. Sie dachte an den Soldaten. Die Gedichte enthoben sie ihrer Lage nicht, sie brachten sie zum Lachen. Auch das Gedicht von Mörike, das Albert und sie so oft als wahre und schöne Aufzeichnung auch ihrer Liebe angesehen hatten, ›Von deinem Anschaun tief gestillt ...‹ bestand die Probe nicht; es war verlogen, weltfremd, schreckensfremd, kriegsfremd; die Verse waren lächerlich; sie griffen Stücke aus einer geordneten Welt heraus und gaben vor, diese Stücke seien das Ganze. Sie leugneten die Ordnung, welche vorsah, daß sich Menschen in verwüsteten, bekotzten und verkoteten Zimmern dankbar aufhielten, daß Frauen von erzwungenem Geschlechtsverkehr wund wurden und ohne Hoffnung in der Nacht auf den Morgen warteten. Sie schloß das Buch. Es war kein richtiges Buch; es war das, was die Deutschen ein »Büchlein« nannten, und sie nahm sich vor, niemals wieder, sollte sie errettet werden, ein »Büchlein« anzufassen.

Stärkender war es, die russischen Zahlen zu sprechen: adin, twa, tri, tjätirjä, pjatj, schjästj, sjämj, wossjänj, djäwjatj, djässjatj. Es hörte sich schön an, lyrisch, stark. Es war ein Tor in eine neue Sprache. Sie würde eines Tages ›Oblomow‹ auf russisch lesen können, Ljesskow, Dostojewskij, alles im Original. »Djäwjatj, djässjatj.« Der Soldat würde sich freuen, wenn sie es richtig aufsagte.

Es war hell, als er kam, mit einem Kochgeschirr voll heißer fetter Suppe, ein schwerer Silberlöffel stak zwischen Kartoffeln, Kohl und Fleisch. Elsa fand es passend, jetzt etwas zum Essen anzunehmen. Am Leben erhalten mußte sie sich, wenn sie auch nicht alles essen wollte. Sie aß zehn Löffel, dann legte sie beschämt noch zehn dazu, den Rest gab sie dem Soldaten zurück, und er schüttete ihn in die Waschschüssel.

Es schien, als seien die Eroberer in der Nacht nicht vorwärtsgekommen, denn ihre Posten in diesen Häusern des Spandauer Bergs stabilisierten sich. Doch waren sie guter Laune und voller Scherze. Nikolai kam mit seinem Leutnant und zeigte ihm Elsa. Der Leutnant breitete eine große Karte auf der Chaiselongue aus und erklärte Elsa mit stolzen Handbewegungen den Siegeszug der Russen. Sie nickte zu seinen Worten, und Nikolai ließ sie mit dem Leutnant allein. Andere Soldaten kamen ins Zimmer, sie überfielen Elsa nicht, und sie schloß daraus, daß sie als Nikolais Eigentum geachtet wurde. Nun fand sie sich auch sehr geschickt. Jenes Mädchen hatte sich, wie sie jetzt beobachtete, ebenfalls fest mit einem Soldaten eingelassen; es war der mit den gelben großen Zähnen und dem Kopf, der an einen Fußball erinnerte. Beide statteten Elsa einen Besuch ab, und sie bedachte entsetzt, wie Albert diese Art, die Lage zu meistern, beurteilen würde.

Die Harmonie der vielfältigen Begegnungen wurde gestört, als der Leutnant Elsa doch begehrte. Nikolai brachte sie in eine andere Wohnung und suchte diese Zuflucht geheimzuhalten. Diese Wohnung lag im zweiten Hinterhaus, und er schloß sie dort ein, nachdem er sie wieder umarmt hatte. Sie fand einen Wassereimer, sie wusch und kämmte sich. Mit einer weichen Hautcreme suchte sie ihre Wundschmerzen zu lindern. Es klopfte an ihre Tür, aber es war nicht Nikolais Zeichen, und sie öffnete nicht.

Gegen Mittag kam Kolja zurück und nötigte ihr eine Speckseite auf. Dann zog er sie aus der Wohnung fort. »Leutnant!« sagte er und bedeutete ihr, daß der Leutnant sie überall suche. Er lief mit ihr über Höfe und Flure, bis sie zu einem Hof gelangten, wo ein Kaninchenstall leer stand. Dort sollte sie warten. Elsa setzte sich auf einen Holzklotz und dachte dankbar an Kolja. Es war unanständig, jetzt an Albert zu denken. Eher wanderten ihre Gedanken zu Giovanni, für unmittelbare Tröstung stünde er ihr in ihrer Lage näher.

Sie wunderte sich über diese Häuser mit ihren doppelten Hinterhöfen. Immer hatte sie nur die Fassaden gekannt, jetzt fand sie Zuflucht in den Wohnungen der kleinen Leute, von deren Leben sie nichts wußte. Diese waren aus ihren Häusern und Hinterhäusern vertrieben, aber die Bewohner anderer Straßen durften ihren Platz einnehmen.

In dem Kaninchenstall war der Inhalt einer zahnärztlichen Kartei ausgeschüttet. Bei »Fränkel, Erich« und »Bartz, Alfred«

waren die Zeichnungen beider Zahnreihen durchgestrichen. Neben ihren Namen standen Kreuze, Fränkel hatte, offenbar in einem Urlaub, eine Krone machen lassen, Nummer drei rechts oben; dann war er wohl gefallen. Bartz, gewöhnliche Zahnsteinbehandlung, Oktober 43, war nicht mehr gekommen, obwohl Nummer 7 oben rechts distal zur Beobachtung vorgemerkt war. Er wäre jetzt zweiunddreißig Jahre alt, vor einer Woche hätte er Geburtstag gehabt.

Die Stunden vergingen. Auf dem Hof, im Stall war Stille. Elsas Schmerzen schwanden. Sie vergaß den Soldaten, vergaß Giovanni. Sie wandte einige Karteikarten um und schrieb auf den Rückseiten an Albert.

Es gibt nun Stunden, in denen Du schon mehr eine Abstraktion bist, in denen meine Liebe kein Gefühl mehr ist, sondern ein Prinzip. Es ist ein Prinzip, Dich und mich auszusondern aus der Summe realer Ereignisse. Ich erreiche damit eine befriedigende kühle Ordnung der Erscheinungen um mich her. Da kocht das Leben einen absonderlichen Sud aus, den zu betrachten interessant ist, wenn man versteht, sich ihm zu entrücken. Deine große Kunst war es immer, Geschehnisse zu objektivieren und Dich in die Lage zu versetzen, sie mit Kälte anzusehen. Nur haben Deine Gedanken vielleicht noch zu viel Erhabenheit, oder jedenfalls mir bescherten sie einen Rausch geistiger Macht. Den Tatsachen ihren Platz anzuweisen – welches Gefühl der Stärke! Tatsachen haben über den Geist keine Gewalt, sie breiten sich vor ihm nur hin zur Begutachtung, zur Einschätzung ihres Wertes.

Dies erhabene Machtgefühl freilich hat mich verlassen. Ich habe nach einer noch hochmütigeren Position gesucht und sie gefunden. Ich stehe im Strudel von Tatsachen; ich erdulde sie; ich lasse mich von ihnen erproben; ich belauere und bestaune sie; sie prüfen mich und finden mich stumpf, unempfindlich, entwichen in die Abstraktion. Nicht erhoben bin ich, sondern gleichmütig. Der Machtgeist, der Katastrophengenuß des Pessimisten, der sein tragisches Lebensgefühl feiert, erscheint mir sentimental.

In Augenblicken der Ruhe mühe ich mich, in meine gewohnte Existenz zurückzufinden. Die Übungen des Entweichens sind nicht ohne Gefahr. So übe ich sehnlich die Wiederkehr, prüfe, ob ich Wärme auf meiner Haut spüre, Holz, Erde, Sonne rieche, Luft auf meiner Zunge schmecke. Ich versuche, mich mit mei-

nem Körper neu zu identifizieren, und ich übe, auch Dich als körperlich vorhanden wiederzufinden.

Hier ist eine Bretterwand, durch ihre Ritzen fallen Sonnenstrahlen, es ist ein schöner Frühlingstag, ich weiß nicht, welches Datum wir haben.

Immer im Frühling haben wir unsere Gesichter als neue Gesichter aufeinander zukommen sehen. Dein Mund war ein neuer Mund, die Haut Deiner Lippen – ich versuche, mich zu erinnern – war lauwarm; sie schmeckte nach Märzluft, nach Aprilluft. Die Torheit junger Mädchen, auf Küsse zu warten, die sie sich heiß denken. Gras und Laub des Vorjahres unter unseren Kleidern, der Blick hinauf an Kiefernstämmen, der Blick in Deine Augen über mir, die mein Gesicht erforschen wollen, mit diesem spähenden, gründlichen Suchen nach dem, was in mir sein mag. Die Holzplanken des Bootes unter uns, das Zerren an den Badeanzügen, alles Haar bunt flimmernd in der Sonne, der dunkle Haarstreifen von Deiner Brust hinunter zum Schoß. Meine Brust, flach, unter Deiner Hand. Der Kreis, geschlossen zwischen Mund und Schoß, Schoß und Mund. Das eine, einzige Tier, das in sich selber ruht, in einem einzigen Atem, in Sonnendunkelheit, ungeteilten Geschlechts, embryonal, zu keiner Geburt verdammt.

Meine Lippen wissen nichts mehr. Undeutlich kennen sie nur noch die Form Deiner Schläfen, undeutlich die zart gespannte Haut unter Deinen Augen. Meine Zähne erinnern sich Deiner Schultern, auf der linken steht ein kleiner Knochen ein wenig mehr hervor als auf der anderen. Meine Hände wissen nicht mehr alles von Deinem Körper. Meine Augen nur, den Befehl gewohnt, mir alles zu zeigen, geben mechanisch wieder, was sie einmal bewahrt haben. Das bläuliche Delta der Pulsadern, die dunklen Haare am Handgelenk, die Form der Fingernägel, die naive Weiße der inneren Handfläche.

Jemand hat mir eine Zigarette geschenkt. Man sagt, die Gefangenen der Amerikaner erhalten auch Zigaretten. Ich denke mich in den Rauch Deiner Zigarette hinein; er duftet stark; er ist parfümiert; er bildet weißlich blaue, kreisende Schleier. Der Rauch, der vor mir, in den Sonnenstrahlen hinter der Bretterwand, schwebt, ist grau und von starkem einfachem Geruch. Es ist eine russische Zigarette, es ist Machorka.

Später am Nachmittag schwankten betrunkene Soldaten vorbei. Als sie in den Kaninchenstall einbrachen, kroch Elsa zur anderen Seite durch ein Loch in der Lattenwand hinaus und lief zu den Häuserblocks zurück. Sie traf Kolja; er versteckte sie bald hier, bald da. Manchmal hörte sie die Stimme des Leutnants »Elsa! Elsa!« rufen. Kolja verlangte ihre Hingabe, sooft sich eine Tür hinter ihnen schloß.

Am Abend sah Elsa Frau Reitze auf einem Stuhl in einem Keller sitzen. Sie näherte sich ihr zaghaft und steckte ihr die Speckseite zu. Frau Reitze sah nicht auf, wortlos steckte sie den Speck in ihre Tasche. Sie hatte ihre Nichte in der ganzen Zeit nicht gesehen und nichts von ihr gehört.

Kolja zog sie weiter. Sie begegneten dem Leutnant, der »Elsa!« rief, aber eine marschierende Soldatenkolonne brachte sie auseinander. Endlich fanden sie eine abgelegene Wohnung, die verlassen schien. Als sie das einzige Zimmer betraten, zeigte sich aber, daß sie doch nicht leer war. Das geschickte Mädchen stand vor einem Spiegel und knüpfte sich ein schwarzes Band ins Haar.

»Kommen Sie nur!« rief sie Elsa zu, »hier ist einigermaßen Ruhe. Hier sollten wir uns zur Nacht einrichten. Ich heiße Cilly.«

Es wurde dunkel. Nikolai brachte den Mädchen Brot und Marmelade. Cilly aß, dann bestrich sie ein paar Schnitten und lief in der Finsternis davon, um sie ihrem Freund zu bringen. Elsa suchte im Treppenhaus nach Wasser- und Sandeimern, um ein Klosett einzurichten.

In einem Kellergang sah sie ein Mädchen mit aufgelöstem Haar in einer Nische sitzen. Es war Gundula. Ihr Cello hatte sie verloren. Ihr Rock war zerrissen. Von weitem hörte man russische Stimmen und Stiefelpoltern. »Kommen Sie«, drängte Elsa, »ich bringe Sie in Sicherheit.«

Sie half ihr auf und stützte sie. »Das habe ich nicht gewußt«, wimmerte das Mädchen. »Ich habe meine Tage, aber das macht denen nichts. Sie haben in Reihen angestanden. Und ich hatte noch nie ... Immer haben sie mir ein Brot übers Gesicht gehalten und gesagt: ›Nur noch ein Kamerad. Nur noch einer.‹«

Als sie zu sehr blutete, ließen sie sie liegen und gaben ihr das Brot in den Arm. »Wo ist es bloß?« jammerte sie. »Ich könnte es Ihnen geben. Ich konnte es nicht in der Hand halten. Es war dort hinten, in einem Gang, es war hell dort.«

Elsa brachte sie zu Cilly, die ihr ein Lager richtete. Sie schlossen die Wohnung ab und öffneten nur auf Nikolais Klopfzeichen. Cilly und Gundula lagen in den Ehebetten. Gundula sah stumm zur Decke. Als der Rundköpfige kam, mit Koljas Klopfzeichen, erklärte Cilly ihm, diese Frau sei so gut wie tot und müsse beschützt werden. Der Rundköpfige legte sich zu Cilly. Elsa nahm sich mit Nikolai ein Bett an der gegenüberliegenden Wand. Sie löschten die Kerze, und im Dunkel hörte man die einförmigen Geräusche der Umarmungen zwischen den beiden Paaren.

Um Mitternacht wurde an der Tür gerüttelt, und die Stimme des Leutnants weckte die Schläfer. Nikolai zögerte, dann erhob er sich und öffnete. Der Leutnant leuchtete das Zimmer mit einer großen Taschenlampe ab und nickte. Er verlangte, in diesem Zimmer zu schlafen. Sein Blick fiel auf Gundula. Sie hielt die Augen geschlossen. Ihr engelhaftes Gesicht brachte den Leutnant auf neue Gedanken. Die Soldaten redeten mit ihm, der Leutnant setzte sich zu Gundula ans Bett und sprach freundlich auf sie ein. Elsa sah er nicht mehr an.

»Angucken müssen Sie ihn schon mal«, sagte Cilly. Das Mädchen öffnete die Augen, und vor der hellen einfältigen Bläue ihres Blickes änderte der Leutnant seinen Ton. Er wollte mit in den Ehebetten schlafen und verlangte es jetzt energisch. Verhandlungen entwickelten sich. Der Leutnant wünschte Gundulas Hingabe, blieb aber noch beim drängenden Bitten, ohne Gewalt anzuwenden. Elsa flüsterte verstört: »Und ich habe gesagt, ich kann sie beschützen!«

Cilly sprach auf die Soldaten ein. »Daß sie einen aber auch gar nicht verstehen!« rief sie verzweifelt.

»Es nützt nichts, daß Sie so laut mit ihnen reden, davon verstehen sie auch nicht mehr.«

»Ist das nicht furchtbar, daß man diese Sprache nicht kann! Was reden die bloß! Wenn sie sich nur entschließen könnte, es ein einziges Mal wenigstens zu tun! Das ist doch noch immer gar nichts gegen die ganze Kompanie, die sie da draußen hatte.«

Cilly wandte sich an Gundula: »Hören Sie! Einmal, das ist vielleicht nicht zuviel. Versuchen Sie es doch!«

Aber Gundula schüttelte den Kopf und schloß die Augen.

Der Leutnant löschte die Taschenlampe. Das Mädchen schrie auf. Der Rundköpfige entzündete ein Streichholz und holte aus seiner Tasche einen Kerzenstummel hervor. Im Kerzenlicht schien seine Kopfhaut durch die Haarstoppeln, seine großen gelben Zähne fletschte er, und mit seinen kalten grauen Augen lachte er, er sagte: »Frau nicht mit Leutnant, ich raus, zwanzick Kamerad mit Frau!« Er warf seine gespreizten Finger zweimal in die Luft. »Zwanzick!«

Elsa fühlte ihren Kopf von Stichen gepeinigt, als würden Nadeln hineingetrieben. Sie fühlte, wie ihr Haar weiß wurde. Der Rundköpfige, Gelbzahnige lachte. Sie saßen zu viert auf dem Rand der Ehebetten und berieten, wie sie sich einigen könnten. Haß breitete sich zwischen den Augenpaaren. Nikolai blickte kalt und ungeduldig. Dann blies Cilly einfach die Kerze aus. Es war ein Zeichen, daß die Besiegten nun nicht weiter wußten und sich abermals ergaben. Im Dunkeln legten sie sich hin, bis auf den Leutnant, der mit fauchenden ungeduldigen Lauten jetzt allein auf Nikolai einsprach. Kolja machte Elsa klar, der Leutnant habe einen letzten Vorschlag gemacht: Wenn er Elsa bekäme, nur einmal, würde er von der anderen ablassen.

Elsas Geist verwirrte sich, ein schepperndes Lachen überwältigte ihr Bewußtsein, indessen nicht lange. Die ekstatische Neigung, das junge Mädchen zu beschützen, wich der Einsicht, daß das erwartete Opfer unstatthaft groß sei. Wie wollte sie es vor Albert verantworten? Sie kroch, Koljas Mantel über sich ziehend, dicht an ihn heran, legte ihr Gesicht an seine Brust. In der doppelten Dunkelheit der Nacht und des Mantels fühlte sie sich in den Armen eines guten und erbarmungsvollen Menschen, dem in einer Welle entfesselter Schwärmerei ihre Zärtlichkeit entgegenschlug, während sie, nun fast schon ohne Mitleid, das Wimmern des Mädchens hörte. Sie fühlte sich mit Kolja als Liebespaar in einem alles gestattenden Chaos. Sie erklärte es Albert, und Albert verstand es; er begriff, daß es sich um eine außerordentliche Lage handelte, in welcher unkontrollierbare hysterische Gefühle ausbrechen konnten.

Der Soldat zog sie auf eine neue, gefühlvolle Art an sich, sie küßten sich in weinerlicher, kindischer Hingabe, und trotz ihrer Schmerzen ließ Elsa ihren Freund endlich ein wenig Leidenschaft spüren. Eng umschlungen schliefen sie, bis es hell wurde, ohne Träume, nur mit dem im Schlaf noch süßen Bewußtsein, im grausamen Untergang der Stadt, fern von Eltern und Geliebten, doch nicht allein zu sein.

Sie erwachten in der Morgenhelligkeit von Granatenkrachen. Der Rundköpfige und der Leutnant waren schon fort. Kolja schnallte sein Koppel um und rannte hinaus. Die Korridore und Treppen dröhnten von Stiefeltritten. Die drei Mädchen sahen sich an. Ihre Haare waren nicht weiß geworden. Gundula hatte sich gewaschen und ihre Leiden etwas lindern können. Der

Leutnant hatte ihr ein Paket Watte gebracht. Sie sagte: »Wenn die Ehe auch so ist! Wissen Sie was davon? Will es auch der Ehemann siebenmal in der Nacht?«

»Nur wenn die Frau es gern hat«, erklärte Cilly. Sie rieb sich mit Eau de Cologne den Hals ab. Gundula beugte sich stöhnend über ihre Schuhe und knüpfte die Bänder zu. »Ich werde niemals heiraten.«

Tritte an die Tür zwangen die Mädchen zu öffnen. Eine Gruppe fremder Soldaten befahl ihnen, das Haus zu räumen. Aus den Kellern kamen die Übernächtigten, die schon die zweite Nacht auf Bänken verbracht und das Tanzstundenspiel ihrer Töchter angesehen hatten. Die Soldaten leiteten sie mit fauchenden, bellenden Lauten, sie konnten ihren Weg nicht wählen; sie begriffen, daß sie aus ihrem Stadtteil fortgetrieben werden sollten.

Cilly und Elsa blickten sich suchend nach ihren Freunden um. Aus den Fenstern des Stockwerkes, das sie eben verlassen hatten, sahen Nikolai und der Rundköpfige ihnen nach. Sie lachten höhnisch; ihre stolz gewölbten Blusen und ihre rechteckigen Uniformschultern bewegten sich schütternd auf und ab. Der Fußballköpfige prunkte mit gelbem Gebiß; der andere Soldat, der Elsa zuletzt als wahrer Engel erschienen war, schlug mit der Hand aufs Fensterbrett, wie aus Freude über den gelungenen Spaß.

Elsa war gepeinigt und niedergeschlagen. »Seltsame Menschen sind das«, sagte sie zu Cilly, die schon keine Gedanken mehr an die Soldaten wendete. Sie sorgte sich um ihren Gefährten, zu dem sie nicht mehr zurück durfte und den sie nun aus den Augen verlor.

»Sie müssen wissen, er ist gelähmt«, sagte sie.

Auf der Straße sammelten sich die Einwohner der Gegend um den Spandauer Berg, die in Richtung Siemensstadt gedrängt wurden. Brandgeruch erfüllte die Luft. Hinter sich sahen sie hohe steile Flammen.

»Ist das die Soorstraße?«

Niemand wußte es. Wer in der Soorstraße wohnte, sagte nein, es müsse die Königin-Elisabeth-Straße sein.

»Ich kann mir vorstellen«, sagte Elsa, »daß wir nun nach Rußland vertrieben werden. Ja, ich sehe uns schon in Sibirien.«

»Wir müssen warme Sachen mitnehmen«, bedachte Cilly, und sie griffen, als sie an offenen Wohnungen vorbeikamen, nach zwei wollenen Pullovern.

Eine neue Daseinsmöglichkeit eröffnete sich. Das bisherige Leben war abzuschließen, als verfehlt. Den Stunden des Todes und der Auferstehung folgte nun ein neues Leben. Ein anderer Nikolai würde kommen, vielleicht ein besserer; man konnte die Frau eines Moskauer Taxichauffeurs werden und auf stumpfe, redliche Art mit ihm leben. Es war leicht, nach einem Jahr Fabrikarbeit, sich das vorzustellen; der Werkmeister, selbst Lockenpaul erschienen jetzt nachträglich als denkbare Objekte solcher lebensklugen Einsichten. Fräulein Lewinskys altes Leben war womöglich schon lange zu Ende gegangen, ohne daß sie es wahrhaben wollte.

»Vor allem keine Roheiten mehr«, sagte sie, »ich fürchte mich so.«

»Was wird aus meinem Freund werden!« klagte Cilly.

Der Zug bewegte sich langsam und ungeordnet. Die Rufe der Soldaten: »Komm, Frau!« begleiteten ihn. Frauen und Mädchen wurden herausgerissen. Später rannten sie an der Prozession entlang, um ihre Angehörigen wiederzufinden. Mütter übergaben ihre Kinder alten Frauen und alten Männern, die ihren Gang verlangsamten und zu warten versuchten.

»Ich hab' nun schon zwölfmal gemußt«, sagte eine Frau mit wirrem Haar.

»Das ist noch gar nichts«, sagte eine andere mit grobem großem Gesicht, »ich zwanzigmal.«

Ihrem Kind, das sie an der Hand hielt, erklärte sie:

»Mußt keine Angst haben. Mutti kommt immer wieder!«

»Was soll man der Kleinen sagen?« fragte sie ihre Nachbarin.

»Die Deutschen sind aus Ruhleben zurückgestoßen. Jetzt wird Westend Kampfgebiet.«

»Hitler ist tot.«

»Haben Sie auch so oft drangemußt?«

»Er hat sich das Leben genommen. Das ist bequem.«

»Ich hatte immer gedacht, er müßte mal im Zoo ausgestellt werden. Und seine Reden müßte er immerzu hören. ›Wo der deutsche Soldat einmal steht, da geht er nie mehr weg.‹ Und ich würde vorm Gitter stehen und lachen.«

»Aber Sie waren doch in der NSV? Sie kamen doch immer kassieren?«

»In der Puls-Stiftung haben sie die Wöchnerinnen vergewaltigt.«

»Und ein Bordell haben sie im Krankenhaus eingerichtet.

Mit allen Krankenschwestern. Die Ärzte und Schwestern haben sich alle das Leben genommen.«

»Ach, das kann man verstehen. Ein Bordell!«

»Mein Gott, was wird heute nacht? Wo werden wir sein?«

Cilly und Elsa gelang es, von den Soldaten übersehen zu werden. Gundula wurde immer wieder aus dem Zug herausgerufen, am Ende sahen sie sie nicht mehr.

In Siemensstadt hörten sie von verweinten Frauen, daß hier alles so war wie in Westend. »Keine Tür kann man zuschließen. Sie brechen alles auf, alles ist kaputt. Es gibt keine Verstecke mehr.«

»Die haben es den Soldaten versprochen, daß sie es dürfen, daß sie alle Frauen kriegen.«

»Nein, es ist streng verboten. Man muß es einem Kommissar sagen. Der sorgt für Ordnung.«

Am Nachmittag durfte der Zug halten. Cilly und Elsa gingen in ein ausgeräumtes Kino, wo die Familien sich auf der Erde niederließen und hofften, die Nacht hier verbringen zu können. Die Türen konnten gesichert werden, hieß es. Noch aber waren sie offen, und draußen standen die winkenden und rufenden Soldaten.

»Dies grauenhafte Wort, das sie immer rufen!« erregte sich Elsa.

»Sie wissen eben kein besseres. Außerdem, wissen Sie eins?«

Cilly fand in ihrer Handtasche noch eine Zigarette, sie teilte sie mit Elsa.

»Haben Sie keine Angst, daß Sie ein Kind kriegen?«

»Nein, wenn ich nichts empfinde, empfange ich nicht. Sind Sie etwa so dumm?«

»Und Geschlechtskrankheiten?«

»Gott, man hofft doch, daß man Glück hat.«

»Wir können nach Hause!« rief ein alter Mann.

Die Nachricht verbreitete sich, und die Menschenmengen aus Westend strömten zurück in die Richtung ihrer heimatlichen Straßen.

Auf ihrem Weg fanden sie einen Häuserzug in Flammen. Sie betrachteten das Schauspiel, wie sie es so viele Male in den vergangenen Jahren mit angesehen hatten; immer war ein heimliches Entzücken dabei gewesen, falls sie nicht selber es waren, die in den Feuern alles verloren.

Aschendunst und Geröllstaub verfinsterten den Tag. Asche färbte die Haare der Frauen schwarz, ölig hingen die schmutzigen Locken in ihre schmutzigen Gesichter. Löschwasser spülte in hohen Lachen an die Rinnsteine. Blaue und grüne Flämmchen schlugen aus der Flut hoch, gebrochenen Gasrohren steil entweichend. Koffer, Bündel, Schüsseln, Stühle, Kommoden standen auf den Bürgersteigen. Russische Lastwagen hielten und luden auf, was den Soldaten gefiel. Alte Frauen saßen in Sesseln und sahen ins Feuer. Prozessionen von Menschen näherten sich, dunkel und schweigend. Manche suchten Sachen, die sie brauchen konnten.

Das Feuer streckte sich hinter den Häuserfassaden in die Höhe und wuchs über die sinkenden Dächer. Es fächerte sich auf zum Ballett, schlug in großen Solofiguren hoch, die mit gelben Händen über sich griffen, in roten Gewändern tosten, unter sich ein festliches Gold, das durch alle Fenster leuchtete. Die Glut fraß sich von Tür zu Tür, eroberte Tapeten, riß Dielen auf, waberte hervor, grüßte die Menge, streute schwarze Konfetti, warf schwarze Fetzen in die Luft. Das Feuer fraß Klaviere und nagte sie ab bis auf die glühenden Saiten. Es öffnete Schränke und tanzte mit Kleidern und Anzügen, und die Seelen der Sachen fuhren auf zum Himmel. Herdplatten, Nähmaschinen, Ofentüren sanken von Fußboden zu Fußboden, rissen in jedem Stockwerk andere Herdplatten, Ofentüren mit sich und versammelten sich auf glosendem Boden in der Asche. Eisenträger glühten in trüber Röte und ließen ihre Steinlasten fallen.

Die Menschen, die in langen Reihen aus Siemensstadt nach dem westlichen Charlottenburg strebten, wagten nicht zu glauben, daß sie frei waren. Aber der Weg wurde ihnen nicht verstellt.

»Die Deutschen haben kapituliert. Berlin hat sich ergeben.«

Die Verzweiflung wich vielfältiger Hoffnung.

»Meinen Freund werden sie dortgelassen haben. Wie sollten sie einen gelähmten Mann vertreiben?«

Cilly bahnte den Weg für Elsa. Die Mädchen rannten, niemand hielt sie an.

Gelbgraue Aschenluft umschwebte leere Fensterhöhlen. Fräulein Lewinskys Augen blieben trocken. Der Tag Null war da, ein Leben ohne Vergangenheit, ohne Wurzeln, ohne Lasten. Die Minute Null war da, Neugeburt, neue Jugend, neue Freiheit, neue Entscheidungen.

Der Brand war erloschen. Die Steine glühten. Der Hauseingang war unbeschädigt und sah aus, als liege hinter ihm das Treppenhaus wie immer. Wenn man es geschickt anstellte, käme man noch die Treppen hinauf in die Wohnungen. Sooft man durch die Haustür hineinging, stellte sich sekundenlang diese Illusion her. Dann wiesen die ausgebrannten Mauern höhnisch ihre kahlen Flächen.

Cilly kam gelaufen und rief: »Unser Haus ist ausgebrannt, fast ganz, aber unsere Wohnung nicht.« Sie ergriff Elsas Hand. »Kommen Sie. Mein Freund ist da. Er wartet.«

Sie nahm Elsa den Brotbeutel ab und rannte schräg über den Fahrdamm zum ausgebrannten Appartementhaus. Elsa blieb zurück.

Sie ging durch den glühenden Flur auf den Hof. Die Hausbewohner liefen geschäftig hin und her, ohne zu sprechen. Sie kannten einander nicht mehr. Polnische Soldaten kamen in den Hof und sahen sich nach Frauen um. Fräulein Schwandritzky stand neben dem Müllkasten und klagte: »Nun stehe ich schon eine halbe Stunde hier. Ich bin wohl schon zu alt!«

Frau Fellhauer schlurfte umher und fragte Elsa: »Können Sie mir was wegtragen helfen?« Elsa ging an ihr vorbei. Aus der Kellertreppe schlug eine Glut, in die niemand hinabzusteigen wagte. Ein polnischer Soldat stellte sich neben der Kellertür auf und zündete eine Kerze an.

»Sehen Sie«, sagte Frau Fellhauer, »er will Ihnen leuchten. Der tut Ihnen nichts.«

Der Soldat forderte Elsa auf, vor ihm die Kellertreppe hinunterzugehen. Der Schweiß schoß ihr aus den Poren. Nase und Lunge füllten sich mit glühender, trockener Luft. Sie atmete Feuer ein, aus Augen und Ohren kam es wieder heraus. Im Kerzenlicht fand sie den Keller mit ihren Sachen. Sie dachte an die Koffer, an ihre Kostüme, an ihre Seidenkleider. In ihrer Manteltasche hatte sie die Schlüssel. Sie klapperten zwischen den Armbändern und Ketten. Niemand hatte ihren Schmuck genommen.

Der Soldat stellte die Kerze auf eine Kiste. Er zog seine Pistole und setzte sie an Elsas Kopf. Sie hob die Hände und der Soldat legte seine von der Glut trockenen Lippen auf ihren Mund. Seine Zunge schoß hervor wie ein Salamander und glitt zwischen ihren Zähnen hindurch. Er riß ihr den Rock hoch, sie nahm die Hände herunter und half ihm. Sie erledigten den Vorgang im Stehen. Der Soldat schloß dabei die Augen. Er hatte kurze blonde Wimpern. Seine Wangenknochen waren hoch und breit. Elsa hörte ihre Mutter sagen: »Ein so richtig polnisches Gesicht!« Sie hörte ihre Eltern im Schlafzimmer in Wulkow beim Ausziehen sagen: »Wenn aber einmal die Polen kommen sollten ...« Sie sah die breiten Wangenknochen des Mannes an, sie hörte nebenan im Schlafzimmer der Eltern das Waschwasser in der Schüssel hin und her spülen und in den Eimer stürzen. Die Polen waren gekommen, Wulkow war verloren, der Pole war da und drängte sich in sie hinein, er quälte sich und schwitzte. Sein Gesicht glänzte, Tropfen rannen ihm von der Stirn. Er stöhnte und schüttelte sich und trat zurück. Er küßte Elsa noch einmal, und die glühende Luft zog ihnen trocken durch die Nase.

Der Soldat leuchtete, um Elsa zu helfen. Sie nahm zwei Koffer und schleppte sie in den Gang. Aus dem Luftschutzkeller war ein Keuchen zu hören. Elsa trat in die Tür, der Pole ging mit der Kerze hinein. Ein verfallenes, schweißüberströmtes Paar saß auf einer Bank, auf einer Bahre lag eine unförmige Frau, mit einem dick aufgetriebenen Bein. Das Paar waren Herr Havemann und seine Frau, die Frau auf der Bahre war eine Fremde. Der zitternde alte Mann war mit seiner Frau in den Keller zurückgekehrt, die Soldaten hatten es geduldet, später hatte niemand sie mehr beachtet. »Brennt das Haus noch?« flüsterte die Frau. »Mein Mann kann nicht mehr laufen.« Der Mann saß mit wankendem Oberkörper vorgeneigt da, er nahm den Kerzenschein nicht wahr, er hörte auch nichts. Die Frau auf der Bahre wimmerte. »Die stirbt«, sagte Frau Havemann, »ihr Mann hat sie hier liegengelassen.«

Der Soldat trieb Elsa weiter und trug ihre Koffer. Oben im Hof stellte er sie hin und ging fort.

»Können Sie jetzt auch meine Sachen holen?« fragte Frau Fellhauer. Elsa ging mit ihren Koffern über die Straße. Ihre Knie waren weich. Auf der Straße lag ein alter Mann, das Gesicht auf dem Pflaster. Er hatte einen grauen Bart, der umgeklappt war und seine Nase wie ein Nest umschloß. Er war tot. Auf seinem Hinterkopf saß ein zu kleiner grauer Hut.

Elsa erreichte die andere Straßenseite, Cilly kam ihr entgegen und nahm ihr einen Koffer ab. Die Bäume blühten. Das Feuer hatte sie nicht erreicht. Das Haus zeigte anschaulich seinen Grundriß und Aufbau. Die Eisenträger waren schon ausgeglüht. Das Treppenhaus, ganz aus Stein, war erhalten.

In einem Zimmer im Erdgeschoß saß ein junger Mann in einem Rollstuhl und sah von einem Album auf. Er war blond und rosig, seine glänzenden grauen Augen blickten durchdringend und fröhlich.

»Das ist Herr Winter«, sagte Cilly, »Fred, das ist die Dame ...«

»Machen Sie es sich bequem! Sehen Sie hier, meine Alben sind noch ganz. Ich presse Pflanzen und Blätter, wissen Sie. Hier Listera ovata, das Gemeine Zweiblatt. Dies hier ist ein Blatt der Tilia ulmifolia. Sie würden es für ein Lindenblatt halten, aber es ist ein Rüsternblatt. Lindenblättrige Rüster. Haben Sie was zu essen mitgebracht? Können Sie überhaupt noch was retten?«

Die Mädchen holten aus dem heißen Keller alle Koffer. Auf der Straße rannten die Wohnungslosen durcheinander und suchten Menschen, die sie aufnahmen.

Elsa sah an der Fassade ihres Hauses hinauf.

»Finden Sie sich mit allem ab«, sagte Cilly. »Diese Büchsen, sagen Sie, sind Leberwurst? Sind Sie einverstanden, daß wir alles teilen? Wir werden auch alles mit Ihnen teilen.«

Elsa überreichte ihr eine Flasche ›Je reviens‹ als Geschenk. Dem Jungen gab sie eine Flasche Eau de Cologne.

Elsa brachte auch einen Waschkessel voll Wasser in den Haushalt ein, es war noch heiß. Die Mädchen gingen und suchten zwischen dem Steingeröll nach Eimern. Sie regelten die Klosettfrage.

»Macht ihr nun was zu essen?« fragte der Junge.

Sie holten alte Kartoffeln aus Elsas Keller, von der Hitze waren sie angefault.

»In der Mitte des Hauses ist eine große Küche gewesen. In den Wohnungen gab es nur Kochnischen. Der Feuerungsherd der Küche steht noch da, die Wände ringsherum sind weg, aber der Kamin ist in Ordnung, man könnte auf dem Herd was kochen. Könnt ihr nicht Holz suchen?«

Aber die Mädchen wollten nicht mehr hinaus, es war dunkel geworden.

»Vor einer Woche hat der Portier mit seiner Frau uns noch

ein Essen in dieser Küche gerichtet, mit weißen Handschuhen hat er serviert; es war in Langholds Wohnung, über uns; es waren alles Leute vom Film zu Gast, alle aus dem Haus. Vorhin war der Portier da, er hat mir gesagt, daß nun das Proletariat regiert, und mir seine alte Mitgliedskarte von der Kommunistischen Partei gezeigt. Das ist alles sehr lustig.«

Cilly verteilte Zwieback und holte aus ihrer Handtasche Zigarettenkippen, die sie aufdröselte. Sie drehte drei Zigaretten und gab jedem eine. »Bald sind die Streichhölzer alle«, sagte der Junge.

Er legte sich mit Cilly auf das breite Bett in der Schlafnische. Elsa machte sich ein Lager auf dem Fußboden des Zimmers. Das Appartement lag nach hinten hinaus, die Fenster sahen in den Garten.

Brüchig und klagend zogen die Marschgesänge der russischen Soldaten durch die Straßen. Es war eine traurige Melodie, die vom Sieg eines Heeres nur in dumpfer Genugtuung kündete.

Der Junge, hinter dem Vorhang der Nische, sagte: »Ich hatte mich gefreut, weil die Russen doch so herrlich singen können. Aber das hier – alles andere als schön.«

Später sagte er noch einmal: »Daß sie so rauh und häßlich singen!«

Am Morgen war heißes, heiteres Wetter. Die Mädchen stellten Liegestühle in den versteckten kleinen Garten, der Junge stelzte auf Krücken mit schaukelnden Beinen hinaus, sie legten sich in die Sonne. Fred betrachtete seine gepreßten Pflanzen, Cilly schloß die Augen, Elsa las ›Oblomow‹. Die Heirat Oblomows kam nicht zustande. Wieder lag Oblomow nur im Bett oder saß auf dem Sofa. Nichts geschah, und er wollte nicht, daß etwas geschähe.

Die Vögel sangen. Baumlaub bauschte sich um Villen mit Altanen und Veranden. Elsa lebte im wirklichen Westend. Westend nahm sie auf, akzeptierte sie; sie lag im Garten einer herrschaftlichen Villa, in der Sonne, im Liegestuhl. Herrschaftlicher Vogelsang umgab sie. Nicht gesunken war sie, nicht auf dem Weg nach Osten in grauer, langer Menschenschlange, nicht gesunken, sondern erhoben.

Ich habe überlebt, ich lebe im Glück. Ich wohne im Grünen, das Haus liegt in einem Garten. Da ruhe ich im Liegestuhl. Dich habe ich neben mir, in einem zweiten Liegestuhl. Zwar liegt mein Wohltäter darin, der mich aufgenommen hat. Er heißt

Fred. Links von mir liegt Cilly, seine Freundin. Ich denke darüber nach, was ich arbeiten werde, wenn die Verhältnisse in der Stadt wieder geordnet sind. Studieren werde ich nicht mehr, ich fühle mich zu alt. Zu alt, um für Examen zu arbeiten; ich habe keine Geduld mehr. Geld, um zu leben, habe ich genug; ich war rechtzeitig bei der Bank, ehe alles gesperrt wurde. Wenn das Geld seine Gültigkeit behält, brauche ich lange Zeit nichts zu tun.

Alle Nächte werden nun voller Schlaf sein. Man geht abends schlafen und steht am anderen Morgen auf, wann man will. Wir werden lange schlafen, da brauchen wir nichts zu essen.

Auch die Zeit der Brände ist vorüber. Leider sah ich unser Haus nicht brennen. Immer sah ich nur fremde Häuser, fremde Straßenzüge brennen. Dies an dem Haus zu sehen, in dem ich siebenundzwanzig Jahre lang wohnte, habe ich versäumen müssen. Hundertmal haben wir den Dachboden gelöscht. Aber dies war ein anderes Feuer, nicht vom Himmel gefallen, sondern unten entzündet. Ich sehe an der Fassade hinauf, sehe die Löcher unserer Fenster, die Eisenträger, die unseren Balkon hielten. Ich sehe wieder den Balkon, mit frischgepflanzten Geranien. Sie riechen streng, und an den Blattstielen kriechen Läuse. Ich bin auf dem Balkon und gehe hinein in die Wohnung, die Tür klirrt. Ich gehe durch die Wohnung, da wird mir schon warm an den Füßen. Ich verabschiede mich vom Schlafzimmer meiner Eltern, vom weißen rotgerandeten Waschgeschirr, von ihren abendlichen Gesprächen. »Was soll aus Elisabeth einmal werden?« sagt mein Vater. »Sie ist zu zag, sie ist zu weich.« Jetzt aber bin ich hart, ich ziehe die Tür hinter mir zu, ohne mich noch einmal umzublicken. Ich sehe mir noch einmal das Herrenzimmer an, die blauen Klubsessel, das blaue Sofa, nach der vorletzten Gehaltserhöhung meines Vaters angeschafft. Das Grammophon, um das wir alle sitzen, mit Besuch, die Herren halten die Köpfe ernst geneigt, die Damen haben die Augen geschlossen. Ich lege den ›Pilgerchor‹ auf. Über dem Sofa eine Grunewaldlandschaft, eine Kopie nach Leistikow. Der Rauchtisch ist voller Kisten, die Kisten sind voller Zigarren. Der Zigarrenabschneider hat einen Griff in From eines Hirschkopfes. Das Zimmer schwillt an von Musik. Der Fußboden wird warm. Die Damen öffnen die Lippen leicht, sie werden durstig. Im Bücherschrank stehen Goethe und Schiller, unten links die Gesammelten Werke von Julius Wolff, dahinter ›Der krasse Fuchs‹ von Walter Bloem, ein sehr erregendes Buch, wenn man dreizehn ist und es heimlich liest. Mein Vater öffnet eine neue Flasche Wein. Meine Mutter folgt ihm gefühlvoll mit den Augen. Nur leise, denn man liebt die Musik. Die Damen nippen, schließen gleich wieder die Augen. Die Parkettbohlen knistern, einige wölben sich schon, hier und da brechen sie auf. Ich verlasse die Gesellschaft, ziehe die Tür hinter mir zu; ich bin in meinem Zimmer. Vor den Fenstern ist ein roter Schein. Meine Bücher beginnen, sich in der Hitze zu dehnen, die Deckel zu werfen. Literatur über König Arthur, englisch, französisch, deutsch. Mein Thema: Artus' Tod im keltischen Sagengut des 11. Jahrhunderts. Ich sitze am Schreibtisch, gehe den Erscheinungen menschlicher Vorbildlichkeit nach, den Ursprüngen menschlicher Unbekümmertheit, die auf moralischem Stolz beruht, der Unbefangenheit des Aristokraten, die seiner Erziehung zur Anerkennung Macht verleihender Tugenden entsprang; der Macht guter Sitten und guten Geschmacks; der Erhöhung des Menschen durch die Tugenden des Ritters, des Hofmannes, des Gentleman. Du bist da, Du sitzt am Tisch, und wir beargwöhnen diese Ritter. Wir haben Lust, Artus anzuzweifeln. Doch wissen wir keine Antwort auf die Frage: Haben plumpe Bauern außer dem Rechtsempfinden, das ihren Acker schützt, Bilder vom tugendhaften, gesitteten, vom schönen und genießenden Menschen geschaffen? Hatten sie das Zeug, den göttlichen Menschen zu erdenken? Brachten sie die geistige Kraft auf, Blutopfer anzubieten für Ideen? Der tugendhafte, genießende Mensch war es, der heute an herrlicher Tafelrunde saß, morgen aber dafür zu verbluten bereit war, daß immer wieder sittlich hochstehende und zum Genuß befähigte Menschen an Tafelrunden säßen – damit das Bild des edel lebenden Menschen erhalten bliebe? Wir zweifeln an allem. Wir rauchen und reden, meine Mutter schickt uns den Kaffee herein, Rosa bringt das Tablett, im schwarzen Kleid und weißer Schürze. Es ist Frieden, es gibt Nußtorte, meine Mutter weiß, Du ißt Nußtorte gern. Die Ofenkacheln werden warm, der Teppich wölbt sich an den Rändern wie ein Blatt, das welk wird. Ich lasse uns da zurück, sehe uns im Glück; noch einmal, durch den Türspalt, sehe ich mich im blauen Kleid, meine Fußspitze wippt, und Dich im grauen Anzug, es ist Friede, aber es breitet sich Glut in der Wohnung aus. Ich komme ins Berliner Zimmer, mit dem Büfett, dem runden Eßtisch, den hohen braunen Stühlen, dem Flügel, der Vitrine, Mamas Nähtischchen. Wir sitzen bei Tisch, Rosa hat den Braten aufgetragen; aber Mama klingelt noch einmal, es fehlt das Salz. Die Klingel hängt seitlich zwi-

schen den Fransen der Lampe. Das Geschirr im Büfett klirrt leise, Gläser und Täßchen in der Vitrine beben, das Tischtuch weht im heißen Wind. Im Hof stieben Funken.

Ich komme in das Plättzimmer, drohend steht das Plättbrett an der Wand; die Leiter stößt sich ab von der anderen Wand und fällt auf mich; durch die Dielen, die in der Mitte bersten, quillt Rauch. Ich eile zum Korridor, sehe in Rosas Kammer, da sitzt sie still auf dem Bett und stopft Strümpfe; bescheiden beschatten ihre Wimpern ihre breiten Wangen, die mit ihrem spitzen Kinn ein Dreieck bilden. Die kleine Schwarzwälder Uhr hört auf zu ticken und fällt herab von der Wand. Rosa zieht ihre Beine hoch, denn es wird heiß vom Boden her. In der Küche ist es noch kühl, doch eigentümlich warm ist der Steinfußboden. Ich sehe durch das Gucklock in der Hintertür, gegenüber starrt das Guckloch von der Tür Frau Rufs. Die beiden kleinen runden Glasscheiben sehen einander angestrengt an wie zwei entzündete Augen. Was ist zu tun? Die Treppe brennt.

Mit den Flammen durchrase ich alle Wohnungen in diesem Hause; düstere Ansammlungen üppiger Möbel, Büfetts aus Nußbaum und Eiche erzürnen sich noch über grauen Mörtelstaub, da fallen wir Flammen schon über sie her. Wir beleuchten Bilder von Friedrich dem Großen, Bismarck und Hitler. Golden leuchten die Pendel der Standuhren, noch schlagen sie aus, noch messen sie Zeit. Aber klirrend fallen die Pendel in den stürzenden Uhrengehäusen herab. Eine neue Zeit fängt an. Das Feuer schlägt zum Dach heraus; es hat Lust, alles von oben zu besehen, nachdem es so mühsam Stockwerk um Stockwerk gestiegen ist. Dann wendet es sich seiner Arbeit von oben zu. Ich trenne mich von den Flammen, springe hinunter, verfolge das Schauspiel von unten. Das Feuer reißt an den Schleifen meines Bettes, dies Rot macht ihm Vergnügen. Es leckt die Teppiche auf, beißt den Flügel an; weiß und schwarz beißt der Flügel zurück, aber da sinkt er schon mit dem Fußboden hernieder. Die Fußböden stürzen ein. Eine neue Zeit fängt an. Es ist die Stunde Null. Wohl jedem, der die Vergangenheit jetzt verloren hat, der keine Beweise mehr hat, welches seine Vergangenheit war.

Ich liege in der Sonne und finde in mir kein Bedauern. Zitronenfalter schwanken über Königskerzen. Die Stunde Null weht ein starkes Blau von Baum zu Baum.

Der Garten grenzte an die Gärten anderer Villen. Villenbesitzer kamen zu Besuch. Sie kannten einander und sprachen ihre feine

Sprache und benahmen sich, als werde es sie und ihre Häuser und ihre Gärten mit den Kutscherhäuschen immer geben, als werde nach jedem Weltuntergang ein Westend wieder auftauchen. Westend, eine Stätte nicht der herausfordernden Üppigkeit, sondern des feinen gemäßigten Wohlstandes, des gedämpften Reichtums, der selbstverständlichen Ansprüche besonnen angelegten und kultiviert ausgegebenen Geldes. Westend entzog Elsa das Glück über die Leichtigkeit der Stunde Null, des Tages Eins, und beschränkte es auf die Lust an der Sonne im Fliederlaub, auf das Wohlbefinden ihres im Liegestuhl ausgestreckten Körpers.

Ein buckliger Notar, Untermieter in einem der umliegenden Häuser, verkaufte ihnen kleine Hefte mit russischen Vokabeln in Lautschrift. Waren sie über Nacht in der Stadt gedruckt worden? Oder hatte ein Drucker sie schon heimlich vor längerer Zeit gedruckt und versteckt gehalten.

Sie lernten die Worte »Brot«, »Zigaretten«, »Kommandantur.«

Der Notar verriet Elsa, daß in einer verlassenen Garage ein Luftschutzbett stand. »Es ist anscheinend herrenlos, da können Sie es sich ruhig nehmen.«

Die Mädchen holten das Bett. Als sie in einem Geräteschuppen eine Matratze sahen, fanden sie, daß auch sie herrenlos war, und nahmen sie mit.

»Sehen Sie«, sagte der Junge, »so haben Sie schon wieder das Notwendigste.«

Im Nachbargarten zogen russische Soldaten ein und biwakierten. Ihre Feuer flackerten, Brandgeruch mischte sich in die Sonnenhitze. Der bucklige Notar reparierte das Wohnungsschloß und die Lattenverschläge der Fenster. Er sah sich in der Wohnung um und ging nicht. Die Mädchen gaben ihm eine Büchse Leberwurst.

»Wenn sie kommen«, sagte der Junge, »geht ihr die Treppe rauf. Mir tut keiner was.«

Die Steintreppe wand sich in der Ruine hinauf bis zum Dachgarten.

Die Soldaten kochten ihr Essen. Ihr Rufen und Schreien erfüllte die Alleen. Später schwärmten sie nach allen Seiten aus. In der Ruine des Appartementhauses fanden sie den Jungen im Rollstuhl, er empfing sie mit starrem glänzendem Blick. Die Mädchen hörten in ihrem Versteck die Stimmen der Soldaten. »Ich will das nun nicht mehr«, flüsterte Cilly.

»Ihr Freund! Wie wird er mit ihnen fertig? Er ist noch so jung!«

»Er ist nicht jung. Alle Leute denken, er ist achtzehn. Aber er ist dreißig. Mit achtzehn ist er krank geworden. Er träumt immer von seinem letzten Spaziergang. Immer geht er im Traum um den Wannsee.«

»Ihr könnt herunterkommen!« rief Fred.

Die Soldaten standen an der Wand. Fred blickte ernst. Den Kopf hielt er gerade erhoben und unbeweglich. Die Soldaten betrachteten ihn scheu. Es waren ein junger Leutnant, ein alter Unteroffizier mit breitem gelbgrauem Schnauzbart, und drei Korporale, unter ihnen ein Mongole, der sehr groß war und schwarzes glänzendes Haar hatte. Der Leutnant trat vor und legte Fred eine Schachtel Zigaretten auf die Armlehne des Rollstuhls. Sie verständigten sich in kindischer Zeichensprache und mit primitiven kurzen Wortreihen. Das war das Idiom zwischen Siegern und Besiegten.

Die Soldaten gingen fort und kamen mit Brot und Kochgeschirren voll kalter Suppe wieder. Der Notar stand an der Hekke und rief neidisch: »Wünsche wohl zu speisen!«

»Liebe Mädchen«, sagte Fred, »es scheint eine Zeit der Sorglosigkeit angebrochen. Nicht wahr, ihr macht die Suppe auf dem Herd heiß?«

Elsa und Cilly holten Kohlen aus dem Keller der Lewinskys.

»Ach, wie gut es uns geht«, sang Fred. Er kam zum Herd gefahren und sah zu, wie das Feuer anging. »Jetzt habe ich euch mein letztes Streichholz gegeben. Ach, und da kommt unser lieber Herr Kusche!«

Ein Mann mit übellaunigem Gesicht trat herzu und lehnte sich an einen Pfeiler. »Sie machen da einfach ein Feuer! Das erlauben Sie sich einfach so! Da werde ich nicht mal gefragt!«

»Aber! Sie werden doch nichts dagegen haben? Wie geht es, sind Sie gut untergekommen?«

»Ich hab' mir das Gartenhaus von der Gräfin Hatzfeld genommen. Hab's mir von den Russen gleich bescheinigen lassen.«

»Ach ja, Sie haben ja mit den Russen schon guten Kontakt. Da wohnte doch aber jemand in dem Gartenhaus, das war doch nicht leer?«

»Parteigenossen. Die sind abgeholt worden.«

»Seht ihr, die Wohnungsfrage ist leicht zu lösen.«

»Das kann ich Ihnen verraten! Das wird noch Luft geben! Was ist das für eine Dame da?«

»Darf ich vorstellen – Herr Kusche, Fräulein Lewinsky. Herr Kusche ist der Hauswart hier. Oder soll ich sagen ›war‹? Er hat viele lustige Stunden in diesem Haus mitgemacht. Es waren ja alles Leute, die mit Kunst oder Film zu tun hatten. Alles mögliche war hier los. Denken Sie noch an letzte Woche? Er hat immer alles organisiert und rangeschafft. Schweinskopfsülze und Remouladensauce gab's.«

»Ja, immer in den Tag gelebt. Und jetzt habt ihr alle nichts zu fressen. Da hat Kusche anders vorgesorgt.«

»Ja? Hat Ihre Frau das Eingemachte gerettet? Wie geht es den Damen überhaupt? Frau Kusche und Fräulein Evchen haben nämlich leider auch schlechte Tage hinter sich. Die Russen bedenken überhaupt nicht, daß sie hier auch alte Kommunisten antreffen!«

»Kommen Sie mir man nicht so! Kümmert euch um euch selber. Sie können ja nun nicht mehr von Ihrer Kapitalrente leben, wie Ihre Mutter sich das so gedacht hatte. Gelernt haben Sie nichts, Mutters Sorge war für die Katz. Und die Damen, auch reichlich mitgenommen, was?«

Er kniff die Augen zusammen und sah den Mädchen auf Hüften und Beine.

»Ich werde öfter nachsehen kommen. Vergeßt nicht, das Haus untersteht mir.«

Einen Stein mit den Füßen vor sich hinstoßend, ging er fort.

Die Feuer flackerten in den Gärten. Als es dunkel war, klopfte es an die Fensterverschläge. Die russischen Freunde wünschten, den gelähmten jungen Mann, seine Frau und seine Verwandte zu besuchen. Sie brachten Kerzen, Wein, Zigaretten, Brot und Wurst mit. Cilly deckte den Tisch. Alle setzten sich. Die Unterhaltung mit Zeichen und einzelnen Worten begann.

Hitler tot. Hitler nicht gut. Hitler schlecht. Hitler böse. Prosit! Prost! Russisch Soldaten – machen mit Frauen – nicht gut. Wir – russisch Soldaten gut. Nicht Frauen fick fick. Prost! Ich Wassily, ich Alexander, ich Iwan, ich Fred, ich Cilly, ich Pawel, ich Sergej, ich Elsa. Du Wassily, du Fred, du Sascha, du Elsa, du Iwan, du Sergej, du Cilly, du Pawel. Hitler tot, Prost. Krieg nicht gut. Fred, Cilly, Elsa gut. Drei deutsche Menschen gut. Russisch Menschen gut. Russisch Soldat gut. Deutsch Soldat nicht gut. Alles brennen. Alles kaputt. Frauen, Kinder weinen. Kaputt. Deutsch Soldat totmachen Frauen und Kinder. Goebbels tot. Prost. Alliierte gut. Fred, Cilly, Elsa gut. Wurst gut. Hitler tot. Wein gut. Prost. Deutsch Geld nicht gut. Deutsch Geld Papier, Papier.

Der alte Unteroffizier Wassily schüttete eine Tüte voll Fünfzigmarkscheine auf den Tisch. Der Leutnant legte einen Packen Hundertmarkscheine daneben. Der Mongole Sascha streifte mit seinem Bein Elsas Bein. Der Leutnant Pawel sagte, es sei nun Zeit, zu gehen. Die Weinflaschen waren leer. Der Leutnant stand auf, alle erhoben sich, die Freunde wünschten gute Nacht. Morgen abend wieder. Wein gut. Wurst gut. Brüder. Alle Brüder. Euer Geld! Nicht vergessen, euer Geld! Ah! Papier, Papier! Brennen. Spitschki. Streichhölzer. Bitte, danke, gute Nacht, dosswidanje.

Die Kerzen waren niedergebrannt. Bei ihrem letzten Schein tastete Fred nach dem Geld. »Also, Mädchen, macht den Puff zu, die Kasse stimmt.« Er zählte die Scheine. »Sechstausend. Für jeden zweitausend. Wer weiß, ob es bloß Papier ist. Gute Nacht, liebe Mädchen.«

Elsa entsetzte sich über den leichtfertigen Ton des Jungen. Später würde sie ihn mit Albert besuchen müssen, denn Dankbarkeit war sie ihm ewig schuldig. Sie sah Alberts verhörenden Blick auf sich gerichtet: Hatte sie an solcher Frivolität teilgehabt? Was war in ihr, was steckte in ihr? Was war da aus ihr herausgekommen?

Am Morgen brachten die Freunde wieder Suppe. Der bucklige Notar sah durch die Hecke und kam danach herbei, um Fred und den Damen einen Besuch abzustatten. Die Mädchen füllten ihm einen Teller mit Suppe. Er dankte mit einem Blick, der verschmitzte Anerkennung dafür ausdrückte, was eine Frau doch herbeischaffen konnte.

»In der Eschenallee haben zwei junge Damen sehr schlau gehandelt. Es sind Schwestern. Sie haben sich mit hohen Offizieren eingelassen, die wohnen in ihrer Villa, ein riesiges Haus, und sie leben in Hülle und Fülle. Eine Eleganz ist da! Ich kann Ihnen sagen. Andere Villen sind total ausgeräumt. Diese Damen aber, die verstehen es.«

Lastwagen hielten vor den Häusern, und die Soldaten trugen Sofas, Sessel, Klaviere, Teppiche heraus, luden sie auf und fuhren davon.

Kuhherden trieben den Spandauer Berg hinab. Züge gefangener deutscher Soldaten und Zivilisten wurden durch die Straßen getrieben, lange graue Heere. Einen ganzen Tag lang schleppte sich die müde wackelnde, formlose Menschenschlange vorüber.

Die Gefangenen sahen an den Häuserwänden empor, wo Balkone in der Sonne hingen und den leichten Wind der Freiheit kosteten. Die Freiheit stand zu beiden Seiten des Gefangenenzuges, freie Menschen sahen ihm nach. Der Drogist vernagelte sein Schaufenster und zählte heimlich seine Lippenstifte und Nagellackflaschen. Freie Menschen standen mit Eimern an den Pumpen an. Die Frauen hatten sich das Haar grau gepudert und Asche im Gesicht verrieben. Sie sahen den Gefangenen nach. Eine sagte: »Unsere haben es genauso getrieben. Da können wir uns jetzt nicht wundern.«

»Die will unsere deutschen Männer beschimpfen. Ist das unerhört!«

»Seien Sie still! Wir erfahren ja jetzt, was die Deutschen in Rußland gemacht haben. Die haben auch gehaust wie die Bestien.«

»Nie! Nie hat ein deutscher Soldat eine russische Frau vergewaltigt.«

»Die waren ihm viel zu dreckig.«

»Sie sollen überall alles verbrannt haben. Das baden wir jetzt aus.«

»Aber diese hier, alle diese Gefangenen. Für uns ist der Krieg aus. Für die aber ...«

»Ich warte auf meinen Mann. Am letzten Tag habe ich ihn noch gesehen. Er muß ja bald kommen.«

»Man muß die Toten besser begraben. Das stinkt ja hier überall! Ach, bin ich froh, daß mein Sohn in amerikanischer Gefangenschaft ist. Er ist drüben, da ist er sicher.«

»Aufpassen, wir dürfen nicht Schlange stehen. Es gibt einen Erlaß. Meine Kusine ist gestern mitgenommen worden. Reinemachen mußte sie bei einem Kommissar, und zwischendurch mußte sie immerzu mit ihm ins Bett.«

»Mein Gott, nimmt der Zug kein Ende? Ich suche meinen Mann. Aber er kann ja nicht dabeisein. Er hat mir versprochen, er haut rechtzeitig ab.«

»Von denen kenne ich keinen einzigen. Die kommen ganz woanders her.«

»Mensch, Sie dürfen das Wasser nicht trinken! Wollen Sie Typhus kriegen?«

»Einen Eimer nur, wo kommen wir hin, wenn hier jeder zwei Eimer ...«

Elsa trank aus beiden Händen. Die Frauen schimpften. Sie hob mit Cilly den Waschkessel an, und sie schleppten ihn fort.

Junge Soldaten sahen ihnen unter die Kopftücher. Bahren wurden vorübergetragen. Um eine Straßenecke bog ein kleiner Trauerzug. Auf einem Handkarren lag eine längliche Kiste, eine Frau schob den Karren, zwei andere gingen hinterdrein. Die eine hatte eine Art schwarzen Schleier auf dem Hut. »Ich tu immer Zwiebeln dran«, sagte die andere. Die mit dem Schleier sagte: »Zwiebeln hab' ich nicht mehr.«

Eine russische Kompanie marschierte am Ende des Gefangenenzuges und sang. Es war immer dasselbe eintönige Lied. Die Stimmen klangen müde.

Das Feuer flackerte unter dem Suppenkessel. Wassily bewegte einen Stock in der glänzenden dunklen Brühe. Fleischstücke schwammen im Kreise, verschwanden, tauchten auf. Cilly und Elsa sahen zu und rauchten. Der Leutnant lag im Gras und pfiff eine Melodie. Wassily füllte den Mädchen die Kochgeschirre. Er hatte zwei Töchter, ihre Fotografien zeigte er herum.

Ein hoch mit frischen Broten beladener Wagen fuhr vor der Garage vor und drängte Elsa von Cilly fort. Jemand sprang von dem Wagen herab, drückte Elsa an die Garagenwand und küßte sie. Elsa schloß die Augen. Die Lippen des Soldaten waren breit und heiß, seine Zähne, seine Zunge waren zärtlich. Vor ihren Augenlidern waberte rot das Sonnenlicht. Schatten spielten dazwischen, winkende Blätter. Der Soldat ließ sie frei, sie öffnete die Augen und sah dem Mongolen ins Gesicht. Das Gesicht war schmal, gelb, die schrägen Schlitzaugen waren von feuchtem, leuchtendem Schwarz. Sein Haar glänzte blau. Seine Zähne lachten breit und weiß. Er sprang wieder auf den Wagen und warf Elsa ein warmes Brot in die Arme. Der Geruch des Brotes mischte sich mit dem Geschmack des Kusses; das Brot ging ein in die Geschlechtslust; es war ein warmer Laib, es roch nach Korn und Haut, es atmete, es dehnte sich in der Hand.

»Für einen Kuß ein ganzes Brot!« sang Fred. Er hatte ein Album auf den Knien. »Tilia cordata, die Winterlinde, auch ulmifolia oder parvifolia genannt. Ich habe das Blatt aus Pommern mitgebracht. Damals, Cilly, als ich dich kennenlernte. Hier gibt es keine Winterlinden. Elsa, können Sie sich nicht jeden Tag küssen lassen? Ein Brot für einen Kuß! Cilly, nimm dir ein Beispiel. Alles wird gut. Ich werde wieder in den Botanischen Garten fahren können. Die chinesischen Ligularia wilsoniana wiedersehen, die bosnischen Tannen, die Stauden der Südalpen, die asturisch-kantabrischen Wälder.«

Am Abendtisch sah der Mongole Elsa erwartungsvoll an.

»Der Arme«, sagte Fred beim Einschlafen, »er bittet und kriegt nichts. Die anderen haben es sich einfach genommen. Sind Sie nicht grausam, Elsa?«

Nach Mitternacht hämmerte es an die Tür. Ein fremder Soldat drohte, er werde mit Gewalt eindringen, wenn die Tür nicht geöffnet würde. Cilly schloß auf und ließ ihn ein. Es war ein Leutnant. Er ging in das Zimmer, wo Fred sich im Rollstuhl zurechtgesetzt und seinen starren Blick angenommen hatte. Sein rosiges Jungengesicht wurde vom Schein der Taschenlampe angeleuchtet und sah aus wie eine im Dunklen schwebende Oblate. Der Leutnant hatte ein ebenso rosiges Gesicht wie Fred. Er war kalt und geschäftlich. In der Kommandantur, bedeutete er, würden Frauen zum Saubermachen gebraucht, sofort.

Er sah über die Beratenden hinweg und wartete. Dann zog er die Pistole.

»Es wird euch nichts übrigbleiben, als mitzugehen, meine armen Mädchen.«

Sie zogen sich Mäntel an und banden Kopftücher um. Der Leutnant sagte jetzt, es brauche nur eine Frau mitzukommen, und er wies auf Elsa. Er verlangte, sie solle einen Besen mitnehmen. Er sah gleichgültig zur Zimmerdecke und wartete. Dann ging er mit Elsa fort.

Der Mann ging vor Elsa her, leuchtete ihr aber mit der Taschenlampe. Die Wegrichtung änderte er so oft, daß sie die Orientierung verlor. Die Nacht war schwarz, die Straßen lagen voller Steine, Äste, Rohre, Löcher, Krater. Sie stolperten durch ausgebrannte Villen, die voller Wasser standen. Elsa fiel hin und schlug mit dem Kopf an einen Kopf aus Stein. Der Leutnant leuchtete: der Steinkopf war von einem Putto abgefallen, der mit runden Schultern und abgebrochenem Hals vor einem steinernen Becken saß. Aus einem Rohr wehte ein kleines blaues Flämmchen.

Elsa glaubte, sie werde in ein Haus geführt, in dem hundert Soldaten über sie herfallen würden. Aber der Mann hatte anscheinend den Weg verloren, obwohl er ihr gewissenhaft leuchtete und so tat, als habe er keine Schwierigkeiten bei der Erledigung seines Auftrages. Sie gewöhnten sich an die Dunkelheit, auch zogen die Wolken davon und ließen den Mond sehen.

Auf dem Steinfußboden einer Ruine blieb der Leutnant stehen und wandte sich nach Elsa um. Er deutete auf die Steinplatten und sagte: »Hier gut.«

Der Mann legte sich über Elsa, und sie fühlte seinen Atem an ihrem Ohr. Auch das, was er sich vielleicht als eine Art Pflicht selbst auferlegt hatte, führte er kalt und uninteressiert aus. Elsa glaubte zu fühlen, daß sein Fleisch eisig bis auf die Knochen war. Seine Lippen berührten die ihren nicht, aber sie fühlte auch von seinem Munde ein eisiges Wehen. Sein einziger menschlicher Zug war ein Schnupfen, den er fortwährend leise in der Nase hochzog. Auch Elsa war erkältet, und es amüsierte sie, wie sie beide dalagen und diese traurige Pflicht erfüllten, während sie behutsam und wohlerzogen leise mit der Nase schnüffelten. Elsa sah den Mond an. Er war von Lenau. Der Mann auf ihr tat ihr leid.

Sie standen auf, und der Mann ging rasch davon, leuchtete ihr aber wiederum. Sie nahm den Besen und folgte ihm. Am Gartentor eines erleuchteten Hauses blieb er stehen und forderte sie auf, mit hineinzukommen. Er ging voran und zeigte ihr mit der Taschenlampe den Weg, ohne sich umzusehen. Da rannte sie in die Dunkelheit fort.

Wolken verdeckten den Mond wieder. Sie wußte nicht, wo sie war. Sie kam auf eine breite Verkehrsstraße, wußte aber nicht, welche es sein könnte, nach so vielen Stunden des Umherlaufens. Russische Militärwagen rasten mit langen Lichtkegeln vorüber. Sie warf sich hin und drückte sich flach an die Erde an. Nach zehn Uhr durfte kein Deutscher auf der Straße angetroffen werden. Sie hatte Furcht, erschossen zu werden. Wenn ein Auto kam, warf sie sich jedesmal mit ihrem Besen auf die Erde. Sie mußte lachen. Dabei fragte sie sich, ob Albert fände, sie lachte aus Hysterie oder aus Barbarei.

In der Ferne brannte ein Haus. Sie lief auf die stille, steile Flamme zu und erkannte, daß sie sich am Spandauer Berg Ecke Soorstraße befand. Das Eckhaus brannte. Es stand in goldroter Glut. Die Decken waren bis zum ersten Stockwerk schon eingestürzt. Der Laden des Kaufmanns, der nichts mehr hatte verkaufen wollen, war hinter aufgerissener Schaufensterverschalung noch zu erkennen. Der Kaufmann lag vor dem Ladentisch ausgestreckt. Seine Vorratskeller waren von den Russen aufgebrochen und geleert worden. Vor den Augen seiner Kunden wurden die Mehl- und Zuckersäcke auf einen Lastwagen geladen und abgefahren. Ein Soldat warf einen Zuckersack herunter. Die Menschen kämpften um die Beute. Es waren kleine Leute vom Spandauer Berg und seinen weitläufigen Hinterhäusern. Sie prügelten den Kaufmann, bis er tot vor seinem Ladentisch liegenblieb. Das rote, tosende Haus brach über ihm zusammen.

Elsa lief gebückt die Soorstraße entlang bis zum Appartementhaus. Sie sehnte sich nach Fred und Cilly.

Cilly stand in der Tür. Fred saß im Rollstuhl. Es war nur knapp eine Stunde vergangen, seit der Russe sie fortgeholt hatte. »Erzähle, mein Mädchen.« Elsas Erzählung war schon ausgearbeitet. Sie erprobte die Effekte, sie brachte die Freunde zum Lachen. Zum Schluß aber schluchzte sie; sie war erschöpft; sie hatte geglaubt, viele Stunden weggewesen zu sein; sie kehrte heim wie der Mann im Märchen, der nicht hoffen kann, nach Jahrhunderten noch einen Stein seines Hauses vorzufinden. Aber auch, weil es ihr schicklich schien, ließ sie ihre Tränen fließen.

»Heul doch nicht«, sagte Fred, »du bist doch wieder da.«

Cilly beschwerte sich am Morgen beim Leutnant Pawel über den nächtlichen Einbruch und die Gewalttat an Elsa. Darauf kamen die Freunde zum Frühstück und brachten Zigaretten und Schokolade. Der Mongole blieb in der Tür stehen und sah Elsa unruhig an.

Mittags kamen Pawel, Wassily und Sergej wieder. Sie waren betrunken, und Wassily hatte eine Axt bei sich. Er zwirbelte seinen graugelben Bart und deutete an, daß sie jetzt sehr lustig sein wollten. Sie holten Schnapsflaschen aus ihren Taschen und zwangen Fred und die Mädchen zum Trinken. Sie besichtigten das ganze Haus und traten durch die leeren Türen in die Appartements ein und bewunderten tückisch die Möbelreste, die sie vorfanden. Im Zimmer des entflohenen Filmkaufmanns Langhold befand sich eine eingebaute Hausbar. Sein Badezimmer war voller leerer Vermouth- und Cognacflaschen.

Fred blieb in seinem Rollstuhl. Cilly und Elsa mußten die Russen begleiten. »Ich drücke euch die Daumen!« rief Fred. An einer Wand fanden sie ein paar gekreuzte Säbel. Der alte Unteroffizier hob die Axt und hieb sie in die Hausbar des Filmkaufmanns. Der Leutnant brachte die Säbel zum Spielen herbei. Wassily setzte sich auf einen Stuhl und zwang Elsa auf seine Knie. Pawel und Sergej lachten. Wassily blickte böse, er kam Elsa mit seinem graugelben Bart nahe und suchte, sie zu küssen. Sein Kopf glich einem alten faltigen Apfel, in seinen kleinen häßlichen Augen war nichts mehr von der Güte des Suppenausteilers. Elsa wehrte sich. Wassily lachte, seine Augen glühten. Er fuchtelte mit dem Säbel und setzte ihn mit der Spitze auf

Elsas Bauch auf. Er kitzelte sie mit der Säbelspitze und wünschte, daß sie lachte. Sie machte sich zum Sterben bereit. So käme es nun, wie bei den Spielen in der Schule und bei den Pfadfinderinnen, sie war ab, sie mußte aus dem Feld; so ging es ihr, wie es ihr ergangen wäre, wenn sie Mann und Soldat hätte sein müssen, die Eingeweide kamen ihr aus dem Bauch. Einem häßlichen Mann, einem widerlichen Körper konnte sie sich nicht ergeben. Sie wünschte, vernünftig zu sein und die Pein anzunehmen, aber ihre Hände stemmten sich gegen die Schultern des alten Mannes.

Da sah sie das Gesicht des Mongolen. Er stand in der Tür. Er war frisch geschoren. Seine Kopfhaut schimmerte durch die Haarstoppeln. Seine schrägen schwarzen Augen blickten sie forschend an.

Elsa rief: »Sascha!«

Sie gab ihm mit einem einzigen Blick zu verstehen, daß sie ihm gehören wollte, wenn er sie aus ihrer jetzigen Lage befreite.

Der Unteroffizier ließ sich von dem Mongolen den Säbel aus der Hand nehmen und gab Elsa frei. Die Männer schlossen den Handel ab. Elsa fühlte süße Geborgenheit. Pawel und Sascha führten Wassily fort. Er ließ den Kopf hängen. Aus seiner Nase floß der Schnaps.

Am Abend kamen sie wieder. Nüchtern setzten sie sich um den Tisch. Cilly stellte die Kerzen auf. Wassily schnitt die Wurst in Stücke und verteilte sie. Seine kleinen Augen blickten stumpf. Sascha rieb sein Bein an Elsas Bein.

»Nimm ihn als festen Freund«, sagte Fred, »dann wird dir nichts Schlimmes mehr passieren. Irgendwann rücken die Engländer an, und dann bist du gut durchgekommen.«

Elsa überließ unter dem Tisch Sascha ihre Hand.

Die Abendunterhaltung zog sich lange hin. Sascha mahnte Elsa, ihr Versprechen einzulösen. Er flüsterte ihr ins Ohr, er habe in jenem Raum im Hause ein Lager bereitet.

Die Soldaten wünschten gute Nacht, der Mongole zog Elsa fort. Der Mond schien durch das leere Fenster. Der Mann war jung und unerfahren. Er legte sich in seiner Uniform hin und bereitete sich naiv und zweckmäßig auf die Umarmung vor. Elsa legte sich neben ihn und gelobte sich, seine Verliebtheit nicht zu erwidern. Sie erschrak auch vor der Fremdheit seiner Rasse: Ihr war plötzlich, als habe sie mit Dschingis Khan zu tun, in einem Zelt voller Krummschwerter.

Er streichelte sie nicht; er küßte sie nur einmal; er schwieg; er umarmte sie, als habe diese wenn auch unerläßliche Handlung mit seinen Gefühlen für sie nichts zu tun, als stimmte sie ihn eher schwermütig, als sei sie ein trauriger Abschluß seines Werbens.

Er stand auf, sie brachte ihn zum leeren Bogen des Haustores. Er streichelte ihr Gesicht. Seine Haut schimmerte gelb in der Morgendämmerung. Die schrägen Augen schwammen in schielender Schwärze und streichelten das Gesicht des Mädchens. Seine Lippen öffneten sich weich über ihren Lippen. Er berührte sie bei den Schultern. »Dosswidanje.« Er war ein Eisenbahnschaffner aus Taschkent.

Am Morgen waren die Russen aus allen Privatquartieren verschwunden. In den Gärten lagen Töpfe und Löffel umher, Aschenhäufchen verwehten. Die Einwohner standen betäubt an den Fenstern und Türen.

»Dein Opfer war umsonst. Sie sind fort.«

Sie sahen in den seidenen Frühling.

Die Maisonne brennt, aber in der Luft ist Frische und Blättergeruch. Nur mittags zieht manchmal Verwesungsluft durch die Gärten, wenn die Sonne am höchsten steht. Wie jung ich doch noch bin. Auf meiner Haut knistert die Hitze und macht mich unruhig. Mit der Zunge fahre ich immerzu über die Lippen, um einen warmen Luftzug auf meinem feuchten Mund zu fühlen. Ich bin verrückt nach Küssen.

Beinahe ist es gut, daß ich fast vergessen habe, wie Deine Küsse waren. So wären es jetzt, kämst Du plötzlich, fremde Küsse. Ich bin wild auf Neues, auf neue erste Zärtlichkeiten, ich bin neugierig auf Neugierde. Es liegt an diesem ungewöhnlichen Frühling; er ist gewalttätig, er geht aufs Elementare, und Du brauchtest, hätte ich Dich bei mir, nicht der großartige, der außerordentliche Albert zu sein; es genügte mir der Mann an sich, und lieber als kundig und raffiniert hätte ich ihn jung und nichts als eben kräftig, ja primitiv. Torheiten, Launen, Verwegenheiten nach einem Krieg, wenn man lange allein war.

Die russischen Soldaten werden zurückgezogen in feste Quartiere und Kasernen. Die Straßen werden leerer, vielerlei Unsicherheit weicht der Sicherheit, daß nun deutsche Kommunisten von der Russischen Kommandantur als Obmänner für Häuser, Häuserblocks und Straßen eingesetzt werden. Es ist dasselbe System, das uns geläufig ist, nur die Besetzung ist eine andere. Ihr gegenüber braucht man sich nicht anders zu verhalten als vorher gegenüber den Obmännern der anderen Partei. Wir sind in diesen Umgangsformen geübt. Man spricht mit diesen Leuten, als käme kein anständiger Mensch auf den Gedanken, es könne etwa ein anderes Regime an der Macht sein und für das Wohl des Volkes sorgen.

Von Deiner Familie weiß ich noch nichts. Noch ist es nicht klug, sich auf die Straße zu wagen und länger vom Hause fortzugehen. Zwar habe ich mein Rad gerettet, aber Fahrräder werden von den Russen beschlagnahmt. Die Soldaten haben kindliche Freude an diesen Rädern. Sie fahren Schlangenlinien und Achten auf dem Fahrdamm, die Mützen zurückgeschoben über verschwitzten, lachenden Gesichtern.

In den Fabriken, heißt es, wird alles demontiert. So bekäme ich wohl in meiner alten Fabrik, führe ich einmal hinaus, nicht mehr das alte Bild zu sehen. Nach der Auferstehung aus der großen Sensation würde es mich übermäßig reizen, alle diese Menschen wiederzusehen und unser Überleben zu feiern. Die Italiener zwar werden nicht mehr unter ihnen sein, aber nur dort könnte ich erfahren, wie es jenem Uhrmacher aus Mailand ergangen ist. Und ich könnte vor Lüdicke, den Denunzianten, hintreten und ihn zur Rede stellen. Er zeigte mich beim Werkmeister an, als ich den Italienern von einer Schokoladenprämie etwas abgab. Ein Tribunal trat zusammen, der Abteilungsleiter im weißen Kittel, der Werkmeister im braunen, der Vorarbeiter im grauen Kittel, ein mir Unbekannter im grauen Anzug. Der Werkmeister sieht mich bekümmert an. Er ist jung, er hat mich gern, nach jedem Angriff packt er mich bei den Schultern und ruft: »Wir leben noch!« Jetzt sagt er: »Sie ist die beste Arbeiterin in meiner Halle.« Ich verteidige mich, gerate in Erregung. Ich verweise auf die Eisernen Kreuze, die einige der Italiener tragen. Der Uhrmacher hatte es in Stalingrad bekommen. Dann war er entlassen, dann dienstverpflichtet, in deutscher Wehrmachtsuniform. Ich sage, diese Italiener seien Kameraden. Die Augen meiner Richter glimmen auf; jetzt ist ihnen klar, daß es sich um Liebeleien handeln muß. Sie sagen, sie hätten es mir, einer Dame, nicht zugetraut. Ich empöre mich, der Werkmeister nimmt mich in Schutz. Dafür muß ich mir später gefallen lassen, daß er mir das Gesicht streichelt, nach dem nächsten Angriff, den wir im Keller wieder überleben werden. Er ist hier ein Gott, er schützt mich, ich sehe das Tribunal kalt an. Ich sähe diese Leute jetzt gern wieder. Aber man wird sie schon abgeholt haben; Lockenpaul wird nicht müßig gewesen sein, vielleicht hat er sie vorher noch selber zusammengeschlagen.

Doch weiß ich auch schon, daß ich aus Trägheit nie mehr zur Fabrik fahren werde. Vielleicht auch aus Furcht, der Schlund des großen dunklen Tores könnte mich wieder schlucken und dann nie mehr freigeben. So werde ich hier im Garten versteckt warten auf einen neuen Lebensanfang, der mich hier findet. Vielleicht wird der wahre Neubeginn dann schon vertan sein.

Ein Packen Geld und nichts zu essen, die Sonne auf meiner Haut, in der Ferne ein traurig tönendes russisches Marschlied, das Denken an Dich – ich erleide die Stunde Null, anstatt sie in der Hand zu haben.

5

Es war ein stiller, feierlicher Morgen. Deutschland, so sprach es sich herum, hatte bedingungslos kapituliert. Die Führer des Regimes hatten sich getötet.

Elsa ging mit Cilly zur Pumpe am Spandauer Berg, und sie stellten sich mit ihren Eimern an der Schlange der Frauen an. Das Wasser sprang in einem dünnen gelblichen Strahl aus dem Maul des gußeisernen Löwen.

»Man darf es nicht trinken. Es ist verseucht.«

»Es ist schon Typhus in der Stadt.«

»Alle Parteigenossen werden aus ihren Wohnungen geholt.«

»Bei uns haben sie alles ausgeräumt, die ganze Einrichtung auf Lastwagen verladen.«

»Alle meine Kleider haben sie mitgenommen.«

»Jetzt kehrt Ordnung ein. Das Vergewaltigen ist vorbei. Es wird streng bestraft, man muß es nur auf der Kommandantur melden. Die Kommandantur ist in der Reichsstraße.«

»In meinem Kostüm geht jetzt so eine Schlunze, die sich mit einem Russen eingelassen hat. Dazu trägt sie meine schwarzen Pumps.«

»Gott sei Dank, meine Kleider sind alle verbrannt. Das ist mir dann noch lieber.«

»Jeden Tag können die Engländer und Amerikaner kommen.«

»Wir hier werden englisch.«

»Wieviel Eimer haben Sie denn noch mit!«

»Gehen Sie weg, Sie haben genug!«

Hastig bewegte Elsa den Pumpenschwengel. Zwei Frauen bedrängten sie und nahmen den Eimer herunter. »Gehen Sie!« schrien sie. »Andere wollen auch noch Wasser.«

Eine Frau zeigte auf Cilly. »Ist das nicht die, die Arm in Arm mit einem Russen ging, am hellichten Tag, mit einem Band im Haar?«

Mit steifen Schritten schleppten die Mädchen die Wassereimer weg. Elsa machte Feuer im Herd. Während das Wasser heiß wurde, legten sie sich in die Sonne. Fred schlief noch hinter dem Vorhang.

Als sie die Schüsseln im Zimmer zurecht stellten, saubere Handtücher aus den Koffern holten und Seife in einen Napf legten, erwachte er.

»Ich träumte, ich lief um den Wannsee. Kinder spielten Indianer im Gebüsch. Ich konnte sie nicht sehen, aber ich hörte, wie sie immer hinter Sträuchern und Hecken neben mir herliefen. Ihre Pfeile flogen an mir vorbei. Ich griff in einen Strauch und holte eine kleine Indianerin hervor. Es war Cilly. Ich hatte meinen alten Trenchcoat an, Knickerbocker und sehr schicke schottische Strümpfe. Das war viel zu warm angezogen, ich schwitzte. Ich wachte auf, und ich schwitzte wirklich. Cilly, nicht wahr, nachher wäschst du mich auch. Was für ein schöner Tag, die erste gründliche Wäsche zu machen. Das erste warme Waschwasser nach dem Krieg. Die erste Friedenswäsche.«

»Fred, du darfst aber nicht durch den Vorhang sehen. Ich fühle deinen Blick auf meinem Rücken.«

»Ach, Elsa, es sieht so hübsch aus, wie ihr da bei den Waschschüsseln steht. Eine feierliche Stunde! Der Frieden ist da, man wäscht sich von oben bis unten mit warmem Wasser.«

Elsa seifte Cilly den schmalen bräunlichen Rücken. Das Wasser lief an ihren kurzen dünnen Schenkeln hinab. Wenn sie den gelähmten Jungen glücklich machte, war sie wirklich in allem sehr geschickt, dachte Elsa. Cilly trocknete sich ab. Ihre Brust war flach, die bräunlichen Spitzen richteten sich steif auf. Sie überzog sich mit Gänsehaut und roch nach Seife.

»Elsa hat mehr Busen als Cilly«, sang Fred hinter dem Vorhang. »Elsa ist weiß, Cilly ist braun.«

Die Mädchen gossen das Waschwasser zum Fenster hinaus und füllten frisches heißes Wasser nach.

»Wie niedlich, wenn ihr euch das da wascht. So herzhaft und doch so sanft. Das Haar in Seifenschaum, so süß, und nun die Tropfen, ich beneide alle Tropfen.«

Sie zogen frische Wäsche an, saubere Röcke, saubere Blusen mit steifen Falten vom langen Liegen im Koffer. Sie feilten und lackierten sich die Nägel, Cilly rot, Elsa farblos. Sie würde versuchen, später Albert zu verschweigen, daß Cilly rote Fingernägel gehabt hatte.

Neues Wasser wurde heiß. Cilly ging mit einer Schüssel hinter den Vorhang. Sie machte aus der Waschung ein Liebesspiel. Elsa hörte den Jungen schwer atmen und stöhnen. Sie wurde rot und lief aus der Wohnung zum Herd und setzte Kartoffeln auf. Es waren die letzten, sie waren angefault und rochen übel.

Sie hoben Fred in den Rollstuhl und setzten sich zu Tisch. Fred war schwach. Der bucklige Notar sah zum Fenster herein und bat um eine Kartoffel. Fred knirschte mit den Zähnen. Cilly gab dem Notar eine Kartoffel in die Hand und sagte: »Wir haben nun selber nichts mehr. Wie soll ich Herrn Winter durchbringen?«

Als es an die Tür klopfte, stellten sie die Kartoffelschüssel auf eine Platte unter dem Tisch. Die Kartoffeln stanken. Der Besuch war die pensionierte Studienrätin Fittig. Sie setzte sich, erkundigte sich nach Freds Befinden, sprach von seiner verstorbenen Mutter, von ihrer aller verlorenem Vermögen und vom Kommunismus.

»Man muß vielleicht vieles ganz anders beurteilen, vielleicht haben wir vieles ganz falsch gesehen. Die Russen, die wir hier haben, sind doch richtige überzeugte Kommunisten; das sind doch keine unterdrückten Menschen. Da muß doch etwas an der Sache sein.«

Ihre Hand langte unter den Tisch und griff eine Kartoffel. »Unter dem Zaren«, sagte sie und schob sich die stinkende schwarze Kartoffel mit der Schale in den Mund, »lebte das Volk jedenfalls sehr elend. Für das russische Volk bedeutet der Kommunismus einen riesigen Fortschritt. Und was wissen wir schon vom Kommunismus?« Ihre Stimme stockte etwas, weil ihr unter dem Tisch forschender Blick eine etwas bessere Kartoffel entdeckte. »Wir haben uns alle nicht genügend mit den Dingen beschäftigt. Wir sind unwissend. Wir müssen lernen. Sie wissen, ich habe ein nicht unbeträchtliches Vermögen, aber – wenn es nun verloren sein sollte, also, ich bin bereit, in eine neue Zukunft zu gehen.« Sie nahm zwei Kartoffeln. »Freiheit! Freiheit des Geistes! Endlich! Nach zwölf Jahren des Ungeistes!« Sie stopfte sich die Kartoffel in den Mund, ihre Augen weiteten sich.

»Wir hatten ja vor dreiunddreißig große geistige Zeiten. Manche fabelhafte Köpfe waren Kommunisten. ›Die Dreigroschenoper‹!«

»Wir haben nichts mehr zu essen!« knurrte Fred.

»Ja, das ist schlimm. Aber es zieht doch Ordnung ein. Die Soldaten sind in geordneten Unterkünften, sie streunen nicht mehr umher. Deutschland hat kapituliert, nun müssen wir erst abwarten. Lieber Fred, ich werde wieder nach Ihnen sehen. Ihrer Mutter bin ich es schuldig.«

Elsa räumte das Zimmer auf und stellte Abwaschwasser auf dem Herd auf. Fred legte den Kopf zurück und sah an die Decke. Sein Gesicht war blaß. Cilly legte sich in den Garten und schlief. Der Portier Kusche kam und bellte über die Hecke: »Morgen früh die Damen zum Schippen. Damit Sie mal was zu tun haben. Sieben Uhr bei mir melden!«

Die Mädchen wurden in eine Kette von Frauen eingewiesen, die Steinbrocken von Hand zu Hand weiterreichten. Kusche schritt in hohen Stiefeln die Reihe ab. Vor Elsa bleib er stehen. »Na, wie schmeckt die Arbeit? Endlich mal was Vernünftiges zu tun, was?«

»Es gibt nichts Befriedigenderes als Aufräumen.«

Fred sagte abends: »Ihr müßt zu Frau Kusche gehen. Die hat alles, und sie wird euch was geben.«

Sie trafen aber Frau Kusche nicht allein an. Ihr Mann saß am Tisch und lernte russische Vokabeln. »Jetzt kommen sie und wollen was zu fressen«, sagte er.

»Wir machen das später wieder gut«, sagte Cilly. »Sie haben uns doch früher auch so oft geholfen.«

»Ja, Kusche war immer gut. Kusche ist auch jetzt noch gut. Martha, gib ihnen ein Paket Nudeln.«

Kusche sagte am anderen Tag zu den arbeitenden Frauen: »Übermorgen gibt es Lebensmittelkarten. Vorher muß da noch saubergemacht werden. Abmarsch zum Reichskanzlerplatz in einer halben Stunde.«

Elsa reinigte die Büros der Reichsjugendführung. An den Wänden über den Stuhllehnen waren dunkle Flecke.

»Da, wo die zwölf Jahre lang ihre Schmalzköppe ausgeruht haben, dürfen wir nu den Dreck wegbringen«, sagte eine Frau.

Frauen mit strengen Gesichtern gaben Besen, Müllschippen

und Eimer aus. Die zur Arbeit Verpflichteten erfaßten, daß diese Aufseherinnen in der Gunst der Kommandantur standen, also als Kommunistinnen in einem nun einzurichtenden System schon Fuß gefaßt hatten. Vor ihrem harten und kalten Blick schien es absurd, »Guten Tag« zu sagen; es war, als würde noch die Bekanntgabe eines passenden neuen Grußes abgewartet.

Abends fanden Elsa und Cilly Fred beim Herd. Sie hatten ihm Kohlen hingelegt, mit denen er das Feuer in Gang halten sollte. Sie kochten Dörrkohl, aber er wurde nicht weich. In der Dunkelheit schlangen sie ihn hinunter. Fred bekam die letzte Zigarette. Am nächsten Tag gingen sie wieder zu Frau Kusche betteln und bekamen ein Viertelpfund Mehl.

Elsa ging durch die Straßen, mit Ringen an den Fingern, in der Hoffnung, ein russischer Soldat werde ihr den Schmuck abnehmen und etwas zu essen dafür geben.

Die Hitze brannte. Aus den Augenwinkeln schickte sie Blicke nach den Russen, um zu sehen, ob ein sympathischer Mann dabei wäre, einer, von dem sie eine Gewalttat hinnehmen könnte. Einmal hatte sie eine Speckseite bekommen.

Sie ging zur Kommandantur, um vor dem Haus Streichhölzer von den Soldaten zu erbetteln. Die Soldaten saßen auf den Zäunen des Vorgartens und sonnten sich. Elsa hielt einem eine leere Streichholzschachtel hin und sah ihn ernst und bittend an. Ein Junge mit ebenfalls ernstem Gesicht holte eine Streichholzschachtel hervor, nahm ein paar Streichhölzer und gab sie ihr. Er sah nicht fremd aus, sondern wie ein deutscher Junge aus gutem Hause. Seine Kameraden kramten nach Streichhölzern wie er und schenkten sie Elsa. Hinter dem Fenster ging das Radio an. Hier war die Stelle, wo die Bevölkerung ihre Rundfunkapparate abliefern mußte. In Zimmern und Korridoren stapelten sich die Geräte. Auf die Straße hinaus drang Musik, eine Symphonie von Haydn.

Ein hübscher kleiner Soldat von gedrungener Gestalt breitete zur Musik die Arme aus und lachte. Die Soldaten dehnten die Schultern. Der die Arme ausbreitete, machte ein paar Tanzschritte, ging auf Elsa zu und wollte mit ihr tanzen. Sie wich zurück und lief fort.

»Sicher hätte er dir was zu essen gegeben, wenn du dich nicht so angestellt hättest«, sagte Fred. »Erzähl uns doch so was nicht erst, wenn nichts dabei herausgekommen ist.«

»Morgen gibt es Lebensmittelkarten«, sagte Elsa. »Zuerst die Brotkarten. Ich stelle mich für euch an.«

In der Sonne standen die Menschenschlangen vor der Kartenstelle.

»Das ist die Frau von dem Blockwart. Das ist doch frech. Schon kommen sie wieder hervor.«

»Essen müssen sie schließlich auch.«

»Daß die Deutschen immer von einem Extrem ins andere fallen müssen. Nun besudeln sie sich selbst.«

»Ist das ein Wunder? Wo die deutschen Offiziere so versagt haben? Ich sage Ihnen, wenn die Offiziere durchgehalten hätten, wir hätten die Russen zurückgeschlagen! Das Volk hätte noch durchgehalten. So tapfer, wie es ist. Aber die Armee hat uns das eingebrockt.«

»Fünfhundert Gramm soll es für jeden geben.«

»Da vorn, die sollen aufschließen.«

»Nächste Woche holen sie alle Parteigenossen ab. Alle.«

»Bei uns im Haus, die sind noch rechtzeitig abgehauen. Aber die kommen nirgends wieder hoch.«

»Hören Sie, nein, es gibt nur dreihundert Gramm.«

»Egal. Wir haben gar nichts mehr. Ich habe seit drei Tagen nichts gegessen.«

»Meine Kleine ist mir vorgestern gestorben.«

»Guck die, die haben sich Hocker mitgebracht. Wenn alle sich hier mit Hockern hinfläzen würden!«

Die Frauen standen zwölf Stunden. Elsa bekam an einem Schalter drei Brotkarten und lief damit zum Bäcker. Dort standen andere Frauen, die Elsas Brotkarte ansahen und den Kopf schüttelten. »Die gelten nicht.«

Elsa stand zwei Stunden an. Die Bäckersfrau gab ihr die Karten zurück. »Die sind gleich, wie sie rausgekommen sind, verfallen.«

Elsa ging in den Keller in der Soorstraße und suchte noch ein paar verdorbene Kartoffeln auf dem Fußboden zusammen.

Fred verhöhnte sie: »Nach falschen Karten angestanden! Woher haben die anderen Frauen ihre richtigen Karten?«

Neue Karten wurden aufgerufen. Transparente spannten sich über die Straßen: *Die Hitler kommen und gehen – das deutsche Volk bleibt bestehen!* Die Studienrätin Fittig stand neben Elsa an. »Nun kommen die auch mit diesen Transparenten!«

Lautsprecherwagen fuhren durch die Straßen und verkündeten Nachrichten. Stalin dankte für die vielen Spenden, welche die Soldaten der Roten Armee von den Deutschen zum Dank für ihre Befreiung erhalten hatten.

Die Kartenstelle war jetzt in derselben Form wie im Krieg errichtet und im Besitz gültiger Brotkarten. Hinter den Tischen saßen dieselben Frauen in denselben Strickjacken wie im Krieg. Sie stempelten von denselben Stempelkissen.

Elsa trat aus dem Bäckerladen und blieb stehen. Sie biß in ihren Brocken warmen Brotes. Sie schlang alles hinunter. Sie brachte Fred und Cilly ihre Brotstücke, und sie aßen sie sofort schweigend auf.

Weitere Karten wurden ausgegeben, am Sonnabend gab es Fleisch. Die Roastbeefscheiben klatschten wieder auf die Marmorplatten der Schlachterläden. Fred willigte nicht ein, das Fleisch für mehrere Tage einzuteilen. Es wurde gekocht und sofort aufgegessen.

Elsa räumte die Wohnung auf, Cilly und Fred lagen im Garten und versuchten, durch Schlaf den neuerwachten Hunger zu überwinden. »Mach nicht solchen Krach!« sagte Fred zu Elsa.

Jenseits des Gartens waren zwei Mädchen in eine Garage gezogen. Das Haus, zu dem sie gehörte, war zerstört. Die Garage, ein einstiges Kutscherhaus, hatte unter dem Dach ein kleines Zimmer mit einer Fensterluke. Die beiden Mädchen trugen weiße Kleider. Sie besaßen ein Bolzenplätteisen, das verliehen sie in der Nachbarschaft, und die Frauen bügelten Röcke und Blusen, die sie aus den Luftschutzkoffern hervorholten. Die Mädchen verlangten nichts als Entgelt.

Der Eroberer der Stadt hieß Marschall Schukow, das sprach sich herum. Man erzählte einander, dieser Marschall habe gesagt, die Zeit des Leids sei nun vorbei, er wolle fröhliche Gesichter sehen und vor allem wolle er den Anblick schlangestehender Frauen nicht ertragen. Deshalb war es in manchen Gegenden gefährlich, nach Lebensmitteln anzustehen. Die Frauen wurden auf Lastwagen geladen und mußten einige Tage in die Kasernen, um für die Russen Kartoffeln zu schälen.

Über den Gärten lag Leichengeruch, besonders stark am Mittag. Der bucklige Notar organisierte eine Leichensuche und zog mit zwei alten Männern umher, um Gefallene, deren Grabstätten ihnen bezeichnet wurden, tiefer zu bestatten. Cilly und Elsa wandten die Gesichter ab, als die Totengräber in der Nähe aus der Erde etwas Graues heraufholten. Sie sahen nur noch, daß die Männer es nicht anfassen und nicht halten konnten, es fiel auseinander.

Der Notar kam und bat um einen Kleiderbügel. »Dann können wir der Jacke etwas Form geben. Es ist so gar nichts mehr da von dem Jungen.«

Er schrieb sich den Namen und die Adresse des Toten auf. Er war aus Dirschau. Die Männer hoben ein tiefes Grab aus. Als Elsa und Cilly die Gesichter wieder hinwandten zu der Stelle, sahen sie im Abendlicht die bucklige Silhouette des Notars, wie er den Kopf senkte und die Hände faltete. Dann ergriff er wieder seinen Spaten. Die Erde spritzte im Bogen, als sei sie eine Aussaat.

Elsa hielt heißes Wasser zum Waschen für den Notar bereit.

»Nichts zu essen?« fragte er, als er seine blaugeäderten Unterarme abtrocknete. »Nichts zu rauchen, nichts zu trinken?«

»Nichts.«

»Man muß jetzt mal sehen, wer was hat. Sie haben doch ein Rad? Jetzt nimmt es Ihnen keiner mehr weg.«

Aber Elsa fuhr mit dem Rad nur zu Alberts Eltern. Alles dort war in einem Zustand, als hätten die russischen Eroberer nur den Portiersfrauen der besiegten Stadt ein wenig Kummer bereitet, weil die mannigfaltigen Erschütterungen etlichen Mörtel und Staub in den Treppenhäusern abgelagert hatten. Die Portiersfrau war beim Aufwischen. »Man wischt und wischt«, sagte sie, »aber es ist in der Luft.«

Elsa sah sich bei Alberts Eltern um. Alles war wie früher. Alberts Mutter entsetzte sich darüber, daß Elsas Haus abgebrannt war und daß sie alles verloren hatte. Sie war nicht darauf gefaßt, daß etwas Derartiges jemandem zustoßen konnte, den sie kannte. Ihre Blicke prüften Elsa, inwieweit man einen solchen Menschen noch als vorhanden und lebensfähig bezeichnen konnte.

»Wollen Sie zu uns ziehen? Sie könnten im Berliner Zimmer schlafen; es ist aber eben ein Durchgangszimmer.«

Elsa sagte, sie habe schon eine Wohnung, in einem Appartementhaus; sie werde sich dort einrichten.

Auf Mahagonitischen lagen wie immer die gestrickten Dekken aus Garn. Frau Küster stärkte sie mit Zuckerwasser, davon waren sie so steif und wirkten immer frisch. Alberts Bild stand auf Herrn Küsters Schreibtisch. Der alte Mann war nicht da. Er ging täglich zu Fuß nach Tempelhof in sein Amt. Ihm, der nicht in der Partei gewesen, wurde vom Kommandanten alles übertragen. Er war zum Ministerialrat befördert worden.

Alberts Schwester Dorothea räumte in der Volksbücherei auf und schichtete nationalsozialistische Literatur aufeinander.

»Nichts ist ihr geschehen!« Frau Küster sagte es stolz. »Ein junger Offizier hat ihr nur die Ringe von den Zehen gezogen.«

»Ich habe meine Ringe noch, auch meine Koffer, alles.«

Frau Küster nahm ihr Gießkännchen wieder auf. »Erlauben Sie nur noch, daß ich schnell die Blumen gieße.«

Hunger hatten sie nicht gelitten in der ersten Zeit. »Es brachen immerzu Pferde auf der Straße zusammen. Ein Herr aus der Nachbarschaft hat sie abgestochen, und es wurde reichlich verteilt. Natürlich mußte man zur Stelle sein. Jetzt hat es leider ganz aufgehört.«

Sie setzte Elsa eine Tasse Tee vor, es war noch der, den Albert aus Frankreich geschickt hatte.

»Was sagt Ihr Mann zu allem? Was sagt er, daß es doch so viele Überlebende gibt? Und daß das Leben weitergeht?«

»Er ist ein echter Preuße, und der tut immer seine Pflicht«, sagte Frau Küster und blickte zum Bild Friedrichs des Großen. »Auch ich tue meine Pflicht. Jetzt kommen die Gardinen dran.«

Frau Reitze und ihre Nichte Gundula fand Elsa in einem großen Zimmer, das ihnen in einer beschlagnahmten Wohnung überlassen war. Es hatte einen Balkon und sah in einen Park hinaus. Frau Reitze saß auf dem Balkon und schälte Kartoffeln. Elsa erinnerte sich, daß sie ihr eine Speckseite gegeben und vorher einmal Weizenkörner abgelassen hatte. Sie blieb auf dem Balkon gegenüber der alten Frau sitzen, auch als das Gespräch verstummte. Gundula kam nach Hause und setzte sich zu ihnen. Sie war geschlechtskrank und in ärztlicher Behandlung. Die erste Zeit hatte sie zu Bett liegen müssen, jetzt wurde es besser. Auch sie verstummte nach einer Weile und sah nur manchmal Elsa abwartend an.

Frau Reitze stand auf und ging zu einem Herd, der in einer Ecke des Zimmers stand. Sie tat die Kartoffeln in eine brodelnde Suppe. Es begann nach Erbsen zu riechen.

Elsa blieb, bis die Kartoffeln gar waren. Niemand sprach mit ihr. In ihrem Magen toste eine beißende Hitze, die regelmäßig von einem wütenden Kneten abgelöst wurde. Sie schloß die Augen und versenkte sich ganz in diesen Schmerz, um ihn besser aushalten zu können. Sie kündigte dem Schmerz einen Kampf an; sie verhieß ihm, daß der gepeinigte Magen in wenigen Minuten Erbsensuppe mit Kartoffelstücken bekommen werde. Da schnitt und biß er mit doppelter Wut um sich. Frau Reitze strich über ihre Schürze und ging zum Herd. Sie rührte im Topf, nahm ihn vom Feuer, schob einen Topf mit Wasser auf die Feuerstelle. Sie kam zurück, blieb vor Elsas Stuhl stehen und sah sie groß an. Elsa verabschiedete sich. Der Schmerz in ihrem Magen ließ nach. Er behielt seine Macht und konnte sie nach Belieben auch wieder sanfter ausüben. Vor Elsas Augen standen russische Soldaten, lauter Nikolais, mit Speckseiten; sie traten an, um sie ihr zu schenken, sie stapelten den Speck auf ihre ausgestreckten Arme, und sie trug sie an Frau Reitze vorüber, die da auf einem Stuhl im Keller saß, den Hut tief übers Gesicht gezogen, mit den Augen nach dem Speck schielend, und sie, Elsa, trug den Speck an ihr vorüber und sang dazu: »Buß und Reu, Buß und Reu knirscht das Sündenherz entzwei ...« Und die Reitze streckte ihre Arme aus, um Speck von ihr zu erflehen, aber Elsa gab ihr nichts.

Sie trat auf die Straße und weinte um den Speck, von dem sie nichts gegessen hatte. Das Stück erschien ihr riesenhaft, von makellosem, fettem Weiß unter der Bläue des Maihimmels.

Fred lag im Bett. Seine Kissen und Laken waren schmutzig. Es roch schlecht im Zimmer, am übelsten in der Schlafnische. Fred war nicht rasiert. Auf der Bettdecke lag ein Album mit gepreßten Blättern, aber Freds dünne Finger bewegten sich nur leicht auf dem Deckel.

Cilly zog sich aus und legte sich neben Fred. Sie roch verschwitzt und süßlich. Sie starrten an die Decke und lebten sich ein in das rhythmisch fühlbare Hinschwinden von Zeit. Sie fühlten in Herzschlägen, wie die Zeit verging, in Atemzügen, wie sie älter wurden, im An- und Abschwellen von Ohrensausen, wie die Geschichte rauschte, im Uhrzeigerrucken, wie die Erde sich drehte. Es roch süß und krank nach Schmutz.

Elsa und das Paar lauschten in der Dunkelheit aufeinander. Sie schliefen eine Weile, dann wachten sie wieder auf. Es dämmerte. Ein Tag kam mit Brot und Fett und Zucker. Dann kam ein Tag mit Fleisch.

Satt legten sie sich nieder. Und Fred sagte: »Merkst du nicht, Elsa, daß du uns nun zur Last fällst? Hast du nicht ein bißchen Feingefühl? Wir haben dich aufgenommen, eine Fremde. Wir bereuen es nicht, wir hatten dich gern. Vielleicht werden wir dich wieder gern haben, wenn du erst weg bist. Aber wann gehst du weg? Ich frage dich: Wann gehst du endlich weg? Gibt es keine Bleibe für dich als bei uns, kannst du nicht jemand anderem auf die Nerven gehen? Wie breit du dich gemacht hast! Wir haben kaum noch diese Ecke! Drei Wochen bist du jetzt bei uns, und wir haben dich satt. Du, mit deinem Aufräumen, mit deinem Einteilen, mit deiner Sentimentalität, deinem Alles-besser-Wissen, deiner Sauberkeit, deinem Getue und mit deinen Koffern, die uns die Wohnung vollstopfen; du bist uns über, verstehst du? Du bist uns über, wir können dich nicht mehr sehen!«

Elsa richtete sich im Bett auf und zog den Kopf ein. Es war besser, wenn es auf Schultern und Arme traf. Ein Berater ordnete ihre Gedanken. Er fand es nicht zweckmäßig, daß sie jetzt aufsprang und mit ihren Sachen forteilte. Er hinderte sie auch daran, zu versprechen, sie werde gleich morgen ausziehen. Sie gehorchte ihm und bat: »Laßt mich nur noch so lange bei euch wohnen, bis ich eine andere Unterkunft gefunden habe. Jagt mich nicht direkt auf die Straße.«

»Auf die Straße nicht. Aber es gibt keinen Aufschub.«

»Wirklich, Elsa, es duldet keinen Aufschub.« Cillys Stimme war von kehliger, ordinärer Tiefe.

Elsa streckte sich aus und suchte in ihrem Kopf die beratende Stimme. Die Stimme kam herbei und ordnete an, sie solle sich in dieser Demütigung stumpf zeigen, gefühllos, Ehre und Selbstachtung beiseite schieben. Fred und Cilly würden sie nicht auf die Straße werfen. Sie versuchte, Genugtuung zu empfinden über den Aufschub. Sie fühlte ihre Parasitenexistenz sich ausdehnen; in schaurigem Sieg wuchs ihr Körper an Länge und Breite und füllte den ganzen Raum aus; ihr Bett war ein Schiff und schwamm fort, mit der armseligen Existenz des verbliebenen Raumes behaftet, den es einfach mitnahm ins große Leben der Straße, in das sie sieghaft eintrat, ein hinausgeworfener Parasit, hochgeschwollen und widerwärtig.

Der Notar wußte von einem Haus, das ausgebrannt war, aber eine feste Tür hatte. »Holen Sie sich die, mitsamt dem Rahmen«, riet er Elsa, »und nehmen Sie sie für die Wohnung von Langhold hier im Hause. Da setzen Sie sich dann einfach rein.«

Das Haus mit jener Tür lag schräg gegenüber in der Ahornallee. Die Tür war nicht verschlossen, das Schloß war erbrochen.

»Sie nehmen sich einfach ein Vorhängeschloß, das läßt sich beschaffen.«

Die Tür war mit Eisenblech beschlagen. Elsa tastete sie mit den Händen ab. Noch niemals hatte sie eine Sache begehrt wie diese Tür. Sie maß sie aus. Die Tür paßte zum Appartement des Filmkaufmanns. Sie nahm Hammer und Stemmeisen und lokkerte die Fugen in den Angeln. Sie hob die Tür heraus und lehnte sie an die Hauswand. Sie taumelte und keuchte von der

Anstrengung. Die Tür war zu schwer, sie konnte sie nicht forttragen. Der Notar war weggegangen. Leute kamen vorüber und riefen: »Sie! Was machen Sie da!« Sie lehnte die Stirn an die Tür und betete zu ihr. Sie vertraute dem ruhigen Holz und dem kalten Eisenblech ihr ferneres Leben an. Sie legte ihr Ohr an die Tür und horchte, ob die Tür das wollte: mit ihr gehen, zu ihr kommen, sich hinter ihr schließen, ihr Selbständigkeit geben, mit ihr die Stunde Null feiern. Sie gab reumütig zu, daß sie in ihrem Leben die Türen zuwenig geachtet hatte. Deshalb fehlte es ihr in ihrer schwersten Zeit gerade an einer Tür. Ein Raum war da, der sie aufnahm, aber er klaffte; jeder konnte kommen und sie berauben; jeder russische Soldat konnte herein und sie selber nehmen, und er würde ihr nichts dafür geben, einem Menschen, der nicht einmal eine Tür hatte. Ein Bett war nichts gegen eine Tür. Übermäßig hatte sich das Bett in der Wertschätzung des Menschen gespreizt, es hatte eine ganz unangemessene Ausdehnung in seinem Wunschdenken eingenommen. Dabei war wesentlicher Besitz des Menschen die Tür. Elsa umfaßte die Tür, packte sie bei den Hochkanten und drehte sie langsam zur Erde. Die gierige Wut, die Tür zu besitzen und die willige Art, wie die Tür sich an ihre Hüfte lehnte, gaben ihr Kraft. Sie hob die Tür hoch, hielt sie einige Zentimeter über dem Boden und lief mit kurzen, steifen Schritten mit ihr bis zum Appartementhaus und trug die Tür hinauf zum ersten Stockwerk. Sie rannte zu dem türlos gewordenen Haus zurück und setzte das Stemmeisen an der Hausmauer am Rand des Türrahmens an. Die Steine bröckelten fort, das Metall trat hervor. Vorübergehende riefen: »Was machen Sie da?« Sie arbeitete schneller, die Mauerstücke gaben nach, der Türrahmen begann sich zu lösen. Sie riß ungeduldig an ihm, aber er war noch nicht frei; sie hieb auf die Steine ein, daß sie ihn freigaben. Dann trug sie ihn im Triumph fort.

Eine Kommission kam und prüfte den Tatort. Jemand zeigte mit Fingern hierhin und dorthin, die Kommission schritt das umliegende Gelände ab, sah an Ruinen und Wohnungen hinauf, dann ging sie wieder fort.

Der Notar wußte einen Maurer. »Natürlich müssen Sie ihm was zu essen geben.« Elsa gab ihm ihre Brotkarte und bot ihm Geld an, außerdem Eau de Cologne für seine Frau. Bei der Arbeit half Elsa dem Maurer. Sie hielt den Rahmen an den Mauerrand und fing mit der Hand den Zement auf, den der Maurer auf der anderen Seite der Tür auf Eisen und Stein warf. Sie drückte den nassen Brei auf ihrer Seite in den Ritz zwischen

Rahmen und Mauer und sah, wie beide zusammenwuchsen. Maurerarbeit war die einzige sinnvolle Arbeit in der Welt. Sie beschloß, das Handwerk zu lernen. Sowie Ordnung in die Stadt einzog, wollte sie Maurerlehrling werden. Im kommunistischen Staat würde sie einen ehrenvollen Platz auf diese Weise einnehmen können, niemand würde Freude daran erleben, ihr eine ungelernte niedrige Arbeit zuzuweisen.

»Sowie Sie wieder bei Ihrer Firma arbeiten, bringen Sie mich dann als Lehrling an?«

Der Maurer lächelte. Er hatte welliges Haar und blaue Augen. Er war gut und ruhig. Elsa verehrte ihn, er war ein Wundertäter. Seine Frau und er hatten ein Kind bei der Kinderlandverschickung gehabt, es war vermißt. Sie waren beide ganz still. Die Frau kam und wartete auf ihn. Einmal lachte der Maurer, weil es lustig war, wie er mit Elsa zusammen arbeitete, wie sie geschickt den Zement auf ihrer Seite der Tür auffing und andrückte. Aber die Frau hörte das Lachen nicht. Nur ihre Augen zuckten zusammen. Sie gab Elsa die Hand für die Eau de Cologne, und Elsa schämte sich für die Lächerlichkeit, einer Mutter, die ihr Kind beweinte, etwas so Sinnloses in die Hand zu drücken.

»Mein Mann tut es aus Freundlichkeit für Sie«, sagte die Frau.

Der Zement trocknete. Elsa säuberte die Treppe und sagte zu Fred: »Ihr könnt mich bald besuchen kommen.«

»Siehst du! Da muß man dich erst beleidigen, damit du zu deinem Glück kommst.«

Der Maurer hängte die Tür ein. Er brachte ein Vorlegeschloß mit und machte es fest. Der bucklige Notar kam und sah sich um, ob es etwas zum Feiern gab. Aber Elsa hatte nur ein Näpfchen mit Salz. Sie stand bis zu den Knöcheln im Schutt des Appartements, das statt der Fenster rohe leere Vierecke, aber unbeschädigte Wände hatte, eine eingebaute Hausbar, ein gekacheltes Badezimmer und eine Diele.

Kusche verlangte, daß sie sich seine Einwilligung, in den Raum einzuziehen, erst verdiente. Sie mußte den Schutt vorm Haus abtragen und in eine Halde neben dem Altersheim schütten. Er borgte ihr für das Abfahren der Trümmer eine Karre. Nach drei Tagen war sie mit der Arbeit fertig und begann, aus ihrer eigenen Wohnung den Schutt hinauszuschaffen. Kusche stellte sich öfter neben sie. Als sie die Fußböden fegte, brachte er ihr einen Scheuerbesen. »Von meiner Frau. Schenkt sie Ihnen.«

Fred kam auf Krücken die Treppen herauf. »Das Haus, Herr Kusche, wird bestimmt von der Gesellschaft wieder aufgebaut. Die Träger sind nicht ausgebrannt. Die Leute werden wieder einziehen. Sie sollten versuchen, Wasserleitung und Abflüsse in Ordnung zu bringen.«

»Ach, was Sie sagen! Wohl keine Lust mehr, die Damen, zur Pumpe zu gehen. Wohl keine Lust mehr, im Dunkeln mit den Eimern loszugehen und zu sehen, wo sie ihren Dreck loswerden.«

Elsa trug ihr Bett in ihre Wohnung. Kusche verkaufte ihr einen Schreibtisch und einen Teppich. Aus dem Keller ihres alten Hauses holte sie die Korbstühle der Familie und den Sessel, den sie noch aus der Wohnung für Frau Reitze heruntergetragen hatte. Alberts Mutter stiftete einen Tisch und überließ ihr Alberts Schreibmappe aus braunem Leder. Der kommunistische Straßenobmann schenkte ihr ein Regal. Die Studienrätin Fittig überreichte ihr die ›Sonette an Orpheus‹. Der Notar, der ihr einen Garderobenhaken brachte, prüfte die leeren Flaschen des Filmkaufmanns, ob nicht noch ein Rest in ihnen wäre. Aber sie waren schon verstaubt.

»Der hat hier vielleicht gelebt!« sagte der Notar. »Da treten Sie eine schöne Nachfolge an.«

Die Namen vieler Flaschenetiketten kannte Elsa nicht. Sie fühlte, sie erhob sich in eine höhere, reichere Sphäre der Gesellschaft, indem sie nur in einen Raum einzog, den ein solcher verwöhnter Mensch hinterlassen hatte.

»Der kommt hierher nicht mehr zurück«, sagte der Notar, »hier brauchen Sie nicht mehr raus.«

Elsa schloß die Tür hinter ihm, setzte sich an ihren Schreibtisch, nahm die Brotration des Tages in die Hand und schlug die ›Sonette an Orpheus‹ auf. Sie stand noch einmal auf und holte das Salz. Sie streute etwas Salz auf das Brot und biß hinein und las und schluckte und biß und las und sah aus dem Fenster und sah auf die Tür und las und biß. Allein stand sie, in Freiheit lebte sie, selbständig, Herr ihrer Entschlüsse; ihr Leben hielt sie in der Hand wie die Lenkstange eines Fahrrades auf abschüssiger Fahrt über unsicheres Geröll, wo allein Kraft und wahnwitzige Entschlossenheit die Bahn dem Willen des Lenkers untertan machen.

Eine Wohnung für mich allein habe ich nun. Sie hat eine Tür. Fast war es nicht menschenmöglich, diese Tür zu beschaffen.

Nun erschreckt mich der Gedanke, daß gerade an diese Tür jemand klopfen könnte, der mir die tödliche Mitteilung zu machen hat, deren Inhalt der Kern meines Lebens ist, seit Du als vermißt giltst. Von Gefangenen hat noch niemand Nachricht. Ich fürchte mich vor den ersten Lebenszeichen, die vielleicht andere von Vermißten und Gefangenen erhalten werden. Eine Zeitlang fuhr ich alle paar Tage zu Deinen Eltern, und wenn Deine Mutter die Tür aufmachte, versuchte ich gleich, von ihrem Gesicht etwas abzulesen. Ich stelle mir vor, wie sie aussieht, wenn Nachricht von Deinem Tod eingetroffen ist. Ich will es sofort erkennen können, ich will nicht erst fragen müssen: »Was ist Ihnen? Sie sehen so verändert aus?« Und ich will keinen Schmerz mehr aus ihrer Hand empfangen.

Wenn jemand an meine Tür klopft, zittere ich furchtbar. Jedesmal suche ich mir einzureden, es ist Deine Mutter oder Deine Schwester: »Ich komme mit einer traurigen Pflicht ...« Ich hüte das Röhrchen mit dem Gift in einem kleinen Fach meines Schreibtisches. Aber ich ängstige mich vor den Minuten, die ich brauchen werde, den Entschluß endgültig zu fassen und ihn dann auszuführen. Ich ängstige mich davor, daß ich es vielleicht über Stunden hinziehe, daß ich an meine Eltern denke, von denen ich nichts weiß und die, wenn sie womöglich wiederkommen, verzweifeln werden, wenn sie auch mich verloren haben. Es kann sein, daß mein Vater nicht mehr lebt, oder nur er allein lebt noch. Wäre es nicht meine Pflicht, ihn dann zu stützen?

Daran denken, wie jung die Zeit jetzt ist, und mich selber der alten, der vergangenen Zeit zurechnen und mich ihr hinterherwerfen. Nicht daran glauben, daß es eine Vereinigung zwischen uns gibt jenseits des Lebens. Also nur dem Nichts zustreben, in das Du schon eingetreten bist, und für alle Schmerzen ist der einzige Lohn, daß ich dann ausgelöscht bin.

Alle Tage sitze ich an diesem neuen kleinen Schreibtisch und rede auf diesem Papier mit Dir. Nach den Einbrüchen der Hoffnungslosigkeit errichte ich wieder die Gebäude meiner zuversichtlichen Erwartungen. Solange ich es nicht anders weiß, denke ich mir den lebenden Mann Albert, in einer Baracke, auf einer Pritsche, mit einer amerikanischen Zeitung, wie Du vom Ende des Krieges liest, wie Du versuchst, Dir vorzustellen, wie ich lebe. Ich lache befreit über meine Ängste; da sehe ich Dich ja, Deine langen Beine ausgestreckt auf dem Bett, vor dem Gesicht die Zeitung. Oft lasse ich diese Zeitung sehr lange vor Deinem Gesicht; ich studiere die Schlagzeilen auf den Rücksei-

ten, habe Furcht, die Hand, die die Zeitung hält, läßt sie sinken, und nicht Dein Gesicht sehe ich, sondern das eines Fremden. Erst wenn ich meiner Sache ganz sicher bin, bitte ich Dich, die Zeitung wegzulegen. Dann sehe ich Dein Gesicht und lache vor Freude. Näher an Dich heranzugehen, wage ich nicht. Es gibt viele Tage jetzt, an denen ich Dich in Gedanken nicht berühre. Es ist, als sei es mir verboten und als werde, wenn ich das Verbot übertrete, Dein Bild in Staub zerfallen. Es ist furchtbar dünn und zerbrechlich; es braucht Zeit, sich zu kräftigen; es muß geschont werden. So erschrick nicht, wenn Du mein freudiges Gelächter hörst, mich aber nicht siehst.

Andere Male hilft es mir, wenn ich mir Dein Dasein dort in jenem Lager, in dem ich Dich hoffe, als nur ganz banale Existenz denke. Ich fange sehr klein an, Dich aufzubauen, reihe Dich ein unter viele Männer, die sich gleichen. Denn kann ich wagen, einen so besonderen dort zu vermuten? Ich denke mir Namen, unter denen der Deine einer von vielen ist. Lauter Männer leben hinter dem Stacheldraht, unter denen Du nicht auffällst. Geheime Mächte werden nicht darauf aufmerksam, daß etwas Schreckliches angerichtet wäre, wenn es Dich nicht unter diesen vielen gleichgültigen Männern gäbe. So kommen sie nicht darauf, mit dem Schrecklichen zu spielen. Ich sehe Dich in der Reihe an mir vorbeigehen, wie Du Essen holst. Aber ich gebe Dir kein Zeichen. Es darf keine Aufmerksamkeit auf Dich gelenkt werden.

Meine Wohnung ist nicht registriert, denn ich bin die einzige, die den Wunsch hatte, in ihr zu wohnen. Anderen erscheint sie als eine Höhle, in der ein Mensch nicht leben sollte. Mir ist sie kostbar, denn ich bin allein hier, bin unabhängig. Ich brauche keinen Komfort. Im Winter werde ich Bretter vor die Fenster nageln.

Den vierten Tag sitze ich an diesem Schreibtisch, den ich billig kaufen konnte und der mir eine Art von Menschenwürde gibt. Jemand schenkte mir einen Stuhl, auch besitze ich ein Bett. Es ist sehr breit. Du hättest mit mir darin Platz. Mehr brauche ich nicht.

Als ich mich von meinen Wohltätern trennte, waren auf meiner Lebensmittelkarte alle Abschnitte der Dekade verbraucht. Es geht jetzt nach Dekaden. Die Karten sehen ähnlich aus wie die im Krieg, aber ich weiß schon nicht mehr genau, wie die vorherigen aussahen. Für meine Dekade ist also nichts mehr zu holen, und es sind noch fünf Tage bis zur nächsten. Ich zog ein mit einem Stück Brot, das aß ich sofort auf, und mit einem Näpfchen Salz. Seit drei Tagen bewege ich mich kaum noch, um keine Kraft zu verbrauchen. Bei Deiner Mutter würde ich eine Tasse Tee bekommen, mehr aber nicht, sie haben selber nicht genug, sich durchzubringen. Aber für eine Tasse Tee sich aufs Fahrrad zu setzen und sich so anzustrengen, wäre unvernünftig. Mir sind auch meine hungrigen Blicke peinlich. Man hat sich nicht in der Kontrolle, man wird dreist und unverschämt. So schreibe ich jeden Tag an Dich, sitze ganz still. Die übrige Zeit liege ich auf dem Bett, schlafe oder begebe mich behutsam in Deine Nähe.

In unserem alten Keller – noch immer stehen dort alle Ecken voll Gerümpel – fand ich ein Glas schimmeliger Marmelade. Mir ist übel davon. Ich versuchte, ein paar Kohlen gegen Brot zu tauschen, aber man versprach mir Brot erst zur neuen Dekade. Nun gehe ich gar nicht mehr hinaus. Es regnet zum Fenster herein, eine kräftige Luft von erfrischten Bäumen dringt ins Zimmer. Noch drei Tage.

Scharen von Göttern umstehen mich. Musik dröhnt im Regen, der Regen rauscht, die Bäume glänzen. Du lebst. Mir, mir gabst Du die Nachricht. Leise Gewitter orgeln über der Stadt, die Wolken erleichtern sich und weinen. Blockbuchstaben von Deiner Hand, abgezählte, auf einem Zettel, ausgetragen von der Post, von einer Frau in blauer Jacke, die Jacke ist naß, mit einer Ledertasche über der Schulter, die Tasche ist naß und glänzt, eine leichte Tasche, mit wenig Briefen. Ihr Klopfen an meiner Tür so schrecklich, ihr Anblick so lähmend, die Sekunde der Erwartung ein Tod. Die Frau erschrak. Ich schrie und heulte, die Frau starrte mich an. Sie führte mich ins Zimmer und hielt mich am Arm. Ich benahm mich unwürdig, tobsüchtig, ich erlitt das Entsetzen einer Todesnachricht, ich führte mich auf, als könne ich nicht lesen und hätte die Buchstaben nicht begriffen. Dann riß ich meine Kette vom Hals und gab sie der Frau, aber sie nahm sie nicht an. Sie brachte mir ein Glas Wasser. Die Frau ging, und ich lief im Zimmer hin und her, ich weiß nicht, wie lange.

Du Kind des Glücks! singen mir die Götter. Die Wasser fallen. Du lebst, Dein Körper ist warm, er atmet, ist nicht verwest. Aber ich berühre Dich nicht, ich küsse Dich nicht, ich bin nicht so vermessen. Wahnwitzig erscheint mir jetzt meine lange, ge-

heime Verbindung mit dem Albert, von dem ich nichts wußte, wahnwitzig der täglich künstlich zurechtgemachte Glaube, er werde am Leben sein, unmäßig kühn die List, mit der ich mich in alle diese schwebenden Vertrauenszustände versetzte. Mit welchen Tricks habe ich mich behandelt! Es wundert mich, daß mein Verstand nicht gelitten hat. Meine Gesundheit bestürzt mich, ich bin enttäuscht, daß ich jetzt nicht krank werde. Ich tat etwas so Gewöhnliches; ich suchte jemanden, der sofort ebenfalls die Nachricht vernehmen sollte; ich ging hinunter zu den Freunden, denen ich soviel verdanke. Sie freuten sich; es ging ihnen nahe, obwohl auch sie seit zwei Tagen nichts zu essen haben und apathisch im Bett lagen. »Wie dir doch alles zum Glück ausschlägt«, sagten sie, »alles gelingt dir, was für ein gesegneter Mensch du bist.« Das sagte der Mann, der gelähmt ist. Der Mund seiner Freundin war traurig, obwohl sie sich doch mit mir freute.

Nun fahre ich zu Deiner Familie. Oder ich laufe. Ich glaube nicht, daß ich mit diesen zitternden Knien die Pedale treten kann.

6

Die Studienrätin Fittig brachte die erste Zeitung. Bald darauf warb sie für eine Diskussionsgruppe, die sich abends traf und von der Zukunft sprach. Es war Juni, keine Divisionen der westlichen Alliierten trafen ein, die Zeitungen berichteten nichts davon, daß man sie erwartete. Frau Fittig hatte eine Freundin, eine alte Dame, die bei der Kommandantur arbeitete.

»Nicht, daß sie nicht gern dort arbeitete. Aber man hatte sich doch mehr auf Englisch eingestellt. Sie spricht auch Englisch sehr gut. Aber man darf die Russen nicht nach ihren Verbündeten fragen. Meine Freundin hat den Adjutanten des Kommandanten gefragt: ›Wann kommen eigentlich die anderen Alliierten?‹ Nie wieder wird sie so etwas fragen. Der Adjutant hat viele Tage nicht mit ihr geredet, und sie hat nicht ihr Essen bekommen. Die geben ihr nämlich immer eine Mahlzeit.«

Man mußte sich, fand Frau Fittig, auf die Russen einstellen. Es war schließlich nicht schwer, da ohnehin alles zusammengebrochen war. »Natürlich müssen wir uns von primitiven Geistern distanzieren. Es gibt jetzt eine Menge Leute, die nur deshalb, weil sie alles verloren haben, wünschen, daß die anderen alles mit ihnen teilen. So einfach ist der Kommunismus aber nicht. Und dann – vor allem ist doch das Geistige wichtig! Die Vorstellung vom Menschen, der in einer klassenlosen Gesellschaft lebt, in voller Menschenwürde – das darf doch keine Utopie mehr sein!«

Elsa hörte abends, wie die Damen durch Westends Alleen gingen und diskutierten. Auch junge Männer kamen dazu, ein Kulturbund wurde gegründet, und Frau Fittig und ihre Freunde wurden Mitglieder.

»Es soll«, berichtete Frau Fittig freudig, »ein Lokal eingerichtet werden, ein Klublokal, wo die kommunistischen Künstler verkehren. Wenn man Mitglied des Bundes ist, soll es da ein wenig zu essen und zu trinken geben.«

Die lauen Sommerabende trugen die Stimmen der Enthusiasten weithin. Die beiden Mädchen, die in der Garage wohnten und ihre Tage in weißen Kleidern in ihren Liegestühlen verbrachten, sahen nicht aus ihren Büchern auf, wenn die Diskutierenden vorbeigingen. Sie lasen, bis es dunkel wurde. Dann kehrten die Begeisterten wieder um, um sich nochmals gegenseitig nach Hause zu begleiten.

Das Haus aber, wo die beiden Schwestern als die Geliebten hoher russischer Offiziere lebten, wurde von den neuen Kommunisten gemieden. Dort floß Kerzenlicht noch spät in der Nacht aus den Fenstern, Musik und Lärm der Betrunkenen ließen Baum und Strauch erzittern. Auf eine Freitreppe hinaus traten manchmal die Schwestern mit langem, offenem Haar. Die Russen traten neben die Frauen, auch Mädchen in Soldatenuniform waren dabei, ehemalige Fremdarbeiterinnen, die jetzt für ihre Leiden belohnt wurden. Die Orden der Offiziere blitzten, breite, gedrungene Uniformbrüste voller Blinken und Mondschein. Einer hatte den Mund voller goldener Zähne, die hatte er sich von einem Westender Zahnarzt machen lassen. Seine Zähne leuchteten am Rand des Sektglases. Der Hals des jungen Mädchens neben ihm war weiß und lang, sie sah aus wie eine schöne Gans zwischen vielen starken Hunden. In den Fenstern sah man die Tanzenden, Uniformschultern schoben hin und her, Mädchenköpfe mit hochgebauschten Frisuren wichen vor drohenden Gesichtern zurück.

Spät vormittags kamen die Schwestern in den Garten und

pflegten die Rosen. Aus der Küche roch es nach gebratenem Fleisch.

Die kräftigen, großen und frischen Soldaten, die Berlin erobert hatten, waren eines Tages nicht mehr zu sehen. An ihre Stelle traten kleine, bösartig wirkende Gestalten. Die lehmfarbenen Blusen bauschten sich in vielen Falten um ihre dünnen Körper. Sie sahen häßlich aus, ihre Sprache war wütend. Elsa fand, daß eine ästhetischere Besatzung leichter zu ertragen wäre. Daß es derart viele kleine häßliche Männer überhaupt gab, war ihr eine schmerzliche Erfahrung.

Umgebrochene Laternen wurden aufgerichtet, Drähte entwirrt, Schienen ausgebessert, Steine von der Straße in die Ruinengrundstücke getragen und dort aufgeschichtet. Frauen bildeten Ketten und reichten sich die Steine von Hand zu Hand. Elsa wurde von niemandem mehr zur Schuttbeseitigung abkommandiert. Das fast zerstörte Appartementhaus war nirgends notiert, es erschien unbewohnt, seine Besucher wurden als Arbeitskräfte nicht geführt. Kusche sah davon ab, sie zu melden.

Kusche besserte aber die Wasserleitung und den Abfluß im Hause aus. Wasser rauschte aus den Hähnen, Wasser rauschte in den Toilettenbecken. Elsa überreichte dem Helfer Eau de Cologne für seine Frau und seine Tochter.

Sie verbrachte ihre Tage mit einem menschenwürdigen Leben: Sie tat nichts. Ihre Tür war von innen mit einem Riegel zu verschließen. Den Riegel schob sie vor und betrachtete die Tür. Sie hob den Blick zur Decke, über der noch ein Stockwerk lag und den Regen abhielt. Durch die ausgebrannten Fensterhöhlen spritzte Wasser herein, aber das beeinträchtigte nicht den Wert der Wohnung. Licht hatte sie nicht, aber es war Juni, die Nächte waren kurz, schon um drei erwachten die ersten Vögel. Sie fühlte, daß der Mensch grundsätzlich dazu geschaffen sei, nichts zu tun. Nur durch ein Versehen mußte es dahin gekommen sein, daß er seine Nahrung nicht ohne Arbeit fand. Doch war wenigstens Sorge dafür getroffen, daß es immer genug Menschen gab, die das Bild vom schönen Menschen aufrechterhielten, indem sie nichts taten. Elsa gehörte jetzt zu ihnen. Sie schlief nach Belieben, sie las, sie ging spazieren, sie aß. Sie lebte von ihrem Geld.

Sie ging zum Kurfürstendamm, um seine Unsterblichkeit zu prüfen. Er war da, war vorhanden; und es fanden sich genug Menschen, die ebenfalls nachprüfen wollten, ob er noch da war;

dadurch war er wirklich am Leben. Flach und grau lag er in der Sonne, und Mädchen mit zyklamfarbenen Lippen gingen auf ihm und ein Mann in hellgrauem Flanell mit einer Sonnenbrille, und auf einem Stuhl saß eine Frau vor einem Tisch, auf dem stand ein Becher mit einem Getränk, und die Frau hatte eine Sonnenbrille auf, und ihre nackten Beine waren braun, ihre Zehennägel zyklamfarben lackiert.

Ein lattenverschlagenes Schaufenster hatte einen bunten Anstrich erhalten und die Aufschrift *Bar*. Elsa fühlte in ihrer Tasche nach ihrem Geld. Sie war begierig, in die Bar hineinzugehen und scheute sich nicht, hundert Mark auszugeben. Sie ging durch einen Vorhang und kam in ein dunkles, ganz mit Stoff ausgeschlagenes Zimmer. Ein Mann in roter Livree mit goldenen Litzen und Knöpfen trat ihr entgegen; er war hochgewachsen, breit, die Augen hielt er fast geschlossen. Er bedauerte, Damen ohne männliche Begleitung sei der Eintritt nicht gestattet.

Elsa fand eine Sprachenschule, in der Russisch gelehrt wurde. Sie meldete sich an und erhielt auf den Anmeldeschein in einem Papiergeschäft ein Heft für die schriftlichen Arbeiten. Eine alte Russin, die in dieser Schule seit zwanzig Jahren unterrichtete, setzte ihre Arbeit fort. »Glauben Sie mir«, sagte sie ihren Schülern, »die russische Sprache ist sehr schön, sie wird nur mißhandelt. Ich war sehr traurig, als ich hörte, was aus unserer schönen Sprache geworden ist.«

Elsa änderte ihre Meinung vom Nichtstun und setzte sich zum Russischlernen an ihren Schreibtisch, sie übte Schreiben und Lesen und lernte Deklinationen und Sätze: »Dies ist Iwans Zimmer. Wir sehen einen Tisch, zwei Stühle, einen Schrank und ein Bett. Iwans Zimmer hat zwei Fenster. Wer ist dort? Dort ist Tante Mascha. Wie heißt Iwans Schwester? Iwans Schwester heißt Nina. Dort sitzt die Katze, hier ist der Hund, da kommt die Großmutter. Sie kocht Grütze.«

Der Iwan, der als großer, erwachsener Soldat in ihr Leben getreten war, bemühte sich um ein neues Bild vor ihren Augen. Er ging zurück aus dem schmutzigen Zimmer mit dem Kot und dem Erbrochenen und den zerschnittenen Federkissen; er deckte die blutenden Wöchnerinnen zu; er wich aus der Stadt, entrückte in die Ferne, in einen friedevollen Osten, in seine Heimat; er legte seine Roheit ab und seine Tapferkeit, seine Stärke und sein Mannestum; seine Schultern wurden schmaler; seine Jahre hoben sich von ihm fort; er wurde kleiner; er saß in seinem Zimmer am Tisch und spielte mit seiner Schwester Nina, mit Katze und Hund; die Tür ging auf, die Großmutter kam und brachte die Grütze. Mein Brei ist hier, dein Brei ist dort. Und die klare, einfache Welt der Fibeln erstand für alle Menschen neu, eine Welt, in der jeder ein Zimmer hatte, Vater, Mutter, Bruder, Schwester, eine Großmutter, und Brei und Brot genug, und Straßenbahnen bimmeln, und Autos hupen, und der Landmann bestellt sein Feld, Korn wächst, und Äpfel werden rot. Die allumfassende Sittlichkeit des Habens war da in der schnellgedruckten Fibel und bewies, woran der Mensch hing.

Eine kurze Untergrundbahnstrecke wurde neu eröffnet. Die Menschen gingen in ihren dünnen Sommerkleidern aus der Sonnenhitze hinunter in den Schacht und saßen in bunten Reihen heiter einander gegenüber. Eine Zeitung kam heraus, in der stand, daß die deutschen Soldaten trotz allem ihre Ehre gehabt hätten.

Elsa fühlte etwas an ihrem Körper, das sie beunruhigte. Sie verdrängte die Unruhe, denn es schien ihr nicht bestimmt, solchen Verdruß ertragen zu sollen. Sie vertraute sich Cilly an, die an der Sache nichts Besonderes fand. Der Drogist, der Fräulein Lewinsky jahrelang Kamille zum Spülen für ihr blondes Haar verkauft hatte, füllte ihr jetzt eine Tüte Graue Salbe gegen Filzläuse ab. Sein Vorgänger in dem Laden hatte ihm vor zwanzig Jahren einen rätselhaft großen Vorrat Grauer Salbe im Warenbestand mit übergeben. Nie hatte er davon etwas verkauft; jetzt machte er gute Geschäfte damit. Viele Damen kauften Lippenstifte, Nagellack und dieses Mittel, dessen Namen sie tuschelnd und tief errötend aussprachen, den Kopf über den Ladentisch geneigt, die Augen gesenkt.

Elsa trug die Salbe auf, am anderen Morgen sollten die Läuse getötet sein, doch nicht ihre Eier; die diesen Eiern erst noch entschlüpfenden Tiere mußten durch nochmaliges Auftragen der Salbe vernichtet werden, und erst eine dritte Behandlung gab weitreichende Sicherheit. Elsa wünschte, diese Tage in einer Art Bewußtlosigkeit zu verbringen. Sie versuchte aber vergebens, sich Bewußtlosigkeit einzureden. Sie lag auf der Erde, weil sie ihr Bett mit ihrem scheußlichen Leib nicht schänden wollte. Die Tiere gingen auf ihr, auf diesem Kadaver, einem in der göttlichen Weltordnung für die Erhaltung dieser Tierart vorgesehenen Nährboden. Nicht schlafen wollte sie, solange sie dies Gehen spürte, nicht Mensch sein mit seinem menschlichen

Schlaf, seinen schönen Träumen. Sie war ein leidendes Land, ein fiebernder Erdteil, Dschungel, in dem die Elefanten gingen, bald würden ihre Beine schwach vom eingeatmeten Gift. Giftnebel legten die Herden um. Sie verendeten.

Am dritten Tage als Mensch wieder auferstanden, empfing Elsa den Besuch ihrer Tante Elfriede.

Tante Elfriede war fortgeschickt worden aus der Lungenheilstätte und saß in Elsas Sessel, mit den Flammen in den Augen, vor denen ihre Schwester Johanna, ihre Mutter und ihr Mann sich früher schon einmal so sehr gefürchtet hatten, besonders ihr Mann, Onkel Ernst. Tante Elfriedes Augen waren groß und braun, und wenn sie sich besonders groß aufschlugen, spitzten sich die oberen Lider etwas zu, ihre Stirn, ihre Brauen, ihr Haar, alles spitzte sich dachartig über verzückten Gedanken. Diesmal war es die Verzückung der Hoffnung.

»Elisabeth, mein Kind, ich kann noch arbeiten, ich kann noch etwas schaffen. Und wenn ich mir die Finger blutig arbeite . . .« Sie hob ihre gespreizten Finger, die wirklich von grober Arbeit rot waren. Sie bot ihr Fingerblut den Mächten an, in der Hoffnung, daß diese sie dann noch einmal ihre Söhne wiedersehen ließen. Doch die Mächte hatten sich schon ihre Lungen genommen, ohne etwas dafür zu leisten; sie brauchten ihre zerschundenen Finger nicht; sie hatten ihr die Wohnung genommen und ihr nichts dafür gegeben, als einziges boten sie ihr die Genügsamkeit an, und für diese hatten sie ihr die Küche und eine Kammer und einen Korridor im hinteren Teil ihrer Wohnung gelassen.

»Betti, mein Kind, es ist nur so schwer zu begreifen. Ich gehe aus der Küche, komme in den Korridor, da steht die Anrichte, wo das Mädchen immer das Tablett hinstellte, da ist die Tür, die Tür zum Eßzimmer, aber die darf ich nicht aufmachen. Warum? Warum darf man eine normale Tür nicht aufmachen? Weil dahinter nichts mehr ist, nichts, das Haus ist abrasiert, einfach abgeschnitten; wenn ich die Tür aufmache, falle ich, vier Stockwerke; da bin ich tot. Die Tür ist abgeschlossen; ich kann nicht in mein Eßzimmer, nicht ins Herrenzimmer, nicht ins Schlafzimmer, Karls Zimmer, Eberhards Zimmer, das Gästezimmer, nicht in den Salon – ich kann nicht hinein. Wenn die Kinder kommen, richten wir uns hinten ein. Zwei Betten stelle ich hintereinander im Korridor auf, er ist gar nicht so schmal, wie man denkt, und ich schlafe in der Kammer, und in der Küche machen wir es uns gemütlich. Das Leben ist immer lebenswert.

Und wenn ich immer die fünfzehnhundert Kalorien bekomme wie jetzt, man gibt mir ja mehr wegen der Krankheit, und die Kinder kriegen vielleicht noch mehr, sie sind ja jung und können arbeiten, da werden wir uns das Leben noch lebenswert machen. Ich arbeite, ich bin zäh, ich schaffe etwas, ich schließe mich auch vom Schippen nicht aus, denn ich bin wirklich zäh ... Ich mache die Tür nicht auf, nein, ich mach' sie nicht auf. Ich guck' nur manchmal durch das Schlüsselloch. Bettichen, da sehe ich den Kaiserdamm und den Lietzensee. Aber immer steigt Staub auf und schwebt, wo meine schönen Zimmer waren. Und es ist kalt.«

Elsa begleitete Tante Elfriede nach Hause. Sie gingen die Hintertreppe hinauf. Elsa sah durch das Schlüsselloch. Onkel Ernst stand da, im Frack, und hielt eine Rede, sie füllte den Raum mit Blaswerk und Blumen und Ranken, die Gläser funkelten, aber noch mehr funkelten die Messer. Salzkristalle rollten auf dem Tischtuch umher, und die Messer funkelten.

»Mach nur niemals die Tür auf«, sagte Elsa, »am besten, sie wird bald vermauert.«

»Niemals. Das lasse ich nicht zu. Man kann mir doch nicht alles nehmen!«

Waren auch Häuser in ganzen Reihen zusammengesunken, so hatten doch die Straßen noch ihre Pflasterplatten. Manche waren aufgerissen, einige lagen schief, ragten mit Ecken und Kanten aus der Ebene hervor. Aber die meisten waren in der alten Ordnung geblieben. Es zeigte sich, daß eine Stadt nicht ganz zu zerstören war. Sie erhielt sich durch ihre Menschen, die störrisch an immer denselben Stellen zusammenliefen, wo sie zusammenzulaufen gewohnt waren, und durch ihre steinernen Straßennetze mit den Asphaltbahnen und den schweren Granitplatten. Diese Granitplatten glitzerten im Licht, gelbbraun, grauweiß, schwarzrot, auch etwas Silber war dabei. Sie legten sich aneinander zu Elsas Schulweg, zu einem Band ihrer sorgenvollen Gedanken, verzehrenden Kummers um heimlich geliebte Jungen; sie bildeten den Geburtstagsweg zu Tante Elfriede; Blumen nickten Schritt für Schritt über ihnen. Die Granitplatten hatten ihre Maserungen, eine jede war ein Bild, hatte ihr Genre, ihren Charakter. Einige zeigten Bäume, Wolken, Köpfe. Da war der bärtige Kopf mit der Knollennase und dem kurzen Gehörn, kristallisierter Schatten eines Fauns. Elsa setzte den Fuß auf seine Wange, er lachte. Rot und gesund war er geblieben. Die Stadt war am Leben; sie war nicht eine Schicht, über die sich eine neue Schicht legen würde. Diese Straßen blieben oben, blieben oberste Schicht, an der Sonne. Der Faun im Granit wies mit dem Gehörn nach links, nach drüben, zum Haus, in dem sie jetzt wohnte. Nicht mehr wie früher lief sie über ihn weg, jetzt mußte sie genau bei ihm nach links über den Fahrdamm.

Neben dem Herd in der Ruine saß auf einem Stuhl, den Cilly ihm hingestellt hatte, ein Mann mit dunklem Bart und dunkler Sonnenbrille. Er nahm die Sonnenbrille ab und sah Elsa mit dickblauen, rotrandigen Augen an. Onkel Max aus Wulkow war da, nicht mit seiner Kompanie vor den Toren Indiens, sondern hinter Wulkow zurückgezogen.

»Deine Eltern leben! Sie werden vielleicht bald kommen. Alle kommen. Selbst wenn sie bleiben wollen, sie dürfen nicht, sie werden alle vertrieben. Dein Vater hat wieder einen Schlaganfall gehabt, aber deine Mutter pflegt ihn. Sie wohnen in der Waschküche auf dem Hof, das Haus haben sich Polen genommen. Vom Hauptlehrer Kalisch habe ich die Nachricht.«

Elsa streichelte ihre Eltern. Sie fühlte das Haar ihres Vaters unter ihren Fingern und die seidenpapierene Haut ihrer Mutter. Sie legte die Arme um die hängenden Schultern ihrer Eltern, um ihre mürben, klapperigen Knochen. Sie preßte und schüttelte sie und schrie: »Nun beginnt alles neu!« Ihre Mutter schob die dünne Unterlippe vor und verschloß sich der Hoffnung; ihr Vater ließ die Wangen hängen und blinzelte blau nach oben, zwischen Liebe zu ihr und Wut über ihr Hoffnungsgerede schwankend.

»Und ich, Elisabeth, bin nun bestraft für alles. Unsere Erna, unser einziges Kind. Sie hat sich aufs Bett gelegt und hat sich in den Mund geschossen. Und Tante Olga ... Ich war wegen meiner Beine, ich hatte Wasser drin, entlassen und zu Hause, wie die Russen anrückten. Wir wollten alle hinten raus weg, über Hackelsprung, und dann quer durch nach Landsberg, aber wir kamen auseinander. Von Olga habe ich nichts mehr gesehen, und Kalisch hat mir erzählt, wie seine Frau unsere Erna gefunden hat. Wer nicht in der Partei war, der hätte ja ruhig bleiben können, aber die anderen ... Ein schauriger Treck. Buchhändler Krambusch haben sie totgeschlagen. Natürlich sind die Parteigenossen alle denunziert worden, die Deutschen haben den Russen genau den Weg gezeigt. Erna ist wohl die Flucht abgeschnitten worden, da ist sie umgekehrt, und vielleicht war es wirklich das Beste, was sie tun konnte. Ich grübele und grübele. Was war falsch an unseren Idealen? Aber die da oben haben ihre Ideale selber verraten. Wie elend hat sich dieser Mann aus der Affäre gezogen. Wir, wir baden es aus. Wo ist Olga? Und unser einziges Kind, tot. Frau Kalisch spricht nicht darüber, wie sie ausgesehen hat. Eine solche Verzweiflung, sie war doch noch ein junges Mädchen.«

Elsa machte Feuer im Herd, verrührte Mehl und Wasser und briet Plinsen auf einer Pfanne. »Komm«, sagte sie und ging mit Onkel Max hinauf in ihre Wohnung. Sie streute feuchten gelben Zucker auf die Mehlkuchen und stellte zwei Teller hin.

»Ich will dir nichts wegessen, Kind.«

»Iß nur.«

»Ja, dein Vater hatte nun doch recht. Immer wenn ich ihn sehe, werde ich sagen: ›Achilles, du hattest recht.‹«

»Es ist ja nun vorbei.«

»Ach, Elisabeth, es war doch Idealismus. Weißt du noch, wir beide, wir waren die ersten Nationalsozialisten in der Familie. Damals haben wir uns gut verstanden. Und dann kam noch unsere Oma dazu.«

»Damals war ich vierzehn. Und es hat nicht lange gedauert. Nur ein Jahr. Die dummen Parolen haben mich gleich angeekelt.«

»Ja, aber in der Kleinstadt, was willst du, da war so etwas Einfaches gerade richtig.«

Es war nichts zu essen mehr da.

»Es gibt erst morgen wieder Brot.«

»Ich drehe uns eine Zigarette. Etwas Tabak habe ich noch. Aber dann muß ich zurück. Vorgestern bin ich aus Strausberg gekommen. In Lichtenrade hab' ich ein Quartier. Auch Arbeit. Ich bin Straßenkehrer, kriege eine Lebensmittelkarte. Wohne in der Bude eines Straßenkehrers, den sie abgeholt haben, weil er Parteigenosse war. So ist das Leben. Aber der war etwas mehr als gewöhnlicher Straßenkehrer, der war Rottenführer. Wenn ich nur wüßte, wo Olga ist.«

Trotz der Dunkelheit setzte er die dunkle Brille wieder auf, als er sich auf sein Rad setzte.

»Man weiß nicht, ob man nicht von jemandem erkannt wird«, sagte er, »und ich muß wohl annehmen, ich hatte Feinde. Das tut sehr weh, wo ich doch immer das beste gewollt habe.«

Der fremde Mann mit dem Bart und der Brille fuhr in die Nacht.

Anderntags kam die Frau des Blockwarts Thiele und bat um

ein Schreiben. Papier und Kopierstift hatte sie mitgebracht. Ihr Mann war vor vierzehn Tagen abgeholt worden, sie hörte nichts von ihm. »Er hat doch niemandem etwas getan. Er war doch bloß Blockwart. Und was hat er groß gemacht? Doch gar nichts.«

»Es tut mir leid, Parteigenosse Kaulfuß, daß ich Ihnen das sagen muß!« Und Kaulfuß wurde gelb und steckte das Abzeichen an den Mantel. Im Rahmen der Kellertür stand Thiele. Stand er aber wirklich sehr machtvoll da? Hatte er diese durchgedrückten Säbelbeine, diese tückischen Augen? Elsa betrachtete ihn nochmals und fand seine Knie doch etwas eingeknickt, seine Hände hingen etwas zittrig herab, seine Augen blickten nicht sicher. Seine Frau hatte lange, wackelige Zähne zwischen feucht sprühenden Lippen. Es war unangenehm, sie im Zimmer zu haben. Elsa schrieb: *»... bescheinige ich, daß mir von Herrn Paul Thiele nichts Nachteiliges bekannt ist.«*

Der Sommer wölbte sich gelb über der Stadt. Die Gärten Westends dufteten. Die beiden Mädchen saßen vor ihrer Garage und lasen. Wer keine Arbeit gelernt hatte, die beim Aufbau einer zerstörten Stadt nützlich war, tat nichts. Es stellte sich heraus, daß Tausende nichts gelernt hatten, womit man eine chaotische Stadt in Ordnung bringen konnte. Sie warteten darauf, daß die Arbeiter jene Lebensbedingungen herstellten, in denen sie mit ihren feineren Ausbildungen, mit ihren geistigen Fähigkeiten ihre gewohnten Wirksamkeiten wieder aufnehmen konnten. Zwischen den Arbeitern und den Müßigen plagten sich die Heere der Sichtenden und der Aufräumenden. In Industrieanlagen schafften die Demontierer die auferlegte Leere in den Hallen.

Dies waren nicht Unternehmungen, von denen Alleen und Gärten in ruhigen Vororten erzitterten. Ein ruhiger Vorort war immer ein ruhiger Vorort. Auch in Westend waren Opfer gebracht worden, Häuser verbrannt, Frauen geschändet, Männer geschunden, einige getötet, ein Filmschauspieler war im Straßenkampf gefallen. Aber Westend blieb ein ruhiger Vorort. Im hohen Sommer wurde er immer ruhiger. Sogar um die russische Kommandantur wurde es ruhig. Sogar bei den Schwestern, die das große Haus mit den Offizieren führten. Es kam ein Abend ohne Musik, nur mit flackerndem Licht. Dann kamen Abende des Schweigens, mit sanft vergehendem Abendrot. Dann kam ein Abend, da standen auf den Altanen und Freitreppen der Villen britische Offiziere und schlugen mit kleinen Stöcken an ihre blanken Stiefel.

Ich gewöhne mich langsam daran, daß es Dich in der Ferne leibhaftig gibt, Dein Wesen getrennt von meinem Wesen, vom Vorrat der Gemeinsamkeit zehrend, der manchmal zur Neige zu gehen droht. Wir haben Gemeinsamkeit aus der abgetanen Zeit, die uns nicht mehr viel bedeuten kann; wir werden unsere neuen Einsamkeiten einer vor dem anderen auszubreiten haben und unsere Leben neu zusammenlegen müssen. Geliebte aus einem abgelebten Leben sind wir, gewesene Geschwister aus einer abgeleisteten Epoche, wir sind in ihr gestorben und werden in einer neuen einander neu zugeführt. Wir erkennen uns, und wieder wollen wir zusammenkommen.

Wirst Du mich fragen, wie an mir die Geschehnisse vorübergezogen sind? Wirst Du von meinem Staunen, von meinen vielen befriedigten Neugierden etwas mitgeteilt haben wollen? Ich bin nicht sicher, ob Du der rechte Gast bei den Schauspielen bist, die mir dies Leben zwischen den Leben bot.

Vielleicht jetzt, wirst Du aber meinen, wäre es an der Zeit, sich vor die stupiden und die bösartigen Anhänger des Regimes hinzustellen und sie zu fragen, wo ihre Zuversicht geblieben ist. »Wo ist euer Sieg?« möchten wir sie fragen. »Wo ist euer Drittes Reich? Was sagt ihr jetzt?« Nur dies. Möchtest Du nicht auch aus ihrem Munde jetzt hören: »Wir gestehen, daß wir in tückischer Dummheit gelebt und tückische Dummheit verbreitet haben.« Es müßte Formulare geben, von denen diese Menschen öffentlich abzulesen hätten, was sie selber nicht auszudrücken imstande wären.

Ich hatte mir vorgenommen, meinen Onkel Max zur Rechenschaft zu ziehen. Fast ein Jahr ist es her, daß ich in Wulkow war. Wir besuchten abends Onkel Max, Tante Olga und Cousine Erna. Onkel Max hatte Urlaub, er kam aus Bulgarien. Er öffnete eine Flasche bulgarischen Rotwein. Meine Mutter und Tante Olga stopfen Strümpfe. Onkel Max, Erna und ich spielen Skat. Tante Olga hebt das Glas und sagt: »Auf unseren Führer! Auf seine wunderbare Errettung!« Mein Vater und ich ziehen die Augenbrauen hoch und kneifen die Lippen zusammen. Das treibt den Hanischs die Blässe des Entsetzens ins Gesicht. »Kinder«, sagt Onkel Max, »ihr werdet doch nicht soweit gehen, in diesem Kampf unseres Vaterlandes seinem Führer den Tod zu wünschen?« Zitternd setzt er sein Glas auf den Tisch. »Wo denkst du hin, Max?« ruft meine Mutter ängstlich. Mein Vater legt seine Karten auf den Tisch und sagt: »Jedenfalls können wir daraus, daß höchste Militärs einen Friedensschluß zu erreichen suchten, schließen, daß der Krieg für uns verloren ist!« Onkel Max wirft sein Blatt ebenfalls hin und schreit: »Du gehst zu weit! Wie kannst du so etwas sagen! Aber natürlich, wenn alle so dächten wie du, dann könnten wir alle Hoffnung begraben. Dann wäre Deutschland verloren!« Tante Olga sinkt in die Sofaecke und schlägt die Hände vors Gesicht. »Mein Gott«, weint sie, »und so was hat man nun in der eigenen Verwandtschaft!« Mein Vater läuft rot an und erhebt sich zitternd. Seine Unterlippe hängt herab. Cousine Erna geht aus dem Zimmer. »Sei ruhig, Achilles, errege dich nicht!« ruft meine Mutter. Telefoniert Erna nebenan? Kommt man gleich, meinen Vater abzuholen? »Achilles meint es nicht so, glaubt mir doch!« weint meine Mutter. Erna kommt wieder herein und sagt: »Es hat keinen Zweck, daß Nationalsozialisten wie wir sich mit Menschen von gestern streiten.« Daraus schließen wir, sie hat nicht telefoniert. Sie hat nebenan nachgedacht und den Fall geprüft und sich entschlossen, gegen die Partei zu sündigen, indem sie diese Verwandten schont. Onkel Max beruhigt sich und sagt: »Achilles, du verstehst diese Zeit nicht. Aber du wirst sehen, so wahr wir schon fast vor den Toren Indiens standen, so gewiß werden wir dort wieder hinkommen.« Dann nahmen wir die Karten wieder auf.

Onkel Max ist jetzt in Berlin. Ich sage ihm nichts. Er brachte Nachricht von meinen Eltern. Was sollte ich ihm sagen? Mir fiel nichts ein. Meine Eltern leben. Seine Tochter ist tot, seine Frau verschwunden.

Mir fällt nichts ein, auch wenn ich gefragt werde: War der und der ein anständiger Mensch? Hat er anderen geschadet? Ich war selbst bis fünfzehn im BDM. Mir fällt jetzt nichts ein, was andere getan haben. Man kommt zu mir, weil ich aus politischen Gründen nicht zum Examen zugelassen wurde, man bittet mich um Zettel, um Bescheinigungen. Ich schreibe meinen Namen darunter. Dabei schäme ich mich. Meine eigene Vergangenheit ist nicht rein. Von diesen Menschen ist mir nichts Nachteiliges bekannt. Parteigenosse, Phrasen: Genügt das? Man hat Angst vor ihnen gehabt, aber es ist einem nichts passiert, weil man vorsichtig, weil man schlau war: Wozu reicht das?

Wulkow ist polnisch. Dies neumärkische Kaff, in dem ich alle meine Ferien verbrachte, wirst Du nun niemals kennenlernen. Ich werde das Haus nicht erben, unsere Kinder werden dort nicht ihre Ferien verleben. Meine Eltern sind aus dem Haus vertrieben. Werden die neuen Bewohner den Garten verän-

dern? Neben der Gartentür ist eine Birke. Rechts im Vorgarten Blumen. Hinterm Haus rechts die Erdbeeren, links der Spargel. Weiter hinten rechts die Kartoffeln, links Mohrrüben, Bohnen, Tomaten. Hinten die Wiese mit den Apfelbäumen. Der Garten stöhnt in sonnenbestäubter Langeweile, während die Johannisbeeren zu beiden Seiten des langen Gartenweges leuchten. Die Beeren an den unteren Zweigen sind von Staub grau und schwer. Man wird diese Johannisbeersträucher lassen, wird sich freuen, daß sie da sind.

Nie werde ich nun mit Dir in diesem Garten gehen.

Meine Eltern leben. Ich Kind des Glücks. Die Stadt ist abgebrannt. Keine Richtstraße, kein Schweinemarkt ist mehr da, keine Bahnhofstraße. Aber der See bleibt der See. Dort hatte ich mit Dir schwimmen und Boot fahren wollen.

Unser Stolz war ja immer die Badeanstalt. Dort ist nichts geschehen, das weite Rund der Zellen steht unberührt. Mit meinem Vater werde ich nie mehr dort auf den Planken liegen und ins Wasser sehen können, wo die Stichlingsschwärme im glasigen Sonnenlicht stehen.

Mein Vater ist halb gelähmt, meine Mutter muß ihn füttern. Sie möchte kommen, aber es gibt keinen Transport für meinen Vater. Ich wüßte nicht, wo ich sie unterbringen soll. Hier im Haus sind ähnliche Höhlen wie die meine erhalten. Aber auf der Decke des obersten Stockwerks sammelt sich im Geröll Sickerwasser, bis zu mir herunter tropft es durch, wenn es anhaltend regnet. Aber da mir doch alles gelingt, wofür ich früher kein Geschick hatte, bin ich sicher, daß ich auch für meine Eltern sorgen kann. Die Fabrikarbeit hat mich gelehrt, praktisch zu denken und zu handeln; es war eine Lebensschule. Mein Verstand bewegt sich im Praktischen, und meine Hände, die früher teilnahmslos und arrogant waren, führen zu meiner Zufriedenheit alles aus, was ich ihnen zu tun aufgebe.

Auch Deine Familie hat jetzt Achtung vor mir, sogar Deine Mutter erkennt mich an. Ich zeigte Dorothea, wie man ein Dach ausbessert. Ich brachte Euren Kohlenherd in Ordnung. Deine Mutter ist freundlich zu mir. Sie hat begriffen, daß ich Deine Frau sein werde, daß ich es schon bin. In ihren weißen Schläfen ist eine leichte, etwas bläuliche Einbuchtung entstanden, so als habe sie lange Zeit ständig ihre Hände darangelegt und mit sich gerungen; am Ende aber entstand vorn auf der Stirn die Klarheit des Einverständnisses, die Güte des Nachgebens. Sie wird begreifen, daß Du hier bei mir zu wohnen wünschst, und sie wird mir Deine Anzüge und Deine Wäsche übergeben. Immer hat es mich verrückt gemacht, wenn sie in den letzten Stunden vor Deiner Abreise von Deinen Sachen sprach und nach ihnen in der Wohnung umherlief. Ich haßte sie, weil sie damit solche Macht über Dich hatte. Und Du schwiegst dazu, ganz im Einverständnis, daß Mütter nach Hemden und Socken in der Wohnung umherlaufen müssen; es ist ihre Bestimmung. Sie kennt Dich nicht, weiß nichts von Dir; so sucht sie immer nur diese Macht über Dich zu behalten, indem sie Deine Sachen zählt. Ich ersehne den Augenblick der Hemdenübergabe. »Zwölf?« werde ich fragen, »waren es nicht achtzehn?« Und sie wird mir die restlichen sechs Hemden bringen.

Ich verstelle mich, bin liebenswürdig, hilfsbereit, so lange, bis ich mich schon identifizieren muß mit dem lieben, guten Mädchen, das ich spiele. Aber ich habe meine Kleider kürzer gemacht; als sie meine Knie sah, zog sie ihre Oberlippe hoch, und in ihre flache Brust zog ein tiefer Atemzug ein, den sie mit einem ratlosen Lächeln aus offenem Mund wieder entließ. Deine Schwester bleibt mir verschlossen. Sie ist so schön, so unberührt, so reizlos, ganz ohne Anmut. Sie leidet an Strickzwang, nichts ist vor ihr sicher; sie räufelt es auf, und die krausen Fäden kommen neu auf die Nadeln. Immer ist mir, als sähe ich sie einen einzigen riesigen Mann ganz und gar einstricken, einen Mann, in dem alles, was auf der Welt Mann heißt, enthalten ist, und sie strickt ihn zu, daß er nicht mehr herauskann; sie bringt ihn zum Ersticken, noch das Loch vor seinen Nasenlöchern wird sie zustricken.

Dein Vater, befördert, geehrt, nun sogar Ministerialdirigent geworden, will dennoch nicht zur Kenntnis nehmen, daß wir alle nun alles überlebt haben. Wie er weinte, als ich mit Deiner Lebensnachricht kam. Sein kahler Kopf sank auf den Tisch, auf Eure gottverdammte Spitzendecke.

Und nun ist es sehr still bei uns. Man ahnt, man muß sich nicht weiterhin mit dem System, das die Rote Armee einführte, arrangieren. Denn diese Armee ist aus den westlichen Teilen der Stadt abgezogen. Eine zweite Stunde Null. Neues Abwarten, neue Passivität. Aufzuräumen haben die Deutschen. Politik machen die Sieger.

Deine Schwester mußte Kleists Werke aus ihrer Volksbibliothek entfernen. Die Erregung Deines Vaters, als sie es erzählte, war ungeheuer. Wir saßen beim Abendbrottisch. Deine Mutter ist wirklich gütig, sie gibt mir zu essen. Sie hat noch Pfeffer-

minztee, und immer sieht der Abendbrottisch so aus, als sei alles Gewohnte vorhanden. Die Tasse mit dem Pfefferminztee stellt Dein Vater klirrend zurück. Er weigert sich, weiter zu trinken, weiter zu essen. »In den Staub mit allen Feinden Brandenburgs«, sagt er und starrt auf seinen Teller.

Zweiter Teil

7

Die britischen Offiziere hatten rötlichblondes Haar, kurze Scheitel, rötliche Schnurrbärte, rötliche Haut, blaue Augen. Vielleicht nicht alle, aber jeder Westender sah doch einen an jenem Abend, und das ergab viele. Sie waren Gestalten der Literatur, aus Kiplings Werken oder aus Maughams – jeder Westender hatte es im Blut, wie ein Brite aussah, als Offizier und in fremdem Land. Von dem adretten Bild waren jedoch nicht alle Einwohner des ruhigen Vorortes entzückt. Den einen erschien es als arrogant, anderen flößte es Furcht ein. Und viele haßten es, weil sie das Bild auf der Freitreppe ihrer eigenen Villa sahen, aus der sie selber hatten weichen müssen, ohne auch nur einen Stuhl mitzunehmen. Die meisten aber atmeten ruhig und sanft an jenem Abend, dem ersten, der Gewißheit darüber brachte, daß man nicht länger unter kommunistischer Herrschaft leben mußte.

Elsa wusch sich das Haar und spülte es mit Kamille. Sie verbrachte den Tag mit Lockenwicklern und blätterte im ›Kleinen Oxford Pocket Dictionary‹. Am nächsten Tag ging sie durch die Alleen und studierte die Schilder der Dienststellen, die von der Britischen Militärregierung eröffnet waren. Sie suchte eine Stellung und klingelte, um sich zu bewerben. Junge Mädchen öffneten und sagten ihr, es sei nichts mehr frei. Sie hatten selbst gerade ihre Dolmetscherstellungen angetreten und wußten zuverlässig, daß weiter keine benötigt wurden. Die adretten Offiziere waren ganz ihrer Meinung. Sie ließen sich, wenn sie zufällig dazukamen, sagen, worum es ging. *»There is a girl, who wants a job as interpreter.« – »Tell her we don't want any.«*

Die Töchter Westends waren untergebracht. Sie blickten aus den Türen und von den Treppen, als seien sie in diesen Büros schon lange angestellt. *»Sorry,* wir brauchen niemanden.«

Am fünften Tag erst fand Fräulein Lewinsky Einlaß in einem Haus. Die Dienststelle war in dieser Minute eröffnet. In dieser Minute brachte der Sergeant Major selbst das Schild draußen an. Es war eine Kontrollstelle für die kulturellen Angelegenheiten des Britischen Sektors der Stadt, und man hatte für sie eines jener Häuser beschlagnahmt, die Herr Lewinsky auf seinen Sonntagsspaziergängen immer bewundert hatte. Er stand davor und zeigte mit der Spitze seines Stockes auf die reine Linie des Dachfirstes und auf die schöne Arbeit des Balkongitters im ersten Stock. Das Gartentor war im gleichen Muster gearbeitet. Herr Lewinsky stand davor, zeigte mit dem Stock auf das schöne Tor, schon hing ein Schild da: B.I.C.U., und das Tor öffnete sich, seine Tochter ging hindurch, noch eine Tür öffnete sich, noch eine, und sie ging hinein in dieses edle Haus und machte ihr Glück.

Der Sergeant Major sah Elsa milde an. Eine fremde Uniform, aber eine vertraute Sprache. Sie redete mit einem entfernten Vetter, aus einem verfeindeten Zweig der Familie; dieser fremde Clan zog nun ein ins Haus, man wurde gedemütigt, aber man blieb doch verwandt. Der Sergeant Major hatte schwarze Augen und ein volles, weiches Gesicht. Er führte sie in ein Zimmer, in dem vier Schreibtische standen. An jedem saß ein Offizier, drei Rötliche und ein Dunkler. Sie waren ein Major, zwei Hauptleute und ein Leutnant, und sie sahen von ihren Schreibtischen auf, als komme ihnen, im nicht vertrauten Amt, schon dadurch Hilfe, daß überhaupt etwas geschah.

Verstünde sie etwas von Theater, von Musik, habe sie Kenntnisse von Berliner Künstlern? Diese vier sahen nicht familiär aus. Ihre Gesichter kannte sie nur aus fremden, alten Alben. Elsa sah die Boten Vansittarts gekommen, um Deutschland zu vernichten. Die Deutschen sollten verhungern, vom Erdboden verschwinden, die Menschheit mußte sich von der Pest dieser Erde befreien. Die Briten kamen und untersuchten die Bedingungen, nach welchen man diesen Plan verwirklichen konnte. Dazu brauchten sie Dolmetscherinnen, junge Damen. Es bescherte großen, inneren Frieden, daß man als Deutscher nicht zu versuchen brauchte, sich zu erklären, zu verteidigen, etwas richtigzustellen. Elsa erkannte, daß die vier Offiziere ihre festen Ansichten von den Deutschen hatten und sich auf erklärende Worte nicht nur nicht einließen, sondern daß allein der Gedanke daran ein Frevel war. Die tiefe Ruhe, in der man nun als Deutscher leben könnte, schuldig, verdammt, zu keiner weiteren Pein mehr genötigt, weil die tiefste Stufe erreicht war, erschien Elsa als durchaus beglückendes Lebensgefilde.

Ja, sie wußte etwas vom Theater, kannte Künstler. Der Dunkle stellte sie ein. Er händigte ihr einen mehrblättrigen Fragebogen aus, vereinbarte ein Gehalt, setzte die Arbeitsstunden fest.

Der Sergeant Major geleitete sie hinaus. Jetzt sprach er deutsch mit ihr. Er hieß Cohen.

In dem Fragebogen waren alle Organisationen der Nationalsozialistischen Partei aufgeführt, auch die Hitler-Jugend, der Bund Deutscher Mädel aber nicht gesondert. Es gelang Elsa, sich einzureden, daß der Bund Deutscher Mädel eine Organisation für sich und also hier nicht aufgeführt war, daß die Frage demnach nicht gestellt war. Außerdem war sie aus dem Bund nach einigen Monaten hinausgeworfen, in schriftliche Listen nicht erst aufgenommen worden.

So entstand der Fragebogen eines sauberen, anständigen Deutschen, der nur an die Nationalsozialistische Volkswohlfahrt Beiträge abgeführt hatte. Es war ein Fragebogen, zu dem die Okkupanten Vertrauen fassen konnten. Als sie ihn überreichte, sagte Elsa, sie sei einige Monate in einem hier nicht aufgeführten Mädchenbund gewesen. Nein, sie war kein wirkliches Mitglied geworden, es war nicht mehr dazugekommen. Der Offizier gab ihr Absolution und nahm den Fragebogen entgegen.

Sie ließ ihre Mädchen antreten. Sie war die Führerin, probeweise, die Pfadfinderbünde waren aufgelöst. Zehn kleine Mädchen standen in einer Reihe vor ihr. Ihre Faltenröcke waren mit großen weißen Knöpfen an weiße Blusen angeknöpft. Das war sehr praktisch und sah nett aus. Auch Elisabeth trug, obwohl schon fünfzehn, einen solchen Rock mit weißen Knöpfen. Wer sollte den Wimpel tragen? Sie kannte die Kinder noch nicht, es war eine neue Gruppe. Sie waren aus Alt- und Neu-Westend, aus Familien, die es nett fanden, daß Kinder in die Natur hinauskamen. Sie gab einem Mädchen mit langem, blondem Haar den Wimpel. »Aber nur vorerst. Den Wimpel bekommt der, der sich am besten bewährt.« Das Mädchen nahm die Stange mit dem blauen Fähnchen gelangweilt entgegen. Es war schwer mit dieser neuen Gruppe. Keine Begeisterung. Nichts Bündisches. Was für eine Zeit! Den Wimpel hatte Elisabeth selber gestickt, eine Thor-Rune in Grau auf blauem Feld.

Ihre schwarzen Schuhe mit den hohen Absätzen standen auf einem dicken Teppich. Sie sprach englisch mit einem britischen Offizier. Die Grenzen waren gefallen, Europa kam herein.

Am Meer, im Führerinnenlager, gab es nichts zu trinken. Im Zelt roch es nach sechzehn jungen Führerinnen. Sie stöhnten vor Durst. Wecken. Fahnenhissen. Ein Lied. Das gereckte Kinn der Gauführerin. Ihr Blick über die Ostsee an den Horizont. Das war die Suche nach dem Land der Germanen. Anstellen zum Sport. Fünfhundert weiße Turnhemden, tausend Brüste, tausend schwankende schmutzige Flecke auf fünfhundert weißen Trikots. *Wann wir schreiten Seit' an Seit'*. Sie schwitzten, sie rochen. *Mit uns zieht die neue Zeit.*

Die Germanen machten Kratzfüße und ließen Europa hereinkommen. Sie hatten Europa besessen, aber ihr Glück hatte nicht gedauert. Sie empfingen die Länder jetzt bei sich zu Hause, und Europa sah betroffen ihre krummen Rücken, ihre falschen Blikke, hörte ihre plumpen Schmeicheleien.

Elsa war unbescholten, ihr Fragebogen war rein. Ihr Denken ergab sich der kosmopolitischen Richtung. Der Preuße salutierte und trat ab, Barbarossa lallte im Traum, die alte Ufa-Leinwand mit dem Choral von Leuthen erbebte und zerriß in zwei Teile. Die Stunde Null schlug. Der Captain übergab ihr eine Liste mit Namen, die nach ihrer Bedeutung für die Kunst zu ordnen waren.

Nach der Mittagspause wurden noch zwei junge Mädchen und ein Mann mittleren Alters als Dolmetscher eingestellt. Der Mann hieß Lippert.

»Auf gute Zusammenarbeit. Immer korrekt, bei den Briten, das ist alles. Immer ›Sir‹ sagen.«

Schon winkte ihm einer der Rötlichen. »Verstehen Sie etwas von Funktechnik?«

»Of course I do, Sir!«

Dann wollten sie jetzt wegfahren. Der Captain hieß Pembroke. Lippert leerte unauffällig den Aschenbecher von Captain Pembroke und zählte die Zigarettenenden in einen eleganten kleinen Lederbeutel. Er war ein eleganter kleiner Mann in zu weitem Anzug, mit verhungertem Kopf, aus dem die Schädelknochen heraustraten. Er wandte sich in der Tür um und lächelte den Damen zu.

Die drei Mädchen beugten sich wieder über ihre Listen. Eine hatte eine Liste von Kinobesitzern, Filmproduzenten und Filmschauspielern. Die dritte ordnete Adressen von Druckern, Buchhändlern und Verlegern.

Ein Sergeant zeigte den Offizieren ihre frisch angefertigten Namensschilder und befestigte sie draußen an der Tür. Major G. D. Rushwell, Captain C. G. Dodges, Captain F. E. Pembroke, Lieutenant B. D. Timberley.

Die Offiziere gingen zum Tee. Der Sergeant brachte den Mädchen ein Tablett mit Teetassen.

»Thanks. Oh, thanks.«

Sie waren allein. Der einen unterlief beim Trinken ein Schlürfen. Beschämt blickte sie über die Tasse.

»Das ist englischer Tee. So machen ihn die Engländer. Mit Milch und Zucker. Das ist nahrhaft.«

»Ich finde, es ist schäbig, die Kippen aus den Aschenbechern zu nehmen.«

»Rauchen Sie keine Kippen?«

»Nur meine eigenen. Wenn ich welche hätte. Ich habe gar keine.«

»Die Engländer sind sehr schwierige Menschen. Ein falsches Wort, und man ist geliefert.«

»Sie verachten uns.«

»Immerhin. Der Tee.«

»Viele Dolmetscherinnen sind schon rausgeflogen. Manche konnten gar kein Englisch.«

»Ich kann auch nicht viel. Ich habe Angst.«

Die Offiziere kamen wieder herein. Jeder forderte seine Dolmetscherin auf, mit ihm in die Stadt zu fahren. Vor dem Haus fuhren die Jeeps vor. Elsa nahm neben Rushwell, dem Theateroffizier, Platz. Sie zeigte ihm die Stätten, an denen Theater gestanden hatten, und erkärte ihm die Bedeutung der Bühnen. Rushwells schwarzes Haar lag ihm dicht und fest am Kopf. Er hatte beinahe weiße Haut, aber gesunde rötliche Wangen und rote Lippen. Er erinnerte Elsa an den Kopf einer Puppe, die sie einmal gehabt hatte, aus Porzellan. Die Augen bewegten sich langsam, wie maschinell, in gläserner blauer Blankheit.

Er trug einen kurzen Stock, den er beim Fahren quer über die Knie legte. In seinem rechten Ärmel hatte er ein großes seidenes Taschentuch. Er zog es öfter hervor, tupfte sich Nase und Lippen ab, dann stopfte er es wieder zurück in den Ärmel.

Elsas seidenes Kleid wehte im Fahrtwind. Sie fuhren an Straßenbahnen vorbei, in denen die Menschen sich drängten und an den Eingängen in zeternden Haufen herausquollen. Ihre Blicke folgten dem Mädchen, das mit dem Besatzungsoffizier im Jeep fuhr.

Sie stand an der Bohrmaschine und senkte den Bohrer in die weiche Aluminiumplatte. Der Vorarbeiter kam und machte gemeine Witze. Sie hatte kalte Füße und an den Fingern Frostbeulen. Sie trug einen alten grauen Kittel. Da trat ein Engel zu ihr und sagte: in vier Monaten wirst du mit wehendem Haar und wehendem Seidenkleid im offenen Auto durch Berlin fahren, an der Seite eines vornehmen britischen Offiziers. Und Elsa hob den Kopf, sie sah den Engel an und weinte vor Freude.

Die Mühseligen und Beladenen drängten sich in der Bahn.

Düster sahen sie die Kollaborateurin an, die im Jeep fuhr. Sie stießen sich an und erbitterten sich.

Es galt, warme Sachen an sich zu nehmen. Sie ergriff einen Pullover. Sie schlurfte in der Menge mit, im langen, breiten, müde wackelnden Zug, nach Osten, schmutzig, wund, verlaust, pockennarbigen, kurzbeinigen Soldaten in die Arme. Da trat ein Engel ihr entgegen und sagte: In acht Wochen wirst du wieder eine Dame der besseren Kreise sein, in einem Jeep wirst du durch diese Stadt fahren und englisch sprechen. Und Elsa sah aus rotgeweinten Augen auf und lobsang dem Engel und trocknete ihre Tränen.

Der Major würde einen kurzen Stock tragen, mit dem er sich an die Stiefel klopfte, und in seinem Ärmel würde er ein seidenes, wohlduftendes Tuch verbergen. So war es ihr geweissagt. Und siehe, da fuhr sie hin, neben eben diesem Major, und er hatte das Stöckchen, hatte das Tuch.

Sie fuhren durch Mondlandschaften. Krater, Sand, Steinhaufen, steigender, fallender Staub, Aufkreischen durchschnittener Zimmer, Beisammenstehen irregewordener Mauern. Rushwell führte das Tuch an sein Kinn, tupfte sich Stirn und Wangen. Es war heiß.

Als sie zurückkamen, wurde im Hause Klavier gespielt, Walzer von Chopin. Wer war es? Die Offiziere saßen wieder an ihren Schreibtischen. Die Abendkühle kam. Die Abendkühle mit der Walzerkühle, Rasensprengen, gebrochenes Licht in Wassertropfen, Zigarettenduft, blaue Schleier, Parfüm eines großen seidenen Taschentuches, junges, sanftes Atmen in Mädchenkleidern, gesenkte Scheitel, die Schnüre der Töne aufgezogen, exakt, ohne Ausdruck.

Lippert zählte von weitem die Zigarettenenden in den Aschenbechern. Die Mädchen schlossen ihre Listen ab. Die Offiziere sahen auf ihre Armbanduhren. Sie verfolgten den Sekundenzeiger bis zur vollen Minute und Stunde, dann sagte Rushwell: »Time to go. Good night.«

»Good night, Sir.«

Zuerst war es an den Dolmetschern, zu gehen. Lippert zitterte wegen der Zigarettenenden. »Das ist ja furchtbar. Ein Pech ist das. Aber nichts zu machen.«

Die Mädchen setzten sich ihre Hüte auf. Hinter der Tür hörten sie die Offiziere sprechen. Elsa lauschte.

»They are all quite charming.«

Lippert drehte sich eine Zigarette. Die Chopinwalzer wurden

bis zu Ende gespielt. Die schweren, die leichten, alle gleich, ohne Schwärmerei.

»So kommt alles wieder, meine Damen. Das Leben ist wieder da, die Kunst, alles Schöne.«

Kontrollratsgesetze und Verordnungen der Militärregierungen klebten an Mauern und Litfaßsäulen. Wer immer etwas produzierte, was geeignet war, die öffentliche Meinung zu beeinflussen, mußte dafür eine Lizenz der Militärregierung erlangen. Diese Lizenzen waren bei den vier Offizieren in der schönen Villa zu beantragen. Die Besucher füllten das Haus, die Dolmetscher arbeiteten auf den Korridoren, die Offiziere blickten erschreckt auf die Menge der Antragsteller.

Captain Dodges und Captain Pembroke wurden zu Majoren befördert, Lieutenant Timberley zum Captain. Elsa fieberte nachts und fand keinen Schlaf. Die Kühle, die Strenge, die Wortkargheit der Offiziere, in der kein Anflug von Unfreundlichkeit war, berauschte sie und brachte sie um die Ruhe, obwohl es gerade diese stille Kälte war, die sie sich wünschte. Am vierten Tage mündeten das Fieber und die Erregung über in Gelassenheit. Nicht mehr führte sie nachts englische Gespräche, nicht mehr übte sie sich in erdachten Szenen, bei denen es galt, beherrscht aufzutreten und sich der Dienststelle nützlich zu erweisen.

»Wer gefällt dir denn nun am besten?« fragte Cilly.

»So eine Frage stellt man sich nicht.«

»Es ist doch nichts dabei, auch du wirst denen doch wohl gefallen, oder jedenfalls einem?«

»Nein, keinem. Auf eine solche Idee kämen sie nicht!«

»Unsere Elsa! Alles ist von ihr abgefallen! Da steht sie, unnahbar, sie hat die Nase voll!«

Fred nahm die Zigarettenkippen, die Elsa ihm mitgebracht hatte. Sie leerte jetzt Rushwells Aschenbecher, weil Lippert es sonst tat, also war es gleich.

»Ach, Elsa, täglich ein paar Kippen, und du machst mich zum glücklichsten Menschen!«

»Nun wartest du nur noch auf Albert. Die Neu-Inthronisation Alberts. Sitzend zur Rechten Gottes erscheint er dir wieder vor deinem inneren Auge. Ach was, zur Rechten – auf Gottes Thron selbst sitzt er. Ein beneidenswerter Mann. Wird wie ein Gott verehrt.«

Die Tischzeit war vorüber. Elsa ging durch die Alleen zurück zur Dienststelle. Ihre Hände streiften ihren fliegenden Rock. Es hatte geregnet. Sie atmete die warme Luft ein, die Luft löste sich aus Erdboden, Gras, Blättern, Baumrinde. Vor der Tür stand das englische Mädchen von der WAF, das den Haushalt führte. Sie sagte freundlich: »Hallo!« Sie war allzu freundlich, es machte Elsa verlegen. Einmal hatte sie den Dolmetschern Cornedbeef zugesteckt. Elsa litt darunter, daß sie nun, immer wenn sie das derbe Mädchen in der dicken Uniform mit den häßlichen Strümpfen sah, an Cornedbeef denken mußte. Lippert dagegen spann an einem Programm, wie man durch Miss Wheeler zu geregelten Zuwendungen kommen könnte.

Rushwell bat Elsa, mit ihm zusammen die deutsche Köchin in der Küche aufzusuchen. »Sagen Sie ihr«, wünschte er, »daß wir mit dem Essen zufrieden sind, daß aber auch die Zeiten des Mangels und der Entbehrungen vorüber sind.« Er wies mit seinem Stöckchen in die Runde. Da standen die Mehlsäcke, die Milchkannen, die Butterfässer, die Fleischdosen, die Gemüsekonserven, die Obstkörbe, die Reistüten, die Nudelpakete, die Kekskartons. Da lagen die Weißbrote, die Schinkenscheiben, die Salatköpfe. Im Ofen buk ein Kirschkuchen. Öl verlief dick in einer großen Pfanne. Die Köchin hielt verwundert die mehlbestäubten Hände in der Luft still.

»Wir wollen keinen Mangel mehr spüren. Also braucht sie an nichts zu sparen. Die Mahlzeiten können reichlicher mit guten Zutaten bereitet werden.«

Elsa begann: »Die Zeiten des Mangels und der Entbehrungen sind vorüber ...« Ihre Knie zitterten. Der Geruch des weißen Mehls stieg ihr in die Nase; sie atmete duftendes Mehl ein, sie atmete Kuchen, Fleisch und Öl. Vor den Augen wurde ihr schwarz. Da sah sie wieder die verdutzten Augen der Köchin, die blauen Glasaugen Rushwells, seinen schöngescheitelten Porzellankopf.

»Sie möchten bitte die guten Zutaten in reicheren Mengen für die Mahlzeiten verwenden.«

Der Hunger in ihr ließ mit Stechen, Schneiden, Brennen und Kneten ab; er senkte einen schwarzen Vorhang vor ihre Augen und zog einen anderen Vorhang auf, hinter dem war Elsa zu sehen, wie sie den Kuchen aus dem Ofen riß und aufaß, wie sie das Cornedbeef aus der Büchse pflückte und in den Mund stopfte, das Öl aus dem Kanister trank, Weißbrote in Mengen an die Brust drückte, seltsamerweise zu dieser Gier mit einer riesigen weißen Serviette versehen, die sie um den Hals gebunden trug, mit zwei unermeßlich großen weißen Zipfeln. Sie zipfelte und flog in der Küche von Schrank zu Schrank, von Schublade zu Schublade, eine überdimensionale wilde Küchenschabe.

Sie drückte das Knie durch, baute sich vom Fuß herauf fest auf, hielt sich mit der Hand an einer Anrichte fest. Sie führte ihren Auftrag zu Ende aus.

Sie gingen wieder hinauf. Rushwell ließ ihr in der Tür den Vortritt.

»Das wäre etwas gewesen, wenn Sie in Ohnmacht gefallen wären!« sagte Lippert. »Phantastisch wäre das gewesen! Davon hätten wir alle profitiert.«

Die Offiziere waren zum Tee gegangen. Sergeant Flowers, jetzt Staff Sergeant, brachte ihnen die Teekanne und einen kleinen Teller mit fünf Keksen. Lippert teilte alles gerecht. Den fünften Keks brach er in vier Teile und krümelte von einem zu großgeratenen Teil etwas ab, um es einem kleineren zuzufügen. Mit gerunzelter Stirn betrachtete er sein Werk. Dann leerte er Pembrokes Aschenbecher. Vergrämt sah er die übrigen Schreibtische an. Aber die Ansprüche waren fest geregelt. Jede Dolmetscherin erntete den Aschenbecher ihres Chefs ab.

Entfernt im Haus begann wieder das Klavierspiel. »Ein stiller Könner ist das!« sagte Lippert. »Konzertreif. Ich verstehe was davon. Meine Frau spielt auch.«

Er hatte feuchte Augen und rückte mit der ausgezehrten Hand an seiner Brille.

Die Besucherstunden waren beendet, sie waren allein. Aus ihren Messen kamen die drei Sergeants und vier Korporale zurück vom Tee. Mit schiefen Baretts gingen sie immer ein wenig vorgeneigt im Geschwindschritt. Für die Dolmetscher hatten sie nur befremdete, uninteressierte Seitenblicke. Die Dolmetscher wiederum sahen die Korporale nicht an. Sie empfanden, daß sie allein den Offizieren gehörten, nur ihnen ihre ganze Aufmerksamkeit zu widmen hatten. Aber unter den Blicken der vorbeistürmenden kleinen Korporale kamen sie sich auch wieder wie alberne hochbeinige Stelzvögel vor, dünkelhaft, mit geborgtem Gefieder, lächerlich. Es war besser, sie nicht anzusehen.

Auf dem Heimweg traf Elsa Herrn Kusche. Schon von weitem verbeugte er sich tief im Gehen, und bei ihr angelangt, verbeugte er sich noch einmal.

»Haben Sie einen Augenblick Zeit?«

Er stellte sich vor sie hin und streckte ihr die Hand entgegen.

»Bloß mal was klarstellen. Ja? ich wollt' Ihnen bloß sagen: Ich habe immer gewußt, daß Sie eine Dame sind.« Wieder verbeugte er sich. »Vergessen Sie das nicht, ich war doch immer da, wenn Sie was gebraucht haben. Oder? Ich meine nur so.«

»Werden Sie mir helfen, wenn meine Eltern kommen?«

»Ich schließe Ihnen oben das Appartement von Thiemes auf. Das Dach ist kaputt, die Möbel sind schimmelig, aber ich werd' was drüberlegen über das Dach. Sie haben doch Zigaretten?«

»Nicht eine.«

»Was? Sie kriegen da keine Zigaretten? Na, kommt Zeit, kommt Rat.«

Am anderen Morgen wurde die Dienststelle von einem Oberst übernommen, Colonel W. B. Scott. Er war ein junger, sehr großer und kräftiger Mann, mit braunem Haar und rötlichem Schnurrbart. Mit blanken blauen Augen sah er alles sehr gründlich an, aber sein Blick verlor nie seine träumerische Starrheit.

»Wie nordisch die alle aussehen«, sagte Lippert, »so hätte Hitler gern sein Volk gehabt. Wahnsinnig komisch ist das.«

Niemand arbeitete heute. Die Besucher wurden fortgeschickt. Sergeant Major Cohen, Staff Sergeant Flowers und Sergeant Wilson standen in einer Ecke der Halle beisammen, der vereinte technische Stab der Dienststelle. In einer anderen Ecke standen die Offiziere, als warteten sie auf etwas. In der dritten hielten sich die Dolmetscher auf, ein bescheidenes Beet von drei Mädchen, und Lippert, der sich, so daß die Briten es gut sehen konnten, eine Zigarette drehte, qualvoll dünn. Damit hatte er schon manchmal erreicht, daß Pembroke ihm eine Zigarette anbot.

In der vierten Ecke standen die kleinen Korporale, es waren jetzt fünf.

»Unsere Dienststelle«, sagte Lippert, »wächst ständig. Vielleicht bekommen wir bald höhere Gehälter.«

Der Colonel trat in die Mitte der Halle. Er teilte mit, daß soeben die Dienststelle ein neues, größeres Haus zugewiesen bekommen habe. Es liege schräg gegenüber. Das bisher benutzte Haus bleibe Wohnung und Messe der Offiziere. Alles Büroinventar sollte hinübergeschafft werden.

Die Offiziere gingen fort. Die Sergeants berieten sich mit den fünf kleinen Korporalen. Die Dolmetscher boten ihre Hilfe an. Alle trugen etwas in das neue Haus hinüber, die Korporale nahmen die Schreibmaschinen. Drüben waren Büros mit Vorzimmern und Warteräumen, mit Aktenschränken, Karteikästen, Schreibtischen vollkommen eingerichtet.

Die Korporale zeigten beim Umzug eine zwergenhafte Lustigkeit. Sie sollten fortan den Offizieren als Clerks dienen. Jeder Offizier bekam ein Vorzimmer mit einer Sekretärin. In einem weiteren Zimmer jeder Abteilung sollte ein Clerk sich mit seinem Dolmetscher einrichten.

Rushwells Clerk, mit dem Elsa zusammen ein Büro beziehen sollte, hieß Wood. Er sah sich in dem Raum um und sagte: »And now we'll build up the best filing system ever seen in the world.«

»Haben Sie Ordnungssinn?« fragte er Elsa. Er nahm die Pfeife aus dem dünnlippigen Mund und sah sie mit forschendem Blick von unten an. »Gut, dann werden wir uns eine feine Ablage machen.«

Staff Sergeant Flowers richtete einen Raum als Garderobe für die deutschen Angestellten ein. Dorthin ließ er auch Tisch und Stühle bringen, und Sergeant Wilson brachte die Teekanne und Kekse. Sie standen alle beieinander und plauderten.

»Sehen Sie«, sagte Lippert, »sie können auch sehr herzlich sein. Die einfacheren Ränge haben Herz. Aber die Offiziere – meine Damen, immer schön ›Sir‹ sagen. Wir sind jetzt eine sehr bedeutende Dienststelle, das werden Sie noch sehen.«

Sekretärinnen wurden eingestellt, eine Empfangsdame und britische Soldaten, die als Fahrer abkommandiert waren. Die Wagen fuhren hinter dem Hause vor, in einem Park, zwischen Kiefern. Es waren keine Jeeps mehr, sondern große, breite Kabrioletts.

An den Plakatsäulen wurden neue Erlasse angeschlagen, daß alle Deutschen, die Druck-Erzeugnisse gleich welcher Art verkauften und vertrieben, sich registrieren lassen und im Besitz von Registrierscheinen sein mußten. Am anderen Morgen war das Haus von Zeitungshändlern befallen, die sich auf der Treppe drängten und auf der Straße hundert Meter weit anstanden. Woods Hand mit der Pfeife zitterte, er lachte, Tränen traten ihm aus den Augen. Die Offiziere drängten sich, als sie kamen, zwischen den Zeitungshändlern durch und sahen ratlos die Clerks und die Dolmetscher an. Sie flüchteten in ihre Büros. Timberley, der für die Registrierung der Zeitungshändler verantwortlich war, flüchtete zu Rushwell. Auch Pembroke und Dodges kamen, und der Oberst als letzter, um zu erfahren, was hier vorgehe. Sie stellten sich ans Fenster und betrachteten die

Menschenmenge, die sich bis zur Straßenecke ergoß und sich mit dumpfem, erregtem Murmeln voranzuschieben suchte. Der Oberst lachte, alle standen am Fenster und lachten, außer Rushwell, der nur leicht die Mundwinkel hob, wie zur Probe, es dann aber sein ließ. Er sagte: »Die Deutschen sind so gute Organisatoren. Überlassen wir es ihnen, diese Leute abzufertigen.«

So wurden aus den Dolmetschern Sachbearbeiter. Alle halfen der Publications Section. Sie standen auf den Treppen, verteilten Formulare, erklärten, wie sie ausgefüllt, wann sie abgeliefert werden mußten. Die Zeitungshändler waren erregt, weil sie ihr Gewerbe gesperrt sahen. Die Dolmetscher hielten den Offizieren die Lage dieser Menschen vor. Sollten sie keine Zeitungen verkaufen dürfen, bis sie registriert waren? Die Offiziere berieten. Das Haus war schwarz von Menschen. Auf dem Umgang oberhalb der Halle schwankten die Dielenbretter. »Das Haus stürzt noch zusammen«, sagte Timberley und lachte. Rushwell wurde blaß. Der Oberst entschied: »Sie sollen ihre Zeitungen weiterverkaufen. Wir geben ihnen die Formulare, dann nehmen wir sie ihnen wieder ab, dann geben wir ihnen die Registrierscheine. Und dann bleibt alles, wie es war.«

Gegen Mittag war das Haus leer. Der Oberst lobte das deutsche Personal. Er wandte sich dabei an Lippert, der dadurch zum Chef-Dolmetscher wurde.

Eine besondere Speisung der deutschen Angestellten wurde angeordnet. Täglich erhielten sie eine Scheibe Cornedbeef, ein Stück Butter, drei Biskuits. Rushwell hatte sich dafür verwendet. Es liege im Interesse der Besatzungsmächte, erklärte er dem Personal, daß die deutschen Angestellten der Behörde kräftig genug seien, ihre Arbeit zur Zufriedenheit der Dienststelle zu versehen. Lippert trat vor und dankte im Namen aller Kollegen.

Inzwischen saßen die Besucher und Antragsteller in der Halle der neuen Behörde und warteten. Ließ ein Offizier sich blicken, erhoben sich einige und machten tiefe Verbeugungen.

Elsa brachte ihre täglichen Sonderrationen zu Kusche. Er notierte sich die Mengen und begann eines Tages, das Dach über Thiemes Appartement mit Dachpappe zu decken. »Die Nudeln, das Mehl, alles, was ich Ihnen damals gegeben habe, will ich nicht rechnen. Das haben ja die da unten hauptsächlich verbraucht. Und von denen ist sowieso nichts zu holen. Die verkommen immer mehr.«

Elsa und Cilly trafen sich alle Abende am Herd. Sie nutzten das Feuer von Elsas Kohlen gemeinsam aus.

»Fred verhungert mir. Er braucht Fleisch und Fett. Aber es ist kein Geld mehr da. Alles im Schwarzmarkt weg. Fred hat nur noch die Aktien. Du weißt ja, was die wert sind. Diese Entbehrungen, so plötzlich, das hält Fred nicht aus.«

»Ich habe nie etwas schwarz gekauft. Das ist doch widerlich.«

»Ach, Elsa, du bist bloß nicht wendig, du bist ja eigentlich faul. Bloß keine Unruhe, immer schön deinen Trott mußt du haben. Wenn ich bei den Engländern wäre!«

»Du kennst die Engländer nicht!«

»Fred geht es sehr schlecht.«

Die Kohle zerfiel. Die Glut breitete sich im Herd aus. Nach dem Essen ging Elsa abends zur Dienststelle zurück. In Timberleys Vorzimmer saßen die fünf kleinen Korporale und warteten. Sie wollten von Elsa die deutsche Sprache erlernen. Sie saßen alle in einer Reihe, hielten ihre Pfeifen im Mund und legten die Köpfe zur Seite, so als könne in das nach oben gewandte Ohr das Verständnis des Deutschen leicht einfließen bei so bequemer und doch entgegenkommender Haltung. Sie hießen James, Parker, Wood, Barney und Carswell. Sie hörten Elsas Einführung in die deutsche Sprache und bewegten dazu keine Miene. Elsa ging zu praktischen Übungen vor und verlangte, daß die Engländer sich Verben und Konjugationen aufschrieben. Die Korporale lächelten und ließen sich Papierbogen von ihr reichen; dann schrieben sie schwerfällig auf, was Elsa ihnen sagte, aber sie schrieben es falsch und ließen schließlich erschöpft die Hand sinken.

Parker wollte wissen, wie man ein Mädchen ansprach. James wünschte nur mündlichen Unterricht. Barney und Carswell verlangten, einzelne Vokabeln aufzuschreiben: Schokolade, Liebe, du bist ein nettes Mädchen. Wood blinzelte dem Rauch seiner Pfeife nach und belustigte sich über Elsas Lehrversuche. Sie gab den Unterricht aus Gefälligkeit, sie forderte nichts dafür. Die Korporale schlugen vor, für heute die Lektion zu beenden, und boten ihr eine Zigarette an. Elsa lehnte sich im Stuhl zurück und zog den Rauch tief ein. Parker bat sie, noch vier Zigaretten von den Schülern anzunehmen. Sie blieben sitzen und rauchten.

»Wir hatten heute«, sagte Barney, »nacheinander fünf Burschen, die nicht ja oder nein sagen konnten. Die Dolmetscherin fragt: ›Waren Sie in der Partei?‹ Der Bursche sagt: ›Sehen Sie, das war so . . .‹ Und dann reden sie und reden sie. Der Major hat einen rausgeworfen.«

»Wie sie sich immer ihre dicken Aktenmappen auf die Knie stellen. Wenn man sie nicht stoppt, holen sie alles raus und reden und reden, ohne Ende.«

»Und sie kriechen schon vor den Dolmetscherinnen, und dann vor uns; und wenn sie dann zum Captain durchkommen, legen sie sich vor der deutschen Sekretärin noch mal lang; und wenn sie im Zimmer des Captains ankommen, robben sie bloß noch auf der Erde.«

»Alle Deutschen sind nicht so. Das müssen Sie nicht denken.«

»Bitteschön dankeschön, sagen sie immerzu, immerzu bitteschöndankeschönbitteschöndankeschön, vor unserer Messe ist ein Zeitungsstand, da geht es morgens immerzu bitteschöndankeschönbitteschöndankeschön, wir haben zuerst gedacht, ein Zug fährt vorbei.«

»Schniederschneiderschnitzplitzkraut-gesahng!« Wood riß die Augen weit auf und sah Elsa an. »Eure Sprache ist seltsam. Wie sie sich anhört! Den ganzen Tag geht das bei uns so, mit diesem Zischen und Kratzen, und dann so ein Wort wie ›Gesahng‹. Tausenddahnk! Sie sagen nicht danke, sie sagen tausenddahnk, thousand thanks.«

»Wollen wir morgen weitermachen? Bitte lernen Sie: Ich habe, du hast, er hat.«

»Tomorrow then. So long. Tausenddahnk.«

Parker ging hinunter zu den deutschen Portiersleuten. Die Portierstochter Gretel, obwohl verheiratet, duldete seine abendlichen Besuche. Ihre Eltern bewachten sie mit täglich schwächerem Eifer.

Elsa kam an der schönen Villa vorüber, die jetzt Offiziersmesse war. Auf der Terrasse hinter dem schmiedeeisernen Gitter standen die Offiziere in der lauen Abendluft. Hinter ihnen war Licht, aber keine Musik. Wo war das Klavierspiel? Spielte niemand mehr die Valses? Major Rushwells weißes Gesicht leuchtete in der Dämmerung.

Rushwell haßte die Deutschen. Er bot keinem Antragsteller einen Stuhl an. Er errötete, wenn jemand kam, der ein Theater eröffnen oder ein Orchester bilden wollte, und die Röte wich erst wieder aus seinem Gesicht, wenn der Besucher das Zimmer verlassen hatte. Er sah niemanden an; er blickte nur auf Fräulein Lewinsky, um von ihr zu vernehmen, was man von ihm wünschte.

»War er in der Partei?«

»Verzeihen Sie, würden Sie dem Herrn Major das bitte erklären. Die Sache war folgende ...«

»Ist es nicht möglich, mit ja oder nein zu antworten?«

»So einfach ist das nicht, es bedarf einer Erklärung; ich bitte um die Erlaubnis, diese Erklärung abgeben zu dürfen.«

Der alte Mann blickte Elsa dringlich an. Zwischen Nase und Mund verschärften sich zwei grämliche, verstörte Falten. Das Licht fiel in seine Augen, die klar und grau waren. Er hatte graues Haar und eine wohlgebildete Stirn. Er war ein bekannter Dirigent.

Nach Atem ringend und außer sich vor Unglück über die Strenge des Verhörs, von Entbehrung und Anstrengung schwach in den Beinen, gestand er ein, ja, er sei Mitglied der Partei gewesen. Hastig fuhr er fort: »Ich bitte, meine Zwangslage zu verstehen.«

Rushwell wollte wissen, ob er gezwungen worden sei, in die Partei einzutreten.

Es war nicht möglich, den Begriff des Zwanges zu klären. Wäre der Dirigent nicht in die Partei eingetreten, hätte man ihm nicht gestattet, mit seinem Orchester im Ausland zu gastieren.

Er habe also, wies Rushwell Elsa zu übersetzen an, dem Nazi-Regime dadurch gedient, daß er dem Ausland durch seine Konzerte vorgespiegelt habe, dies Regime sei mit dem Deutschland der Kunst, dem Deutschland der Musik, zu identifizieren.

Der alte Mann ließ den blassen Mund offenstehen. Er suchte nach Worten, aber fand keine anderen als nur: »Ja, aber ... Aber, aber nein ...«

Er sah Elsa an, erflehte mit hilflosem Blick ihren Beistand. Aber Elsa fürchtete sich vor Rushwell; sie erwiderte den Blick wie eine Krankenschwester, die stumm bereitsteht, den Patienten nach Anordnung zu behandeln. Der Dirigent erhielt den Fragebogen, mit dem er sich um eine Lizenz bewerben konnte. Ob sein Antrag Aussicht auf Erfolg haben würde, konnte Rushwell nicht sagen. Es war nicht vorgesehen, daß ehemalige Parteimitglieder Lizenzen erhielten.

In des Dirigenten Gesicht leuchtete die Verachtung des musischen Menschen für den Ungeist der Besatzungsbehörden. Er hatte Mozart gespielt, Mozart und alte Musik, Barockmusik, in alten Schloßhöfen, bei Fackelschein. Die gebildete Welt Deutschlands hatte ihm Dank dafür gewußt, daß es dergleichen noch gab, inmitten der Roheit des Dritten Reiches. Nun sollte er dafür bestraft werden.

Elsa erinnerte sich, Jungen des Deutschen Jungvolks hatten die Fackeln gehalten. In ihren schwarzen Uniformen hielten sie starr und würdevoll die schwarzen Stangen mit den Flammen, die der kultivierten Veranstaltung den Rahmen gaben. Die Konzertbesucher waren beeindruckt. Konnte die Partei wirklich schlecht sein, wenn sie ihre Jugend zu so noblem Tun anhielt?

Der Dirigent suchte mit den Augen Elsas Augen. Es war unmöglich, daß sie nicht imstande war, dem Major seinen Fall zu erklären. Es mußte Prinzipien geben, nach welchen die Musik ihr Leben fortsetzen konnte und nach welchen ein berühmtes Orchester seinen Leiter behalten mußte. Elsa bat ihn, den Fragebogen abzunehmen und in der Hand zu behalten. Zweimal hatte er ihn fallen gelassen.

»Es ist möglich, daß Sie eine Sondererlaubnis für einzelne Konzerte bekommen.«

»Aber das Orchester? Wer soll es leiten? Ich habe es aufgebaut. Der Herr Major ...«

»Es besteht kein Anlaß, das Gespräch fortzusetzen. Entlassen Sie den Herrn. Er wird von uns hören.«

Aus den Augen des Dirigenten, licht, musisch, vergeistigt, klagte Mozart. Empfindsamen Gesichts, nicht von dieser Welt, ergab er sich der Brutalität. Er kapitulierte, verbeugte sich vor dem Unsinn. Er wandte sich dem Major zu, der sehr bleich geworden war und an ihm vorbeisah. Der Dirigent verbeugte sich, exakt, Elsa begleitete ihn hinaus und reichte ihm die Hand.

Der Major stand am Fenster, die Arme vor der Brust gekreuzt, und atmete schneller als sonst. »Wie viele noch?«

»Herr Borell. Er hat ein Theater; er hat Geld, es instand zu setzen; er wartet auf die Lizenz. Nicht Parteigenosse. Er möchte eine Erlaubnis, die Bestuhlung seines Theaters in Auftrag zu geben, eine Bescheinigung zur Beschaffung des Materials. Dann das Volksbildungsamt Wilmersdorf. Es geht um die Registrierung eines Konzertsaals, in dem auch Theater gespielt werden soll.«

»Es scheint, die Deutschen bauen ihr Land mit Theaterspielen wieder auf.«

Elsa sah übers Geländer hinunter in die Halle. Die Gesichter der Wartenden wandten sich zu ihr herauf, hoffnungsvoll, unterwürfig, manche mit beherrschter Bitterkeit. Einer trug einen gelben Flauschmantel, ein anderer eine umgearbeitete Uniform. Damen hatten Kleider aus Bettbezügen und Vorhangstoffen an, Kostüme aus Uniformen von Gefallenen, andere waren in Stoffe gekleidet, die noch aus Frankreich und Italien stammten. Sandalen mit hohen Korkabsätzen ließen erkennen, welchen fleißigen Einkäufer die Trägerin bei der deutschen Wehrmacht gehabt hatte.

Firmen, die sich um Lizenzen bemühten, schickten hübsche Sekretärinnen und wiesen sie an, nicht zurückzukehren, ehe sie von dem Offizier selber empfangen worden waren. Zwischen ihnen und den Dolmetscherinnen entstand Feindschaft.

Elsa glich sich den anderen Dolmetscherinnen an. Sie färbte sich die Wimpern und trug zyklamrote Fingernägel.

Die Dolmetscherinnen wurden gefürchtet wie Engel, die den Zutritt zum Paradies verwehrten. Von Hoffenden wurden sie im Maße ihrer Hoffnung verehrt. Was verlangten sie für die Befürwortung einer Filmlizenz, einer Verlagslizenz, einer Theaterlizenz? Die Hoffenden versuchten, die blonden, hochbeinigen, kalten Damen zu bestechen. Die aber verabredeten sich, rein zu bleiben. Es fiel ihnen nicht schwer. Sie waren unerfahren und lebten in der Moral der Unerfahrenheit, die wiederum aus der Moral kam. Sie waren Preußinnen, mit blonden Locken, stachelnden Wimpern, Kleidern, die nicht bis ans Knie reichten, mit sehr breiten künstlichen Schultern, sehr langen, dunkelroten Nägeln, täglich perfekter in der englischen Sprache, dienstbeflissen, gerecht, die Gerechten fördernd, die Ungerechten aussondernd, unbestechlich; und nur, wenn ihr Major oder ihr Korporal ihnen eine Zigarette anbot, fielen sie eine Weile erschöpft in ihre Stühle zurück und ließen, solange sie rauchten, keinen Besucher vor. Sie sahen aus dem Fenster ins Grün der Allee und rauchten. Die parfümierten Schleier! Höhepunkte des Lebens.

Im Glanz lebe ich und spiele mein Spiel mit den schwarzen Illusionen des Gestern. Ich wünschte sehr, Du könntest an diesem Spiel teilhaben. Die Fabrik, immer die Fabrik, ist der Ausgangspunkt. Die Fabrik mit ihren Kumpelfreundschaften, für die ich so empfänglich war. Ich biederte mich an bei den Arbeitern, war stolz, ihre Zuneigung zu gewinnen, ihren Respekt. Das bärentäppische Werben des Werkmeisters schmeichelte mir, und schon damals spielte ich mein Spiel: ich sei nicht ich, sondern in einer wirklich abhängigen Lage von diesem Werkmeister, müßte zu ihm aufsehen. Ich sah mich als die, die er erwählt und zu seiner Frau macht; und ich fühle mich geehrt, die Frau des Werkmeisters dieser großen Halle 8 zu werden, mehr als hundert Arbeiter unterstehen ihm, und er, er arbeitet nicht selbst, er sitzt bloß da, mit diesen großen Händen auf der Schreibplatte, immer den gutmütigen Blick durch die Glasscheibe auf Halle 8 gerichtet, ob alle arbeiten. In seiner Zweizimmerwohnung in Köpenick warte ich auf ihn, bereite das Essen. Wenn er kommt, sehe ich zu, wie er ißt, und sorge mich, ob ihm die Suppe schmeckt. Ich sehe, wie sie seinen Hals hinuntergeht und den Adamsapfel bewegt. Ich freue mich, wenn ihm die Suppe schmeckt.

Später lernte ich Russen kennen; einer war ein Taxichauffeur aus Moskau. Ich konnte mir vorstellen, wie ich, falls ich verschleppt würde, mich rettete und dann seine Frau würde. Ich sah, wie er die Suppe aß und mich lobte, weil sie ihm schmeckte. Ich erinnere mich ungenau, daß ich eigentlich jemand anderes bin, aber ich habe es vergessen; selbst wenn ich wollte, könnte ich es ihm nicht darstellen, wer ich einmal war. Dies Leben an der Seite des Werkmeisters oder des Taxichauffeurs kenne ich bis in jede Einzelheit, kenne das dumpfe Glück, die unbeholfene Zufriedenheit, die es mir bereiten würde. Vielleicht bin ich auch geteilt in zwei Wesen, da meine Neugierde mich doch so stark treibt, diesen Weg zu Ende zu gehen, den anderen aber ebenfalls abzumessen. So sitze ich zugleich an einem großen Schreibtisch aus hellem Holz, in einem Kostüm aus grauem Flanell, einer Bluse aus schwarzer Seide, sie stammt aus Paris, und sehe ins Grüne einer Westender Allee. Zivilisierte, gebildete Menschen gehen ein und aus im Zimmer, britische Offiziere mit geraden Scheiteln, eleganten Uniformen, deutsche Künstler, Berühmtheiten; sie küssen mir die Hand, reden mich »gnädiges Fräulein« an. Die Genugtuung, die dies Leben bereitet, entfaltet sich herrlich vor der Folie jenes anderen Lebens, das sich leicht hätte ergeben können oder von dem ich süchtig annehme, es hätte mich mitreißen können, nur um Haaresbreite ist es an mir vorbeigegangen.

Wieder habe ich Dir abgezählte Worte geschickt, nun mit der Nachricht, daß ich also diese Stellung bei der Militärregierung habe. Dabei fühle ich bei Dir einen leichten Widerstand: Die schnelle Hinwendung zu den Siegern will Dir nicht würdevoll vorkommen. Es heißt, daß die Gefangenen in französischen La-

gern es nicht gut haben. So entsteht Bitterkeit bei Dir, ich spüre es; aber die Verhältnisse erlauben es mir nicht, mich danach zu richten. Ich muß, nach so vielen Jahren, selbst Entscheidungen treffen und handeln, ohne Dich zu fragen, ja sogar ohne Einwände von Dir zu beachten. Wärest Du hier, könnte ich Dich schnell überzeugen, würde Deine Zustimmung erlangen. Sogar Deine Eltern, Deine Schwester stimmen mir zu. »Sie können«, sagt Dein Vater, »an dieser Stelle viel Gutes für die Deutschen tun.«

Es erscheint mir töricht, dem verlorenen Reich nachzutrauern. Von Dir war ich erzogen, an der Glorie dieses Reichsgedankens zu hängen. Ich wünschte, Du würdest nun wie ich diese Vorstellungen ablegen. Immer warst Du ebenso stolz wie pessimistisch, was das Reich betraf, aber es stellt sich heraus, daß man mit solchem Stolz keinem pessimistisch zu betrachtenden Gebilde anhängen soll. Das hätte uns schon vorher und seit langem klarwerden müssen. Unsere heroischen Gedanken vom Reich waren unziemlich.

Jener kleine Italiener in der Fabrik wunderte sich, daß ich niedergeschlagen war über den bevorstehenden Untergang des Reiches. »Euer Reich!« lachte er. »Was ist es? Wo liegt es? Seit wann hattet ihr das?«

Ich habe nichts mehr von ihm gehört. Vielleicht ist er in russischer Gefangenschaft, vielleicht ist er tot. Vielleicht liegt er irgendwo eingescharrt, in Köpenick, gehört zu den nicht vorschriftsmäßig bestatteten Leichen, die immer noch gesucht und auf Friedhöfe überführt werden. Im Januar hatte er seinen dreißigsten Geburtstag. In der Mittagspause setzte er seinen Schemel an die Wand und lehnte sich zurück. Er steckte sich eine Zigarette an und schloß die Augen. Er war sehr schön. Er sagte: »Nun bin ich dreißig, meine Jugend ist vorüber. Dreißig bin ich, habe eine Kindheit gehabt, aber keine Jugend. Ich bin dreißig, und hier bei euch werde ich verderben.« Ich weine eher um ihn als um die Vernichtung dieses Reiches, in dessen Namen er verdorben ist.

Um die Wahrheit zu sagen, hänge ich solchen traurigen Gedanken aber nur wenig nach. Ich führe ein sehr neuartiges Leben und bestaune seine Helligkeit. Schon habe ich die Namen der Spezialwerkzeuge vergessen, die man mir anvertraute, mit denen ich täglich umging. Nur die Namen der Arbeiter weiß ich noch, wie man die Namen von Kindern seiner alten Schulklasse behält.

Nun aber bin ich wieder das Mädchen, das Anglistik studiert hat und jetzt zum erstenmal mit Engländern sprechen kann. Erst jetzt erscheint es mir seltsam, daß ich fünf Jahre lang eine Sprache studierte, ohne Menschen zu kennen, deren Sprache Englisch war.

Wie langsam kamen sie auf mich zu, wie zögernd traten sie in mein Leben ein: die Engländer. Es ist noch kein Jahr her, da sah ich auf dem Spandauer Damm drei Paar Beine unter Zeltbahnen hervorragen, die Zeltbahnen waren mit Steinen beworfen, die Beine gehörten drei britischen Piloten. Eine Absperrung von Polizisten hielt die Menge mühsam davon ab, sich auf die Feinde zu stürzen, die tot und mit diesen friedvollen Beinen dalagen.

Einigen Frauen gelingt es, die Absperrung zu durchbrechen. Sie spucken aus, eine Frau springt auf ein Schienbein und tritt federnd darauf, eine andere spuckt auf die Füße, die Menge spendet Beifall. Die Toten sind vor einer Stunde abgeschossen worden, sie sind mit ihren Maschinen vom Himmel herabgefallen, die Teile dieser Maschinen liegen anderswo, verstreut. Die Füße ragen naiv in die Höhe, sie liegen ruhevoll und entspannt, wie sie in Friedenstagen vielleicht in Strandbädern gelegen haben, vielleicht in Brighton am Meer oder abends auf Sofas. Diese grauen Strümpfe sind also aus guter englischer Wolle, eine Wolle, wie man sie hier, seit man denken kann, nie gesehen hat, eine legendär fernliegende Wolle, an diesen Füßen ist sie. Die Strümpfe sehen aus wie von Müttern gestrickt, oder sind es maschinengestrickte Armeestrümpfe? Alle drei Paare sind ganz gleich. Doch sieht man deutlich: Jede Mutter würde Trost daraus schöpfen, an den Füßen ihrer im Krieg befindlichen Söhne solche dicken wärmenden Wollstrümpfe zu wissen.

Noch nie habe ich einen Feind gesehen. Niemals war ich im Ausland; ich kenne keine Ausländer, kenne keine Feinde. Nur an einen englischen Austauschlehrer erinnere ich mich, der vor dem Krieg einmal einige Wochen unsere Klasse unterrichtete. Auf einem Schulausflug begleitete er uns, und während der Rast saß er mit gespreizten Beinen im Gras und aß Kirschen aus einer Tüte. Wir beobachteten ihn, wie er die Kerne in ein Papier spuckte. Auch einer Kommission englischer Besucher entsinne ich mich, die von einer Englischlehrerin durch alle Klassen geführt wurde. Die Lehrerin hatte rote Flecken auf den Wangen, die Herren und Damen der Kommission blickten über die Klassen hinweg. Schließlich findet mein Gedächtnis noch einen Engländer, der unsere Schule besucht hatte. Es war ein Führer aus der Partei Sir Oswald Mosleys, ein adretter, schlagfertiger Mann. Eine mutige Mitschülerin fragte ihn: »Sie sympathisieren mit der Nationalsozialistischen Partei Deutschlands. Wie würden Sie nun, käme Ihre Partei in Großbritannien an die Regierung, mit unseren ehemaligen deutschen Kolonien verfahren?« Der Parteigänger Sir Oswald Mosleys verneigte sich lächelnd, wobei er sich von seinem Sitz erhob, und erwiderte: »Es wird auch in unserem Regime ein Kolonialministerium geben. Es wird zu gegebener Zeit Ihre Ansprüche prüfen, falls welche bestehen sollten, was zu beantworten ich in diesem Augenblick selbstverständlich nicht in der Lage bin.«

Sonst kannte ich keine Engländer. Ich betrachtete die Füße der toten Feinde, deren Sprache ich studiert habe. Ich kenne ihre Geschichte, ihre Literatur; ich kenne das heilige Stratford on Avon, auch wenn ich niemals dort war.

Eine Frau neben mir spuckt aus, trifft aber nur den eigenen Mantel, der sich über ihrem dicken Busen alt und schäbig wölbt. Ihr gutmütiges Gesicht entsetzt mich im Augenblick, als sie die welken Lippen zum Spucken spitzt, mehr als wenn sie eine gemeine Physiognomie hätte.

Die Masse erregt sich weiter. Alte Männer betrachten hochachtend die Wut der empörten Frauen. Aber schließlich erschöpft sich alles. Der Speichelfleck auf dem Mantel der Frau ist getrocknet. Die Stimmung der Menschen wandelt sich in Ratlosigkeit. Insgeheim, vielleicht, fragen sie sich nun: Warum sollen wir vor diesen armen Beinen ohne Schuhe fluchen, warum sie treten, warum auf sie spucken? Ach, nun ist es Zeit, an die Mütter der Jungen zu denken!

Sie sind stumm, aber ich höre sie weinen, laut und lauter, bis es durch die Mauern der Obersten Heeresleitung dringt, wo Bleistifte auf Landkarten tippen und »Weg!« oder »Halten!« sagen, unter unbewegten Augen, die verantwortungsvoll für die Wochenschau blicken.

Die nächste Begegnung mit Engländern hatte ich vor wenigen Monaten auf unserem Dachboden. Unter gelichteten Ziegelreihen glühen Phosphorbrände. »Wenn wir nicht wären!« sagt der Luftschutzwart, er blickt in genießerischer Bitternis um sich, und wir schütten Sand darüber. Frauen aus dem Haus bringen noch mehr Sandeimer. Neue Flugzeuge kommen. Die Frauen fliehen die Treppe hinunter. Noch niemals war ich während eines Alarms oben auf dem Dachboden, habe noch niemals feindliche Flugzeuge so nahe gehört. Das Summen dieser Ma-

schinen erkenne ich sofort als feindlich; es ist hoch und widerlich und haßerfüllt, als bedrohten Wesen eines anderen Sterns die Erde. Meine Beine zittern und geben unter mir nach; ich kauere mich auf den Boden. Das Summen am milchig hellen Himmel zieht über mich hin als ein entsetzliches Schneiden in mein Wesen, das sich weinend und furchtsam zusammenzieht. Der Feind schneidet die Luft, er schneidet das dämmerige Nachtreich über den Dächern, wenig und unwirksam abgewehrt; und so wie im Wasser ein Fisch laicht, so kann er jeden Augenblick seine Last unter sich hinweggleiten lassen. Die Wochenschauen zeigen seit vielen Jahren die Bombenabwürfe deutscher Kampfflieger, den seltsamen Laichvorgang von Maschinen, jedem ist das Bild geläufig, und es ist in unsere Angstträume eingeführt als fester Bestand.

Ich atme den Holzgeruch des Gebälks ein. Die Flugzeuge lassen nur ein leises kreisendes Summen hören, das jetzt etwas Nachdenkliches annimmt. Ich erinnere mich der furchtbaren Tage meiner Kindheit, in denen Mut von mir verlangt wurde. Bei den Ballspielen wurde ich als erste getroffen und zog ins Jenseits hinter das Feld. Bei Straßenspielen wurde ich als erste gefangen und verbrachte den Rest des Spiels in Gefangenschaft. Bei den Spielen der Pfadfinderinnen war mein Schicksal schnelle Gefangenschaft, schneller Tod. Mit beiden Schultern wurde ich auf die Erde gedrückt, Zöpfe und Halstücher wischten über meine Stirn, widerlich breite Hände hielten mich nieder, knochige Knie zu beiden Seiten meines Körpers machten mich zur Toten. Alle meine Kinderspiele habe ich im Jenseits und in Gefangenschaft zugebracht, vom Schicksal signiert, zur öffentlichen Zielscheibe auch geringer Kräfte und auch schwachen Mutes erklärt.

Später las ich zahllose Bücher vom Krieg. Da verlor ich viel von meiner Furcht, denn jedes Kriegsbuch wird schließlich dadurch erträglich, daß es sich bis zuletzt mit Lebenden beschäftigt. Die Überlebenden tragen die Handlung, stellen den Stoff dar, die Toten und Verwundeten müssen notwendig beiseite gelassen werden, was jedes Kriegsbuch mit der Tröstung ausstattet: Das Leben wendet sich dem Leben zu, und immer weiter gibt es das Leben und die Lebenden. Auch ich gewöhnte mich, mich unter den künftig Überlebenden zu sehen.

»Das sind keine Bomber«, sagt der Luftschutzwart. Scheinwerfer leuchten den Himmel ab. Zwei deutsche Nachtjäger kommen von Osten heran, ihr tieferes Brummen erscheint warm und vertraut, wenn auch bereits ratlos und weltfremd.

Die eben noch so dicht über unseren Dächern kreisten, mit diesem scharfen, feindlichen Ton, sind nun heiter, wenn sie Konzert und Theaterspiel bei uns ermöglichen, sie freuen sich, wenn wir geigen und singen. Sie fühlen Genugtuung über jedes Haus, das noch steht, denn sie brauchen die Häuser, für sich und für uns.

Du gewöhnst Dich schwer hier ein. Die leeren Fensterhöhlen meiner Wohnung erschrecken Dich. Vielleicht gingest Du lieber zu Deiner Familie, wo die Decken aus dünnem Strickgarn auf polierten Tischen liegen. Vielleicht gehst Du heimlich zu Deiner Mutter, wenn ich tagsüber fort bin, das kann ich nicht wissen. Deine Mutter ringt die Hände, daß Du hier mit mir hausen willst, anstatt bei ihr menschenwürdig zu wohnen, in Deinem alten, ordentlichen Zimmer. Sie laden mich ein an den Sonntagen, dann begegne ich Dir dort. Ich bin dann nicht freundlich zu Dir; mir scheint, es ist ein feiger Betrüger, der mir da entgegentritt. Von dem Albert dort will ich beinahe überhaupt nichts wissen, es ist nicht der meinige. Aber er wirbt um mich, feige und schlechten Gewissens.

Bei mir zu Hause – denn dies ist nun mein Zuhause – sitzt Du am Schreibtisch und liest. Du hast es aufgegeben, mich morgens zum Dienst zu begleiten und mich abends von dort abzuholen, denn Du weißt, auf dem Hinweg brauche ich Konzentration, um mich auf den schwierigen Tag, die vielen heiklen Aufgaben, vorzubereiten, und auf dem Heimweg bin ich erschöpft von der Anstrengung. So ist es besser, Du wartest in unserer kleinen Wohnung. Du nimmst die Arbeit an Deiner Dissertation wieder auf, liest alles, was Du schon geschrieben hast über die Artushöfe in der preußischen Gesellschaft. Meinen Artus habe ich lange vergessen. Diese Gemeinsamkeit unserer Arbeit werden wir nun nicht wieder aufnehmen.

Ich gehe ganz auf in der Arbeit bei dieser britischen Behörde. Die Welt dort ist Dir fremd, täglich erkläre ich sie Dir. Mein Glück verwirrt Dich. Aber Du bist geduldig.

Ein Handwagen rollte laut über das Straßenpflaster. Eine Frau zog ihn, mit ständig umgewandtem Gesicht. Elsa blickte aus ihrer leeren Fensterhöhle auf die Straße. Es war Abend. Elsa hörte den rollenden Handwagen, sie sah die Frau. Die Last auf dem Wagen mußte schwer auszubalancieren sein, oder zerbrechlich; die Frau sah sich ängstlich über die Schulter nach dem Karren um.

Sie kam vom Haus Soorstraße 106 schräg über den Damm. Elsa hörte sie weinen und rannte hinaus. Die Frau zog den Karren herum, so daß er senkrecht zur Bordkante des Bürgersteigs stand, und ruckte an ihm.

Auf dem Karren saß Herr Lewinsky, im hellen Staubmantel, auf dem Kopf den grauen Homburg, eine Pappschachtel im Arm, die Beine angezogen. Er fluchte, als seine Frau den Wagen mehrmals vergeblich am Bordstein anruckte. Der Hut war ihm zu groß, der Mantel zu weit, der Kopf war klein, sein Gesicht schmal. Seine Wangen hingen faltig herab. Sein rechter Arm lag leblos vor ihm, mit blassen Fingern. Im linken Arm hielt er den Pappkarton. Seine Unterlippe zitterte. Seine Augen starrten aufgerissen zur Deichsel des Wagens und zum Arm seiner Frau, die an der Deichsel des Wagens zog und ächzte. Elsa sprang hinzu und half. Die Frauen weinten.

»Ach, daß aber auch alles weg ist!« Frau Lewinsky umarmte ihre Tochter und sah schluchzend hinüber zum Haus, in dem sie so lange gewohnt hatten.

Elsa hockte sich zu ihrem Vater und küßte und streichelte ihn.

»Seid nur nicht so unglücklich. Ich habe eine Wohnung für euch. Gleich morgen wird sie fertig.«

Sie hoben Herrn Lewinsky hoch und halfen ihm ins Haus und die Treppe hinauf.

»Cilly! Meine Eltern!«

Cilly stand am Herd und sah am Treppengeländer hinauf.

»Leg noch eine Kohle nach. O Gott, und ich habe nichts zu essen mehr.«

»Wenn Vater sich nur hinlegen kann. Er hatte solche Schmerzen den ganzen Tag. Die Russen haben ihn auf den Wagen geschmissen wie ein Stück Vieh. Dann in Küstrin wieder runter. Und wieder rauf aufs nächste Lastauto. Ach, und was wir dafür geben mußten. Vaters guten Wintermantel und seinen guten braunen Anzug. Mein Gott, nun sind wir Bettler! Bettler sind wir! Im Karton habe ich zweimal zu beziehen drin, und einmal Wäsche zum Wechseln.«

»Aber ihr lebt. Wir alle leben: Albert, ihr und ich. Und wir haben eine Wohnung.«

Elsa stieß die eisenbeschlagene Tür auf. Der Vater stützte sich schwer auf seinen Stock. Unter der Hutkrempe blickten böse seine Augen. Er sah die rohen leeren Vierecke in der Wand und ließ das Kinn sinken. Sein Kopf zitterte.

»Das Schwerste war die Tür«, erklärte Elsa. »Ich meine, sie war schwer zu beschaffen. Vorher war hier keine Tür drin. Aber ich habe mir alles eingerichtet. Zimmer, Diele, Bad. Unten ist der Herd, den habt ihr ja gesehen. Und für euch ist oben eine Wohnung vorgesehen, da ist frisch das Dach gedeckt, und es sind Möbel da und alles. Die Inhaber sind kurz vor Kriegsende nach Bayern gezogen und kommen nicht wieder.«

»Und Fenster?«

»Fenster? Bis jetzt nicht. Das wird gerichtet werden. Auch die Heizung. Das Haus gehört einer Genossenschaft, die lassen alles machen. Jetzt ist ja Sommer. Die Hauptsache, ihr müßt nicht als Untermieter bei fremden Leuten wohnen.«

»Das käme ja gar nicht in Frage. Wir haben seit neunzehnhundertsieben Wohnrecht in Berlin und Anspruch auf eine eigene Wohnung!«

»Ach, Mama! Dies Haus hier ist doch eine gute Lösung. Keiner beneidet uns, keiner nimmt uns das weg.«

»Das glaub' ich. Eine Ruine! Sind Ratten hier?«

»Nein. Es ist alles in Ordnung. Unten wohnen die Leute, die mich zuerst aufgenommen haben. Ein armer Junge, er hat Kinderlähmung, und seine Freundin.«

»Die leben in wilder Ehe? Mein Gott, wohin sind wir gekommen.«

Herr Lewinsky setzte sich in einen Korbstuhl. Seine Frau nahm in dem Sessel Platz. Sie streichelte die Lehne.

»Ach Gott, der Sessel. Den hast du gerettet.«

Ihre Nase wurde rot, ihre Unterlippe schürzte sich, sie schluchzte.

»Wir dachten, wir finden hier alles vor. Wir dachten, es kann uns doch nicht alles genommen werden, das Haus in Wulkow und die Wohnung in Berlin. Warum hast du uns nicht geschrieben?«

»Ich habe euch doch geschrieben. Viele Male. Es ist alles verlorengegangen.«

»Die Teppiche! Die Möbel! Der Flügel! Das Grammophon!« Die Mutter rang die Hände und weinte. Der Vater ließ den Kopf sinken. Sein Haar, das Elsa nur dunkel und glänzend kannte, war grau geworden. Auf dem Hinterkopf hatte er jetzt eine kleine kahle Stelle.

»Licht gibt es wohl auch nicht?«

»Nein. Aber bis es dunkel ist ... Zum Winter wird alles gerichtet werden. Es war ein sehr vornehmes Haus.«

»Dann werde ich jetzt Abendbrot machen.«

Frau Lewinsky stand auf und putzte sich die Nase.

»Leider habe ich nichts zu essen im Augenblick. Morgen gibt's erst wieder was auf die neuen Marken. Ich habe Karte Zwei, denkt euch das. Ich bin Dolmetscherin bei den Engländern. Sachbearbeiterin. Wir kontrollieren die Theater.«

»Ach, daß dir wenigstens nichts passiert ist. Wir wollen Teewasser aufstellen. Ich habe Lindenblütentee mit. Den habe ich selber gesammelt. Er ist aus unserer Straße. Und ein halbes Brot. In Wulkow gab es gestern Brot.«

Es war auch ein Tischtuch in dem Pappkarton. Frau Lewinsky deckte den Tisch. Elsa zündete eine Kerze an. Sie stellten die Tassen hin, die Elsa geschenkt worden waren. Sie gingen hinunter zum Herd.

»Vater schläft auf dem Bett. Für dich borge ich mir von Cilly die Polster von ihren Sesseln. Ihr werdet fein schlafen.«

»Ach, wir haben zuerst, als die Russen kamen, vierzehn Tage lang auf Stühlen gesessen die Nächte durch. Das Brot muß dann noch für morgen reichen, wenigstens für morgen früh. Ich messe immer mit dem Finger so lang. Bis hier. Sechs Scheiben mußt du rauskriegen davon. Hätte Vater in der Märzsonne nicht Holz gehackt, wäre er noch gesund. Aber er konnte nicht hören.«

Frau Lewinsky war mit dem Herd zufrieden. Aber wie wollten sie im Winter kochen?

»Ach, Betty, was macht der Mensch alles durch. Erna – wir haben sie in einer Decke begraben. Auf einem Handkarren haben wir sie weggefahren. Den Handwagen, auf dem ich Papa hergebracht habe, muß ich nach Strausberg zurückbringen. Am besten gleich morgen. Und dann waren wir bei Bäckermeister Warwar in Quartier, als wir aus dem Haus rausmußten und ehe wir wieder in die Waschküche wenigstens zurückkonnten. Und zu Warwar, da kamen die Russen hin; und Agathe Warwar, die Tante, die mit dem steifen Bein, du weißt, die sitzt auf dem Sofa, und rechts und links von ihr setzt sich gleich einer hin. Im Sitzen sieht sie ja ein bißchen nach was aus, die Agathe. Und es wurde eine ganze Runde. Einer war ein ganz feiner Mann, ein Professor aus Minsk. Er konnte etwas Deutsch, und Papa hat sich mit ihm unterhalten können. Und wir mußten immerzu trinken und trinken. Die Agathe auch. Und als der Professor betrunken ist, will er plötzlich das Haus anstecken. Ach, Betty, der Russe ist unberechenbar. Eben noch dein Freund, will er dich in der nächsten Minute umbringen. Als ob die alle gemütskrank sind.«

»Vielleicht erinnern sie sich immer wieder daran, wie die Deutschen bei ihnen alles verbrannt haben.«

»Ach, glaubst du das? Daß unsere so schlimm waren? Und ein junger Kerl also, der macht sich an die Agathe ran. Gott, die war ja mal ganz hübsch, aber nun ist sie doch über die Fünfzig. Trotzdem, Betty, in so einer Situation, da mußte sie doch auf der Hut sein. Aber da sagt die Dumme: ›Aber, aber, Herr Leutnant! Herr Leutnant könnten ja mein Sohn sein!‹ Als ob er das versteht! Und die Agathe guckt so liebevoll, aber der weiß doch nicht, daß sie ihn wie einen Sohn anguckt, und er kriegt dies Glitzern in die Augen, und dann kam's, wie's kommen mußte. Da war das Lamento dann groß! Der Tee muß gut ziehen. Hast du eine Haube? Wir müssen den Keller drüben gründlich ausräumen. Da müssen noch Kisten mit Porzellan und Kristall sein. Ach, der ganze Hausrat in Wulkow ist nun hin. Und alles, was wir da verlagert hatten. Deine Parfümflaschen haben sie sich über den Kopf gegossen, viele haben die Eau de Cologne getrunken. Der ganze Weg bis zum Wald hin hat nach ›Je reviens‹ gerochen. Am Waldrand war das dann ein ganz komischer Geruch, nach Kiefern, Tannen und Parfüm. Das ganze Eingemachte war gleich weg, jedenfalls das Obst; das Gemüse mochten sie nicht.«

Sie trugen die Teekanne hinauf. Herr Lewinsky saß beim Kerzenlicht. Kindlich erwartungsvoll sah er den Frauen entgegen. Frau Lewinsky hielt ihm die Tasse an den Mund, und er schlürfte den Tee. Mit den Fingern seiner linken Hand brach er sich kleine Stückchen von seinem Brot ab.

»Es ist nun schon viel besser. Erst hat er fest gelegen, vier Wochen lang. Jetzt wird es besser. Der rechte Arm ist lahm, aber nicht ganz. Er kann ihn schon wieder ein Stückchen heben. Bloß er zittert eben so, auch mit dem linken.«

Sie bereiteten ihre Nachtlager. Der Vater legte sich in Elsas Kissen zurück und sah zufrieden um sich. Seine Augen suchten seine Tochter und folgten ihr, wo immer sie sich im Zimmer zu schaffen machte. Sie beugte sich über ihn und küßte ihn zur guten Nacht. Sie stopfte ihm die Decke in den Rücken, so wie als Kind, wenn sie mit ihm Mann und Frau spielte. Sie war immer die Frau, die ihren Mann vom Büro abholte und dann schlafen brachte. Sie wartete auf das blaue Blinzeln aus seinen kleinen Augen, auf dies Einverständnis, daß nur sie beide zusammengehörten.

Elsa löschte die Kerze. Alle lagen, auf reinlichen Laken, im Frieden, ein Dach über dem Kopf. Draußen rauschte Regen.

»Wir bringen Sonntag den Handwagen zurück«, sagte Elsa. »Alltags habe ich Dienst.«

Herr Lewinsky vernahm in der Dunkelheit zufrieden, daß seine Tochter bei Offizieren zu tun hatte, in einer gehobenen Stellung, wo sie endlich verwenden konnte, was sie gelernt hatte.

Am anderen Tag zogen Lewinskys in die Wohnung unter dem Dach ein. Kusche brachte die Schlüssel, die beiden Frauen reinigten die Möbel vom Staub und Schimmel. Die Fournierungen wölbten sich bucklig über den Holzflächen. Die Dielen des Fußbodens waren halb aufgelöst. In den Außenmauern waren Löcher. Sie verstopften sie mit Zeitungspapier.

Mittags brachte Elsa ihre Ration mit. Sie teilte sie in drei Teile. Sie sah ihren Vater und ihre Mutter an, wie sie die Fleischstückchen und den Butterstreifen und das Biskuit aßen und wie aus ihren Augen jeder Ausdruck wich und der Leere Raum gab, die aus der Befriedigung der Gier kam. Schweigen war im Zimmer und Feierlichkeit.

Sie erkundeten den Keller im alten Haus und fanden unter schmutzigen Säcken die Kisten. Ein Prunkservice mit goldenen Henkeln und Griffen zeigte sich unter der Holzwolle, ein Satz Bratenplatten, Kaffeekannen mit bizarren Henkeln und Deckeln. Meißener Eierbecher, Kristallschalen, zwölf farbige Römer.

»Niemals haben wir aus denen getrunken«, sagte Elsa, »jetzt könnt ihr sie als Zahnputzgläser nehmen.«

»Rede nicht so ungezogen. Das sind doch Zeugen besserer Tage!«

Sie sahen sich im Keller um. Ein altes Vogelbauer war noch da, das leere Weinregal, eine halbe Wand voller Kohlen.

»Ach Gott, das Vogelbauer. Einen Kanari hatten wir, das war, ehe du geboren warst. Der Arzt sagte, ich bekäme kein Kind. Da nahm ich mir den Hansi. Wie konnte das hier nur so runterbrennen.«

»Es war niemand da. Und es ist aus dem Haus geschossen worden, von der SS. Da kann man sich nicht wundern.«

»Du wunderst dich wohl über nichts. Du wunderst dich nicht, du weinst nicht.«

Sie trugen das Geschirr hinüber. Abends aßen sie von goldgerandeten Tellern eine dünne graue Mehlsuppe. Das Leben nahm Ordnung an. Frau Lewinsky brachte täglich drei Mahlzeiten auf den Tisch.

»Die Boheme hat nun ein Ende, mein Kind«, sagte sie, »aber du mußt nicht nachts an den Brotkasten gehen. Ich merke auch das kleinste Stück, das fehlt. Und am Zucker warst du auch. Wie soll ich da wirtschaften.«

Elsa senkte beschämt den Kopf.

Herr Lewinsky stattete Fred einen Besuch ab. Er konnte jetzt die Treppe hinuntergehen. Fred saß im Rollstuhl. Die Herren sprachen von der Zukunft der deutschen Industrie und vom Wert der Aktien, die in ihrem Besitz waren, auch von ihrer Gesundheit.

»Wenn ich erst wieder Kraft in den Armen habe«, sagte Fred, »fahre ich wieder zum Botanischen Garten hinaus. Doch auch hier in Westend der Sachsenpark ist reichhaltig und sehr gepflegt. Ich liebe besonders die Bäume. Sogar im Winter, wenn sie keine Blätter haben, liebe ich die Bäume. Hier in den Alleen die kahlen Baumreihen sind wie Zeilen einer Schrift. Eine Geheimschrift.«

»Das ist ein eigenartiger Gedanke«, erwiderte Herr Lewinsky. Er betrachtete die Alben mit den gepreßten Blättern.

»In den Blättern ist doch immer Lebenssaft, noch wenn sie gepreßt sind. Ich sage Ihnen, in diesem ledrigen, grünen toten Ulmenblatt ist mehr Leben als in meinem Fuß. Die Ärzte haben schon eine Menge mit mir versucht. Sie waren ganz versessen darauf, daß ich mal irgendwas an meinem Bein bewegen konnte. Ich sagte damals gleich, was nutzt das, wenn ich mit dem großen Zeh wackeln kann? Kann ich davon vielleicht laufen? Mein letzter Spaziergang war um den Wannsee, da war ich achtzehn. Sehr gesund war ich, ausgesprochen stark. Es war ein regnerischer Tag im Herbst.«

Dies aber war ein sonniger Tag im August. Dodges ging von

Büro zu Büro und sagte: »Hören Sie, eine Nachricht: Japan hat kapituliert! Jetzt ist in der ganzen Welt Frieden!«

Er kam zu Major Rushwell ins Zimmer, setzte sich hin und streckte die Beine von sich. Er zündete sich eine Zigarette an und atmete tief ein und aus, als habe er persönlich eine große Anstrengung hinter sich.

»Die Atomwaffe. Eine Bombe, und sie mußten aufgeben.«

Rushwell sagte: »Das ist eine sehr gute Nachricht, wirklich.«

Wood und Elsa waren gerade im Zimmer. Dodges wandte sich zu ihnen: »Stellen Sie sich vor: In diesem Augenblick – Friede in der ganzen Welt.« Er besaß eine kleine Fabrik in Manchester. Man sah im Rauch seiner Zigarette die Fabrik, sein kleines Haus, seine Frau, seine zwei Kinder. Er lehnte den Kopf an die Wand und streckte die Beine noch länger von sich. Rushwell sah schweigend auf seine Schreibunterlage. Captain Timberley sah, als er die Tür öffnete, daß sie es schon wußten. Er legte seine Mütze mit dem hängenden Band auf den Schreibtisch und setzte sich schweigend zu den anderen. Er schwieg und lächelte. Seine Augen schweiften zum Fenster hin. Die Sonne schien. Auf der Straße fing ein Leierkasten zu dudeln an, »Sentimental journey«. Die Walze war gerade fertig geworden. Der Mann spielte sie den ersten Tag. Das wiederholte einförmige Intervall der ersten Takte pochte in der Augusthitze, pochte im stillgelegten Leben des Büros, im gemächlich mitpochenden Puls der Menschen, die über ihre Schreibtische blickten, dem Rauch der Zigaretten nach. Die Melodie schleifte gefühlvoll über in die zweiten acht Takte und pochte wieder im gleichen Intervall, etwas tiefer. Urlaubsmusik, Ausgehen zum Dancing im Urlaub, zwischen Bombenangriffen, Fluchten in U-Bahn-Schächte, wieder zu Drink und Dancing, Tanzen Wange an Wange, kein Tanzen mehr, nur noch trauriges Hin- und Hertreten, von einem Fuß auf den anderen, vom anderen auf den einen, gefühlvolles Schleifen der Melodie, tiefes Wegtauchen der Stimme des Sängers, Klatschen, Beifall für die Band.

»... like a child in wild anticipation ...«, sang Dodges leise mit, seine Brillengläser blitzten, seine Lippen öffneten sich leicht im Mitsingen der Worte: »Never thought my heart would be so young ...« Er klopfte den Takt mit der Schuhspitze.

Rushwell gab Elsa Zigaretten und bat sie, den Leierkastenmann damit zu belohnen. Vor der Tür traf sie Kusche.

Kusche sagte: »Es ist Ihnen doch recht? Ich hab' mich auf Sie berufen beim Engländer. Bin jetzt Fahrer bei Ihrer Dienststelle. Eine Hand wäscht die andere.«

Der Oberst fragte Elsa, ob der Mann in Ordnung sei. Elsa sagte: »Er war nicht in der Partei.« Der Oberst sah sich im Büro der Theaterabteilung um und lobte die Registratur. Wood zeigte ihm das Genehmigungsbuch, das er mit Elsa eingerichtet hatte. Alle Veranstaltungen mußten genehmigt werden; die Veranstalter reichten die Anträge mit den Personalien aller Mitwirkenden ein, nach einer Woche konnten sie sich die Erlaubnis abholen. Die eingereichten Anträge notierten Wood und Elsa in dem großen Buch, in dem dann wieder der Ausgang der Spielerlaubnis vermerkt wurde. Überdies aber hatten noch alle registrierten Besitzer von Veranstaltungsräumen eine Karte in der Kartei. Auch eine Schauspieler- und eine Musikerkartei war da, ein Ausgangsbuch für Reisegenehmigungen und eine Korrespondenzablage, unterteilt nach Briefwechseln mit vorgesetzten britischen Behörden, mit dem Berliner Zentralmagistrat, mit dem Volksbildungsamt im Zentralmagistrat, mit den Volksbildungsämtern der Bezirke im Britischen Sektor, mit den lizenzierten Theaterleitern, mit den Lizenzaspiranten, mit den registrierten Besitzern von Veranstaltungsräumen. Wood beschriftete die Etiketten in Schönschrift. Schließlich hatten sie Vorordner mit eingereichten Lizenzanträgen, mit Anträgen, die zur Intelligence Section weitergereicht werden mußten, mit Anträgen, die von dort zurückgekommen waren, mit vollständig bearbeiteten und von Fräulein Lewinsky empfehlend oder nicht empfehlend kommentierten Anträgen, die noch vom Major einzusehen waren, und mit solchen Anträgen, die er bereits mit einem »Empfohlen« oder »Bedingt empfohlen« oder »Nicht empfohlen« versehen hatte, wobei er sich ganz nach den Informationen und Vorschlägen Fräulein Lewinskys richtete, und die nun zum Hauptquartier in Westfalen geschickt wurden.

Staff Sergeant Flowers kam abends ins Büro, wenn Wood und Elsa Überstunden machten, um ihre Registratur in Ordnung zu halten. Flowers und Wood verglichen ihre Theorien über die besten Registratursysteme. Wood gewöhnte sich an, Papiere, die in sein Registratursystem nicht paßten, unter sein Sitzkissen zu schieben und sich daraufzusetzen. »Das ist der zweitbeste Ordner, den man haben kann. Der beste ist der Papierkorb.«

»Der schlechteste Ordner«, sagte Flowers und hob mahnend den Finger, »ist ein Ordner ›Vermischtes‹. Never have a file ›Miscellaneous‹!«

Staff Sergeant Flowers war ein junger Mann mit dunklem Haar und weichen dunklen Augen. Er hatte volle empfindsame Lippen. Die einfachen Sergeants, die Korporale und die deutschen Angestellten unterstanden ihm. Er war für die Organisation und Technik verantwortlich, und er regierte das Haus in so großer Sanftmut, daß es einem Gottesstaat glich. Er gehörte der Wesley-Sekte an. Um ihn zu necken, redeten sich alle untereinander mit »brother« an; mit der Zeit verlor sich das Scherzhafte dieser Anrede.

Flowers kippelte mit seinem Stuhl und las die Aufschriften der Ordner.

»Alle Clerks arbeiten gut mit den Dolmetscherinnen zusammen. Die Deutschen tragen viel Verantwortung. Es ist sehr schwer für sie, nicht den Eindruck bei ihren Landsleuten zu erwecken, als machten sie ihnen absichtsvoll Schwierigkeiten. Gerechtigkeit – bei all diesen Künstlern ist es sehr schwer, gerecht zu sein. Güte, Verständnis – das wäre viel besser.«

»Nicht unsere Aufgabe, Bruder. Und die Deutschen helfen sich selbst.«

Wood stocherte mit dem Finger im schwelenden Tabak seiner Pfeife. Seine Finger waren kurz, die Nägel grau. »Die Deutschen, die wir hier im Hause haben, gefallen mir. Sogar die Empfangsdame, obwohl ich mal ihren Kopf schütteln möchte, um zu hören, ob sie was drin hat. Und Old Lippert, mit den hungrigen Augen und immer die Hand im Aschenbecher – übel ist er nicht. Er ist so mager; ich wundere mich immer morgens, daß er noch nicht gestorben ist.«

»Es ist ein uferloses Unglück. Jeder kann nur sehen, daß er an seinem kleinen Platz Gutes tut.«

»Ja, Bruder, tausch deine Zigaretten gegen Schokolade und schenk sie kleinen Kindern.«

»Das mache ich.«

»Bald werden sie dich als Verrückten einsperren. Ein Riegel Schokolade ist fünfzig Mark wert.«

»Ich kümmere mich darum nicht.«

»Du solltest dich doch drum kümmern. Nämlich, wenn du deine Rationen am schwarzen Markt verkaufst, kannst du alles mögliche erwerben, was den Hungernden viel mehr nützt als Schokolade. Du kannst Kartoffeln, Brot, Haferflocken kaufen und mit deinem Sack von Haus zu Haus gehen, und die Frauen treten weinend an die Tür und rufen: Da kommt der gute Engel Gordon William Flowers, es lebe der Staff Sergeant Flowers, es lebe Wesley! Und du machst sie alle zu Wesleyanern, und wenn erst die Fraternisation erlaubt ist, versammelst du sie zu Gebet und Gesang, und du spielst das Harmonium und ihr singt eure furchtbaren winselnden Wesley-Lieder.«

Flowers lächelte leicht. »Wood, ich durchschaue dich. Du tust ungebärdig, aber auch du suchst einen Weg zur Religion.«

»Aber nicht zu Wesley. Ihr singt zu scheußlich.«

»Die Schönheit des Gesanges macht es nicht. Wichtig ist die Sammlung, die Gemeinsamkeit der Andacht. Nichts stimmt so andächtig wie Gesang, das bindet die Menschen aneinander. Wissen Sie, was ich meine, Elsa?«

»Ich war stets am andächtigsten, wenn ich nach einem Bombenangriff wieder in ein warmes Bett konnte. Ich kenne Andacht nur als Genuß. Ringsum brennt es, ich aber habe dies Bett behalten.«

»Was, Bruder, das durchschauert dich kalt. Das sind die Deutschen. Eine zähe Dame, diese Miss.«

»So redet sie nur. Ich kenne sie schon besser.«

»Good night, brother.«

»Hört auf zu arbeiten. Nur bei euch ist noch Licht.«

Im Appartementhaus war kein Licht. Die Kerzen waren ausgegangen. Herr Lewinsky lag schon im Bett, als Elsa ihre Eltern besuchte. Frau Lewinsky berichtete, es sei eine Abordnung der Genossenschaft dagewesen und habe das Haus geprüft. Es sei als baufällig erklärt worden. Die Genossenschaft erwäge nicht, es wieder aufzubauen. Die noch im Hause wohnenden Mieter hätten sich sofort andere Unterkünfte zu suchen.

»Es hat auch wieder durchgeregnet«, sagte Frau Lewinsky. »Wenn es heute nacht wieder regnet, muß ich Eimer aufstellen.«

Elsa wandte sich an Wood. Konnte der Major ihr helfen, eine Wohnung zu beschaffen?

Wood trug dem Major Elsas Wunsch vor. Der Major ließ ihr durch Wood sagen, er werde am anderen Tag mit ihr zum Bürgermeister fahren.

Er nahm neben ihr im Wagen Platz. Im Ärmel hatte er das seidene Tuch, das den gewohnten Duft verbreitete. Er lief mit Elsa die Treppen des Rathauses hinauf und ließ sich beim Bürgermeister melden. Der Bürgermeister verbeugte sich tief. Rushwell legte seinen Stock quer über den Schreibtisch des

Bürgermeisters. Er zog langsam seine Handschuhe aus und legte sie daneben. Dann verzog er sein Gesicht zu einem Lächeln, das Elsa, da sie es an Rushwell noch nie gesehen hatte, süßlich und falsch erschien. Er sagte: »Diese junge Dame ist eine wichtige Angestellte unserer Behörde. Wir wünschen, daß sie in der Nähe des Büros eine angemessene Wohnung erhält.« Er hielt dem Bürgermeister sein Zigarettenetui hin. Der Bürgermeister fingerte sich eine Zigarette heraus und fragte, ob er sie später rauchen dürfe.

Er führte Rushwell und Elsa zum Büro des Wohnungsamtes. Rushwells Gesicht bekam rote Flecken. Er brachte beim Wohnungsamt seine Worte noch einmal an. Auch der Leiter des Wohnungsamtes bat, die ihm angebotene Zigarette später rauchen zu dürfen. Er steckte sie in seine Brusttasche.

»Es wird nicht einfach sein, der Dame eine Wohnung anzuweisen. Ich wüßte allerdings einen Ausweg. Es sind noch einige Wohnungen frei, die beschlagnahmt sind. Wohnungen von Parteigenossen. Möbliert, tadellos.«

»Nein. Das ist es nicht, was die Dame wünscht. Sie würde sich nicht anmaßen, vom Irrtum eines Landsmanns auf diese Weise zu profitieren.«

Der Leiter des Wohnungsamtes versprach, nach einer angemessenen Unterkunft zu suchen. »Das ist alles, was ich für Sie tun konnte«, sagte Rushwell, »es tut mir leid.«

Elsa erlangte aber eine Bescheinigung von ihm mit der begehrten Überschrift: *»To Whom it May Concern.«* Sie ging damit zum Büro der Genossenschaft, der das Appartementhaus gehörte. Wood gab ihr fünf Zigaretten, er schenkte sie ihr. Drei gab sie aus, um bei dem zuständigen Angestellten vorgelassen zu werden. Sie legte ihm das Schreiben vor, auf dem in englischer und deutscher Sprache zu lesen stand, daß sie eine Dreizimmerwohnung zu beanspruchen habe und in ihrer Suche von der Britischen Militärregierung in jeder Weise unterstützt werde.

Sie sagte zum Sachbearbeiter: »Es werden jetzt verschiedene Häuser, die von den Russen beschlagnahmt waren, wieder frei. Einige davon gehören Ihrer Genossenschaft. Ich denke an das Haus in der Sachsenallee. Es hat sechs Wohnungen.«

Der Angestellte war verwirrt. »Die Wohnungen sind so gut wie vergeben«, sagte er.

Elsa zündete sich eine Zigarette an, die letzte hielt sie dem Mann hin.

»Ich will Sie nicht berauben«, sagte er. Sie antwortete nicht. Sie stand auf und ging zum Fenster.

»Ich habe nur wenig Zeit«, sagte sie, »unten wartet mein Wagen.« Der Angestellte kam zum Fenster und sah hinunter.

Auf der Straße stand der sandfarbene britische Dienstwagen, sechssitzig, offen, am Lenkrad saß Kusche mit einer grauen Dienstmütze.

»Rufen Sie beim Bürgermeister an. Es ist auch in seinem Interesse, daß ich zum fünfzehnten September in das Haus einziehen kann.«

Der Angestellte blieb am Fenster stehen und beobachtete, wie der Chauffeur den Schlag öffnete, wie sie in den großen Wagen stieg, hinten Platz nahm und den Kurfürstendamm hinunterfuhr. Seine Sekretärin kam dazu. »Das ist auch so eine Hyäne«, sagte sie.

Es regnete wieder, und Frau Lewinsky stellte Eimer unter den undichten Stellen des Daches auf. In der Nacht kam das Wasser auch über Herrn Lewinskys Bett durch. Er mußte unter einem aufgespannten Regenschirm liegen.

Der Angestellte der Genossenschaft rief sie in ihrem Büro an und teilte ihr mit, sie könne in dem genannten Haus die Wohnung links im ersten Stock haben. »Der Bürgermeister hat gesagt, die Wohnung sei Ihnen unbedingt zuzuweisen. Er hatte große Furcht vor Ihrem Major, der in der Sache schon mit einem Stock gekommen ist.«

Elsa fuhr mit einem Jeep zu den Behörden, die ihr die Einweisung gaben. Sie fuhr an den Elektrischen und den Bussen vorüber, in denen sich die Menschen drängten und ihr haßerfüllt nachstarrten.

In der Dienststelle setzte sie sich an ihren Schreibtisch und betrachtete ihre Papiere. Sie dankte Wood, und sie ging hinein zu Rushwell und dankte ihm auch. »I am very pleased to hear you are satisfied«, sagte er.

Am Abend ging Elsa mit den fünf kleinen Korporalen ins Kino. Sie waren alle einen halben Kopf kleiner als sie. In ihrem schräg vorwärtsstürmenden Gang, mit federndem Geschwindschritt, gingen sie nebeneinander auf dem Kurfürstendamm. Nach dem Kino luden sie Elsa in eine Bar ein. Sie baten um Verzeihung dafür, daß sie den Deutschunterricht nicht fortführen wollten; die deutsche Sprache sei zu schwer zu lernen, abends, nach Dienstschluß. »Ich habe, du hast, er hat«, sagten sie noch einmal gehorsam, als sie das erste Glas tranken. Dann war es, als hätten sie alles hinuntergespült, und Elsa sah verwundert in ihre Gesichter, hinter denen die Konjugationen von haben und sein nun nicht mehr hafteten.

Außer Wood hatten die Clerks schon ihre Girls, und sie kamen ohne exakte Sprachkenntnisse gut mit ihnen voran. Parker erwog, sich von seiner Frau scheiden zu lassen und die Portierstochter Gretel zu heiraten, obwohl sie eigentlich auf ihren vermißten Mann wartete, von dem sie zwei Kinder hatte.

»Es sind sehr nette Kinder. Habt ihr gesehen, wie Rushwell sie verwöhnt? Dauernd steckt er ihnen was zu. Und wenn es keiner sieht, spielt er mit ihnen. Er bückt sich und macht Späße mit den Kindern.«

Wood und Elsa blieben allein in der Bar zurück. Woods Hände waren breit und unschön, die Finger kurz, der Zeigefinger war grau vom Pfeifestopfen. In der Bar war Kerzenbeleuchtung. Bei diesem Licht allerdings war sein Gesicht schön.

»Nun haben Sie, was Sie erreichen wollten. Sind Sie froh? Sie sind so eine richtige Deutsche. Hart wie'n Ei.«

»So wird man.«

»Erzählen Sie. Wie war es unter den Russen?«

Wood bestellte Gin.

»Es war nicht so, daß man sich das Leben nehmen mußte. Aber viele Mädchen haben es doch getan.«

»Und Sie? Vielleicht sagen Sie später einmal: I had a great time then. Hören Sie, ich wollte Sie nicht beleidigen.«

Er nahm seine Pfeife aus dem Mund und legte sie beiseite. Er betrachtete seine Hände, die er vor sich auf dem Tisch übereinanderlegte, und sagte: »Immer dreckig, der Fingernagel. Aber es gibt kein besseres Instrument, mit dem man die Pfeife stopfen kann. Nur der Finger geht. Ich, ich hätte Sie nicht vergewaltigt. Außer Sie hätten es gewünscht.«

Elsa stellte sich Wood mit der Maschinenpistole in ein Zimmer stürmend vor. Er sah sie, legte die Maschinenpistole weg, stopfte sich die Pfeife und fragte sie: »Do you want me to rape you?« Und sie sah betroffen vor sich hin. Er stand auf, ging auf sie zu, drängte sie an die Wand; er war ein Stück kleiner als sie, aber es machte ihr nichts aus.

»Morgen gehe ich in Urlaub. Und ich habe kein Geschenk für meine Frau.«

»Ich werde Ihnen französisches Parfüm geben: ›Je reviens‹.«

»Woher haben Sie das?«

»Von meinem Verlobten. Er war in Paris.«

»Da bringe ich meiner Frau was mit, was vorher schon ein deutscher Soldat seinem Mädchen mitgebracht hat. Wo ist er?«

»In Gefangenschaft, in französischer.«

»Ist er Offizier?«

»Oberleutnant.«

»Auch einer von denen. Auch einer von denen, die sich einbilden, was Besseres zu sein, einer von denen, die uns erniedrigen. Die Trennung ist ewig. Mein Vater ist ein wohlhabender Mann; er hat eine gute Papierhandlung und eine kleine Akzidenzdruckerei; ich bin der Erbe, aber für Leute wie Rushwell, wie Dodges, bin ich Pöbel. Ein deutscher Offizier oder ein Deutscher, der studiert hat, steht ihnen näher als ich, ein britischer Korporal. Ich bin von El Alamein bis Berlin marschiert, ich habe den Krieg mitgewonnen, aber wenn ein Deutscher kommt, der den Krieg verloren hat und war Flieger oder hat studiert, der gilt was bei einem britischen Offizier. Da finden sie sich zusammen, die zusammengehören. Haben Sie nicht gemerkt, zu welcher Sorte von Deutschen Rushwell die Liebenswürdigkeit selbst ist? Zu Borell, weil der in Oxford studiert hat. Dem bietet er einen Platz an, dem hält er sein Zigarettenetui hin; es fehlt nicht viel, und er bringt ihn noch zur Tür.«

»Er ist eben nur hart gegen die Parteigenossen.«

»Nein. Er liebt und bewundert die Deutschen; er hat aber Angst, daß jemand es merkt. Er hat auch nichts gegen die Nazis. Hätte er sonst etwas dagegen eingewendet, daß Sie eine Naziwohnung bekommen? Er liebt die Deutschen, er hat eine furchtbare Hochachtung vor euch; und ich hatte sie auch, diese Hochachtung, diese Bewunderung, aber ich merke, daß ich sie langsam verliere.«

»Mir ist es einerlei, was Sie von uns denken.«

Wood rief den Kellner und legte einen Hundertmarkschein hin.

»Lassen Sie uns nach Hause gehen.«

»Kommen Sie mit zu mir. Ich gebe Ihnen das Parfüm für Ihre Frau.«

»Das ein deutscher Offizier in Paris gekauft hat. Ich bin sehr erfreut, wirklich.«

Vor dem Appartementhaus stehend, sagte Wood ungläubig: »Hier wohnen Sie doch nicht!«

Der Mond schien durch die Fensterlöcher der kahlen Mauern.

Elsa führte ihn die Treppe hinauf und schloß die Tür auf.

Wood entzündete ein Streichholz. »Ich sage ja, Sie sind hart wie 'n Ei!«

Elsa beugte sich über den Karton mit den Flaschen. Wood kniete auf der anderen Seite des Kartons. Sie sahen sich an und senkten dann wieder die Augen.

»Vierzehn Tage werde ich Sie nun nicht sehen. Aber ich kann zu Hause mal wieder Klavier spielen.«

»Sie spielen Klavier?«

»Zuerst habe ich in dem Haus gespielt, wo wir die Dienststelle aufgemacht haben. Da war ein Flügel, ein Bechstein. In keinem Land der Welt werden solche Flügel gemacht wie in Deutschland.«

»Sie waren das? Haben Sie die Walzer von Chopin gespielt? Das hat uns allen sehr viel bedeutet. Sie waren das?«

»Ja? Was ist dabei?«

Sie sahen sich an. Woods Mund stand ein wenig offen. Das schwache, flackernde Licht ließ seine Augen schwarz erscheinen, seine Schläfen sehr hell. Eine Haarsträhne hing ihm über die Stirn. Das Licht erlosch. Er tastete im Dunkeln nach der Flasche, berührte Elsas Hand, und ihre Hände flogen auseinander, um sich mit Entschiedenheit nicht zu berühren.

»Good bye. See you in a fortnight.«

Ohne jede Nachricht sind wir von Dir. Aber wir beunruhigen uns nicht, denn Dein Leben kann nicht mehr in Gefahr geraten. Es heißt, die Franzosen vernachlässigen absichtlich die Verbindungsmöglichkeiten zwischen den Gefangenen und ihren Angehörigen. Ich denke mir, daß Du mir Briefe schreibst, so wie ich Dir, und eines Tages werden sie abgeschickt werden können. Oft fürchte ich, daß meine Gedanken sich von Deinen Gedanken entfernen, doch hat diese Furcht keinen Bestand vor der Gewißheit, daß wir uns wiedersehen und für immer zusammenleben werden. Es besteht auch die Möglichkeit, sagt man mir, daß Du plötzlich vor der Tür stehst, unerwartet früh entlassen. Ich werde nicht müde, mir unser Wiedersehen vorzustellen. Du stehst hier vor der Tür, noch vor unserer alten Wohnung, die wir jetzt verlassen, und noch ehe Du Dich umsiehst, erkläre ich Dir, daß wir nun ausziehen, in ein wohlerhaltenes Haus, in eine intakte bürgerliche Wohnung. Wir treten wieder ein in ein intaktes bürgerliches Leben. Ich freue mich mit Maßen darauf, trauere dem Provisorium nach, aus dem, so glaubte ich, eine andere Art zu leben erwachsen sollte. Nicht dies Wohnen mit

Gardinen und Blumentöpfen. Vielleicht stellte ich mir ein anarchisches Leben vor, in kahlen Räumen, beweglich, ungebunden, an nichts hängend; was man besitzt, trägt man am Leib.

Meine Eltern sind gekommen, und gleich gerät alles wieder ins gewohnte Gleis. Das Haus, in das wir ziehen, liegt in der breiten, schönen Sachsenallee, in einem Garten mit alten Bäumen. Zur Wohnung gehört eine Terrasse, wir haben drei Zimmer, und meins ist groß genug, Dich gleich aufzunehmen, wenn Du kommst. Westend nimmt uns nun ganz auf. Jahrzehnte lebten wir am Rande des herrschaftlichen Vororts, jetzt sind wir mitten darin, wir gehören dazu. Keine Rettung gibt es mehr vor dem Aufschwung ins Feinbürgerliche, auf diese Weise haben wir vom Zusammenbruch profitiert. Die Miete ist leicht aufzubringen, da es doch nichts zu kaufen gibt. Wir hungern, dafür leisten wir uns dies Emporkommen in ein altes Westender Landhaus mit Garten.

Du kommst vielleicht gerade, wenn wir dort eingezogen sind und uns eingerichtet haben. Die Zimmer werden sehr leer sein. Mit Büromöbeln werden wir uns behelfen; sie stehen in diesem Haus, das eine Luftwaffenbehörde war, herum, und wir können sie uns nehmen. So bleiben wir wenigstens vor poliertem Nußbaum und Spitzendecken bewahrt. Es wird Dir gefallen, auch für Dich bedeutet es ein Emporkommen. Du siehst Dich um, und wir werden in einem wahren Arkadien leben, das erkennst Du gleich.

Doch halte ich es auch für möglich, daß Du mitten am Tage ins Büro meiner Dienststelle eintrittst. Wir werden uns ein wenig zurückhalten, wie sich das vor den Augen der Briten empfiehlt. Major Rushwell wird Dich achtungsvoll begrüßen. Meine Kolleginnen sind gerührt, auch etwas bedrückt, denn sie haben keine Hoffnung auf ein so schnell eintreffendes Glück. Der Freund der einen ist seit zwei Jahren in Rußland vermißt. Eine andere ist noch sehr jung; ihr Major, er heißt Pembroke, ist in sie verliebt, aber noch beachtet sie ihn nicht. Meine dritte Kollegin ist Sonja; der Major, für den sie arbeitet, ist verheiratet und hat zwei Kinder, er heißt Dodges, und morgens und mittags, wenn sie noch nicht da ist, geht er auf Zehenspitzen in ihr Büro und legt ihr zwei Zigaretten in ihre Federschale. Allen ist es klar, daß er sie zur Freundin gewinnen will, sie aber will es nicht wahrhaben. Sie ist neunundzwanzig und leidet wie ich bei dem Gedanken, dreißig zu werden und nicht verheiratet zu sein. »Wenigstens«, sagt sie, »werde ich mich dann mit ›Frau‹ anreden las-

sen.« Ihr Freund, auf den sie wartete, ist nicht zu ihr zurückgekehrt; er hat eine andere Frau geheiratet. Vor Sonja also wollen wir unser Glück nur gedämpft erkennen lassen.

Du setzt Dich eine Weile hin und siehst sehr müde aus. Deine Hände sind mager, ich betrachte sie lange. Deine unteren Augenlider sind gerötet, wie immer, wenn Du überanstrengt bist oder wenn Du Dich über etwas erregst, und es gibt Deinem Blick etwas Unnachsichtiges, Du hast die Augen eines Richters. Du siehst Dich um und findest aber doch an dieser meiner Stellung nichts Tadelnswertes. Keine liebedienerische Kollaborateurin bin ich, sondern Vermittlerin zwischen deutschen und britischen Interessen. Auch mußt Du Dich wohl erinnern, daß Du Dich in Paris ebenfalls auf die Mitarbeit von Kollaborateuren gestützt und sie deshalb nicht verachtet hast, obschon sie doch, ebenso wie Du, einem verachtungswürdigen System zum längeren Leben verhalfen. Und Deine Tätigkeit in Paris war ja beinahe die gleiche wie die der britischen Offiziere hier. Wie beschämend, daß wir glaubten, Du könntest an dieser Stelle etwas Versöhnliches bewirken, vermöchtest französischen Geist, französische Kultur den deutschen Eroberern gewogen machen. Naiv und lächerlich scheinen jetzt die Vorstellungen der Offiziere, die solche Posten innehatten, aber Feinde der Partei waren. Sie paßten sich der Besatzungspolitik vorzüglich an. Auch Du, mit Deiner feinen Bildung, Deinem makellosen Französisch, Deinen kultivierten Manieren und Deinem wunderbaren Aussehen warst genau der Deutsche, der an solchen Stellen schon immer gebraucht wurde.

Ich höre, daß die Wut der Franzosen auf diese Deutschen und auf die französischen Kollaborateure sehr groß ist. So muß ich immer wieder einsehen, daß die Hoffnung auf Deine baldige Rückkehr keinerlei realistische Begründung hat. Entmutigt lasse ich also wieder ab von dem Bild Alberts in meinem Büro oder vor der Wohnungstür.

Doch es ist sehr schwer, so lange und noch immer auf unbestimmbare Zeit hinaus Deine Nähe zu entbehren. Es ist ein kaltes Leben, das ich führe; in das Zusammenleben mit meinen Eltern wird vollständige Restauration einziehen, also werde ich mich schon wieder nicht mehr jung und nicht am Anfang meines Lebens fühlen. Es ist nicht die alte Familienwärme, die ich suche. Gleichzeitig bin ich stolz, Wohnung und Ordnung beschafft zu haben. Glück begleitet mich auf eine erschreckend verläßliche Weise; noch mit dem widerwilligen Bemühen meines Majors und sogar mit seiner Furcht und Unbehagen verbreitenden Kälte gelang es mir, ein Ziel zu erreichen. Alles erreiche ich, alles gelingt mir. Aber ich lebe so einsam wie Du im Camp.

Frau Lewinsky lud ihre Schwester zum Kaffee ein, aber Elfriede wollte nichts berühren. »Wascht euch gut die Hände, wenn ich weg bin. Es ist wieder ansteckend. Ich komme nach Buch. Johanna, wenn ich tot bin, holt sich alles das Sozialamt. Da ist es also besser, du holst es schon vorher. Wenn ihr umzieht, werdet ihr den Küchenschrank brauchen können. Und die Töpfe, und noch Verschiedenes. Das Ölbild nimmst du auch, und wenn die Jungen wiederkommen, gibst du es ihnen. Bettstellen, Betten, alles nimm dir. Was die Jungen dann brauchen, gib ihnen bitte.«

Ihr Gesicht flammte in Sorge um ihre Hinterlassenschaft. Frau Lewinsky wehrte ab. »Du bekommst doch da gute Verpflegung, da erholst du dich wieder. Du hast dich bloß übernommen. Wie konntest du auch schippen gehen. Ach, wir hätten nur früher kommen sollen, alles wäre anders.«

»Der Schrank muß auseinandergenommen werden, dann könnt ihr ihn auf einem Handwagen wegziehen. Habt ihr einen Handwagen? Dann geh unten im Haus in die Tischlereiwerkstatt und sag, es ist für mich, dann borgen die dir einen Wagen.«

Frau Lewinsky und Elsa brachten sie nach Hause. Tante Elfriede zeigte ihnen noch einmal, wovon sie meinte, es werde ihnen nützen, und Frau Lewinsky wehrte ihre Ratschläge ab, in allen Ausdrucksgraden, unwillig, begütigend, lachend.

»Ich bringe dich hin, nach Buch, und dann besuche ich dich jede Woche, und Elsa auch.«

Elsa versicherte es mechanisch. »Natürlich. Jeden Sonntag.«

»Und wenn du wieder gesund bist«, sagte Frau Lewinsky und sah sich in der kleinen Küche um, »dann lebst du hier wieder schön gemütlich. Ach, wenn wir nur, als wir kamen, eine solche Bleibe vorgefunden hätten! Wenn von unserer Wohnung doch nur soviel stehengeblieben wäre!«

»Aber nun bekommt ihr ja wieder eine Wohnung.«

»Ja. Wenn unsere Elsa nicht wäre! Huh, geh bloß nicht bis ans Ende des Korridors. Das ist doch nicht geheuer.«

Nach drei Tagen erhielt Frau Lewinsky die Nachricht, daß ihre Schwester ans Ende des Korridors gegangen war und den Schlüssel in die Tür gesteckt hatte. Die Betten waren gebündelt, zum Mitnehmen für Johanna. Ein Brief an ihre Söhne lag auf dem Tisch. Er war nicht beendet. Ein Koffer stand auf einem

Stuhl, voll mit Sachen, die sie in der Heilanstalt benötigt hätte. Ihre Hausschuhe lagen obenauf.

Elsa folgte Tante Elfriedes Weg, vom Stuhl mit dem Koffer durch die Zimmertür auf den Korridor, zur Tür in die Wohnung, die nicht mehr da war. Die Tante bekam dies laute Ohrensausen, mit dem es immer anging; dann die Leere im Kopf und das Gefühl, der Kopf werde immer größer, immer größer; das Ohrensausen wurde zum Trommeln; es trommelte auf die weichen, seidigen Trommelfelle in den Ohren.

Sie drehte den Schlüssel im Schloß; sie öffnete die Tür einen Spalt, aber die Tür war verquollen; sie mußte sich dagegenlehnen, und da gelangte sie hinein in ihre Wohnung, der Kristallüster brannte mit allen Kerzen, die Prismen brachen das Licht in Blau und hellem Violett. Sechs Stühle mit hohen Lehnen standen um den runden Tisch; es waren schwere geschnitzte Stühle. Ernst hatte sie auf einer Auktion günstig bekommen, nun sahen sie aus wie »schon lange in der Familie«. Eine Kreidezeichnung, ein Porträt Tante Elfriedes, hing an der Wand, und das viele schwere Haar, das sie hatte, kam auf dem Bild gut heraus. Das schwere Haar, wieder einmal war es ihr zu schwer; es zog sie herunter, riß ihr den Kopf ab.

Die Hausbewohner kamen zur Beerdigung, und es war, als überlegten sie, ob sie nicht alle auf diesem ungewöhnlichen Wege doch in ihre verlorenen Wohnungen gelangen könnten. Woran sie alle litten – diese Frau hatte den wichtigen Schritt mitten hinein in dies Leid getan. Und war sie nicht belohnt worden? Eine Frau sagte: »Bei mir hängt auf der anderen Seite, da wo das Eßzimmer war, immer noch eine Uhr. So eine Pendeluhr. Von unten sieht man die da oben. Damit kann ich gar nicht fertig werden.«

Die Kränzchenschwestern kamen, und die Damen fanden, sie sollten sich wieder regelmäßig treffen. »Man weiß ja nie, wann man sich sonst wiedersieht.«

Frau Lewinsky ging zu dem Tischler, und es war alles so, wie Elfriede gesagt und gewünscht hatte. Der Tischler lieh den Handwagen, und Elsa und Frau Lewinsky nahmen sich, was ihnen vererbt worden war, ehe das Sozialamt kam.

Sie brachten die Sachen in das Haus in der Sachsenallee, das den künftigen Bewohnern jetzt zur Besichtigung freigegeben wurde. Die Leute liefen auf und ab und einigten sich, wie sie die überall umherstehenden Büromöbel unter sich verteilen sollten. In dem Haus war zuletzt eine Dienststelle der russischen Kommandantur gewesen. Die meisten Fensterscheiben waren zerbrochen. Die Gesellschaft, der das Haus gehörte, ließ alles richten.

An den Wänden waren auch hier, überall in Höhe der Stuhllehnen, dunkle Flecken an den Tapeten, immer zwei Flecke einander gegenüber. Beamtenjahre, mit Fingertrommeln und Zimmerpflanzengießen, mit Gähnen und Stempeln, Unterschriften, zahllosen Blicken auf Uhren, Vergleichen von Uhrzeiten, Zusammenfalten von Butterbrotpapier, Zurücklehnen der Köpfe an die Wand, zogen noch jetzt ihre Fäden durch das Haus. In Aktenwagen waren noch Schnellhefter mit Aktenbogen, auf denen Baumaterial angewiesen wurde.

»Ich bin Alliierter«, sagte ein Mann mit öligem Haar und südländischen, schwermütigen Augen. Er beanspruchte einen breiten Schreibtisch mit ausziehbarer Schreibplatte. Eine Dame sagte: »Ich bin zwar Opfer des Faschismus, aber wir lassen Ihnen den Schreibtisch.«

»Auf gute Nachbarschaft«, sagte der Alliierte, »ich bin Grieche. Und wir sind ja alliiert.«

Alberts Eltern spendeten für die Wohnung einen Teppich und Gardinen. Sie besuchten die Lewinskys, und die beiden Ehepaare schickten sich an, das Verlöbnis ihrer Kinder, wenn es auch nicht öffentlich war, mit liebevollen Anspielungen zur Kenntnis zu nehmen. Frau Küster streichelte Elsas Wange und sagte: »Sie ist ein tüchtiges Mädchen! Was wird Albert sagen, wenn er kommt?«

Es war Sonntag. Elsa trug keinen roten Lack auf den Nägeln.

»Wenn wir auch seit der ersten keine Nachricht mehr erhalten haben – das wird ja nur an den Nachkriegswirren liegen. Und nun kann jeden Tag Post von ihm da sein. Vielleicht wird er schon entlassen. Vielleicht steht er einfach vor der Tür!«

Frau Küster sah Elsa innig an. Ihr Mann sagte zu Herrn Lewinsky:

»Eins muß man sagen: Die Briten sind fair. Dieser Vansittart, dieser Morgenthau-Plan ist nicht durchgekommen. Trotzdem wird es aber noch ein großes Sterben geben.«

Herr Lewinsky teilte diese Ansicht. »Überlebt, ja, haben nun viele. Aber es kommt nun ein langsames Sterben. Und die Millionen Gefangenen, besonders in Rußland ... Davon wird sich Deutschland niemals mehr erholen.«

»Niemals. Berlin – ein Schutthaufen. In zwanzig Jahren ist das nicht wieder aufgebaut.«

Allerdings hatten die Herren schon von Verfahren gehört, die aus Ruinen neuen Baustoff machen. »Es heißt, da kommt vorn der Schutt rein, und am anderen Ende kommen die Steine raus.«

»Ja, die Deutschen sind unglaublich tüchtig. Was sie nicht alles erfinden in der Not.«

»Deutschland kommt immer wieder hoch«, sagte Frau Lewinsky, »so wahr, wie wir jetzt wieder in eine Wohnung mit Fenstern kommen.«

Frau Lewinsky ging schon alle Tage in die neue Wohnung, sie reinigte die Fußböden und brachte Vorhänge an. In dem Zimmer, das gemeinsames Eß- und Wohnzimmer werden sollte, hängte sie das Ölbild auf, das sie von ihrer Schwester zur Nutznießung bekommen hatte. Es war ein Stilleben mit Weintrauben, Äpfeln und Nüssen und erinnerte Frau Lewinsky an das Bild, das bei ihr über dem Büfett gehangen hatte. Sie trat von der Wand zurück und urteilte, ob das Bild gut an diese Stelle paßte. Sie fand es zufriedenstellend placiert, und daraus, daß sie wieder mit einem solchen Stilleben wohnen würden, schöpfte sie neue Kraft.

Der Umzugstag kam. Die Lewinskys verabschiedeten sich von Fred und Cilly.

Elsa rauchte die letzte Zigarette mit den Freunden.

»Elsa! Elsa! Wie verändert du bist! Höhere Tochter, und ziehst in ein bürgerliches Leben. Die Tage der Boheme sind vorüber ... Wir gratulieren, denn das ist doch das Leben, für das du geschaffen bist. Ihr Bräutigam naht, und hier sehen wir die Kluge Jungfrau, die sich ihr Öl bewahrt hat. Wenn er kommt – bitte, deine Lampe brennt, halleluja! Wirst du dich jemals wieder bei uns sehen lassen?«

Am Morgen kleidete Frau Lewinsky ihren Mann schon früh an. Er hielt erregt einen Faber-Kasten mit Bleistiften und Federhaltern in seiner linken Hand, was es sehr erschwerte, ihm sein Jackett überzuziehen. »Leg doch das mal aus der Hand!« sagte Frau Lewinsky unwillig. Wasser tropfte durch die Decke. Eimer standen umher, aber die Eimer waren selbst leck. An einem Regenschirm lief ein Rinnsal herab. Herr Lewinsky sah seine Frau wütend an. »Du bist doch zu ungeschickt. Immer, wenn du mir die Jacke anziehst, tust du mir weh.« Er umschloß mit seinen Fingern in wilder Entschlossenheit das länglich schmale Blechkästchen, in dem es klapperte.

»Das gehört doch Thiemes«, sagte Elsa, erstaunt, argwöhnisch. »Das willst du doch nicht etwa mitnehmen?«

»Thiemes! Was gehört Thiemes?« brachte Herr Lewinsky hervor, vor Wut beinahe des Sprechens nicht mächtig. Er hob das Kästchen und setzte an, es nach Elsa zu werfen, dann ließ er die Hand sinken. »Thiemes! Was hat denn mir mal alles gehört! Jetzt sollen die teilen, die alles behalten haben. Ich will bloß diese Bleistifte.«

»Es ist doch ein silberner Drehbleistift dabei?«

»Was weiß ich? Und wenn! Dann nehme ich mir diesen Drehbleistift. Mein Leben lang habe ich meine Bleistifte gehabt. Drehbleistifte, silberne, und meinen goldenen, wer gibt mir den wieder? Mit meinem Namenszug?«

Elsa ertrug den haßerfüllten Blick ihres Vaters. Er hielt ein Bein seiner Frau hin, die versuchte, ihm den Schuh überzuziehen. Er stöhnte vor Schmerz, und sein Gesicht nahm den Ausdruck einer anderen Wut an, derjenigen, die seiner Frau galt. Dann fühlte er sein Aufbegehren zusammenbrechen, fand, es sei ein Anlaß zur Erheiterung; er verzog den Mund und gab ein kleines schwaches Lachen von sich.

»Ich komme also mittags gleich in die neue Wohnung.«

»Ach Gott, ich schäme mich so, wenn wir da mit unserem Plattenwagen ankommen! Alles, was wir haben, geht auf diesen kleinen Wagen! Wenn ich an unsere verlorene Wohnung denke!«

Mittags empfing Frau Lewinsky ihre Tochter in der neuen Tür. Die Suppe dampfte, man setzte sich zu Tisch in einer Wohnung mit Fenstern. Nach dem Essen sah sich Elsa in ihrem Zimmer um. Der kleine Schreibtisch stand am Fenster. Ihr Bett war durch modische Mittel zur Couch gemacht. Sie besaß Teppich, Sessel, Tisch, Toilettentisch, Lampe. Eine Vase stand da, von Tante Elfriede.

Der Geschirrschrank der Tante begrüßte sie in der Küche. Der Gasherd funktionierte, aber das Gas war rationiert, Frau Lewinsky mußte sich an sparsames Kochen gewöhnen.

Gegen Parfümflaschen hatte Elsa Öfen und Ofenrohre getauscht. Die Ofenrohre waren durch die Mauern hinausgeführt. Die Kohlen waren aus der Soorstraße geholt und im neuen Keller gestapelt. Für alles war gesorgt. Herr Lewinsky saß am Fenster und sah den Kindern nach, die aus der Schule kamen. Aus dem Volksempfänger Tante Elfriedes kam leise Musik.

9

Im Büro saß am anderen Morgen Wood. Er bot Elsa eine Zigarette an. Sie hatte, während er fort war, nichts zu rauchen bekommen. Rushwells Zigarettenenden gab sie ihrem Vater für seine Pfeife. Sie konnte dem Gespräch mit Wood nicht folgen; sie konnte nur den Rauch einziehen und den Rauch an den Fingerspitzen hochziehen lassen, damit sie ihn aufnähmen und noch lange nach Zigaretten rochen.

»Sie müssen kommen, sich unsere Wohnung ansehen. Meine Eltern möchten Sie begrüßen und Ihnen danken.«

»Ja. Ich komme bald. Aber es war Rushwell, der Ihnen geholfen hat.«

»Er wird aber nicht gern daran erinnert.«

»Bitte, sehen Sie hier aus dem Fenster. Da ist er, vernarrt in diese Portierskinder.« Rushwell hatte sich vergessen. Er beachtete nicht, daß man ihn sehen konnte. Er wälzte sich mit den Kindern auf dem Rasen und lachte. Er lachte laut, die Kinder lachten; er kitzelte sie mit seinem Stöckchen. Dann hielt er es ihnen hin, sie versuchten, es zu greifen und festzuhalten; aber er zog es in letzter Sekunde immer wieder zurück, und die Kinder kreischten vor Erregung und Vergnügen. Eins stemmte ihm ein Knie auf die Schulter, Rushwell legte sich zurück und rollte sich mit dem Kind auf dem Rasen hin und her. Das andere warf sich über ihn, und sie tobten mit atemlosen Rufen umeinander. Ihre Stimmen klangen hoch und dünn in der Herbstluft.

Rushwell stand auf und klopfte sich die Uniform ab. Als er ins Büro trat, war sein Gesicht unbewegt. Er begrüßte Wood und fragte, ob er eine nette Zeit gehabt hätte.

Ein berühmter Sänger wartete schon; es war zu prüfen, ob man ihn für eine Reisegenehmigung nach der Britischen Zone empfehlen konnte. Ein berühmter Komiker wartete aus dem gleichen Grunde. Der Komiker näherte sich Elsa in Unterwürfigkeit; es war, als habe ihm jemand gesagt, er spiele am besten diese Rolle, und er spielte sie; sein berühmtes komisches Gesicht plusterte sich beschwörend und treuherzig auf, weil er nach Hamburg reisen wollte, ohne des Majors Verständnis für diesen Wunsch aber nicht dorthin gelangen konnte.

Ein Konzertagent ging, schon von weitem sich verbeugend, auf Elsa und den Korporal zu; er war schon öfter dagewesen, und er küßte Elsa die Hand.

Ein berühmter Dirigent hingegen, jugendlich, groß, in keiner Weise belastet, ein schöner Mensch, ging hoch aufgerichtet ins Vorzimmer, wo die Sekretärin saß, und schritt in Rushwells Büro. Die Sekretärin zitterte vor Glück, dieses Mannes persönlich angesichtig zu werden. Ihre Blicke folgten ihm und ruhten noch schwärmerisch auf der Tür, die sich hinter ihm geschlossen hatte.

»Das ist zum Ekeln«, sagte Wood, »Schniederschneiderschnitzplitzkrautgesahng, *kiss your hand*, gnädigäs Froilain, sofort, *at your service*, kummen Sie ssu de Major.«

Zwei Herren vom Zentralmagistrat ließen sich beim Major melden. Sie waren Kommunisten, 1933 emigriert und jetzt mit der Roten Armee nach Berlin zurückgekommen. Sie wollten die Theaterabteilung der Dienststelle darauf aufmerksam machen, daß der Besitzer eines Kinos, in welchem jetzt Theater gespielt werden sollte, Parteigenosse gewesen sei und somit diese Räumlichkeiten nicht besitzen dürfe. Die Herren vom Zentralmagistrat sagten, es handele sich um Verschleierungen, mit denen dieser Mensch sich nur scheinbar aus dem Geschäft zurückzöge, in Wahrheit aber großen Nutzen daran hätte. Solche Verschleierungen würden jetzt allgemein üblich. Verlagsinhaber waren der Militärbehörde als Laufburschen oder Packer gemeldet; käme man aber in die Verlagshäuser, so träfe man diese Leute in ihren Direktorenbüros an, an ihren großen Schreibtischen. Ihre offiziellen Lizenzträger besorgten die Laufereien zu den Behörden. So auch dieser Theaterbesitzer. Dies entspreche nicht den Kontrollratsbestimmungen. Der Besitzer dürfe über seinen Besitz nicht länger verfügen.

Rushwell antwortete, dieser Besitzer werde veranlaßt werden, seine Räumlichkeiten zu verkaufen.

Die beiden Kommunisten sahen Elsa aufgeregt an. Hatte der Major richtig verstanden?

Rushwell zog sein Zigarettenetui und hielt es ihnen hin. Sie verneigten sich im Sitzen und nahmen sich jeder eine Zigarette. Verwirrt rauchten sie einen Zug und schwiegen. Dann griffen sie den Vortrag wieder auf. Sie wandten sich an Elsa, ob sie wohl begriffe, was gemeint sei. Endlich forderten sie streng, jener Mann sei zu enteignen, das Theater müsse ihm ohne Abgeltung abgenommen werden.

Sie kamen zu keiner Einigung. Auf dem Gesicht des einen Kommunisten zeichneten sich rote Flecken ab. Seine Augen nahmen fanatischen Glanz an. Es war, als habe er nun die Bestätigung für einen schon lange gehegten Verdacht gefunden: Die Briten verteidigten die Vermögensansprüche der Nazis, sie unterdrückten die Parteigenossen nicht. Der Kommunist war gequält von dieser Entdeckung. Elsa spürte, wie er Rushwell zu hassen begann. Sein Kollege beherrschte sein Gesicht besser. Er beendete die Verhandlung. Die beiden Herren erhoben sich und verabschiedeten sich kalt.

Rushwell tupfte sich mit seinem parfümierten Taschentuch die Lippen ab.

»Es stellen sich jetzt«, sagte Elsa, »Schwierigkeiten heraus, die sich aus den Gegensätzen zwischen Kommunismus und Kapitalismus ergeben. Es wird noch mehr Schwierigkeiten mit dem Zentralmagistrat geben, weil er eine von den Russen eingesetzte Behörde ist. Die Auffassungen der Russen stehen denen der Britischen Militärbehörde in vielem entgegen. So im Falle dieses Theaterbesitzers ...«

Rushwell schob sein Tuch in den Ärmel und sagte, ohne sie anzusehen: »Bitte, halten Sie sich vor Augen, daß die Russen die Alliierten der Briten sind.«

Elsa wurde rot und ging beleidigt in ihr Büro zurück. Wood tröstete sie: »Auch Rushwell wird noch merken, daß die Russen und die westlichen Alliierten Deutschland umwerben wie eine Braut.«

»Kommen Sie dann heute abend?«

»Nach dem Tee. Ich bringe etwas zum Trinken mit.«

Frau Lewinsky zog ein Kleid ihrer verstorbenen Schwester an. Aber sie trennte den Kragen ab, weil sie den Anblick ihres Spiegelbildes nicht ertrug. »Ich muß zu sehr an Elfriede denken. Überhaupt, daß ich nun ihre Kleider auftragen muß.«

Ihrem Mann band sie sorgsam die Krawatte. Er betrachtete sich im Spiegel, war aber nicht zufrieden. »Daß du doch nicht lernst, eine Krawatte zu binden.« Frau Lewinsky brach in Tränen aus. Sie band die Krawatte noch mehrmals, bis der Höhepunkt seiner Unzufriedenheit erreicht war.

Als es klingelte, war es eigentümlich, Wood vor der Tür stehen zu sehen, klein, dünn, mit dem schiefen Barett und einem Paket im Arm, das Gesicht fremd, aber auf unbequeme Weise interessiert. Wie er da stand, machte er die Besuchten zu einem Fall, der seine Aufmerksamkeit erregte. Er sagte »Hallo« und strebte gleich dem Wohnzimmer zu, wo Frau Lewinsky ihn begrüßte und Herr Lewinsky versuchte, sich aus dem Stuhl zu erheben. Wood ging auf ihn zu und berührte ihn leicht an der Schulter, um ihn zum Sitzenbleiben zu bewegen.

Herr Lewinsky sagte: »I speak very little English«, und es war sehr schwer zu verstehen, weil die Erregung das Leiden verstärkte, das ihm sein letzter Schlaganfall verursacht hatte.

»Never mind, Sir«, erwiderte Wood. Er sagte »Sir« zu Herrn Lewinsky.

Elsa führte ihn durch die Wohnung, und er bat darum, der Familie ein Glas Gin mit Orangensaft anbieten zu dürfen. Frau Lewinsky hatte Furcht, ihrem Mann das Glas an die Lippen zu setzen, und sie ließ zu, daß er es allein hielt. Er zitterte und verschüttete etwas, aber er merkte es nicht, und alle sahen darüber hinweg. »Das ist eine große Kostbarkeit für uns«, sagte er. »Elsa, willst du das Mister Wood übersetzen.«

»Oh, it's nothing. Would you like a cigarette, Sir?«

»Mein Mann darf eigentlich nicht rauchen. Der Arzt hat es verboten.«

»Doch, doch, ein Pfeifchen am Tag darf ich schon rauchen.«

Wood bot ihm Pfeifentabak an und half ihm die Pfeife stopfen. Herr Lewinsky zog dankbar daran. »Ich habe immer die Pfeife der Zigarette vorgezogen.«

Elsa merkte ihm an, daß er gern etwas Humorvolles aus der Zeit erzählt hätte, als er noch für seine Gesellschaft reiste. Aber er hatte Sprechschwierigkeiten, und Elsa fürchtete auch die Mühe, Anekdoten dolmetschen zu müssen, die ihre Mutter und sie schon kannten und die womöglich Wood kein Lächeln entlockten.

Sie fand, nun könne sie Wood in ihr Zimmer führen, und sie beendete die Unterhaltung. Nein, die Eltern wünschten nichts mehr zu trinken, sie waren es nicht mehr gewohnt. Sie blieben zurück wie Kinder, die genug an einer Erwachsenengesellschaft teilgenommen haben. Herr Lewinsky sah seiner Tochter wohlerzogen und respektvoll nach. Elsa überlegte noch einmal, ob er für sein frisches Hemd und die Szene des Krawattenbindens genug von dem Besuch gehabt hatte, fand aber, daß es ungebührlich wäre, Wood zu langweilen.

»Wenn Sie eine Thermosflasche hätten«, sagte Wood, »könnte ich meinen Tee, den ich in der Messe bekomme, herbringen, und wir könnten ihn immer teilen.«

Elsa sah ihn zweifelnd an. »Das ist ungewöhnlich. Das kann niemand annehmen.«

»Ihre Eltern sehen elend aus. Dagegen sind Sie sehr kräftig.«

»Ich teile alles mit meinen Eltern.«

»Ihren Vater hatte ich auf den ersten Blick gern. Wenn Sie

nichts dagegen haben, komme ich morgen mit dem Tee. Vielleicht etwas später. Erst gehe ich ins Naafi-House Klavier spielen. Die haben da jetzt einen schönen Flügel, ich werde mich eintragen lassen für bestimmte Stunden. Aber im Stockwerk darunter treffen sich die Wesleyaner. Wenn die jaulen, kann man nicht spielen.«

»Ich könnte einen Flügel mieten. Spielen Sie immer nur für sich?«

»Ich bin Geschäftsmann. Kein Pianist, der Konzerte gibt. Mein Vater wollte, daß ich das Geschäft übernehme. Aber ich habe ihm nicht viel Freude gemacht. Aus der Schule weggelaufen. Keine Schulbildung. Zwischendurch Klavierstunden, Orgelunterricht, die Lehre im Geschäft. Ich habe feine Papiere gern, Schriften. Aber doch wieder nicht genug. Wieder fort, und ein paar Jahre lang Orgel in der Kirche gespielt, mal hier, mal da. Mal ging es mir schlecht, mal gut, manchmal schickte mein Vater mir Geld. Es war eine sehr schöne Zeit. Dann habe ich geheiratet und bin zurückgegangen ins Geschäft. Für eine Frau alles aufgegeben, bloß weil ein Kind unterwegs war. Eine Minute in einem Park, und diese verheerenden Folgen.«

Sie tranken Gin und rauchten.

»Das Furchtbarste für eine Frau ist es, mit Dreißig noch unverheiratet zu sein; ich bin siebenundzwanzig.«

»Aber Sie sind doch so gut wie verheiratet. Sie haben doch diesen Offizier. Kommt er bald?«

»Ich habe keine Nachricht von ihm.«

»Das braucht Sie nicht zu bekümmern. Eine reine Glückssache. Der eine kriegt seine Post durch, der andere nicht. Bald kommt der schöne Captain selber. Dann wird er dies Zimmer mit Ihnen teilen. Das Bett ist ja sehr breit. Und Sie werden morgens Ringe unter den Augen haben, wenn Sie ins Büro kommen. Bis dahin werde ich mir gestatten, Ihnen ab und zu etwas Tee zu bringen, ein paar Biskuits, werde Ihnen eine Zigarette anbieten. Aber nicht zu viele. Die Zigarette ist eine Währung, ich habe gewisse Unternehmungen vor. Kenne einen Burschen, der stöbert bei notleidenden Familien nach Tischwäsche und Silber rum. Es ist großer Ausverkauf in diesen Sachen in Berlin; die Stadt ist voller Leute, die alle ihre Werte hergeben für Zigaretten, die sie dann wieder gegen Lebensmittel eintauschen. Ich will Tischwäsche nach Hause schicken, schneeweißes Leinen, Servietten, lange Tafeltücher, schimmerndes Weiß. Ich bin mit so etwas nicht aufgewachsen, und meine Frau auch nicht. Mein Vater ist ein Selfmademan, unterer Mittelstand, da gab es keine Tischtücher aus weißem Leinen, keine geschliffenen Gläser, nichts, nichts gab es da. Nur er selber ist elegant, mein Vater, ein wahrer Dandy. Seine Eleganz ist mir widerlich. Ich habe meinen dunkelblauen Anzug im Schrank, das genügt. Aber mein Vater – früher, wenn er nach Paris fuhr, hat er den feinen Mann gespielt. Das Papiergeschäft hat er durch Heirat erworben. Aber er ist clever, er hat ein bißchen Geld gemacht. Als ich ein kleiner Junge war, nahm er mich mit nach Paris; ich sollte einmal Yvette Guilbert hören, solange man sie noch hören konnte. Da war ich neun Jahre alt, es war also ein Unsinn. Ich besinne mich nur noch auf die Nelke, die mein Vater im Knopfloch trug. Also Leinen will ich schicken. Meine Frau hat nicht viel Freude an mir, da soll sie sich an diesen Sachen freuen. Schade, daß man Gläser nicht schicken kann.«

»Ich bin sehr geschickt im Verpacken von zerbrechlichen Sachen. Ich würde Ihnen die Gläser so verpacken, daß sie gut ankommen. Sie geben die Pakete doch Kameraden mit, die auf Urlaub gehen?«

»Sie können alles, kein Zweifel. Gläser verpacken also auch. Vielleicht werde ich Sie um Ihre Hilfe bitten. Aber wenn Ihr Prince-Consort kommt ...«

»Dann helfen wir Ihnen beide.«

»Ein hinreißender Gedanke.«

»Wieviel Kinder haben Sie?«

»Zwei zuviel.«

»Wieviel also?«

»Zwei.«

»Sie versündigen sich. Außerdem ist es nur Rederei. Das ist das Widerlich-Süßliche an den Männern, daß sie rauh von ihren Kindern sprechen. Da tun sie den Frauen den ersehnten Gefallen, einmal ihr Herz zu zeigen, wie es an ihnen hängt und an der geliebten Brut. Da entsprechen sie genau der Schablone; sie zeigen Herz, indem sie tun, als hätten sie keins; sie erwehren sich verzweifelt ihrer Rührung, das ist widerwärtig, wahrhaftig.«

Wood legte die Pfeife aus der Hand und sah Elsa an, als sei er bisher in Halbschlaf gewesen, wache aber jetzt auf. Er schenkte die Gläser voll Gin. Er bot Elsa die Zigaretten an, nahm sich selber eine, hielt das Streichholz an ihre Zigarette.

»Gut, ich sage Ihnen die Wahrheit. Also schön, ich liebe meine Kinder. Ich liebe sie, wie ich alle Kinder liebe. Ich liebe sie, weil sie mir leid tun, daß sie geboren sind. Wenn sie in meinem Garten auf die Beete treten, liebe ich sie überhaupt nicht. Sie sind schlecht erzogen, überhaupt nicht erzogen; meine Frau ist nervös, sie kann keinen Lärm hören; sie gibt den Kindern alles, was sie haben wollen, nur damit sie eine Minute ruhig sind.«

»Wann werden Sie entlassen?«

»Irgendwann. Mitte nächsten Jahres. Warum?«

»Irgendwann werden alle aus der Dienststelle fortgehen. Neue werden kommen, und wir Deutsche werden den Neuen alles zeigen müssen, wie man es macht. Ist das nicht komisch?«

»Wer hat es anders erwartet? So seid ihr Deutschen. Ihr reißt die Arbeit an euch. Aus Ehrgeiz.«

»Aus Ehrgeiz, ja. Ich habe mein Staatsexamen einmal mit ›Sehr gut‹ machen wollen. Dann war ich Gehilfin bei einem Friseur, da war es mein Ehrgeiz, bei den Kundinnen am beliebtesten zu sein, und dann in der Fabrik wollte ich die schwierigste Arbeit haben, die ein ungelernter Arbeiter machen kann, und ich litt darunter, daß ich keine gelernte Feinmechanikerin war. Dann wollte ich Maurer werden. Es kam mir so vernünftig vor. Die westlichen Alliierten lenkten mich davon ab. Ihr habt uns allen das standesgemäße Leben wiedergebracht. Es gibt keinen Neuanfang nach diesem Krieg, es gibt nur Restauration. Von allen bürgerlichen Lebensformen ist die deutsche vielleicht die zäheste. Sie sieht nicht mehr auf die niederen Formen hinab, die höheren glaubt sie mit zu umfassen, und nun dehnt sich das Bürgertum aus wie ein Brei, der zerfließt und der immer nachquillt. Die Arbeiter in der Fabrik wollen dazugehören, sie haben bürgerliche Wünsche.«

»Und um die Religion macht sich niemand Gedanken?«

»Ach so. Ja, vielleicht. Ich weiß es nicht.«

»Meine Frau war sehr religiös, als ich sie kennenlernte. Ich war ein Feind der Religion. Es ist merkwürdig, daß man sich gegenseitig so lange beeinflussen kann, bis man seine Überzeugungen austauscht. Beinahe atheistisch ist meine Frau jetzt. Ich aber merke, wie ich religiös werde.«

»Wie töricht!«

»Christliche Güte – davon halten Sie wohl nichts? Überhaupt nichts von Güte?«

»Alles von Güte. Nur von Güte, *brother.*«

»Ich glaube es nicht. *Sister,* du bist hart.«

Das Licht ging aus, die Stromsperre begann. Elsa suchte nach

Kerzenstummeln, fand zwei, zündete sie an; ihr war schlecht vom Gin; sie ging ins Bad und übergab sich. Als sie wieder ins Zimmer kam, sahen Woods Augen, die blau waren, wieder schwarz aus im Kerzenlicht, seine Schläfen waren hell und zeigten, wie schmal sein Gesicht war. Sein Mund stand etwas offen und ließ die marionettenhafte Einfalt, in der Woods Gesicht sich gern zeigte, nicht vergessen. Ein Gesicht aus Pappmaché, die Augen leer, dahinter Schwärze, der Mund offen und leer, dahinter Zugluft.

Elsa setzte sich wieder. Der Sessel war näher an Woods Stuhl herangerückt. Wood sah sie an.

»In meinem Urlaub habe ich viel an Sie gedacht.«

»Verständlich. Wir haben uns gut kennengelernt.«

»Es ist noch Gin da. Trinken wir.«

Fräulein Lewinsky bedachte, daß unter allen Umständen der Zustand zu wahren war, den man Schuldlosigkeit nannte. Noch war sie in diesem Zustand. Sie trank, sie ging ins Bad, sie übergab sich. Sie kam zurück, jetzt sah Wood aus wie eine Heiligenfigur in einem Kirchenportal, bleich, aus Sandstein. Er sah mitleidig auf die hereinkommenden Frauen, mit leeren Augen, mit trockenem, im Leid etwas offenstehenden Mund.

Sie kauerte sich auf die Erde, neben seinen Stuhl.

»Ich bin nicht betrunken«, sagte sie.

»Ich weiß.«

»Ich vertrage eine Menge. Ich habe lange mit niemandem gesprochen. Das ist es.«

»Ich habe in den vergangenen vierzehn Tagen nur an Sie gedacht. Ich habe meine Frau nicht angerührt.«

»Das ist abscheulich. Das ist furchtbar.«

»Sie wissen, was es ist.«

Sie richtete sich auf, er beugte sich herab, ließ sich vom Stuhl zur Erde nieder, sein Gesicht kam auf ihr Gesicht zu. Das war der Ehebruch, sie war verheiratet, sie brach die Ehe, sie verriet ihren Mann, und sie wunderte sich, daß die Glocken nicht läuteten, daß nichts geschah, was sie aussegnete aus der Gemeinde der anständigen Menschen. Woods Gesicht kam von weit, es kam aber schnell, es fuhr in einem Zug, den man erwartete. Der Zeiger zeigte auf die letzte Sekunde; der Bahnhofsvorsteher kam aus seinem Büro, die rote Mütze auf dem Kopf; er grüßte, der Zug fuhr ein, durch Baumwipfel, Zweige brechend.

Elsa erwog, während sie mit Woods Zunge spielte, ob es ein Zwang war, den zu erklären man noch versuchen konnte, oder die lange gestaute Genußsucht einer Frau, die dennoch alle Männer liebte, wenn sie nur durch irgend etwas an ihnen gereizt wurde; sie dachte an Giovannis starke Zähne und sein schwarzes gekräuseltes Haar. Was aber war es an Wood? Es war süß, sich auf die Erde zu kauern, neben dem Stuhl eines Mannes, und er erbarmte sich und ließ sich zu einem herab. Dann gab er sich hin, man könnte ihm die Zunge abbeißen, so sehr vertraute er einem; es war schön, ihm zu zeigen, daß er einem wirklich vertrauen konnte, schön, seinen Rücken zu umfassen und zu streicheln und die Schenkel zu öffnen. Die Details der Kleidung waren peinlich, wie sehr beherrschte man den guten Geschmack, sie schweigend, ohne jedes Aufheben, zu beseitigen, ohne im Küssen abzulassen. Die Kerzen erloschen, die Sünde war schwarz, aber die Sünder sausten nicht im Förderkorb in die Hölle, wo Satan sie in die Pein tauchte, in die Glut, in den Kessel; die Sünder erwartete nichts als Seelenpein, die tat den Körpern nicht weh. Das Bewußtsein der Sünde war die Zugabe zu ihrer Lust. Sie dachten, nicht nur flüchtig, nein, lange und wirklich anhaltend: war Liebe, die nicht mit Ehebruch, nicht mit Untreue verbunden war, überhaupt Liebe? War diese Süße vergleichbar mit der Friedlichkeit des Ehebetts? Was sie taten, war verboten, war verboten, verboten, verboten. Die Glocken läuteten in äußerstem Abscheu; die Gestirne kühlten aus und gaben das Bild des Bräutigams frei, das am Himmel gewartet hatte, mit dem Stahlhelm; es löste sich auf, zerstob. Häuser jedoch und ganze Städte fielen nicht zusammen; es war auffällig, daß die Sünde durch nichts gestört wurde.

Sie atmeten tief. »Ich habe an nichts anderes gedacht in diesen vierzehn Tagen«, sagte der Mann.

»Ich habe auch daran gedacht«, sagte die Frau und wußte nicht, ob sie log.

Sie standen auf. Wood leuchtete mit dem Feuerzeug. Elsa verwandelte die Couch in ihr Bett. Sie legten sich schlafen. Wood sagte: »Never talk of love!«

»Never«, sagte sie und ärgerte sich, daß er es als erster gesagt hatte. Ihr hätte es zugestanden, aber sie hatte vergessen, es rechtzeitig auszusprechen.

Wood wünschte kein Licht, als er sich am Morgen anzog. Elsa öffnete vorsichtig die Türen und ließ ihn leise hinaus. Vor der Wohnungstür drehte er sich um und stand wieder so da wie am Abend, als er gekommen war, klein, mit schiefem Barett, mit dem interessierten Blick, der diesen Fall jetzt aber näher kennengelernt hatte.

Zum Frühstück stellte Frau Lewinsky ihrer Tochter die Tasse mit der dampfenden dunkelbraunen Brühe hin. Die Küche roch nach Ersatzkaffee.

Elsa kaute auf dem knisternden, trockenen Röstbrot. Sie stützte den Kopf in die Hand und sah vor sich hin. Diese Küche war schon vertraut, nach drei Tagen war alles schon gewohnt. Es bot sich ein normales, ordentliches Leben. Sie aber hatte sich die Not eines mit dem fürchterlichsten Vergehen belasteten Gewissens zugezogen.

Es war ein Tag wie alle anderen. Der Parkplatz unter den Kiefern war schon voller Fahrzeuge. Die Fahrer standen umher und warteten. Der Oberst ging mit Fräulein Lewinsky die Stufen zum Eingang hinauf, er hielt ihr die Tür auf und sagte: »Nice day today!« In der Halle war schon eine Stuhlreihe besetzt. Die Empfangsdame saß an ihrem Schreibtisch, das lange blonde Haar fiel ihr auf die Schultern. Sergeants, Korporale, Offiziere gingen hin und her. Türen klappten. Im Büro der Theaterabteilung stand Wood mit einem Besucher über das Genehmigungsbuch gebeugt. Sein Zeigefinger mit dem schmutzigen Nagel ging über alle Zeilen, die in Fräulein Lewinskys Handschrift eingetragen waren, während der vergangenen vierzehn Tage, an denen der Korporal Urlaub gehabt hatte, in denen sie noch ohne Schuld gewesen war.

Sie starrte auf diese Zeilen in dieser Schrift, untadelige Seiten, korrekt geführt, von einem Menschen, der sich noch nichts vorzuwerfen hatte.

Dann saßen sie einander gegenüber wie immer. Als Rushwell hereinkam, hatte Fräulein Lewinsky minutenlang Zweifel, ob sich zwischen dem Clerk dieses Offiziers und ihr wirklich etwas ereignet hatte. Wofür in Rushwells Vorstellungswelt kein Raum war, konnte das geschehen sein?

Es war ein Sonnabend. Am Nachmittag liefen sie die Heerstraße hinauf zur Stößenseebrücke und gingen an der Havel entlang. Es war ein grauer Tag ohne Sonne. Sie sahen vor sich auf ihre Schuhe und in den grauen Sand. Der Grunewald säumte dürr die Hügel gegen den Horizont hin.

»Du bereust es?« sagte Wood.

»Ja.«

»Ich bereue es auch. Ich hätte ein einfaches Mädchen nehmen sollen. *A nice girl.* Wenn überhaupt.«

»Ich hatte bis dahin keine Sünde begangen. Ich war ohne Schuld. Was geschehen war, hätte ich ihm erklären, hätte es ihm verständlich machen können.«

Das Wasser spülte auf den Sand. Steine glänzten naß. Gebüsch bog sich im Wind.

Ein Mann und eine Frau gruben einen Baumstumpf aus.

»Du tust, als wärst du die erste Frau, die ihren Mann im Krieg betrogen hat.«

»Das hier ist etwas anderes. Nun lebe ich in der Hölle.«

»Also gut, es wird niemals mehr geschehen. Never again.«

»Wahrhaftig, nein. Niemals mehr.«

»Du hast dich vergessen, es ist ohne Bedeutung, keine Sache, die du erzählen mußt. Streich sie selber aus deinem Gedächtnis.«

»Es ist eine wahre Hölle.«

»Cheer up. We'll never do it again.«

»Never!«

Ich ging an der Havel spazieren, wo ich zuletzt mit Dir ging. Der Grunewald ist doch noch immer ein Wald. Ich lief bis zum Grunewaldturm, und ich kam an der Uferböschung vorbei, wo wir im vorletzten Winter im Schnee lagen. Es war kein wirkliches Glück, auch Du mußt es gestehen; immer wenn Du im Winter auf Urlaub kamst, und es ergab sich keine Gelegenheit, einmal auch nur kurze Zeit in einem Zimmer allein zu sein, machten wir diese Spaziergänge. Du hast es verstanden, auch aus diesem Ungenügen einen Rausch zu machen; wirklich, Du warst ein Meister darin, aus einer unglücklichen, frierenden Frau eine Verrückte, eine wahnwitzig Befriedigte zu machen. Unsere Gesichter waren kalt, Dein Mantel legte sich zu beiden Seiten über mich, Deine Schuhe scharrten im Schnee, ich fühlte Dich warm nur an der einen Stelle. Deine Hände auf meiner Brust waren kalt, Du aber machtest aus der Traurigkeit eine wilde Poesie, einen Exzeß, eine Euphorie. An Deiner Stirn, Deinem Haar vorbei sah ich an den schuppigen Kiefernstämmen hinauf, die buschigen Zweige da oben hielten kleine Schneelasten in den tiefgrauen Himmel, und ich sah ein, ein tolleres Verlangen als unseres könnte es nicht geben, jeder Ort, jede Gelegenheit war zu seiner Stillung recht. Dein Taschentuch nahm ich mit nach Hause und hielt es nachts im Bett in meiner Hand, an meinem Gesicht.

Nie mehr will ich nun solche Umarmungen mit Dir erleben.

Gleich wenn Du kommst, wünsche ich mir, ein normales Zusammenleben mit Dir zu beginnen. Wir werden bald ein Kind haben.

Es muß sehr bald sein, damit ich diesen ewig wiederkehrenden Traum loswerde. Immer wieder träume ich, ich hätte ein Kind. Es muß ein sehr starker Trieb in mir sein, ein Kind zu haben; immer hinterhältiger zeigt er mir seine Stärke. Ich habe dann also ein Kind; ich nehme es aus seinem Bett auf, ziehe ihm ein Jäckchen an, drücke es an die Brust, und ich spüre es so deutlich, daß ich glücklich und laut spreche: Diesmal ist es kein Traum! Hier, dies ist mein Kind! Dann wache ich auf, habe wieder kein Kind. Das nächste Mal träume ich, ich hätte ein Kind, wache auf, habe keins, merke aber in diesem Augenblick, daß ich nun eins bekomme; dann habe ich es, glücklich liege ich im Bett, mit meinem Kind im Arm, und ich erzähle Dir: Denke Dir, ich träumte doch immer, ich bekäme ein Kind, und dann wachte ich auf und hatte wieder kein Kind! Aber das hat nun ein Ende, denn hier liegt es ja, mein Kind; ich kann es anfassen, Du auch, aber vorsichtig, nur damit Du nicht denkst, ich träume. Und dann wache ich auf.

Ich kehrte um und lief an der Havel zurück, die braungrau dalag und schwerfällige Wellen auf den Ufersand schickte. Weiß leuchteten die Stümpfe gefällter Bäume. Manche Leute erhalten Anrechtsscheine, die Stümpfe auszugraben. Bei Schildhorn plagten sich ein Mann und eine Frau, einen solchen Stubben aus der Erde zu stemmen. Der Mann schob eine starke Stange darunter und mühte sich ächzend, das Wurzelwerk zu lockern. Die Frau stützte sich auf die Stange, in der Anstrengung sperrte sie den Mund auf; er verzog sich, Zahnlücken klafften. Ein Paar, eine Ehe, eine Plage.

Es ist ein trüber Herbst, ein trauriger Winter ist zu erwarten.

10

Wood streifte seinen Hausmantel ab und schlüpfte in seine Uniformjacke.

»Gehen wir! Wo ist mein Barett?«

Sie suchten das Barett. Es war nicht zu finden. Sie suchten es auf den Sesseln, unterm Bett, unter den Stühlen, hinter dem Schreibtisch, unter dem Teppich, es war nicht da.

»*The little dwarf!*« flüsterte Wood. »Ich weiß schon, was es ist. Es ist dieser kleine Zwerg in meinem Leben, der mich verfolgt. Er quält mich, er ärgert mich, er peinigt mich. Er versteckt mir Sachen, er versteckt Menschen vor mir. Ich habe mich einmal am Piccadilly Circus mit einem Mädchen verabredet. Das Mädchen war da, ich war da. Aber wir haben uns nicht gesehen. Da habe ich ihn zum erstenmal richtig erkannt.«

Elsa wendete Kissen um, schüttelte Mäntel aus.

»Der Zwerg! The little dwarf! Wenn ich ihn fasse!«

Herr und Frau Lewinsky kamen, um zu sehen, was geschehen war. Die Ginflasche und Gläser standen auf dem Tisch in Elsas Zimmer. Wood riß sich in Wut die Uniformjacke ab, warf den Tisch um, schmetterte die Gläser an die Wand. Er raste in Elsas Zimmer umher, er tanzte, er kündigte an, er werde die Wand hochgehen, um den Zwerg zu fassen, er sähe ihn oben an der Decke. Erschrocken zogen Herr und Frau Lewinsky sich zurück.

Elsa war, als gehe Wood tatsächlich an der Wand hinauf, mit langen Beinen; er sprang an der Wand hoch wie eine wahnsinnige Spinne; er schrie; sie ängstigte sich, der Gindunst wich aus ihrem Kopf; sie betrachtete spöttisch den wahnsinnigen kleinen Korporal, der fortwährend an der Wand hochsprang.

»Ich gehe zu Flowers. Er wird dir sein Barett borgen!«

Flowers war in der Dienststelle, er arbeitete. Es war ein Sonnabendnachmittag im Oktober. Flowers hatte kein Mädchen, er nahm sich keine freie Zeit. Mit weichem weißen Gesicht sah er von seinen Akten auf. Er gab Elsa sein Barett für Wood.

»Ich warte hier, bis du es mir wiederbringst.«

Es war spät geworden. Wood und Elsa fuhren mit der Straßenbahn in die Stadt. Es roch nach schlechtgewaschenen Menschen, die Schlechtes gegessen hatten. Wood war wieder nüchtern, er stand bleich neben Elsa.

Eine Frau bemühte sich, ihren Kinderwagen und zwei Kinder in die Bahn zu heben. Wood faßte den Wagen an, hob die Kinder herein und stellte sie vorsichtig an die Wand des Perrons.

»Das ist Deutschland. Niemand hilft dieser Frau. In England wäre das unmöglich. Ihr seid keine Christen. Christen sind gut, sie helfen schwachen Menschen. Das Land Christi ist England.«

Elsa sah zum Fenster hinaus. Hinter dem Glas war es schon

dunkel, und sie sah ihr Gesicht, es war nichtssagend wie vor einem Jahr, wie vor vier Wochen. Es war das Gesicht eines schicksallosen Menschen, dem nur dies und das unterlief.

»Glaubst du«, fragte Wood, »daß wirklich ein einfacher Korporal in diesen Zeiten in dieser Stadt einen Flügel mieten und bei seinem Mädchen stehen haben kann? Du bist verrückt. Du wirst immer verrückter.«

»Du wirst es gleich sehen. Für Zigaretten bekommt man alles.«

Sie fuhren zu einem Geschäft, das Klaviere und Flügel verkaufte und vermietete. Der Inhaber verbeugte sich viele Male vor dem kleinen Korporal. Er war ein langer junger Mann, der Erbe der Firma; er strich im Vorbeigehen mit der Hand über die Flächen der alten Flügel, die sein Spiegelbild lang zurückwarfen, dann wieder das kurze Bild des kleinen Mannes mit dem Barett zeigten, der befangen zwischen ihnen dahinging. Der kleine Korporal bot dem Langen eine Zigarette an; der Inhaber bat, sie später rauchen zu dürfen, und steckte sie in die Brusttasche. Die Flügel sahen ernst und schwarz wie Särge aus, bis sie ihre Deckel aufklappten und ihre festlichen Gebisse wiesen. Nicht alle waren blendend weiß, viele Tasten waren gelblich und sahen kränklich aus; aber es galt, die Probe zu machen. Wood setzte sich vor ein Instrument und spielte den Anfang einer Etude von Chopin. Er erprobte mehrere Flügel. Er sagte zu Elsa, er nehme die Sache nicht ernst, er würde die Miete nicht aufbringen können. Elsa fragte nach dem Preis.

Der Inhaber schlug vor, den Preis in Zigaretten zu zahlen. Zwanzig Zigaretten im Monat. Der Vertrag wurde auf Elsas Namen ausgefertigt, die Miete mit achtzig Mark beziffert. Wood sah schweigend zu, wie Elsa den Vertrag unterschrieb. Sie wünschte, daß der Flügel noch an diesem Tag gebracht würde. Der Inhaber glaubte nicht, ihn so schnell liefern zu können. Auf Elsas Drängen versprach er, sein möglichstes zu tun.

Zu Hause hatte Frau Lewinsky das Barett gefunden, es hatte auf der Fensterbank im Wohnzimmer hinter der Gardine gelegen. Elsa lief und brachte Flowers sein Barett zurück.

»Wir haben einen Flügel! Nun kann Stuart alle Tage bei uns spielen!«

»Ihr seid ein liebes Paar! Wenn ich euch miteinander sehe, freue ich mich, wenn ich auch eigentlich traurig bin.«

»Wenn Stuart nur nicht so schreckliche Launen hätte. Manchmal ist er tobsüchtig.«

»Suche ihn zu heilen.«

»Ach, Gordon, ich bin selbst heilbedürftig.«

Am späten Abend, als Wood mit der Teeflasche von seiner Messe kam, war der Flügel da. Herr Lewinsky hatte seine gute Krawatte um, seine Frau trug das gute Kleid. Wood betrat das Wohnzimmer, da stand der Flügel, Wood setzte sich davor und spielte die ›Valses‹ von Chopin.

In triumphalem Glück hörte Elsa zu. Den Klavierspieler aus der schönen Villa, auf die Herr Lewinsky immer mit dem Stock gezeigt hatte, den rätselhaften Pianisten, der so viele Hörer erfreut hatte – sie hatte ihn; sie, Elsa, hatte diesen Mann ergriffen und sich gesichert, sie hatte ihm einen Flügel beschafft, sie hatte den Pianisten mitsamt Instrument beschafft. Da saß er und spielte. Einen violetten seidenen Hausmantel trug er, der blieb alle Tage bei ihr im Zimmer an einem Haken hinter der Tür hängen.

»Ist es passend«, fragte Frau Lewinsky, »daß dieser Mantel immer in deinem Zimmer bleibt? Es ist doch nichts Unpassendes zwischen euch?«

»Ich verbiete dir, solche Gedanken zu haben«, erwiderte ihre Tochter scharf.

Bei Notenhändlern fanden sie alte Notenbücher genug, alles, was Wood wünschte, alles, was einst zu Elsas Repertoire gehört hatte. Sie kauften die ›Zweistimmigen Inventionen‹ und die ›Französischen Suiten‹ von Bach, die ›Sonaten‹ von Mozart und Beethoven, die ›Moments Musicaux‹ und ›Impromptus‹ von Schubert, die ›Walzer‹ von Chopin, die ›Ballade As-Dur‹.

Moderne Klaviermusik, nach der Wood fragte, hatte der Händler nicht.

»Keinen de Falla? Bei euch hört die Musik wohl mit Richard Strauss auf?«

»Ich weiß nicht. Ich spiele bloß Klavier, wie man bei uns so spielt. Du verstehst, das Klavierspiel einer deutschen Tochter aus gutem Hause hat mit Künstlertum nichts zu tun.«

»Ich werde dich prüfen.«

»Nein. Ich verspiele mich, gerate in Angst, halte keinen Takt.«

Am Abend tranken sie den Tee, aßen die Biskuits. Dann spielte Wood aus dem ›Wohltemperierten Klavier‹. Er saß am Flügel wie vor einem Fahrzeug, das er in Gang zu bringen hatte; er sah gespannt in die Noten, griff in die Tasten, als bediene er ein Instrumentarium, das sich nicht jedem erschloß;

endlich liefen seine Finger, und es war, als setze der Flügel sich in Bewegung; er fuhr dahin mit Wood, mit dem ganzen Zimmer, mit Elsa und ihren Eltern, die feierlich und verständnislos in ihren Luftschutzkeller-Korbsesseln saßen. Sie ergaben sich der Musik, die ihrem Ohr eintönig, kalt und spröde klang. Herr Lewinsky verkniff das Gesicht, ordnete seine Züge um den Stiel seiner Pfeife an, in der Woods Tabak leise schmauchte und die manchmal ein häßliches Schnarchen von sich gab, das der Raucher erschrocken zu unterdrücken trachtete. Frau Lewinsky griff zu ihrem Stopfzeug, als es klar war, daß Wood jetzt bei ihnen eine Zeit ernsthaften Übens begann und seiner Hörer durchaus nicht mehr achtete. Er legte die Pfeife aufs Fensterbrett und zündete sich eine Zigarette an. Die Zigarette schob er in den Mundwinkel, die Noten schlug er neu auf; die kurzen Finger mit den grauen Nägeln hob er wieder in sanfter, gesammelter Krümmung über die Tasten; er spielte; er las die Noten ab, als belauere er sie; er ließ die Asche von der Zigarette auf die Tasten fallen; sein dünnes rötliches Haar hing ihm in fettiger Strähne in die Stirn. »Clever«, sagte er bei manchen Stellen und beugte sich dicht auf die Noten. Herr und Frau Lewinsky zuckten jedesmal zusammen, wenn er »clever« sagte. Elsa nahm ein Buch. Sie saß im Schaukelstuhl Tante Elfriedes. Sie saß schräg neben dem Flügel, konnte Wood über das Buch hinweg sehen. Sie las ›Oblomow‹. Was war aus allen Gestalten des Romans geworden? Zuletzt hatte sie von Anisja gelesen. Jetzt kam Oblomows Diener. »Was könnte man von Sachar sagen? Aus seinem grauen Frack hatte er sich eine Joppe zurechtgeschnitten; man konnte nicht entscheiden, welche Farbe seine Beinkleider hatten und woraus seine Krawatte gemacht war. Wenn er die Stiefel geputzt hatte, pflegte er zu schlafen, am Tor zu sitzen, die Passanten, die nur selten durch diese Gasse kamen, anzuglotzen ...«

Herr und Frau Lewinsky gingen, als Wood eine Pause machte, respektvoll ins Nebenzimmer und legten sich schlafen.

»Mister Wood soll sich gar nicht stören lassen.«

Wood spielte noch eine Weile, dann ging er mit Elsa schlafen. Die Kerze brannte noch, als Wood sich zur Wand drehte, Elsas Hand auf seiner Brust. Sie betrachtete seine Schultern, seinen Nacken, seine weiße Haut. Er wandte sich ihr wieder zu, sie sahen einander an.

»Ich muß sagen, du verstehst es, unsere Hölle komfortabel zu machen.«

Er schob seine Knie zwischen ihre Schenkel. Sie schliefen ein.

So gingen die Abende dahin. Der Herbst wurde kalt.

Man wickelte sich in Decken, während man dem Pianisten lauschte. Seine weißen, dünnen Handgelenke hoben sich über die Tasten, seine kurzen, breiten Hände griffen hinein, seine Augen richteten sich bohrend und drohend auf die Noten. Er absolvierte sein Pensum, das ›Wohltemperierte Klavier‹, eine Beethovensonate, deren letzter Satz ihm durch seine Schwierigkeit üble Laune machte. Manchmal zerriß er in Wut die Noten, warf sie auf die Erde, trampelte auf den Fetzen herum. Dann hob Elsa sie auf und klebte sie wieder zusammen.

Manchmal spielte er Liszts ›Liebestraum‹, dann fühlten Herr und Frau Lewinsky sich für viele Stunden spröden Übens belohnt. Der Spieler entzifferte mühsam den Text, der unter den Noten stand. Er beugte sich über die Blätter, betrachtete grüblerisch die fremden Worte, Asche fiel auf die Tasten: »Es kommt die Sseit, da du an Grabern stest und klaxt.«

Die Mieter im Haus horchten abends nun auf. Sie beglückwünschten Frau Lewinsky zu einer so viel Freude bringenden Bekanntschaft. »Ein wirklicher Künstler!« sagten sie.

»Ein Kollege meiner Tochter!« antwortete Frau Lewinsky stolz.

Der Grieche, der Alliierter war, stand manchmal morgens am Fenster. Er kam oft spät nach Hause. Manchmal stand er um sieben Uhr am Fenster und sagte zu seiner Frau: »Da geht der Pianist.« Und seine Frau sah ihm über die Schulter. Unten ging der kleine Mann im Geschwindschritt davon, er stülpte sich das Barett auf, band die olivfarbene Krawatte im Gehen um.

»Man weiß nie«, sagte Frau Lewinsky zu ihrem Mann, »wann er eigentlich geht.«

Sie sah ihren Mann an, als müsse von ihm das erste zweifelnde Wort kommen. Herr Lewinsky zog die Unterlippe ein und ließ sie wieder hervorschnellen. Breit und glänzend schob sie sich vor die Oberlippe; auf diese Weise hatte sie früher Wut und Gebrüll angekündigt. Jetzt zog er sie wieder ein. Seine Tochter trat ins Zimmer und sah ihre Eltern an, als wisse sie, welchen Gedanken sie gerade nachhingen. Sie machte ein hartes, drohendes Gesicht. Sie war stark; sie war auch gut, und sie fühlte, daß sie Macht hatte, sogar die Macht, ihren Eltern bestimmte Gedanken vollkommen zu verbieten. Sie rottete bestimmte Gedanken im Kopf ihrer Eltern aus.

Vielleicht würde es Dich nicht erstaunen, aber mich wundert es noch immer, welche Ordnung und wieviel alte Gewohnheiten meine Eltern wieder in mein Leben mitbrachten. Am Sonntag brät meine Mutter Fleisch, und Bratenduft durchzieht die Wohnung. Alles ist beim alten. »Bitte zu Tisch!« ruft meine Mutter, und sie bringt die Bratenplatte herein, die einen goldenen Rand hat. Wir essen mit Blechbestecken, aber von weißem Tischtuch. Ein Fleck auf frischem Tischtuch bekümmert meine Mutter, wie er sie immer bekümmert hat. Nach dem Essen legt mein Vater sich schlafen, ich decke ihn zu, er schließt die Augen, er schnarcht. Die Vorhänge wehen sacht im gewaltigen Schlafatem meines Vaters.

Ich spiele auch wieder Klavier am Sonntag, denn ich habe einen Flügel gemietet. Ich übe die ›Französischen Suiten‹, allerlei Noten habe ich aufgetrieben. Sonntags spiele ich also wieder vor dem Essen, und Bratenduft geht wieder zusammen mit Bach und Beethoven. Meine Mutter in der Küche hört beglückt zu. Die Fingersätze, die eine andere Klavierlehrerin lehrte, stehen über den Noten; ich aber habe meine eigenen Fingersätze, die mir meine Klavierlehrerin beibrachte, für immer in den Fingern. So viel Ungeheures ist geschehen, aber diese Fingersätze zeigen ihre Beständigkeit. Ich sehe die weißen gepuderten Hände der Klavierlehrein neben den meinen. Es ist auffällig, wieviel gute Klavierspieler kurze Finger und runde Hände haben. Meine Lehrerin mahnt mich, die Hände etwas zu krümmen, die Finger ebenfalls zu krümmen und senkrecht von oben in die Tasten hineinzustellen. Das allein gibt den Anschlag, mit dem man sich hören lassen kann, und ich finde es nun neu bestätigt.

Du erinnerst Dich: In den letzten Tagen des Krieges ging mir immer die Arie des Orpheus durch den Kopf; und nun, gleich nach dem Krieg, wird in der Staatsoper ›Orpheus und Eurydike‹ gegeben. Die Offiziere nahmen zur Premiere ihre Dolmetscherinnen mit. Sonja ist inzwischen die Freundin ihres Majors, Dodges, geworden. Rushwell aber, mein Major, lud mich nicht ein. Er ist kalt und lebt streng zurückgezogen. So ging ich mit dem Clerk. Captain Timberley – er wird bald Major werden – kam mit seiner Freundin, einer Schauspielerin. Täglich ruft sie im Büro an. Ihr gedehntes, verschlafenes »Ist der Captain da?« erbittert die Sekretärin. Aus dem Knabengesicht des jungen Timberley ist in wenigen Monaten das Gesicht eines Lebemannes geworden. Eben noch, meinen wir, hat das Band an seiner schottischen Mütze unschuldig und lustig geflattert. Es ist noch immer da, jeden Morgen kommt er mit diesem Band, aber es paßt nicht mehr zu seinem Gesicht, das faltig geworden ist. Die Sekretärin nennt es »ruiniert«. »Die Frau«, sagt sie, »ruiniert ihn!« Und doch ist es ein sehr lustiges Gesicht. Einmal, wenn erst die Fraternisation erlaubt ist, werde ich vielleicht alle Offiziere zu einer Party einladen, mit meinen Kolleginnen und mit Lippert; und ich hänge an der Vorstellung, Du wärst dann zurück und wir hätten einen glücklichen Abend, der Dir helfen würde, Dich in den neuen Verhältnissen zurechtzufinden.

Wir hatten Plätze auf dem ersten Rang. In den Logen saßen die höchsten Offiziere der vier alliierten Nationen. Es ist möglich, daß Du es mit Bitterkeit ansehen würdest; ich aber hatte Freude an ihrer aller Eintracht. Ich bin kühn genug, mich in diese Eintracht mit einbezogen zu fühlen. Doch immer ist mir, als machtest Du zu allem ein verschlossenes Gesicht. Immerhin, es gab Tage, an denen wir hier glaubten, daß wir nie wieder Musik hören würden. Nun aber stellt sich alles wieder her. Das leidenschaftliche, aufgeregte Mückengeschwärm des Orchesters im Stimmen der Instrumente, das rötliche diffuse Licht auf Orden und Schulterstücken, auf den hellgepuderten Gesichtern der Damen. Russische Offiziere mit ausladenden eckigen Schultern hatten ihre Frauen an der Seite, darunter Damen mit schmalen Gesichtern, hohen weißen Stirnen und langen, dunkelrotlackierten Fingernägeln. Ich könnte weinen; es erhebt mich, wie die Musik die Menschen einen kann. Und überall dazwischen sitzen wir Deutschen, und die da auf der Bühne spielen und singen werden, sind Deutsche. Sie haben diese Macht, die Alliierten und die Besiegten zu einigen bei ihrer Musik.

Der Clerk an meiner Seite sagt: »Von El Alamein bis Berlin bin ich marschiert, und nun erlebe ich dies. Ich bin zufrieden.«

Die Ouvertüre beginnt. Russen, Briten, Amerikaner, Franzosen und Deutsche blicken steif auf den Vorhang. Der Vorhang hebt sich, in Weiß und Blau zeigt sich eine bessere Welt. Die Kastratenstimme des Orpheus ist mit einer Frau besetzt. Die beiden Frauen schreiten edel, heben die Hände in schönem Maß; ihre Stimmen verwöhnen eine die andere in niegehörtem Wohlklang. Das Auditorium atmet sanft unter der ruhevollen Herrlichkeit dieser Stimmen. Die Welt ist schön, der Mensch ist gut. Die Gefangenen des Krieges schmachten, die Menschenschlangen aber, die sich überall formieren, haben Ursprung und Ende; und liegt auch das Ende Krankheit und Tod zugewandt, so steht der Beginn im Licht der Kunst. Stellvertretend für einige

Millionen, die hungern, mißhandelt werden, sterben, sitzen einige Hundert im Theater und repräsentieren die Menschheit in ihrem besseren Zustand. Mein Gewissen ist bedrückt von den Gedanken an Dich und Dein Leben im Gefangenenlager, aber es gelingt mir nicht, auf meine Freude zu verzichten; unmöglich ist es mir, sie etwa nicht zu empfinden. Ich trage ein Kleid aus dunkelgrünem Samt. Mein Haar ist hochgesteckt, von einem schwarzen Kamm wird es gehalten. Operngläser blitzen, bloße Schultern leuchten, Hüsteln hält sich diskret; Rot, Gold und Kristall verhauchen höfisches Licht. In den Straßen werden Katzen gefangen, Hunde werden geschlachtet, ihr Fleisch wird in den Handel gebracht. Menschen werden am Arm gezerrt, am Fuß gepackt, in Autos gestopft und entführt, von Russen am hellen Tag aus den Straßen westlicher Sektoren. Doch nichts zehrt am Wohllaut der Musik, an der weißblauen Schönheit des Bühnenbildes. Orpheus singt: »Ach, ich habe sie verloren, all mein Glück ist nun dahin. Wär', o wär' ich nie geboren, weh, daß ich auf Erden bin.«

In der Pause geht das Ordenprunken auf weichem Teppich einher, verneigt sich, zündet Zigaretten an. Die Eroberten betrachten stolz, wie zufrieden die Eroberer mit der Kunst sind, die das besiegte Land ihnen bietet. Die besiegten Geiger haben gut gegeigt, die besiegten Sänger gut gesungen, der hungrige Dirigent hat gut dirigiert. Rushwell verbeugt sich im Gehen vor mir; er geht allein auf und ab, mit einem Gesicht, als befinde er sich eigentlich in seinem Londoner Klub und habe nur aus Gefälligkeit die ›Times‹ aus der Hand gelegt, um an diesem Krieg teilzunehmen und eine Weile bei der Besetzung Berlins mitzuwirken. »A nice performance«, sagt er und verzieht den Mund zu einer angemessen freundlichen Breite. Und »indeed it is«, antwortete ich wohlerzogen und beklommen.

So geht freilich die Stunde Null vorüber und bringt uns nichts. Wir restaurieren uns; wir verbessern uns; wir nehmen das Leben wieder auf, wo wir es einmal liegengelassen haben, vor einigen Monaten oder vor zwölf Jahren. Es gibt keine neuen Worte, keiner sagt etwas Neues. Es gibt keine neuen Menschen, alle sind die alten. Allein in der Meinungslosigkeit, in der wir jetzt leben, ist das Neue zu sehen. Wir atmen auf und sind meinungslos. So können wir alle unsere Aufmerksamkeit auf die Enttrümmerung der Straßen, auf die Kunst und auf die Beschaffung von Essen wenden.

Kinder und Säuglinge sterben. Wie sollten ihre Mütter sich mit

Meinungen aufhalten? Kleine Gräber werden auf den Friedhöfen ausgehoben. Holzschildchen zeigen an, sie lebten zwei Jahre oder drei Monate oder eine Woche. Die Gräber sind wie kleine Beete, in die etwas gesät ist, und bald wird es zart und jung aus der Erde brechen, hoffnungsvoll, grün.

Deine Eltern besuchen uns sonntags in der neuen Wohnung. Sie wissen, daß Du mich heiraten wirst, gleich, wenn Du kommst. Nur stundenweise werde ich Dich zu ihnen lassen. Ich werde mitgehen und liebenswürdig sein, schon jetzt bin ich liebenswürdig. Aber ich werde Deine unablässige Gegenwart brauchen. Es wird nichts neben Dir, nichts außer Dir geben.

Ich sehe Dich in meinem Zimmer, es wird unser gemeinsames Zimmer sein; Du sitzt am Schreibtisch, bei der Lampe, im Winter. Denn im Winter bist Du vielleicht schon da. Ich liege auf dem Bett, das am Tage eine Couch ist, und werde niemals satt, Dich zu betrachten: die etwas lange Nase, die dunklen Wimpern, die Stirn, in die das schwarze Haar in der Mitte hineinwächst und eine Spitze bildet, das Kinn, das ein wenig kurz ist. Du wendest den Kopf zu mir und siehst mich an, und wir sind nicht ungeduldig, sondern wünschen, daß du Deine Arbeitszeit einhältst. Du wirst Dein Examen machen, wirst in den Schuldienst gehen. Assessor. Studienrat. Kinder. Das Alter. An diesem Schreibtisch wird unsere Ewigkeit beginnen.

Am Reichskanzlerplatz stehen abends Mädchen in bunten Gruppen und sehen zum Naafi-House hinüber. Die hellblaue Leuchtschrift ist die erste Lichtreklame, die wir wieder sehen. Sie verbreitet blasses Licht und scheint auf die Mädchengesichter mit den violetten Mündern. Die Mädchen tragen ihr Haar in hohen Lockengebäuden, von denen zu beiden Seiten nochmals Locken in gedrechselter Fülle herabfallen. Es sind die Frisuren barocker Kurfürsten, aber die Gestalten der Mädchen sind klein und schmächtig. Sie warten auf die Soldaten, die nach dem Tee aus dem Naafi-House kommen. Sie sprechen sie an und suchen sich einen Wohltäter, für länger oder für eine Stunde. Sie kommen von weit her, sie sind nicht aus Westend. Viele Mädchen von Westend haben feste Freunde, andere blieben allein, oder sie kämpfen noch mit sich, wie sie den Winter überleben, wie sie der Versuchung widerstehen sollen. Eltern sehen entsetzt, daß ihre Töchter in der Lage sind, ihnen Zigaretten und Schokolade zu bringen, die Ernährung der Familie aufzubessern, und sie merken, wie ihr Entsetzen nachläßt, um stillschweigendem Dulden zu weichen. Verstört lassen sie sich von ihren Töchtern die erste Zigarette anbieten, ohne zu fragen, woher sie kommt.

Einmal bekam ich etwas Gin von einem unserer Engländer. Auf dem Flügel ist ein kleiner Rand, den das Glas hinterlassen hat.

An einem Sonntag im Oktober fuhr Wood mit einem britischen Fourierwagen in die sowjetisch besetzte Zone. Er nahm einen Sack mit und versprach Elsa, er werde sich nach Kartoffeln und Gemüse umsehen. Abends stellte er den gefüllten Sack in der Diele ab. Elsa stand steif in der Tür zum Wohnzimmer. »Warum tust du das für uns?« sagte sie.

»Fürchte nichts«, sagte Wood, »es ist nicht für dich. Es ist für deinen Daddy und für deine Mama. Ich alter Atheist will mich üben in Nächstenliebe; ich will's den maunzenden, jauchzenden, jaulenden Christen zeigen.«

Niemand wagte, den Sack zu öffnen und hineinzuschauen. Wood blickte übellaunig um sich. Elsa trat höflich herzu, löste die Schnur und sah in den Sack hinein. Kartoffeln, Mohrrüben, Kohl waren darin.

»Sag Mister Wood, wir wissen nicht, wie wir ihm danken sollen!« sagte Frau Lewinsky mit brüchiger Stimme. Herr Lewinksky ließ seine Blicke schweifen und suchte mit den kleinen Augen ein Fenster, irgendein Feld, in dem sich dies Schweifen verlieren konnte.

Wood setzte sich an den Flügel. Er übte; er spielte nicht schön; er wurde wütend; die Asche seiner Zigaretten stäubte über die Tasten; er sagte: *»The keys are greasy«*, und nur schüchtern entgegnete Elsa, daß die Tasten schmutzig von seiner Zigarettenasche seien, obwohl ihre Mutter sie regelmäßig reinigte.

Frau Lewinsky schnitzelte Mohrrüben. Herr Lewinsky kaute auf einer Mohrrübe. Sie bemühten sich, kein störendes Geräusch dabei zu machen, und nur wenn Wood sehr laute Passagen spielte, wagte Herr Lewinsky, ein größeres Stück Mohrrübe kräftig durchzubeißen.

Sie lebten, fand Elsa, wahrhaftig in der Hölle, in einer Hölle mit Klavierspiel und Mohrrübenschnurpsen.

Jetzt schälte Frau Lewinsky Kartoffeln. Die gelblich-braunen Ringe züngelten ihr vom Messer. Die Hölle war friedlich.

»Es wird alles gut eingeteilt«, sagte Frau Lewinsky feierlich, als sie mit ihrem Mann ins Schlafzimmer ging, »danke Mister Wood in unserem Namen.«

Krumm, vornübergebeugt, ging ihr Mann an ihrer Seite durch die Schlafzimmertür. Der Pianist nickte ihnen beim Spiel zu, die Haarsträhne nickte mit.

»Es war ein prächtiger Tag«, erzählte Wood beim Kerzenlicht. »Wir waren in einem Ort, der hieß Jericho. Daß es Orte mit solchen Namen bei euch gibt. Unsere Fouriere kauften für unsere Messen ein. Milch, Kartoffeln, Gemüse. Sie verhandeln mit den Russen, und sie kennen diese Russen jetzt schon ziemlich lange. Das waren Burschen, prall von Leben, sage ich dir. Ach, unsere Waffenbrüderschaft! My dear girl, was weißt du davon, was das unter Männern ist, eine Waffenbrüderschaft? Die und wir zusammen, wir haben euren Hitler und eure Nazis und euch alle zerquetscht. Das bindet, sage ich dir; das schafft man nicht aus der Welt. Es waren herrliche Stunden, die Russen waren lustig, lustige Kameraden, voller Leben. Wir tranken Wodka, und dann haben sie mir Frauen angeboten. Die Frauen arbeiteten auf dem Feld. Die Russen fragten: Welche willst du, Kamerad? Die Verständigung war gar nicht schwer, wir verstanden uns ganz gut. ›Welche, Kamerad‹, fragten sie, ›eine Dikke, eine Dünne, eine Lange, eine Kurze? Busen, Hintern?‹ Was sagst du dazu?«

»Ich will davon nichts hören. Geh weg. Nimm diese Kartoffeln mit, deinen Kohl, deine verfluchten Mohrrüben.«

»Ah, du bist wenigstens ein bißchen eifersüchtig.«

»Es ist ekelhaft.«

»Also dann sei nur ruhig. Ich winkte natürlich ab. Also, ich winkte ab; aber wir haben gelacht, wir haben gelacht wie die Faune. Unser Lachen fuhr in lauter Wolken über die Felder, es war alles ein Lachnebel. Ja, eine Szene, prall von Leben.«

»Und dann trugst du, ein zahmer britischer Korporal, deine Mohrrüben deinem Girl ins Haus. Eben Faun, jetzt Christ – ein phantastischer Charakter.«

»Sei leise, deine Eltern schlafen. Schone sie, sie wissen ohnehin alles.«

»Das ist nicht wahr! Sie wissen nichts!«

»Lehre mich deine Mutter kennen! Ich, ich kenne die Frauen. Ich kenne deine Mutter wie mich selber, wie meine Mutter, wie meine Frau, wie dich! Dein Vater – laß ihn fertig werden damit –«

»Beleidige du meine Eltern nicht. Sie wissen nichts; ich tue alles, damit sie nichts wissen; und du, ich rate dir gut, bringe sie nicht dazu, es zu wissen; du kennst mich noch nicht.«

»Ich kenne dich, ich kenne deine Eltern, ich kenne die Deutschen. Deine Eltern wissen nichts; sie hüten sich vor dem Wissen, so wie sie sich gehütet haben, etwas von den Konzentrationslagern und von den Leiden der Juden zu wissen. Sie sehen, aber sie hören nicht; sie hören, aber nur dann, wenn sie nicht sehen, und Sehen und Hören bringen sie nicht zusammen; es ist zweierlei für sie. Sie essen, aber sie wissen nicht, und sie haben es im Blut, daß sie, wenn sie wüßten, nicht mehr essen könnten, also wissen sie nicht.«

»Mit dir zu leben ist Strafe genug dafür, daß man mit dir lebt.«

»Und doch schlägst du die Decke vom Bett zurück. Und doch kniest du vor mir und siehst zu mir auf und suchst mein Gesicht und meinen Mund. Aber ich, ich mache mir nichts aus Küssen. Geh zur Hölle mit deinen Küssen! Ich wünschte, ich käme ohne Frauen aus; ich wünschte, ich hätte deinen Eltern Kartoffeln bringen können, ohne mit dir schlafen zu müssen. Wer bist denn du? Wenn ich an die vier Wochen in Belgien denke, in dieser herrlichen Stadt, bei diesem so guten, guten Lehrer mit seiner Tochter, in Brügge; die Häuser spiegelten sich in den Grachten, weiße Würfel im schwarzgrauen Wasser, und die Tochter spielte Geige. Dort war Güte! Dort war Christentum! Berthe. Sie hieß Berthe!«

»Wie gemein du bist! Wie gemein! Was verbindet uns? Nichts! Was ist das alles für ein Irrtum!«

»Berthe! Sie hatte noch nie einen Mann gehabt. Sie wollte ins Kloster gehen. Sie hatte blondes Haar, ähnlich wie du. Aber sie, sie war wirklich schön. Bist du vielleicht schön? Das hast du selbst vielleicht doch nicht angenommen. So verblendet bist du wohl nicht.«

»Und ich muß mit ansehen, wie mein Vater auf einer Mohrrübe nagt, die du ihm mitgebracht hast. Und das alles, alles muß ich einmal verantworten; ich muß es gestehen, ich muß es büßen. Aber ich büße schon jetzt.«

»Komm zu Bett. Ich kann jetzt nicht von dir weg, kann nicht mehr über die Straße. Es ist zu spät. Laß mich noch heute bei dir bleiben.«

»Du bist roh, du bist widerwärtig. Du umarmst mich, und du hast noch nicht einmal die Ritterlichkeit, zu sagen, es geschähe aus Liebe oder irgend etwas Ähnlichem, etwas Vergleichbarem.«

»Ist es denn bei dir etwas Vergleichbares?«

»Nein. Ich tue es für Zigaretten, für Schokolade, für Gin, für Kartoffeln, für Kohl, für Mohrrüben.«

»Das ist nicht wahr. Du lügst. Sag die Wahrheit, du liebst mich.«

»Ich liebe dich nicht. Ich liebe dich nicht. Liebst du mich vielleicht?«

»I love you as I love anybody.«

»Das habe ich erwartet.«

Sie lag an seiner Brust und küßte seine Haut und zog ihn aus.

Die Kerzen erloschen. Es roch nach Stearin.

»Warum küßt du mich nicht?«

»I don't like kissing, I don't like that kissing-business.«

»I hate you. Really.«

»Sleep well, my dear. Be good.«

»I am good. I am always good.«

Wood hielt Elsas Hand an seiner Brust. Auf ihrem anderen Arm lag sein Kopf.

»Warum schlafe ich bei dir? Ein schönes Bett für mich allein hätte ich in meiner Messe.«

»Geh morgen früh, und komme nie mehr wieder!«

Am anderen Abend saß Wood wieder bei Kerzenlicht in Elsas Zimmer. Gin weitete ihre Augen, Gin lockerte ihre Worte. Sie umarmten sich und schliefen miteinander, Nacht für Nacht bis zum Morgen.

11

Im Bett, unter schmutziger Decke, lag Fred, ein ältlicher Mann geworden, mit abgezehrtem Gesicht, unrasiert.

»Elsa! Elisabeth! Betti! Kleine Lili!«

»Fred! Cilly! Seid nicht böse!«

»Ist der Kleine dein Freund? Ach, Elsa, ich wußte immer, du verstehst zu leben. Wenn nur dieser Winter vorbei wäre. Du kommst spät. Wir haben soviel von dir gesprochen.«

Fred flüsterte: »Cilly will weg von mir. Ich fühle es. Ich wache nachts auf, wenn ich spüre, jetzt überlegt sie es gerade. Dann rufe ich nach irgendwas. Nach einem Glas Wasser. Und sehe sie an. Sieh mal: so sehe ich sie an. Dann bleibt sie wieder bis zur nächsten Nacht. Elsa, es wird mit mir nicht mehr. Totale Entkräftung.«

Cilly kam dazu und sagte: »Glaub ihm nichts. Es ist nur, was alle betrifft. Sieh mich an, ich bin genauso dünn. Laß es mal April werden im nächsten Jahr, Mai, dann wird sich alles finden.«

Fred und Cilly rauchten Zigaretten von Wood. Sie sahen auf Wood und von ihm zur Zimmerdecke.

»Elsa, du hast doch immer Glück«, sagte Cilly.

»Was sagt sie?« fragte Wood.

»Sie sagt, daß du sehr gut bist.«

»Schniederschneiderschnitzplitz!«

»Hast du Nachricht von Albert?«

»Nein. Nichts.«

»Vielleicht kommt er bald. Wünschst du es dir?«

»Natürlich.«

»Was sagen sie?«

»Sie fragen nach Albert.«

»Das Mädchen ist sehr hübsch. Sie muß sehr gut sein, daß sie bei dem Mann aushält.«

»Elsa, es geht uns sehr schlecht hier. Die Leute schimpfen mit uns. Fred kann nicht mehr auf die Toilette gehen. Sie schimpfen mit mir, wenn ich mit dem Eimer über den Korridor gehe.«

»Weiß Gott, ich würde es mir abgewöhnen, wenn ich nur könnte. Ich bete jeden Abend: Großer Gott, nimm von mir das Scheißenmüssen!«

»Was sagt er?«

»Die Vermieter hier sind unfreundlich.«

»Nichts zu essen, und doch immer scheißen. Kann das Menschsein, kann das Tiersein nicht aufhören, wenn man nur noch Essen kriegt, was höchstens für einen Flötenton reicht? Kann man nicht endlich Seele werden? Elsa! Warum kann ich nicht ganz Seele sein? Eine Seele ohne diesen gemeinen Scheißeimer, mit dem meine arme Cilly durch den Korridor muß? Ich bete jeden Abend: Großer Gott, laß mich nichts mehr verdauen! Aber Gott schickt auch diese paar Kartoffeln, diese paar Löffel Mehl, diese Milligramm Fett, und alles schickt er dann durch den Darm!«

»Sag ihnen, ich werde ihnen am nächsten Sonntag etwas bringen. Ich bringe ihnen, was ich aus der Zone hole.«

»Wood wird euch besuchen. Er bringt etwas mit.«

»Geht nur jetzt; ich weiß, es riecht hier nicht gut. Geht, aber kommt bald mal wieder. Dein Freund braucht nichts mitzubringen. Kommt nur einfach so.«

Fred flüsterte: »Beeinflusse Cilly, daß sie mich nicht verläßt!«

Elsa flüsterte im Korridor: »Cilly! Verlasse Fred nicht!«

»Ich habe Fred nie verlassen wollen. Aber wenn man dich sieht, mit deinem kleinen Freund, und er verwöhnt dich; und ich, ich quäle mich, und bin selber krank.«

Sie gingen durch die Alleen zurück. Die kahlen Gärten lagen im Schnee, vom Mond beleuchtet.

»Käme ich nur bald weg! Diese Stadt ist die Hölle!«

Am nächsten Sonntag trugen sie den Sack mit Kartoffeln und Porree zu Fred. Frau Lewinsky sagte mit tränenvoller Stimme: »Man will es den Leuten ja gönnen. Aber wird die junge Frau auch was Richtiges anfangen damit?«

Nur einmal im Monat brachte Wood diesen gefüllten Kartoffel- und Gemüsesack. Da trugen sie den Dezembersack fort.

Sie tranken Gin mit Orange an Freds Bett, Fred war rasiert. Cilly sah Wood mit brennenden Blicken an.

»Mach sie nicht betrunken. Sie muß Fred pflegen.«

»Elsa, sei nicht so herrisch. Immer mußt du alles regieren.«

»Sag ihr, sie soll aushalten.«

»Wie soll ich ihr das sagen, ohne daß Fred es versteht?«

»Sag es ihr leise. Was ist? Bist du eifersüchtig?«

Am anderen Tag sagte Wood: »Ich gehe nicht mehr dorthin. Das Mädchen ist zu hübsch. Alles verwirrt mich. Ich glaube, sie ist eine verdammte Hure. Nur so krank. Und er, so krank. Ich will raus aus dieser Stadt.«

Vielleicht wäre es besser, denke ich nun manchmal, wenn Du erst im Frühjahr kommst. Es herrscht Hunger und Kälte. Wo Du bist, wirst Du wenigstens nicht frieren. Wir haben wenig Kohlen, können nur sparsam heizen. In unseren Büros aber ist es warm. Jedesmal, wenn ich morgens komme, ist es, als tauchte ich ein in Freundlichkeit und Idylle. Noch immer ist die Fraternisation nicht erlaubt, doch regte der Oberst eine gemeinsame Weihnachtsfeier an. Die deutschen Angestellten sollten sie veranstalten und die Offiziere dazu einladen; auf diese Weise konnte das Verbot umgangen werden. Die Offiziere brachten Wein und Kekse mit. In der Halle unserer Dienststelle waren lange Tafeln gedeckt, und ein Grammophon stand bereit. Natürlich ein Weihnachtsbaum. Alle sollten etwas zum Gelingen der Feier beitragen. Sonja stelle sich vor den Baum und sagte ein Gedicht von Rilke auf. Alle Engländer waren bewegt von ihrem schönen Ernst. Im zweiten Teil des Festes spielte ich die Valse a-Moll von Chopin. Lippert hatte ein Klavier herbeischaffen lassen. Es ist die einzige Valse, die ich vor Zuhörern fehlerlos spielen kann. Es ist meine Valse seit zwölf Jahren. Meine Klavierlehrerin gab sie mir im April dreiunddreißig zu üben auf. Sie trägt über weißem, gebauschtem Haar ein weißes Haarnetz. Ihre Augen stehen leuchtend ein wenig hervor, sie sind wie aus blauem Glas. Sie trägt ein Kleid mit Stehkragen. Sie ist geängstigt von der politischen Entwicklung. Sie liebt Hitler nicht. Meine Führerin bei den Pfadfindern aber trägt jetzt das Abzeichen offen, das richtige Hitlerjugendabzeichen. Im Jahr davor hatte sie nur die Wolfsangel, die silberne Rune, an ihrer Jacke stecken. Damit ging sie sogar zur Schule. Einmal kam ein schwarzlockiger, hübscher Junge ihr entgegen; er sah an der Jacke meiner Führerin das Abzeichen; er hob den Arm, und meine Führerin hob den Arm, und sie blitzten sich mit den Augen an; sie erkannten einander. Ich war dabei, ohne Abzeichen, ich habe mit niemandem ein Erkennen, kein Armheben. Da packt mich das Sehnen, mich ebenfalls zu begeistern. Wir gehen über in die Hitlerjugend, und ich bekomme das Abzeichen, nun auch das große, mit der aufgehenden Sonne. Meine Eltern wissen nichts, ich trage es heimlich. Ich sehe die jungen Männer an, ob sie mein Abzeichen sehen und den Arm erheben. Meine Mutter ermahnt mich, Klavier zu üben. Ich darf zu keinem Aufmarsch, zu keinem Treffen gehen. Widerwillig lassen sie mich am Radio sitzen und hören, wie die große Bewegung um sich greift. Dann setze ich mich wieder ans Klavier und übe diese Valse von Chopin. Die Klavierlehrerin sieht mein Abzeichen, aber sie traut ihren gläsernen Augen nicht; es zieht nur eine leichte Verstörung durch das halbkugelige, glasige Blau, das sich gleich auf die Noten richtet.

Auf dem Weg nach Hause begegne ich unserem Hausarzt Silberstein. Er sieht an meiner Jacke das Abzeichen mit der aufgehenden Sonne. Konnte ich ahnen, daß ich Silberstein begegne, wenn ich nur die Kantstraße hinuntergehe? Ich fasse an mein Jackenrevers und sehe schnell weg, und er sieht mich erschrocken an. Er ist schon so alt. Weißhaarig, breitgesichtig, schwarzäugig. Zuletzt hat er mich behandelt, als ich Mittelohrentzündung hatte. Es ist zehn Jahre her. Was ist das, ein Jude? Die Reporter im Radio sprechen mit zitternder Stimme von der Erhebung Deutschlands; sie ist der Erhebung von 1813 vergleichbar, nur noch gewaltiger, noch berauschender. Aber meine Eltern lassen mich zu keinem Fackelzug, zu keinem Aufmarsch gehen. Es kommt der Erste Mai, und ich sitze am Klavier und übe diesen Walzer. Der Fingersatz ist nicht schwer, nur im Ausdruck, empfiehlt die Klavierlehrerin, möge ich präziser sein. Es beginnt eine Zeit ohne gedankliche Wirrnis. Alles ist klar. Den Deutschen wird ihr Stolz wiedergegeben. Ich hasse meinen Vater, weil er mich nicht zum Tempelhofer Feld läßt, wo Hindenburg und Hitler die Parade abnehmen. Dieser Walzer hat nichts damit zu tun, ich lebe abseits. Wann immer ich ihn spiele, ich sehe dahinter Fahnen, höre Marschmusik.

Die Engländer und meine Kolleginnen klatschen, ich habe den Walzer jetzt sehr schön gespielt, er lief von selbst, er ist in den Fingern seit zwölf Jahren, sie sind weich und doch genau im Anschlag; diesen Erfolg kann meine alte Klavierlehrerin verzeichnen.

Kerzen leuchteten auf weißgedeckten Tischen. Lippert hielt eine Rede in englischer Sprache und dankte den Offizieren, daß sie mit ihren Spenden diese Feier möglich gemacht hatten. Er versprach, wir alle, die deutschen Angestellten, würden bemüht bleiben, zur Zufriedenheit der Dienststelle und zum Wohl unserer Landsleute zu arbeiten. Kusche, der den Kellnerdienst versah, legte auf dem Grammophon die erste Platte auf. Die Tanzfläche war in der Mitte zwischen den im Viereck aufgestellten langen Tafeln.

Rushwell erhob sich und bat mich zum Tanz. ›Symphony of love‹. Die Majore tanzten alle mit ihren Dolmetscherinnen und Sekretärinnen. Rushwell tanzte, als hinge er an einem Faden und werde von oben gelenkt, von einer kundigen Hand, die über seine selbständige Anmut wachte. Er tanzte den Slow in nicht zu einfachen, aber auch nicht zu komplizierten Figuren. Seine Schultern blieben gerade, bewegten sich nicht; er sah steif über meine Schulter, seine glänzenden Schuhe schleiften auf dem Parkett, vor, zurück, im Doppelschritt, durch, ohne zu schließen, ohne zu schließen die Wendung, zurück, zurück, vor. »A nice evening, is'nt it«, sagte er und befahl seinen Mundwinkeln, sich angemessen auseinanderzuziehen. Seine Hand berührte mich im Rücken mit einem schwebenden Abstand, mit einer magisch mich lenkenden Kraft. Meine Furcht, seine Hand wirklich mit meinem Rücken zu berühren, war so groß, daß sich allein durch mein Ausweichen die Harmonie des Tanzes ergab.

Meine rechte Hand lag nur zum Schein in seiner Linken. Die Melodie hob und senkte sich wie dumpfes Atmen. Als sie sich ausgehaucht hatte, führte Rushwell mich zu meinem Stuhl zurück und dankte mir. »Tampico.« Die Offiziere forderten andere Damen auf. Kusche leerte die Aschenbecher. Lippert blickte über die Schulter seiner Tänzerin drohend, zwingend, beschwörend auf den Dieb, der hundert Zigarettenenden mühelos in einer Minute erntete.

Timberley zog das Grammophon auf. ›Sentimental journey‹ lud zum neuen Tänzerwechsel, neuen Verbeugen, neuen Davonschlurfen ein. Ich fühlte wieder die Augustsonne, sah Dodges kommen, hörte ihn sagen: Japan hat kapituliert, es ist Friede überall in der Welt. Oder hätte ich mich erinnert fühlen sollen, wie ich mit Dir tanzte, irgendwann einmal, vor sieben Jahren muß es gewesen sein, war es im Café Corso, war es auf einem Ball? Kleine Tröpfchen stehen auf Deiner Oberlippe. Du tanzt gut, aber einförmig. Du kannst eben alles, auch tanzen, aber Tanzen wäre vielleicht am ehesten etwas gewesen, was Du weggelassen hättest. Und nun habe ich schon Erinnerungen, die nicht mehr die Zeit mit Dir betreffen. Neue Schlager werden gespielt, aber schon heften sich Erinnerungen an sie. ›Sentimental journey‹, etwas, das Du noch gar nicht kennst. Ich sage beim Tanzen zu Timberley: »Jetzt ist also Friede in der ganzen Welt.« Und Timberley antwortet auf deutsch: »Den Menschen, die guten Willens sind.« Das Parfüm seiner Freundin ist an ihm, jener Schauspielerin. Er ist aus Glasgow, und er spricht Deutsch, Italienisch, Französisch, er hat Sprachen studiert; er liest sogar Provenzalisch. Solange hat er studiert, aber nun nimmt er sich vom Leben, was ihm zukommt. Seine Augenwinkel verlaufen in viele Fältchen. Seine Haut ist etwas grau geworden. Er ist tags sehr müde und gähnt viel.

Ich kann mir denken, daß der Gedanke an dies Fest Dich verstimmt. Zwar quält Dich nicht Eifersucht, denn niemals würdest Du mich verdächtigen, aber lieber sähest Du mich ganz isoliert leben, dem Warten auf Dich ganz hingegeben. Doch hast nicht auch Du in Paris an solchen Festen teilgenommen, zu Deiner Zeit? Jetzt muß man es wohl so nennen: Deine Zeit. Die Zeit, in der deutsche Kulturoffiziere Freundschaftsabende mit Franzosen, auch mit französischen Damen, gaben? Du hast sie mir als langweilige Verpflichtungen geschildert. Immerhin, der Wechsel der Lage ließ mir diesen Abend mit den Engländern nicht als langweilig erscheinen. Das Faktum an sich: Der Wech-

el der Lage reicht hin, mich zu amüsieren. Das Wort schockiert Dich. Auch wirst Du mir sagen, keine französische Dame, deren Mann in deutscher Gefangenschaft war, hätte mit einem Deutschen getanzt. Ja, ich fühle Deine Vorwürfe. Wenn Du kommst, wünsche ich sehr, Dir als erstes ein wenig von meiner Heiterkeit zu übertragen; nenne sie Leichtfertigkeit; so werde ich wünschen, Dir von meiner Leichtfertigkeit abzugeben. Wirst Du denn Dein Leben nicht genießen wollen?

Der Wein war ausgetrunken, die Offiziere boten keine Zigaretten mehr an. Hier und da stand ein Paar im Gespräch, und wir alle, bis auf Lippert, taten, als sähen wir das letzte Sandwich nicht, das auf diesem oder jenem Teller lag. Dodges und Sonja hielten zwischen sich noch einen Teller mit zwei Schinkensandwiches. Lippert trat hinzu und aß sie auf; dann entfernte er sich, um von einem anderen Teller ein Biskuit zu nehmen. Die Musik spielte noch einmal ›The touch of your lips‹, der Oberst tanzte mit mir. Er verlangte, noch Abschiedsworte zu sprechen, und dankte uns, den deutschen Angestellten, für unsere Dienste; ohne unsere Tüchtigkeit, ohne unseren Eifer könne das Werk dieser Behörde nicht getan werden, von dem wir alle hoffen wollten, daß es ein gutes Werk sei.

Könntest Du Dich von solchen noblen Stimmungen nicht ein wenig erfassen lassen? Bin ich Dir zu wendig? So lange Jahre hast Du mich beeinflußt, mich gelenkt, ganz Dein Geschöpf war ich. Ich bin es nun nicht mehr. Ich werde womöglich die Kühnheit haben, nun einmal Dich lenken, Dich beeinflussen zu wollen. Zwiste fürchte ich nicht. Ich liebe Dich, es gibt nichts neben und außer Dir.

Durch Fred und Cilly hörte die Studienrätin Fittig von Fräulein Lewinskys machtvoller Position, und von ihnen ermutigt, bewarb sie sich um die Registrierung der unvermietbaren Halle in ihrer Villa als Konzertraum.

Als sie den Schein abholte, berichtete sie: »Denken Sie, das Mädchen hat Fred verlassen. Er liegt jetzt im Krankenhaus. Vielleicht hat er es da besser.«

Wood war in Urlaub. Elsa besuchte Fred im Krankenhaus.

»Cilly ist weg. Und weißt du, es macht mir nichts aus. Die Liebe bleibt fort, wo so viele Eimer getragen werden müssen. Auch bei dem, der sie vollmacht. Jetzt macht das ein Krankenpfleger, das hat eine andere Ordnung. Cilly, weißt du, Cilly war mehr eine Zigeunerin. Verwunderlich, daß sie überhaupt so lange blieb. Und so lange schon konnte ich sie nicht mehr lieben. Vielleicht findet sie nun jemanden. Am besten einen Ami. Die haben mehr als die Engländer. Elsa, und wenn sie mir dann mal was bringt, ich sage dir, Elsa, ich werde nichts sagen, ihr keine Vorwürfe machen; ich bin so einer, Elsa; ich nehme dann immer noch 'ne Zigarette, immer noch 'nen Schnaps oder ein Stück Brot.«

Elsa sah, daß Fred sterben würde. Sie brachte ihm Zigaretten und Schokolade, die sie auf dem Schwarzmarkt kaufte.

»Wo ist dein Freund?« fragte er und sah zur Tür, ob er nicht noch einträte.

»Er läßt dich grüßen, er ist in England.«

»Dann hast du noch andere Beziehungen? Wie lebst du doch im Glück! Ich habe mich doch nie in dir getäuscht. Dein Albert bedeutet dir nicht alles.«

Einige Tage später kaufte sie wieder Schokolade für Fred. Aber in seinem Bett lag ein anderer. Herr Winter war verstorben, an Schwäche, an Entkräftung, am Nachkrieg.

Elsas Hand umspannte die kleine Schokoladentafel. Weinend ging sie über den Krankenhaushof. Die Schokolade wickelte sie aus und aß sie auf.

Am Sonnabend hielt sie in ihrer Wohnung die Party für die Offiziere ab, die sie mit Lippert und den Kolleginnen verabredet hatte. Es war der letzte Sonnabend im alten Jahr. Herr Lewinsky legte seinen schwarzen Anzug an. Seine Frau band ihm die silbergraue Krawatte oft genug, bis er stammelte: »Das Messer renne ich dir noch in den Leib.« Aber Frau Lewinsky, die seit vielen Jahren, dies Messer im Leib deutlich spürte, rückte sachlich ein letztes Mal an der Krawatte und ließ ihn stehen. Es klingelte, und er hielt sich an einer Sessellehne aufrecht, bis er die ersten Gäste begrüßen konnte. Es war Lippert mit seiner Frau, einer zarten Dame, die sich zu wundern schien, daß noch keine Rauheit dieser Nachkriegszeit ihren Mann umgeworfen hatte. War auch sie selber so dünn und durchsichtig, daß ein Wind sie hätte umblasen können, so schien ihr ihr Mann noch eher ein Ziel solch widriger Winde zu sein. Lippert, mit dem traurigen, hungrigen Gesicht, war jedoch immer lustig. Es klingelte, und Elsa öffnete Rushwell die Tür. Er brachte eine Flasche Portwein mit, denn er hatte richtig geraten, daß diese Party als eine Art Bottle-Party gedacht war.

»Sehen Sie«, flüsterte Lippert, »unsere Offiziere wissen schon, was wir beim besten Willen nicht bieten können.«

Herr Lewinsky stand, an allen Gliedern zitternd, neben seinem Sessel und begrüßte den Major. Der Major bat sich aus, auf einem einfachen Stuhl sitzen zu dürfen. Frau Lewinsky bat Elsa, ihm zu erklären, daß sie alles verloren hätten und früher anders eingerichtet gewesen seien. Elsa sprach nach allen Seiten, begrüßte Dodges und Sonja, Timberley, Pembroke, die anderen Dolmetscherinnen; den Oberst hatte sie nicht einzuladen gewagt.

Frau Lewinsky und ihre Tochter hatten sich Brot abgespart und von dem griechischen Alliierten im Hause zwei Büchsen Ölsardinen und fünfzig Gramm Kaffee gekauft. Mit klopfendem Herzen hatten sie sich im Salon der Dame umgesehen, wo hinter Vorhängen die Vorräte lagerten. Die Frau des Griechen hatte ein Gesicht wie auf Gemälden der Renaissance, nur daß es pockennarbig war.

»Sie können bei uns haben, was Sie wollen«, sagte sie herzlich. »Uns ist es noch nie schlecht gegangen. Mein Mann hat den Bunker am Zoo mitgebaut, da hat es uns an nichts gefehlt. Jetzt wollen sie ihn sprengen. Ich lache jedesmal, wenn ich höre, daß es wieder nicht gelungen ist. Mein Mann hat da dran mitgebaut. Er ist Grieche, nun sind wir alliiert. Wenn wir helfen können – kommen Sie nur zu uns. Mein Mann fährt jede Woche einmal nach Polen.«

Sie war erfreut, den Lewinskys dienen zu können. »Viel Vergnügen«, wünschte sie, und Elsa fühlte sich übergossen vom Wohlwollen einer Frau, die anderen Frauen ihr Vergnügen gönnte.

»Ihr Kollege spielt entzückend Klavier«, sagte die Frau des Griechen beim Abschied und sah Elsa zustimmend an. Elsa ängstigte sich: Drohte später von diesen Griechen Gefahr?

Rushwell beugte sich vor, um Herrn Lewinsky besser verstehen zu können, der sich einen bestimmten Satz für den Abend zurechtgelegt hatte. Trotzig brachte er ihn hervor: *»My country. The fate of my country hurts me.«* Er hatte in Elsas ›Pocket Oxford Dictionary‹ lange geblättert, bis er die Wörter wiedererkannte, die er vor fünfzig Jahren in der Schule gelernt hatte.

Ruswhell bot ihm Feuer für eine Zigarette. Herr Lewinsky lugte dünn und faltig aus dem Anzug hervor, der aus feinem schwarzem Tuch für einen Mann von zwei Zentern gemacht war. Der Anzug umschloß einen gewesenen Bauch, einen hohlen Raum, er buchtete sich steif zum Tisch hin, mit glänzenden Knöpfen.

»Your country«, sagte Rushwell, *»will be better one day.«*

Mit den Augen bedeutete Elsa ihrem Vater, nichts Zurechtgelegtes, überhaupt nichts mehr zu sagen, was das Vergnügen aufhalten oder stören könnte an diesem Abend; und ihrer Mutter gab sie zu verstehen, daß sie sich irgendwann mit ihrem Mann zurückzuziehen hätte.

Alles war organisiert. Die Eltern verschwanden in ihrem Zimmer, und Herr Lewinsky verabschiedete sich und winkte mit langen, dünnen aneinandergelegten Fingern, als sei es eben nicht seine Gewohnheit, Gesellschaften junger Leute allzu lange zu besuchen. Elsa tanzte mit Pembroke, und sie nickte ihrem Vater zärtlich zu. Sie fühlte Zärtlichkeit für ihn, weil er wirklich ging; und sie fand, das Herz einer Tochter mußte brechen, wenn ihr Vater so traurig gehorchte. Keine Anekdote aus seinem langen, lustigen, anekdotenreichen Leben hatte er erzählen dürfen. Krumm, beinahe im rechten Winkel gekrümmt, ließ er sich von seiner Frau fortschleifen, durch die weiße Tür; und die Majore und die Captains hielten im Tanz inne und verneigten sich; dann tanzten sie wieder zu ›The touch of your lips‹. Alle Offiziere tanzten mit Lipperts zarter Frau und verehrten sie; niemand hatte geahnt, daß Lippert diesen Schatz mit den Vergißmeinnichtaugen hütete; man sah ihn, wie er sich die Nächte vor ihrer Höhle lagerte und sie nur während der Dienststunden allein ließ, damit sie ihm auf Lebensmittelkarten das Notwendigste herbeischaffte und zum Verzehr bereitete.

Rushwell spielte auf dem Flügel einen Pasodoble. Er spielte ihn auswendig, und Elsa haßte ihn, weil er auf Woods Tasten spielte, armselig, maschinell, eine Maschine; Rushwell war eine Maschine, eine graziöse Maschine, die stets das Richtige tat; ein Programm in ihrem Inneren bewegte sie; ein an seinem Kopf befestigter Draht lenkte ihn, und der Draht ließ ihn sich vor Elsa verbeugen und sich verabschieden. Elsa brachte ihn hinunter und schloß die Haustür für ihn auf.

»In wenigen Tagen werde ich demobilisiert. Ich wünsche mir, daß Sie meinem Nachfolger dieselbe gute Mitarbeit widmen, die Sie mir haben angedeihen lassen. Es mag sein, daß wir uns morgen nicht mehr sehen. Ich wünsche Ihnen alles Gute. Meine Empfehlungen an Ihre Eltern. Meine besten Wünsche Ihrem Vater. Ein charmanter Herr.«

Im Gesellschaftszimmer ging es lustig zu. Man spielte Pfänderspiele. Damen mußten sich steif auf zwei Stühlen niederlegen, doch waren die Stühle ein wenig auseinandergerückt. Elsa hatte zuviel getrunken. Sie sah nicht ein, warum Sonja dort steif zwischen zwei Stühlen lag. Dodges aber erlöste sie, indem er sie küßte. Timberley stand am Flügel und blätterte in Woods Noten. Er sah Elsa mit hellwassergrünen, scharfrandigen Augen an, mit den vielen Fältchen und den besonders scharfen Falten um den Mund, und mit der graugewordenen Haut, und das Parfüm der Schauspielerin war an ihm, und Elsa hatte ihn gern und lachte.

War Frau Lippert durchsägt? Oder was war mit ihr geschehen, das so viele Pfänder forderte? Timberley gab ihr einen Kuß, und Frau Lippert wurde rot, und Lippert sah flammend um sich. Für die Unschuld seiner Frau gäbe er tausend, hunderttausend, Millionen, Abermillionen Zigarettenenden und ebensoviel Sandwiches; und er zitterte und sagte heiter: »Let us go on. It is Major Pembroke's turn to play us a tune on the piano.«

Und Pembroke spielte: *»It is a long way to Tipperary«*, und alle sangen es mit. Herr Lewinsky verlangte im Schlafzimmer nebenan, aufrecht zu sitzen und das legendäre Lied zu hören, von echten Engländern. Elsa spürte, daß ihr Vater nebenan aufrecht im Bett saß; und obwohl sie nicht wußte, ob es ihm gefiel, freute sie sich, daß sie ihm das bieten konnte: dieses Lied der Engländer, von Engländern gesungen. War nicht der Patriot immer patriotisch, solange es Patriotismus gab? Gab es den eigenen nicht mehr, gab es einen anderen. Hier war der andere. Jedenfalls ein westlicher Patriotismus. Von westlicher Seite wurde es bereits, wenigstens inoffiziell, bedauert, daß von östlicher Seite Menschen entführt wurden, die in den Westsektoren ansässig waren. Lipperts Frau war die Tochter eines Admirals, und der Admiral, der in Westend wohnte, in der Platanenallee, war eines Tages verschwunden; nur ein Schuh im Hausflur zeugte von seinem letzten Schritt. Eine Limousine drehte auf, der Wagen entschwand summend, heulend, dann wieder nur summend, entschwand, entschwand.

Der Vater der jungen Dame, die in der Presseabteilung Dolmetscherin war, hatte als Kapitän zur See gedient. Er wurde von der Familie unter Verschluß gehalten, durfte nicht zur Tür gehen, wenn es klingelte. Die Dolmetscherin sagte zu Elsa: »Die Briten begreifen langsam, daß sie unsere Beschützer sein sollten. Sie können sich nur nicht entschließen.«

Tampico. Alles klatschte in die Hände, *Tampico.* Das Parkett wurde gescheuert. Die dunklen Flecken an den Bürowänden der einstigen deutschen Dienststelle staunten. Wo waren die Akten für die Papierbeschaffung von jenseits des Ladogasees? Kollege, könnten Sie mal nachsehen? Brauchen wir dies Papier nicht dringend? Nein, Kollege, es ist nicht dringend. Der Ladogasee ging verloren. Schmelzen Sie still ein in die Wand hinter Ihrem Kopf. Schauen Sie dem Interim zu. Es gibt eine Zwischenvorstellung, deutsche junge Damen mit ihren Besatzungsoffizieren. Das Vaterland kommt wieder. Lassen Sie diese reschen Mädchen erst zu Mumien werden. Lassen Sie alles verwelken. Barbarossas Bart wächst durch Holz, wächst durch Stein; auch wir warten.

Die Offiziere verabschiedeten sich. Lippert und seine Frau drückten Elsa beide Hände. Ein zauberhafter Abend. Man habe einmal ein wenig vergessen können. Als letzten brachte Elsa Pembroke zu Tür. Im Hausflur nahm er sie in die Arme und küßte sie. In den nächsten Tagen würde auch er demobilisiert.

Elsa sah sich in der Unordnung der Wohnung um. Sie räumte dies und das an seinen Platz. Während all dieser Stunden des Vergnügens hatte sie Fred nicht vergessen. Sie war es ihm schuldig, daß sie ihn gerade dann nicht vergaß. Ihr war, als könne er nun versuchen, neu geboren zu werden, mit neuer Kraft in gesunden Beinen, dem verwöhnten, amüsanten Leben zu, dem er bestimmt war. Das Licht glänzte auf geleerten Gläsern.

Nun soll ich Dich von Bella grüßen. Ich lasse mir wieder von ihr die Haare machen. In ihrem Laden ist alles unverändert. Die Schaufenster sind allerdings noch mit Brettern vernagelt. Im kleinen Hinterzimmer steht noch die Couch. Noch als Addy schon gefallen war, ließ uns Bella da allein; mit ihrem weichen Lächeln ging sie weg; die Schlüssel zur Hintertür legte sie auf die Kommode, auf der die Puppe stand, mit der Frisur, die Addy noch gemacht hatte. Rotes, seidiges Haar. Arrogant sah sie uns an, wenn wir nicht daran dachten, ihr Gesicht zur Wand zu kehren. Du hast es nicht gern gesehen, daß Bella meine Freundin wurde. Du verstandest nicht, wie man sich mit einer Friseuse duzen konnte. Die Gelegenheit in ihrem Hinterzimmer aber nahmst Du an, da warst Du dankbar. Vielleicht findest Du wie meine Eltern, daß ich, wie sie es nennen, »einen Hang nach unten« habe. Er zeigt sich in der Tat immer wieder. Ich war mit Arbeitern befreundet. Bella ist meine Freundin. Und mit den Offizieren unserer Dienststelle habe ich ein kühleres Verhältnis als mit den Korporalen.

Bella erinnerte mich an eine frühere Kundin, an die ich jetzt erst wieder mit Erschrecken denke. Fräulein Weidener, die eines Tages mit dem gelben Stern am Mantel zu Bella kam. Bella machte ihr das Haar dann heimlich, abends im Hinterstübchen. Weißt Du noch, daß wir einmal warten mußten? Wir gingen solange in den Zoo. Es war 1942. Wie konnte ich danach Fräulein Weidener einfach vergessen haben? Sie arbeitete schon mit einer Gruppe jüdischer Frauen in einer Fabrik. Abends war sie Lehrerin in der Schule für jüdische Mädchen. Du erinnerst Dich des Hauses gegenüber vom Salon Addy? Die Mädchen trugen den Stern und arbeiteten tags in Fabriken. Diese Schule, in der sie handwerkliche Fertigkeiten lernen konnten, war ihnen noch gestattet. Als Fräulein Weidener, die ich nur vom Sehen kannte, mich ansprach, kam ich in eine Lage, die ich als sehr unangenehm empfand. Zugleich erschien Fräulein Weidener viel zu demütig; das beschämte mich; ich war sehr unglücklich. Sie spricht mich an und sagt, sie erkenne, daß ich ein anständiger Mensch sei, und sie habe etwas auf dem Herzen. Sie fühlt sich in einer ganz besonders unglücklichen Lage, denn sie ist Bildhauerin, und seltsamerweise entsprächen ihre Skulpturen vollkommen den Richtlinien der von diesem Staat geförderten und erwünschten Kunst. Sie ersehnt inständig, diese Tatsache einem Nicht-Juden nicht nur mitzuteilen, sondern auch zu beweisen, und gerade mir will sie ihre letzte Arbeit zeigen. Ich aber bin so feige. Ich gäbe viel darum, nicht mitgehen zu müssen. Aber ich bin auch nicht fähig, sie zu enttäuschen, auch dazu bin ich zu feige. Sie hat solches Vertrauen zu mir. Indessen erhofft sie kein Mitleid von mir, keine Hilfe; sie will nur bestätigt haben, daß ihre Plastiken auch von Breker sein könnten.

Wir gehen also in die Schule hinein. Da sind lauter ausgeräumte Wohnungen mit großen Zimmern, die unterteilt sind, um die Klassen und Gruppen übersichtlich zu ordnen. Es ist sehr dunkel. Es ist Winter, und ich weiß nicht, vielleicht bekommen sie gar keinen elektrischen Strom. Da sind lauter Mädchen, viele sehr blaß, und nähen. Mir ist, als seien es lauter Mädchen mit langen, schwarzen welligen Haaren; und alle zusammen bilden ein einziges Gesicht; es ist über eine Näharbeit gebeugt, und wie wir nun kommen, Fräulein Weidener und ich, hebt es sich von der Näharbeit auf ins schwache Licht einer trüben Lampe und sieht mich an und prüft mich. Ich aber lasse mein Visier herunter; ich blicke, als wundere mich nichts. Das Mädchen senkt den Blick wieder auf die Näharbeit, und sein Gesichtsausdruck ver-

rät: Es weiß, daß ich weich bin, keiner Roheit fähig, nicht ich stehe hinter den Dekreten, aber ich bin feige, und das Mädchen verlangt nicht, daß ich Mut zeige und die Lage aller dieser Menschen in den dunklen Zimmern erforsche und mich bekümmert darüber äußere. Feigheit ist menschlich und wird auch von Opfern verstanden. Diese Mädchen haben die Logik ihrer Verfolgung begriffen.

Wir gehen eine Treppe hinab, dann einen langen Gang hinunter, Fräulein Weidener trägt jetzt eine Petroleumlampe. An einem Lattenverschlag lehnt eine mit einem Vorhängeschloß gesicherte Tür. Fräulein Weidener schließt auf, das Licht fällt auf eine vermummte Figur, die einen ungeschlachten Schatten auf die Wand wirft.

Fräulein Weidener nimmt die Lappen von der Figur; es dauert eine Weile, bis sie alles abgewickelt hat; dann tritt sie zurück und blickt an dem Jüngling hinauf, den sie gemacht hat und der im Dunkel eines Kellers auf einem Sockel steht; ein graecogermanischer Heros mit den leeren Augen, mit dem man sich die göttlich selbstgenügsame Schönheit des körperlich ideal gebildeten Menschen vorzustellen pflegt, mit breiten, leicht geöffneten Heldenlippen, kantigem Kinn. Schwere Schultern und Hände hat er, die üblichen schmalen Hüften und nervigen Beine. Feste Füße, brutal göttlich im olympischen Arenenstaub. Er wirft einen Diskus. Starr blickt er auf die Kellerwand dicht vor seiner Nase. In der Höhe seiner Hüfte schmelzen im schwachen Licht der Petroleumlampe Fräulein Weideners Züge, schimmert ihr flaches, bräunliches Gesicht mit riesigen Augen.

»Ich sehe die Schönheit des Menschen so, wie ich diese Figur gemacht habe; ich kann es nun einmal nicht ändern, ich sehe den Menschen wie Sie. Wir alle, Sie und ich, Arier und Juden, sehen die Schönheit so. Meine Freunde sagen, wäre ich nicht Jüdin, würden die Nazis mich anerkennen, mich loben, mir vielleicht Preise und Aufträge geben. So aber! Ich wollte es Ihnen nur zeigen. Und nun sagen Sie offen: Haben meine Freunde recht?«

Und ich, die ich solche Skulpturen nicht liebe, nichts für die kraftvollen Heroen mit den dümmlichen Gesichtern übrig habe, ich sage, ihre Freunde hätten recht; und darüber hinaus, sage ich, sei die Figur eine gute starke Arbeit, besonders gut, besonders stark.

Sie packt die feuchten Lappen wieder auf die Plastik.

»Ich werde nie einen Guß möglich machen können. Er steht

schon seit Wochen so eingewickelt da. Unsere Schule wird aufgelöst. Schon jetzt kommen die Mädchen nur abends nach der Zwangsarbeit. Vielleicht müssen unsere Arbeitstrupps ganz fort. Dann wird der Mann hier zerfallen, zerbröckeln. Aber Sie haben ihn nun gesehen, das bereitet mir große Freude.«

Sie wirft dem deutsch-griechischen Idol die Lappen über den Kopf. Der Jüngling starrt unbewegt. Seine Stärke, seine unbezwingbare Tugend, seine unschuldig wettstreitende Schönheit stehen außer Frage. Nun senkt sich die Binde über seine Augen, seine Lippen verschwinden; er gleicht wieder wie vorher einem plumpen Bären, der aufgerichtet steht und ein verhängtes Tamburin schwingt. Fräulein Weidener führt mich wieder hinauf.

Wir reichen uns die Hände. Sie sagt: »Leben Sie wohl!«

Ich habe sie danach nicht mehr gesehen. Bei Bella zeigte sie sich nicht mehr. Die Schule wurde von einer Bombe getroffen und lag in Trümmern.

Sonntags kommt manchmal Onkel Max. Er ist jetzt Bote bei einer pharmazeutischen Fabrik. Der Chef war auch Parteigenosse und muß jetzt in seiner Firma als Packer arbeiten. Alles gehört aber ihm.

»Ich vertrage mich gut mit ihm«, sagt Onkel Max. »Aber jeder reagiert eben anders auf die Lage. Der Chef sagt immer: Wir kommen wieder hoch. Aber ich bin müde. Ich hätte nichts dagegen, wenn wir eine britische Kolonie würden.«

Sieht man an Onkel Max also nicht, daß diese Partei ein Heer von geborenen Heloten war?

Ich sage das, aber meine Mutter schneidet mir das Wort ab. Sie sagt: »Fangt nicht wieder Streit an! Kann denn nicht endlich Ruhe sein?« Mein Vater öffnet den Mund, ist aber unfähig, Worte zu bilden. Die Genugtuung, diesen Schwager, der ihn beinahe denunziert hätte, wirklich bestraft und kleinlaut zu sehen, hat sich nicht eingestellt. Weshalb bereitet es keine Freude, recht gehabt zu haben? Im Staunen darüber zittert mein Vater, und die Sprache bleibt ihm weg.

»Achilles«, sagt Onkel Max, »du hast recht gehabt, und ich bereue, ich bereue wirklich. Aber wer konnte das alles wissen?«

»Man hat«, lallt mein Vater, »geahnt, vieles geahnt.«

»Achilles, nein, das hat man nicht geglaubt. Das hat man doch gar nicht für möglich gehalten. Ich hatte immer nur von einem einzigen Konzentrationslager gehört, das war Oranienburg.«

Und sie sprechen von den Judenvernichtungen. Sie nennen es nicht beim Namen. Wir alle nicht, wir nennen es immer nur »Das mit den Juden.«

»Aber«, sagt mein Onkel Max, »ihr hattet doch einen jüdischen Hausarzt. Wo ist denn der geblieben? Darüber müßt ihr euch doch Gedanken gemacht haben?«

»Ach, der war doch schon so alt«, sinnt meine Mutter. »Wir dachten, er ist gestorben. Und wir brauchten damals so lange keinen Arzt. Später haben wir es dann erst gemerkt, daß da ein anderer in der Praxis war. Aber ich glaube wirklich, er ist einfach gestorben. Er war ein Jude, aber ein sehr guter Arzt, wahrhaftig!«

Und ihre Augen füllen sich mit Tränen, während sie ihre Scheibe Brot in den Ersatzkaffee stippt.

Einmal fragte ich Deine Eltern: Sie kannten nicht einmal einen jüdischen Arzt. Deine Mutter erinnert sich nur eines Eierhändlers in einer Seitenstraße. Sie sagte zu Dir, als Du klein warst: »Geh zum Eierjuden und hole zwölf Eier.« Er hieß überall nur der Eierjude. Benjamin Blücher war sein Name; er war ein kleines Männchen mit einer dicken Frau, an die er Pelze und Schmuck hängte. Sie aber war schmutzig und hatte dickes, verfilztes Lockenhaar. Sie wurde in der Gegend verlacht und verachtet. Ihre Tochter hieß Susi und war ein schönes Kind. Du hast mit ihr auf der Straße gespielt, weiß Deine Mutter, aber sie hat es nicht gern gesehen. Es war wegen der verachteten dicken Mutter, der »Eierjüdschen«. Niemand weiß, was aus diesem kleinen, schmächtigen, diesem reichen Eierjuden geworden ist.

Du und ich haben darüber nie gesprochen. Es gab das Thema zwischen uns überhaupt nicht. Wie war das möglich? Was ist das für eine Art Unschuld, wenn wir sagen können, wir haben niemanden umgebracht, haben niemandes Untergang verursacht? Immer sehe ich jetzt uns alle in einer langen Formation, wir an einer Stelle, wo wir uns nicht zu kümmern haben, was an anderen Stellen geschieht. Immer leben wir im Licht und wissen nicht, was anderswo vor sich geht. Aber wir haben in der Formation gestanden, befanden uns nicht außerhalb. Andere besorgten alles für uns mit; man ließ uns in Ruhe, denn dieses Regime wußte, die Ruhe seiner Bürger war das Kostbarste, was es besaß.

So komme ich nun dazu, Dich weniger zu bewundern, Dir um einiges weniger ergeben zu sein. Daß wir das Regime verabscheuten, hat uns nicht gehindert, uns unserer ersten Siege zu freuen, und unser Haß hat uns nicht dazu angehalten, unsere Gedanken auf die Gezeichneten und Verfolgten und auf die Orte, wohin sie verschleppt sein könnten, zu richten. Hätten wir es getan, so wären wir trotzdem ohne jede Tatkraft geblieben. So hat unsere Unschuld zwei Stufen: Wir wußten nicht, weil wir nicht wissen wollten; wir wollten nicht wissen, weil wir tatenlos zu leben wünschten. Auch wissend hätten wir keine Opfer angeboten.

Als mindestes, was uns nach dem verlorenen Kriege zur Strafe auferlegt würde, glaubte ich, würden die Juden uns die Straßen kehren lassen, nicht nur kehren, sondern aufwischen, auflecken. Aber sie sind nicht gekommen, sie strafen uns nicht, sie sind überhaupt nicht mehr da.

Es gibt hier einen Sergeant, Frazer heißt er, der immer, wenn er seine Rationen erhalten hat, in eins der Zimmer geht, wo Deutsche arbeiten. Da baut er vor ihnen auf, was alles er bekommen hat: Cornedbeefbüchsen, Biskuits, Schokolade, Zigaretten. Er ruft laut: »One pound of corned beef! Three bars of chocolate! Two tins of peas! Hundred ounces of biscuits!« Die Deutschen werden weiß vor Hunger, vor Gier. Dann sagt er nur: »Ich war dabei, als wir in Bergen-Belsen einmarschierten. Ich war dabei, als die Tore von Belsen geöffnet wurden! Da lagen zu Tausenden die Skelette, Tote und Lebende, und es war kein Unterschied! Ich hasse alle Deutschen!«

Die Stadt lebt in Hungerhysterie. Aber ich habe meiner Mutter verboten, sich in der Schlange vor den Geschäften anzustellen. Sie kann die Zuteilungen auch später bekommen, wenn die anderen ihre Marken schon ausgegeben haben. Alle sollten versuchen, ein würdigeres Leben zu führen.

Über dem Elend der Menschen liegt als Folie das Bild der neuen Welt, wie man es zur Not auch sehen kann. Auch die Zeitungen sehen es so, man liest in ihnen nichts, so gut wie nichts, von Sterben, von Verzweiflung. Wochenlang wird ›Bezauberndes Fräulein‹ im Theater gegeben; man liebt Humor, leichte Unterhaltung. Das Bild der Besatzungsdienststellen stellt sich für uns, die wir darin leben, als ein strenges, aber sehr helles Sonnensystem dar. Die Fixsterne sind die Colonels, und unser Oberst ist das Zentrum meines jetzigen Lebens. Wie wird es Dich in diesem Leben geben? Wie wirst Du Dich einfügen? Ich führe ein Doppelleben. An den Sonntagen, wenn ich nicht wichtig an meinem wichtigen Schreibtisch mit meinen wichtigen Akten sitze, fühle ich mich als ein Nichts. Ich fühle mich erniedrigt, wenn ich zu Deinen Eltern in der Straßenbahn fahren muß, in Gestank und Elend. Ich bin es gewohnt, mit einem Wagen der Militärregierung von einem Chauffeur gefahren zu werden. Auch zu Bella fahre ich so, und der Fahrer holt mich später wieder ab. Ich gehöre zu denen, die von der Bevölkerung gehaßt werden. Meine Besucher zwar preisen mich; aber manche, wenn sie nichts durch mich erreichen konnten, hassen mich ebenfalls.

Das Schicksal meiner Kameraden aus der Fabrik ist mir zwar nicht gleichgültig geworden, aber ich bin zu träge, mich um sie zu kümmern. Manchmal denke ich an Ottmüller, der mir gegenüber saß und der mir im letzten Winter die Füße mit seinem Heizofen wärmte. Er war so klein und leicht. Er wohnte in einem Behelfsheim. Wenn es Sturm gab, mußte er sich auf das Dach seiner Hütte legen, damit es nicht wegflog. An ihn muß ich jetzt sonntags denken, wenn draußen starker Wind geht. Ich denke: Wird Ottmüller jetzt auf seinem Dach liegen? Mein Leben lang werde ich bei starkem Wind an diesen kleinen leichten Mann auf seinem Dach aus Pappe denken müssen.

Jener Uhrmacher, der Italiener, Du erinnerst Dich, wird wohl in den letzten Kriegstagen gefallen sein. Man hat bei Ostkreuz eine Gruppe von provisorisch begrabenen italienischen Soldaten umgebettet auf einen Friedhof. Vielleicht aber ist er auch in Gefangenschaft geraten. Ich gehe nicht zu diesem Friedhof, denn Gewißheit will ich nicht haben. Auch hat es schon Verwechslungen gegeben. Vielleicht kehrt Giovanni eines Tages zurück nach Mailand. Sein dunkler Anzug ist noch gut, seine Mutter klopfte ihn regelmäßig aus in all den Jahren. Schön ist Giovanni, nun kann sein Leben beginnen, sein Onkel hat keine Erben als ihn, er wird ihm die Fabrik vermachen. Giovanni wird wohlhabend, wird manche Tage gar nicht in die Fabrik gehen müssen; er hat genug von Fabriken; er bleibt daheim, im seidenen Schlafrock liegt er auf dem Diwan und hört Musik. Aber er wird wohl eher tot sein. Beim Umbetten seiner Leiche hat man einen Bügel in seine Uniformjacke schieben müssen, damit alles etwas zusammenhielte.

Manchmal betrinke ich mich. Ein Clerk gibt mir Gin. Dann sitze ich in meinem Zimmer, auf einem dreibeinigen Sessel, anstelle des vierten Beines ist ein Klotz untergestellt, vor einem wackeligen Tisch, und schräg mir gegenüber steht auf einem wackeligen Toilettentisch – alles Geschenke von Leuten, die ihre

Sachen behalten haben – ein roh beschnittener Spiegel, den ich aus dem Appartement mitgenommen habe, das jenem Filmkaufmann gehörte; ich riß ihn aus der Kachelwand im Badezimmer. Ich trinke aus einem Glas, das in seiner Hausbar stand. Auf dem Schreibtisch steht Dein Bild, Du sitzt in der Sonne auf dem Balkon in der Soorstraße, im Frühjahr 1943. Dein Uniformkragen steht oben offen; Du siehst mich an, wie ich die Aufnahme mache; Dein Gesicht weiß nichts von allem, was inzwischen geschehen ist; Du befindest Dich im Zustand völliger Ahnungslosigkeit von dem, was noch möglich sein wird. Dein stilles Gesicht ängstigt mich; es sieht so zufrieden aus, als gäbe es nichts, was Du in Deiner Skepsis nicht voraussähest, und Du weißt auch schon, daß der Krieg verloren ist, aber Dein Kummer nimmt Dir nichts von Deiner persönlichen Überlegenheit. Du wirst Dich allein dem Leben mit mir zuwenden. Doch sehe ich in Deinem Gesicht auch Deine Unwilligkeit, neue Erfahrungen zu machen. Wenn Du aber kommst, wer soll Dich mit den neuen Erfahrungen vertraut machen, wer soll Dich einführen?

Meine Briefe, alle kurz, in vorschriftsmäßiger Form abgefaßt, werden Dich nicht erreicht haben. Du wirst unvorbereitet sein. Du kommst aus dem Krieg, der in den Lagern noch fortbesteht, in einen Frieden, in welchem ein alter Herr als Bürgermeister der einstigen Hauptstadt des Reiches in Zylinder und Cutaway zwischen den Besatzungsgouverneuren einhergeht und trüb beflissene Worte der Friedensliebe spricht. Man führt ihn hierhin und dorthin, und er sagt, was von ihm verlangt wird. Du wirst in ein Leben unter unmündigen Kindern eintreten, wirst Dich der Umerziehung zu unterwerfen haben. Nur die Bismarckbilder über den Schreibtischen der alten Herren tastet man nicht an, mögen sie da hängenbleiben. Möge Bismarck auch bei Deinem Vater hängenbleiben, neben dem Alten Fritz.

Geh Du dorthin nur niemals zurück. Komme Du in mein Zimmer mit den zerbrochenen Möbeln, teile dies gestohlene breite Bett mit mir. Ich werde Dich auf eine neue Weise lieben, doch verzweifelter noch als je vorher, weniger anbetend.

Ich küsse Dich und habe den salzigen Geschmack Deiner Haut auf meiner Zunge.

Doch lebst Du so weit entfernt von mir, daß ich friere. Ich gehe an der Havel entlang, der Sand ist grau, der Himmel ist grau, das Gesträuch friert. So vergeht der Sonntag. Dann be-

ginnt wieder die wöchentliche Frist im hellen Sonnensystem, in dem ein britischer Oberst mit rötlichem Haar, blauen Augen und rosigen Wangen eine Sonne ist. Sein Wohlwollen bescheint mich, und das Wohlwollen meines neuen Majors bescheint mich; und der Corporal, der mir als Clerk zur Seite steht, gibt mir manchmal Zigaretten und Gin. Ich lerne, neben den Euphorien, die von den Zigaretten gespendet werden, die Euphorien des Betrunkenseins schätzen.

Trinkend, rauchend, vor mich hinstarrend, möchte ich die Zeit verbringen, bis Du kommst.

12

Der schmutzige Schnee zerging im starken, weißen Märzlicht. Frische Erde glänzte schwarz in den Gärten. Rostige Pforten klirrten im Wind. Frauen mit Kinderwagen kamen hervor und gingen in der ersten Sonne. An den Zweigen schwollen klebrig die Knospen. Zwischen den Messen gingen die Fremden in ihren braunen Uniformen, zwischen Messe und Dienststelle, Naafi-Club und Red Shield Club, Young mens' Christian Association und Head Quarter, eingewöhnt nun und zu Hause im stillen Vorort. Wer aus der Armee entlassen wurde, schied schwer gerade jetzt. Man lebte in reichen Häusern, schwermütigen Monumenten des Wohlstands; sie imponierten, verwöhnten, bereiteten Genugtuung. Die Gärten bereiteten sich, neues bauschiges Grün zu entfalten, Veilchenduft regte sich, der Flieder wartete auf seine Stunde. Mädchen wandten blasse Gesichter der Sonne zu. Abschiede brachten Schmerzen.

»In zehn Wochen«, sagte Wood, »werde ich entlassen. Eben gab mir Cohen Bescheid.«

Elsas Hals flammte rot auf. Wood ließ den Mund offenstehen, er beugte sich über das Permit-Book und suchte nach etwas, das er eintragen könnte.

»Eine lange Zeit noch«, sagte Elsa.

»Eine sehr lange Zeit. Endlos.«

Sonntags gingen sie wieder in den Grunewald und an die Havel.

»Warum müssen wir diese albernen Wanderungen machen?

Es ist fünf. Ich will meinen Tee. In Libyen hatte ich meinen Tee. Mitten in der Schlacht, pünktlich. Du willst mir nicht gönnen, was Montgomery mir immer pünktlich gegeben hat.«

»Du siehst grau und elend aus. Ich sorge dafür, daß du dich erholst. Alle Winterabende hast du mit uns gefroren.«

»Und jetzt quälst du mich mit dieser Lauferei durch den Wald.«

»Ich will, daß du gesund aussiehst, wenn du nach Hause kommst.«

»Wie wird es dir im nächsten Winter gehen? Ich werde mich um dich sorgen. Daß ich solche Last mit mir schleppen muß, wenn ich gehe.«

»Du wirst sie vergessen. Wir werden uns keine Briefe schreiben.«

Auf rauhem, grauem Wasser trieben erste Segel.

»Ich möchte dir den Flügel schenken, zum Abschied. Den ganzen Preis aber werde ich nicht aufbringen können. Mit Parker und Carswell habe ich ein paar größere Geschäfte mit Kantinenware vor. Ich werde ein bißchen in den schwarzen Markt einsteigen. Kannst du den Rest dann abzahlen? Und erlaubst du mir dann zu sagen, daß ich meinem Girl zum Abschied einen Flügel geschenkt habe? Die Zeit ist gekommen, daß man einander fragt: *And what did you give your girl when you got demobbed? And I would simply love to tell them: I gave my girl a grand piano.«*

»Ich werde abends Übersetzungen machen. Die Liebesbriefe der Mädchen an ihre nach Hause entlassenen englischen Freunde. Bettelbriefe nach Amerika. Das bringt genug. Wir werden den Vertrag umwandeln lassen. Du machst mich sehr glücklich. Ich hänge an dem Flügel. Ich möchte ihn mein Leben lang behalten.«

»So wirst du unser Höllenleben nicht vergessen. Im Himmel mit deinem Mann, wirst du heimlich deine Wunden lecken. Morgens um sieben wirst du wach werden, alle Tage, die Zeit, in der ich aus deinem Bett aufstand und ging. Du wirst zur Tür schleichen, wirst sie aufmachen und auf die Treppe starren, ob du mich vielleicht siehst.«

»Eine Zeit wird kommen, da denke ich ganze Tage nicht an dich. Dann immer weniger. Eine Weile noch werden in den Alleen deine Schritte gehen, aber eines Tages werde ich sie nicht mehr hören. Verlaß dich drauf, Stuart, my dear.«

In den letzten Märztagen nahm Major Dodges Abschied. Der

Oberst ließ in der Halle Drinks anbieten, Briten und Deutsche standen umher und plauderten, Lippert verbreitete heitere Stimmung, auch Dodges und Sonja schienen heiter. Dodges fuhr heim, um wieder die Leitung seiner Fabrik zu übernehmen. Er fuhr zu seiner Frau und seinen Kindern zurück. Nach vierzehn Tagen kehrte er wieder, um Sonja zu sehen. Er verbrachte das Wochenende bei ihr, Sonja war glücklich noch am Montag, noch am Dienstag. Am Mittwoch war ihr Platz leer, noch um zehn, noch um elf. Man schickte nach ihr, Lippert ging zu ihrer Wohnung, sie war nicht da.

Sonja war vom Grunewaldturm gesprungen. Sie war so klein, so leicht. Niemand konnte sich vorstellen, daß sie sich beim Herabfallen verletzt hatte. Würde eine so kleine, leichte Fliegerin vom Gesträuch nicht wie ein Schleier empfangen, der sich nur zwischen die Zweige hängte? Gab es da überhaupt ein Geräusch, einen Knall, einen Fall; war das Ganze überhaupt ein Ereignis für die Zeitung? Die dreißigjährige Sonja G. stürzte sich vom Grunewaldturm? Da konnten ja tausend Schleier herniederschweben, tausend durchsichtige teebraune Motten kraftlos vom Licht herabfallen – das machte doch kein Geräusch? Aber der Grunewald, seine kahlen Kiefern, sein Schilf, seine Havel, waren voll von grauen Spinnweben und Nebeln, überall war etwas hängengeblieben von der Traurigkeit Sonjas. Nicht in der Havel schwamm Ophelia, nicht zwischen Dynamit des Krieges hing ihr Haar; sie webte zwischen Baum und Baum, derweil dasjenige, was an ihr ein wenig schwerer gewesen, auf einem ordentlichen Friedhof zu einem ordentlichen Grab getragen wurde.

Lang war der Trauerzug. Jetzt begann der Frühling. Die Frauen im Trauerzug trugen prunkvolle Hüte. Eine jede hatte ihre Putzmacherin aus Schutt und Asche hervorgegraben, und sie hatte ihr gesagt: einen neuen Hut aus diesem alten! Und das Ganze, bitte, etwas optimistisch! Und es waren hundert Hüte entstanden, optimistisch, gefiedert, umschleiert, umflimmert, und die hundert Damen hatten keine anderen Hüte, nur diese optimistischen, und mit ihnen trugen sie die junge Freundin zu Grabe, und sie schlängelten sich durch den Friedhof in der Aprilsonne, Sand und Lehm offener, frischer Gräber leuchteten gelb um die Wette. Der Pfarrer versicherte, Gott werde abwischen alle Tränen. Viele gelangten gar nicht in die Kapelle hinein. Diese lugten um sich, ob sie Major Dodges sähen, wie er vielleicht hinter einem Baum stünde und entsetzt wäre und sich in den Sand würfe vor Entsetzen. Manche sahen ihn, manche sahen ihn nicht. Einige Tanten und Freundinnen Sonjas sahen ihn hinter einem Baum, wie er die Hand vor die Augen hielt, den Kopf gesenkt. Die Offiziere, seine Kameraden, waren sicher, daß er in diesem Augenblick durch seine Fabrik ging und die Anschaffung moderner, neuer Maschinen erwog. Gelb bröckelte die Erde zwischen Handschuhfingern.

In Schildhorn wurde ein britischer Klub eröffnet, britische Segelboote flogen über den blanken blauen Fluß. Sonntags um fünf bekam nun Wood dort seinen Tee. Die Freundinnen der Engländer warteten im Restaurant nebenan. Elsa setzte sich zwischen die Mädchen, sie sahen über das Wasser und tranken Ersatzkaffee. Später kamen die Freunde, mit Cremekuchen unter der Uniformbluse. Die Augen der Mädchen leuchteten, wenn sie die geschwellten Blusen sahen. Sie sprangen auf und liefen Hand in Hand mit den Korporalen, mit den Sergeants davon.

Auch Wood hatte die Bluse voll Cremekuchen, als er Elsa abholte.

»Du hast schon wieder so gierige Augen. Nie bist du satt.«

Sie setzten sich auf einen Baumstamm, und Elsa aß von dem Kuchen. Sie teilte ein, was ihre Eltern bekommen sollten.

»Was wird nur, wenn Mister Wood fort ist? Wie lange bleibt er noch?«

Es blieben noch sechs Wochen.

Die Sonne wurde wärmer, alte Männer traten auf die Straße und sahen mit zusammengekniffenen Augen in die Helligkeit, voller Verwunderung. Herr Lewinsky ging wieder hinaus, am Stock, gebückt, die Blicke forschend zu Häusern und Passanten erhoben. Er zählte seine Schritte und schrieb die Zahl in ein Notizbuch, in das er auch die Temperatur jedes Tages eintrug und was es zum Mittagessen gab. »Fünfzehn Grad. Tausend Schritte. Dörrkohl.«

Mittags und abends setzte er sich ans Fenster, um die Kinder zu sehen, die aus der Schule kamen. Die Kinder brüllten und schlugen sich; sie bildeten Gruppen, die auf schwache Kinder eindroschen und sie umwarfen. Mit ihren Ranzen umstanden sie die Niedergeworfenen und ließen niemand die Szene sehen. Herr Lewinsky wartete, bis sie gingen und das geschlagene Kind aufstand und weiterlief. Er kam erst zum Essen, wenn er alles gesehen hatte, auch das Kind, das als letztes kam, die Jacke schief geknöpft, die Papierbindfäden an den Schuhen offen.

Herrn Lewinskys Augen folgten ihm, bis es um die Ecke der Straße verschwand.

Im Mai wurde es heiß, und Frau Lewinsky zog ihrem Mann die weiße Leinenjacke an. Herr Lewinsky sah vornehm darin aus; er dankte Elsa, daß sie diese Jacke gerettet hatte. Seine Pensionsansprüche wurden geregelt. Er zahlte die Miete, er bestritt wieder den Lebensunterhalt für seine Familie, er war auf Elsas Hilfe nicht mehr angewiesen. Zweimal im Monat konnte Frau Lewinsky ein Brot bei der Griechin kaufen.

Wood zerriß das ›Wohltemperierte Klavier‹. Elsa setzte die Noten wieder zusammen. Im Naafi-House gab Wood ein Konzert. Er trug jene Beethoven-Sonate vor, und damit fand wochenlanges Üben eines einzigen Stückes ein Ende.

»Wann immer ich in meinem Leben diese Sonate hören werde, werde ich frieren. Im Schaukelstuhl schaukeln und frieren und meine Frostbeulen befühlen, ob sie naß sind.«

An Elsas Schreibtisch, vor Alberts Bild, schrieb Wood Briefe an seine Frau. Neben ihm lag das ›Oxford Pocket Dictionary‹. Er benutzte es immer, wenn er an seine Frau schrieb, unsicher vor ihrer besseren Bildung. In seinem seidenen violetten Hausmantel sah er aus, als gehöre er in dies Zimmer. Frau Lewinsky plättete regelmäßig seine Uniform. Es war Mitte Mai. Er übte die ›Ballade As-dur‹ von Chopin. Beim ersten Forte schreckten Herr und Frau Lewinsky jedesmal zusammen, bis sie sich an das neue Übungsstück gewöhnt hatten. Eine weitere Periode der Gewöhnung mit einem weiteren Übungsstück war da. »Mister Wood hat sich immer noch weiter vervollkommnet!«

»What does she say?«

»You are perfect.«

»Can't she keep quiet!«

»Was sagt er?«

»Er hat sich nicht sehr vervollkommnet.«

»O doch! O doch!«

Sie baten Lippert, der einen Fotoapparat und Beleuchtungslampen hatte, Aufnahmen von Elsa, von Elsas Eltern, ihrem Zimmer und von Wood am Flügel zu machen. Elsa hielt die Lampe, sie leuchtete Wood von unten an, er saß am Flügel und sah zu ihr hinunter. Seine Schläfen waren hell, seine Augen dunkel, seine Wangen eingefallen, sein Mund stand ein wenig offen. »Vorzüglich!« rief Lippert und knipste.

»Take a shot of the old couple!« Und Lippert machte eine Aufnahme von Herrn und Frau Lewinsky. Sie saßen in den

Luftschutzkeller-Korbsesseln. Frau Lewinsky blickte sittlich und machte dünne Lippen. Ihr Mann machte ein vertrauenerweckendes Gesicht, an dem nur die Wangen skeptisch herabsanken.

»Nun Elsa!«

Elsa wurde vor dem Haus aufgenommen, im grauen Kostüm. Neben ihr ein japanischer Kirschbaum, der gerade in Blüte stand. Schließlich Elsa und Wood auf dem Balkon, vom Garten aus.

»Am meisten verrät das Bild deines Zimmers. Leer, nur die Couch, der Tisch mit der Ginflasche und den beiden Gläsern. Das Licht im roh geschnittenen Spiegel in der Ecke.«

»Du mußt die Bilder nicht jedem zeigen.«

»Meine Frau wird sie finden. Was wird sie sagen?«

»Zeig mir endlich ein Bild von deiner Frau.«

»Nein. Ich will nicht, daß du dich wunderst. Ich hasse es, wenn eine hübsche Frau das Foto einer unhübschen Frau betrachtet. Du kannst ein Bild von Berthe sehen. Hier, hier ist ein Bild von Berthe.«

Sie hielt die Geige am Kinn und hatte hellblondes Haar. Ihre Nase war etwas dick, ihr Mund war zu klein. Ihre Augenlider waren gesenkt. Ihre Wimpern warfen breite Schatten.

»Ein hübsches Mädchen.«

»Schönheit, gepaart mit Güte. Hätte ich dich doch auch nur ein wenig emporheben können. *I wanted so much to elevate you.* Wenn du nur deine Gedanken etwas vom Fleischlichen erheben könntest. Wenn du etwas geistiger, etwas gütiger wärst. Wenn du etwas mehr wärst als eine fleischfressende Pflanze, wenn deine klebrige Zunge sich nicht täglich nach der täglichen Fliege ausstreckte. Täglich den Mann. Unmöglich, mit dir einmal den Körper zu vergessen. Gern hätte ich dies Werk an dir versucht. Wollte ich denn nur dein Teebringer, dein Kartoffelbringer sein, dein Zigarettenanbieter, dein Gineingießer, dein Elternversorger, wollte ich nur deine tägliche Fliege sein? Aber mehr hast du mich nicht mit dir versuchen lassen. Glichest du nur ein wenig, nur ein winziges dem Mädchen in Brügge. Das war Güte. Ein Mensch, ganz und gar Güte. Hätte ich nur einmal geschlafen mit ihr, nur ein einziges Mal! Wir spielten zusammen. Sie spielte sensibel und exakt Geige, unirdisch sensibel, eine so fähige Violinistin, aber der Welt abgewandt. Schon das Geigenspiel war ihr eigentlich etwas allzu Weltliches. Aber ich merkte, daß ich sie beunruhigte. Sie zitterte. Wir quälten uns. Aber ich wollte ihren Frieden stören. Ich, ein verheiraterer

Mann. Der Satan wollte mich benutzen, sie zu verführen. Aber ich habe mich nicht zu seinem Werkzeug gemacht. Ich störte ihren Frieden nicht. Einmal schlief ich in ihrem Hause. Im Obergeschoß war ein Korridor. Am Ende des Korridors lag ihr Zimmer. An der Treppe lag mein Zimmer. Sie leuchtete mir. Sie wünschte mir eine gute Nacht an meiner Tür. Ich küßte sie. Vielleicht hätte ich mit ihr schlafen können in jener Nacht. Aber in mir ist vieles, wofür es in deinem Geist keine Vorstellung gibt. Sie hieß Berthe. Hätte ich nur mit ihr geschlafen. Nur ein einziges Mal. Was ist mit dir? Was für wütende Tränen! Was für Gift, was für grünes Gift in deinen Augen!«

»Fahr zu ihr, statt zu deiner Frau.«

»Nein. Ich verkaufe das Geschäft; ich gehe nach Südfrankreich, kaufe mir ein altes Haus, lebe dort allein, allein, allein, nur mit zwanzig, dreißig Katzen. Mein Leben lang werde ich nicht mehr reden, kein Wort; schweigend werde ich leben, ohne Frauen, nur mit meinen Katzen, ohne Noten, ohne Musik, ohne Kinder, ohne Offiziere, ohne Gentlemen, ohne upper classes, allein. Oder ich gehe nach Libyen. Dort hatte ich während des Feldzuges ein Leben wie ein Mönch, wie ein Heiliger, ein Wüstenheiliger. Wo ich nur konnte, habe ich es gelebt. Zuerst habe ich mir immer mein kleines Loch gegraben. Eine kleine Höhle für mich allein. Eine kleine Höhle in der Wüste; du kannst nicht wissen, was das für ein Glück für einen Mann ist. *A little hole in the desert!*«

»Hier, nimm das Bild der gütigen Jungfrau wieder an dich. Vielleicht ist sie verheiratet und schwanger. Ein Kollege ihres Papas, wer weiß? Ein sanfter, feiner Mensch. Er spielt Harmonium im Hause ihres Vaters. Sie hat sich schon immer gut mit ihm verstanden. Er ist fromm. Der Vater sieht die Verbindung gern.«

»Das ist perfide. Wie böse du bist. Das kombinierst du einfach. Habe ich dir denn von einem solchen Mann erzählt?«

»Viele einfache Geschichten werden von einfachen Menschen gelebt. Man kann sie erraten. Sie treten seriell auf.«

Lipperts Fotos wurden entwickelt. Woods Gesicht sah hinab in die Richtung, in der Elsa auf der Erde hockte und die Lampe hielt. Wood war mit diesem Gesicht zufrieden.

»Der heilige Franz, der der Füchsin aus dem Eisen hilft.«

»Nein. Eine Maske. Leere Augen. Zugluft hinter den dünnen, offenstehenden Lippen.«

»Hier, auf dem Balkon: Stuart und Elsa als Philemon und

Baucis von Westend. Ein miteinander altgewordenes Paar. Alte, abgelebte Hoffnungen. Das alte Paar von Westend. Mit Albert wirst du nie mehr leben können. Da du so verdorben bist, habe ich dir wenigstens auch noch das Leben mit Albert verdorben.«

»Ich werde glücklich mit ihm sein. Alles wird von mir abfallen, die ganze Krankheit.«

»Aber was ist an ihm? Noch hast du mir nicht sagen können, was an ihm ist. Wie du dich mit ihm langweilen wirst. Mit mir hattest du wenigstens keine Langeweile.«

»Ich werde dir schreiben. Diesen einzigen, notwendigen Brief: daß ich mich nicht langweile, daß ich im Glück lebe.«

Anderthalb Jahre bist Du in Gefangenschaft, anderthalb Jahre sind wir ohne Nachricht voneinander. Du wirst erbittert, verletzt, wund sein; ich aber bin unsicher und ratlos. Du lebst im Stillstand der Zeit, lebst noch im Krieg, während ich in einer veränderten, erneuerten Zeit mich verändert und erneuert habe. Alles ist versucht worden, Dir Nachricht zu geben, aber alles ist offenbar vergeblich gewesen. Auseinandergerissen sind wir, unsere Verbindung hat eine starre, gestrige Stabilität; ich fürchte mich vor ihrer Strenge, ihren Forderungen, die mir alt und nicht mehr bedeutend vorkommen wollen.

Du wirst in einem elenden Zustand sein; man weiß, daß die Franzosen Euch hungern lassen; das Rote Kreuz hat eine Eingabe an die französische Regierung gemacht; es war bei uns in der Zeitung zu lesen. Die Antwort aber war, daß man Euch nicht weniger gäbe, als die Franzosen selber bekämen, die ebenfalls hungerten. Auch wir hungern, doch nicht alle Tage, und ich gehe ins Theater und zu Gesellschaften, in einem neuen Kleid aus rosa Seide. Wahrscheinlich hältst Du es nicht für passend, mich so anzuziehen, während Du leidest. Deine Schwester sah das Kleid bei mir über dem Stuhl liegen; sie befühlte den Stoff, nahm es hoch und betrachtete es. »Daß Sie Vergnügen an solchen Sachen haben können!« sagte sie und senkte ihre Augenlider mit den dichten, geraden Wimpern, die etwas Rechthaberisches haben. Auch an Dir ist dies Rechthaberische, wenn Du die Augen senkst und Mißbilligung in Dein Schweigen legst. Die Lippen Deiner Schwester sind rosa wie mein Kleid, aber trocken und aufgesprungen. Sie wird Deiner Mutter von dem Kleid erzählt haben. Deine Mutter ist wieder kälter zu mir.

Sonja nahm sich das Leben eines Mannes wegen. Mich aber hat der Entschluß, mir eines Mannes wegen das Leben zu neh-

men, verlassen. Ich muß es Dir bekennen, daß ich es jetzt sogar ertragen könnte, wenn Du mich verließest. Sogar könnte ich mir vorstellen, in welcher Frische womöglich die Welt sich einer Frau zeigt, wenn sie von einer Liebe sich plötzlich befreit fühlt. Jahrelang drangen Farben, Laute, Gerüche nur gefiltert, gedämpft auf sie ein, von ihr selber schwärmerisch entwirklicht. Nun aber, mit einemmal, hört sie wieder wirklichen Vogelschrei, atmet wirklichen Geruch von Erde und Wasser, fühlt wirkliche Wärme auf ihrer Haut, die ihr wieder allein gehört. Doch bin ich weit entfernt, auf diese Weise mir selbst zurückgegeben zu sein. Es ist, als sei für mich keine Freiheit zu gewinnen; ich bin allzu leicht gefangenzuhalten.

Du wirst kommen und meinen, unter aller Fremdheit mich wiederzuentdecken, wiederzuerkennen, und vielleicht gelingt es mir, Dir diese Genugtuung zu bereiten. Ich werde mich bemühen, Dir entgegenzukommen, denn ich sehe nicht, was mir sonst zu tun übrigbliebe, da es außer Dir, neben Dir, keine Hoffnungen für mich gibt. Meine Vernunft rät mir, mit Dir verbunden zu bleiben, und ich höre gern auf meine Vernunft, die mich nun schon so lange Zeit sehr wundersame Wege geführt hat. So viele Jahre habe ich mit meiner Liebe zu Albert zugebracht, da will es mir töricht erscheinen, in dem wiederkehrenden, mir endlich gewährten Albert nicht das mir endlich gewährte Glück zu erkennen.

Die Briefe in meinem Schreibtisch! Zwei Fächer gefüllt mit Briefen. Dein Bild! Dein Gesicht! Sommer 43! Jetzt haben wir Sommer 46.

Flieder schäumte über Gitter und Geländer. Königskerzen wucherten aus steinernen Veranden, über denen Himmelsbläue von zersplitterten Pfeilern gespießt wurde.

»Wer war das?«

»Der kleine Mann mit der kleinen Frau? Das war unser alter Luftschutzwart.«

»Ich werde oft an eure Gärten denken, eure Parks. Alles ist ein großer Reichtum.«

Pavillons standen bestürzt in Unkrautwildnis, verlassen von der Herrschaftlichkeit des Hauses, das sich als vornehme Ruine gab. Kinder, die auf einer Wippe saßen und lachten. Frauen, die auf Terrassen standen und nach Kindern riefen. Klavierspiel, das im Grünen hinsprang, mit Licht- und Blätterschatten. Taxus, der blaue Kegel auf den Rasen malte. Das Schwellen von

Fruchtknoten an Apfelbäumen. Schwertspitzen von Tulpen. Vor einem Garagenhäuschen zwei Mädchen in weißen Kleidern, mit Büchern im Schoß. Ein runder Platz mit Bänken; aus den Bänken waren Holzplanken herausgebrochen. Frauen mit Kinderwagen, Strümpfestopfen, Kinder im Sand mit Blechförmchen. Eine Dame ging mit einer Ziege am Wegrain entlang, die Ziege fraß, sie gehörte ins Gartenhäuschen eines Grundstückes an diesem Platz. Ein Sänger hatte seinen Korrepetitor da und übte, zum Fenster hinaus strömte sein Baß: »Süße Rache, ja, süße Rache ist dem Ehrenmann ein Labsal. Schmach und Schande zu vergessen ...« Die Ziege riß mit weichem rosafarbenem Maul an hohen Meldestauden. Das Weiße in ihren Augäpfeln war rosa geädert. Ihre Augen waren rosagrau. Ihr Halsband war rosa, rosa die Leine. Die Dame war ungeschminkt, sie hatte rosafarbene Lippen. Sie hatte nackte Beine, rosa Beine. Die Pflanzen knackten im saftigen Stiel, rissen sich los, kletterten ins Ziegenmaul. Es war Mittag.

»Was für eine Vorstadt. Was für Frauen.«

Es blieben ihnen noch drei Wochen. Vom britischen Klub legten britische Boote ab, in exklusivem Weiß, aus exklusiver Bucht.

Mädchen saßen im Volksrestaurant an grauen Gartenstühlen, deren Bretter ihnen in die Schenkel schnitten. Ihre Kleider waren kurz, die Schultern breit gepolstert; Lockengebäude türmten sich über Stirnen mit unreiner Haut. Zyklamfarbene Lippen rundeten sich um weiße, feste Zigaretten.

»Wir heiraten, sobald es erlaubt ist. Es dauert nicht mehr lange.«

»Meiner ist verheiratet. Aber er läßt sich scheiden. Ich habe ein Bild von seiner Frau gesehen – ich kann dir sagen!«

»Scheidung ist aber sehr teuer in England. Hat er Geld?«

»Raus hier und nichts wie weg. Dann schicke ich meinen Eltern Pakete, da sind wir aus dem Schlamassel raus.«

»Bei uns ist es wirklich Liebe.«

»Denkst du, bei uns nicht!«

»Pat ist Ire. Die Iren sind toll. Es ist furchtbar, ich kann ohne den Mann nicht mehr leben.«

»Meiner ist Schotte. Ich versteh' gar nicht mehr, wie man da lachen kann.«

»Meine Schwiegereltern haben ein Häuschen in Sunderland. Wir nehmen das Zimmer im Obergeschoß.«

»Ich hatte erst einen Offizier. Aber der war Lehrer und hat

keine Stellung wiedergefunden. Jetzt hab' ich 'nen Sergeant. Der hat 'ne Kneipe.«

Wood kam, die Bluse geschwellt, und winkte Elsa.

»Guter englischer Teekuchen. Willst du gleich?«

Es blieben ihnen noch siebzehn Tage. Sie legten sich ins Gras. Im Umkreis lagen andere Liebespaare. Elsa breitete Papier aus und wickelte den Kuchen ein. Sie blickten an den Kiefern hoch.

»So liegen sie sonntags im Hyde Park. Aber unsere Bäume sind lieblicher. Und die Turbane der Inder leuchten lila, rot, rosa. An der Serpentine, auf dem ›Rotten Row‹, reiten Herren mit ihren Söhnen und Töchtern. Wir, Kinder des Volks, liegen blöde da und blinzeln, und dann sagen wir uns, es ist gut so, so soll es sein. Diese Menschen, die Pferde halten können und Grooms, zeigen uns, wie Menschen leben sollten. Wir schlagen ein Bein übers andere. Nicht unser Geld verreiten die dort. Wir drehen uns nach rechts, zu Doris, zu Phyllis; wir kneifen sie in die Seite, daß sie quietscht. Wir schlagen die Zeitung auf, die Zeitungen, die Blumen des Hyde Parks am Sonntag. Es gefällt mir besser als der Kommunismus. Ich habe das System in der russischen Zone und im russischen Sektor gesehen. Die Ameisen sind am Werk. Gibt es noch einmal einen Krieg gegen die Ameisen, so werde ich an diesem Krieg teilnehmen, freiwillig. *I hate ants.*«

Elsa schlug die Zeitung auf.

»Was gibt es Neues?«

»Ein Führer der Sozialdemokraten ermahnt uns, daß wir uns nicht als Kolonialvolk der Besatzungsmächte fühlen sollen. Es gilt, Deutschland vor der Gefahr dauernder Teilung zu retten.

Die Fraternisation ist in ganz Deutschland erlaubt. Die erste deutsche Braut fährt nach den Vereinigten Staaten.

Das Hebbel-Theater plant in der nächsten Saison ›Liliom‹ mit Hans Albers.

Der Mann, der seine Frau schlachtete, wird im August vor das Schwurgericht kommen.

Es wird gewarnt vor Schwarzmarktware aller Art, vor allem Alkohol und Fleisch. An Methylalkohol sind in den letzten zwei Wochen drei Personen erblindet.

Tausend Mark Belohnung, wer den Spaniel Goldy wiederbringt.«

»Der ist längst aufgegessen.«

»Gerhart Hauptmann Sämtliche Werke Ausgabe letzter Hand gegen ein Zuchtkarnickelpaar zu tauschen.«

Eine Frau im lachsfarbenen Unterrock rief: »Können Sie nicht leiser sein? Der Wald gehört nicht Ihnen allein.«

Sie lagen noch abends. Der Nachthimmel bezog sich hellviolett.

»Küsse mich.«

»For once.«

Kiefernnadeln verströmten den Geruch eines warmen Sonntags, rötlich, glänzend. Vom Gebüsch troff Schwärze.

Major Hayes, der Nachfolger Rushwells, erließ eine neue Anordnung. Die Sekretärin hatte die Übersetzung auf Matrizen zu schreiben.

»Es werden Konferenzen mit den Deutschen abgehalten werden, man wird ihnen den neuen Erlaß erläutern. Dann werden Ausnahmen gewährt werden, die Ausführung der neuen Bestimmungen wird verschoben werden, dann wird man sie vergessen, und alles bleibt beim alten. Das ist die Art, wie Engländer etwas organisieren. Dafür arbeiten wir jetzt bis in die Nacht.«

Flowers stellte Gin und Orangensaft auf die Schreibtische.

»In sechzehn Tagen, *brother*, fährst du ab. Hinterläßt du ein gutes Ablagesystem? Hast du dein Haus bestellt?«

»Ich hinterlasse eine fähige Stellvertreterin. Sie organisiert alles. Eine echte Deutsche.«

»Elsa, wenn Stuart an dich schreibt, die Briefe gehen über mich. Ich bleibe noch ein halbes Jahr.«

»Was soll Stuart an mich schreiben? Alles wird vorbei sein.«

»Ich glaube es nicht, daß eure Liebe so schnell vorbei sein wird.«

»Gordon, Lieber, es war nicht das, was du glaubst.«

»Ihr denkt, ein alter Wesleyaner versteht nichts vom Leben.«

Wood stand an der Vervielfältigungsmaschine und drehte die Walze. Er riß die Augen auf, wie in höchster Ergötzung über ein törichtes Spiel. Die Sekretärin fing die Bogen auf und schichtete sie aufeinander.

»Diese ganze Arbeit für nichts. Nichts wird die Menschen dieser Stadt daran hindern, schon bald Theater zu spielen, Konzerte zu geben, Opern zu singen nach Richtlinien, die ihnen selber gefallen. Da Künstler sowieso Narren sind, war es Narrheit von uns, dieser Stadt vorzuschreiben, nicht mit Narren ihre Narrenkünste zu betreiben. Auch wir haben uns wie Narren aufgeführt, Rushwell voran, der jetzt in London in seinem Klub sitzt und sich sein weißes Fell leckt.«

Sie gingen ins ›Nachtasyl‹. Die Säufer lallten: »Laßt uns gehn die Welt verändern!«

»Dein Zimmer war mein Nachtasyl die ganze Zeit. Ich habe in meinem Leben nicht so viel Gin getrunken wie mit dir. Was wirst du machen ohne mich?«

»Auf Albert warten.«

»Vielleicht ist er tot?«

»Woran sollte er gestorben sein?«

»Ich kenne einen französischen Priester. Durch den kann ich nach Albert forschen lassen.«

»Das wäre sehr gut von dir. Tu es bald.«

Sie hatten noch zehn Tage.

Der Flieder blühte nicht mehr. Regen klatschte in die Gärten. Die Fruchtknoten waren gewachsen, wurden zu Früchten. Die Dame mit der Ziege ging durch die Alleen. Unkraut kletterte ins rosafarbene Maul.

Elsa grüßte eine alte Frau, die schwerfällig watschelte und sich auf einen Stock stützte.

»Wer war das?«

»Sie wohnte neben uns. Beinahe wären wir ihretwegen alle erschossen worden. Die Russen verstanden ihr Polnisch falsch. Sie schossen in den Keller, einer Frau stürzte Blut aus dem Mund.«

»Dich aber traf nichts. Ich weiß, ich kann dich beruhigt verlassen. Nichts wird dich treffen.«

Wood übte die ›Ballade As-dur‹. Die violetten Ärmel umflatterten seine Handgelenke, wenn er das plötzliche Forte spielte. Herr und Frau Lewinsky schraken noch immer leicht zusammen. Elsa sah die Übersetzungsaufträge durch, die ihr gebracht wurden. »Wir wissen nicht, wie wir euch danken sollen. Hier fehlt es am Notwendigsten. Es gibt keine Kartoffeln.«

Sie gaben eine Abschiedsparty.

Lippert hielt eine Rede auf Wood. Wood betrachtete seine manikürten Nägel im Kerzenlicht und sagte: »Meine Frau wird sich wundern. Aber wer wird mir nun die Nägel feilen, wer wird sie polieren?«

Später sagte er: »Vielleicht melde ich mich gar nicht bei ihr. Vielleicht gehe ich nach Arles. Ich gehe nach Arles und schneide mir ein Ohr ab. Vielleicht gehe ich in die Camargue, setze mich in einen Stall und schaue zur Tür hinaus.«

Es blieben noch zwei Tage. Der Nachfolger Woods saß

schon an seinem Schreibtisch. Er war lustig und sagte, er werde mit Elsa gut zusammen arbeiten.

Am letzten Abend, als Wood mit dem Tee kam, stand mit ihm zugleich ein Telegrammbote vor der Tür. Woods Gesicht war grau. »Ich weiß«, sagte er, »was das Telegramm bedeutet. Ich gratuliere dir. Wirklich, du bist ein Kind des Glücks.«

Albert telegrafierte, er käme am übernächsten Tag, am frühen Morgen; am Bahnhof Zoo träfe er ein.

Frau Lewinsky weinte. Elsas Vater sah Wood an und wandte dann den Blick ab. »Sehr seltsam«, lallte er, »sehr seltsam ist alles.«

Elsa zitterte und lachte. »So richtet eine höhere Vernunft mein Leben ein. Alles ist geordnet, alles läuft auf festen Schienen. Woran kann es mir noch fehlen?«

»Kein Tag geht deinem Glück verloren. Wahrhaftig kein Tag!«

Wood spielte Läufe und Tonleitern. Frau Lewinsky küßte ihre Tochter. Sie ging mit ihrem Mann ins Schlafzimmer. Herr Lewinsky sah durch den Türspalt seine Tochter an, die im Schaukelstuhl saß, die Arme unterm Kopf verschränkt, die Augen geschlossen. Sie schaukelte vor und zurück, vor und zurück, das Parkett knackte. Ihre Zigarette verglomm im Aschbecher auf ihrem Schoß.

»Du wirst mit ihm nicht leben können. Du weißt das schon.«

»Wunderbar werde ich mit ihm leben.«

»Du wirst mich nicht vergessen. Immerzu wirst du an mich denken. Denn an mich hast du dich nun gewöhnt, du gehörtest zu mir. So lange haben wir zusammen gelebt. Du bist nicht mehr Alberts Frau. Gib dich dieser Einbildung nur nicht mehr hin. Sieh klar.«

»Du täuschst dich. In allem täuschst du dich.«

»Noch nie hast du so mit ihm gelebt wie mit mir. Verrückt wirst du werden.«

»Wunderbar werde ich mit ihm leben.«

Es war die letzte Nacht.

»Wir wollen es nicht tun. Ich hasse das Gefühl, etwas zum letztenmal zu tun.«

»Doch. Doch, wir wollen es tun. Ich bitte dich!«

»Gut. Aber ich sage dir, du verstehst nicht zu leben. Du verstehst nur, dir Qualen zu bereiten, dir und anderen. Was soll das, was soll das, daß wir uns noch einmal umarmen? Wir werden uns nie wiedersehen. Oh, was soll das? Was für ein

Gefühl für eine aussichtslose Sache. Verschwendet. Verschwendet, alles ist verschwendet. Oh, was soll es?«

Es liegt hier ein Päckchen Briefe für Dich. Wenn Du willst, schicke ich sie Dir, obwohl sie es Dir nicht erleichtern werden, diesen ersten Brief zu verstehen, den ich wirklich an Dich absenden kann in der Sicherheit, daß er Dich erreicht. Ich schicke ihn an Deine Adresse nach Hause, in das Haus, das Du nur noch wenige Stunden wiedersehen solltest und von dem ich nun doch wünsche, daß Du Dich wieder in ihm einrichtest. Es scheint mir sicher, daß Du überhaupt nichts von dem Leben verstehen wirst, das ich in dieser Zeit geführt habe. Es widerstrebt mir, einen so dramatischen Satz niederzuschreiben wie: Ich habe Dich betrogen. Ich sehe es heute nicht mehr so an, ich habe keinen Sinn mehr für eine Liebesmoral. Ich bin also auch nicht imstande, mit einem Mann zu leben, der mir erst vergeben müßte, um mit mir leben zu können. Auch Reue empfinde ich nicht. Du wirst leiden, aber in Deiner Erbitterung wirst Du auch Erleichterung finden. Man leidet nicht wirklich, wenn man von jemandem enttäuscht wurde und dabei der Grundsätze sicher bleibt, die von jenem anderen mißachtet und verletzt worden sind. Du selbst wirst also ganz unverletzt bleiben, und so zwinge ich mich, nicht den Schmerz zu empfinden, den ein Mensch zu empfinden sich verpflichtet glaubt, wenn er einem anderen einen Schmerz zufügt. Mein Kummer ist schon ein anderer, und das Leben, das ich mit Schwärmen und Träumen, mit Deinem Bild und Deiner erdachten Gegenwart eingerichtet hatte, ist zerstört. Die zarten, schönen Wolken teilen sich, dahinter ist Leere. Es ist töricht, in Leere mit Tränen zu blicken.

Deine Familie wird ein Drama aus der Sache machen. Habe Du den Verstand und die Würde, das Geschehene in das gesamte Drama einzuordnen, das die Zeit hervorgebracht hat, und in dem es sich als nichtige Spur fast ganz verliert.

Die letzten Stunden im Büro verrannen langsam.

»Ab zwölf brauche ich nichts mehr zu tun.«

»Auch ich werde nichts mehr tun. Mister Lindsay, I am not feeling well, I won't be in, this afternoon.«

»All the best to you, Sir«, sagte Wood zu Herrn Lewinsky, den violetten, seidenen Hausmantel zusammengerollt unterm Arm.

»Thanks to you, Mister Wood, thank you so much for all you did for us.«

Herr Lewinsky hatte die Worte lange geübt, die er von seiner Tochter gelernt hatte.

Frau Lewinsky überreichte dem kleinen Korporal frischgeplättet seine zweite Uniformhose und blickte ihn liebevoll an.

Sie hatten noch Zeit für einen Spaziergang. Sie gingen über die Heerstraße zur Teufelsseechaussee. Ein Mann und eine Frau gruben einen Kiefernstubben aus. Ächzend gaben die Wurzeln nach. Die Erde war voller Krater. Lastwagen mit Schutt rollten zur Abladestelle.

Sie legten sich in die Sonne.

»Denkst du an Albert? I wished he were dead!«

Elsa wurde rot vor Freude, daß er Albert den Tod wünschte.

»Komm mit mir nach Spanien. Ich fahre nach Hause, verkaufe alles; wir beide gehen nach Spanien. Wir können zusammen leben; wir sind geschaffen, miteinander zu leben.«

Elsas Hand tastete in ihrer Jackentasche nach dem Brief an Albert.

»Küsse mich noch einmal.«

»Nein. Steh auf, es ist kalt.«

Sie gingen die Straße zurück.

»Am Sonntag bringt dir Parker Kartoffeln aus der Zone. So kann ich doch noch ein wenig für dich sorgen.«

»Wollen wir uns keine Briefe schreiben?«

»Es wird nicht möglich sein. Ich kann meine Frau nicht ununterbrochen beleidigen.«

»Kein Brief?«

»Ich werd's versuchen.«

»Stuart, my dear ...«

»I think we'd better take leave at this corner. Farewell, my dear. Be good.«

»I am good, I am always good.«

Der kleine Korporal hatte nasse Augen. Er wandte sich um und ging fort, im Geschwindschritt.

Elsa sah ihm nicht nach. Sie ging nach Hause, ihre Mutter öffnete die Tür. Elsa ging in ihr Zimmer, dort lag, was Flowers im Namen Woods gebracht hatte. Auf dem Tisch türmten sich Sandwichpakete, die Wood für die Reise zugeteilt waren, Zigaretten, seine Ration für die kommende Woche. Auf dem Zigarettenstapel lag ein Brief. Sie riß ihn auf und las: *»I love you with all my heart.«*

Er hatte ihr etwas Gutes tun wollen. Wood war Christ geworden, als er sie verließ; er tat ihr wohl; er hinterließ ihr etwas Gutes, eine Wohltat, eine Speisung ihrer liebegierigen Seele. Die Schrift war mit ästhetischem Empfinden auf den Raum der Briefkarte gesetzt, den kritischen Sinn der Empfängerin bedenkend.

Sie aß ein Sandwich. Sie aß drei Sandwiches, mit Cornedbeef, mit Schinken, mit Fisch. Sie zündete sich eine Zigarette an und trug die übrigen Sandwichpakete in die Küche. Sie baute sie auf für ihre Eltern.

Sie ging in ihr Zimmer zurück, sie zündete sich eine Zigarette an der anderen an und stellte sich ans Fenster. Gott hatte seinen guten Tag; er gab ihr Zigaretten, genug Zigaretten, immer noch eine.

Sie war ein Krüppel, aber sie hatte Zigaretten.

Es war Winter, alles hing voller Eis.

»Willst du eine Tasse Kaffee?«

Die Stimme ihrer Mutter rief hinter der Öffnung der Eishöhle.

Die Fliederblätter waren dick und grün. Die Zweige trugen Dolden mit flachen, festen Beeren. Die Dame mit der Ziege ging am Zaun entlang: Rosa Augen hatte die Ziege, rosa wie die Lippen und Beine der Dame.

Wichtig war es, weniger zu leiden als der, um den man litt. Elsa zündete sich die nächste Zigarette an. Der Schmerz verlangte, sein Gehäuse zu besichtigen, bitte, man komplimentierte ihn herein. Er fand bessere Lungen, bessere Bronchien vor als im Vorjahr, besser ernährte Gewebe. Er richtete sich ein; er stach in die Schultern, stocherte im Herzmuskel, prüfte mit Nadeln die Haut unter den Fingernägeln.

Sie nahm den Brief, den sie an ihren Bräutigam geschrieben hatte, und zerriß ihn. Sie warf die Teile in den Papierkorb.

Dame und Ziege gingen weiter.

»Komm, trink eine Tasse Kaffee!«

»Ja. Ich komme.«

Die Alleen glänzten in Stille. Niemand fehlte ihnen. Die Linden setzten zur Blüte an. Ein ruhiger Vorort blieb immer ein ruhiger Vorort.

13

Burschen, Frauen, alte Männer standen in der Bahnhofshalle und flüsterten den Vorübergehenden zu: »Kaffee? Zigaretten? Schokolade? Sacharin?« Menschen saßen auf Koffern und Säkken. Es roch nach Ruß, Staub, nach Schweiß, wo die Menschen sich zu Haufen drängten. Sie saßen auf Säcken, Kartons; sie bildeten Strömungen, die sich gegeneinander stemmten, erzeugten Geschrei und Kreischen. Frauen jammerten, Männer brüllten, Kinder hockten still.

Alberts Vater, seine Mutter, seine Schwester standen auf dem Bahnsteig. Seine Mutter betrachtete Fräulein Lewinsky bekümmert, Dorothea, seine Schwester, blickte unter gesenkten Wimpern auf die bloßen braunen Knie der Schwägerin, auf ihre roten Zehennägel. »Ich weiß nicht«, sagte Alberts Mutter, »wie Albert das finden wird. Das viele Rot. Die fremden Augen, mit diesen Wimpern. So kennt er Sie gar nicht!«

Der alte Herr sah Fräulein Lewinsky überhaupt nicht an, er blickte starr in die Richtung, aus welcher der Zug erwartet wurde. Der Zug hatte Verspätung. Sie standen schweigend. Fräulein Lewinsky hatte eine Schachtel Zigaretten in der Hand und einen Riegel Schokolade. Alberts Schwester hielt Rosen im Arm.

Der Uhrzeiger rückte bebend voran, doch war seine Bewegung ohne Bedeutung; niemand wußte, wann der Zug einträfe.

Auf einem Rucksack saß ein Mann ohne Nase und las in einer Zeitung. Es war Elsa schwer, zu glauben, er könne lesen ohne Nase. Ihr wurde übel.

Männer griffen in Jackentaschen und schütteten Tabakskrümel in Zigarettenpapier. Böse qualmten die flachen weißen Stengel.

Alberts Schwester trocknete die schweißnasse Hand am Taschentuch und schloß sie wieder um den Rosenstrauß. Der alte Herr ging mit wackelnden Knien auf und ab. Alberts Mutter schloß die immer trockener werdenden Lippen über langen, vornehmen Zähnen. Elsa sah Alberts Wimpern an seiner Schwester, seine Augenbrauen an seinem Vater, Nase und Haaransatz an seiner Mutter.

Die Abfahrt eines Zuges wurde bekanntgegeben. Menschenhaufen strudelten umeinander, zerflossen zu breitem Brei, formierten sich zum breiten quellenden Band. Die Qual eines Zuges mit zuwenig Türen stellte sich vor das Keuchen der Menge hin, als Aufgabe, Hysterie in Schläuche umzuwandeln, Kraft, Gemeinheit und Glück zu erproben. Der Mann ohne Nase sah von seiner Zeitung auf und begaffte das Stauen, das Pressen, das ächzende Verschwinden der Masse im grauschwarzen Zug. Insektengleich hafteten die Glücklosen an Türen und Perrons, krochen auf die Dächer. Der Mann betrachtete die Vorgänge mit den klaffenden Öffnungen seiner verlorenen Nase, seine Augen hingen am fahlen Regenhimmel.

Plätze auf Bänken wurden nicht frei. Alberts Eltern lehnten sich an eine Wand. Seine Schwester ging hin und her, die Rosen gesenkt.

Es war Mittag, als der Zug einfuhr. Alberts Familie rannte ihm entgegen, dann an der Seite des Zuges zurück; der alte Herr zitterte mit dem Kopf; die Mutter legte eine Hand an die bläulich schattige Schläfe, wie um ihre Bewegung einzudämmen; sie lief dahin wie eine schwermütig dem Leben Entfliehende, die im Begriff ist, ins Wasser zu gehen. Alberts Schwester putzte sich im Rennen die Nase. Mit dem Rosenstrauß ruderte sie durch die Luft, als käme sie durch geschickte Benutzung dieses Instrumentes schneller voran.

Alle drei kamen vor Fräulein Lewinsky bei Albert an; sie umarmten und küßten ihn, hielten ihn fest; sie umstrickten ihn leidenschaftlich.

Seine Stirn war weiß; seine Augen, die suchend umherwanderten, waren an den unteren Rändern rötlich entzündet; es gab seinem Blick etwas Aufbegehrendes, gereizt Triumphales, nach langem ungerechtem Leiden Gerechtigkeit Erfahrendes, dennoch nicht Versöhntes. Über seinen Wangenknochen spannte sich dünn und glänzend zarte, grauweiße Haut; seine Schläfe war von einem feinen bläulichen Schatten überhaucht. In der Art, wie er sich nochmals zu seiner Mutter hinabbeugte und sein Gesicht an ihre Wange hielt, lagen Sohnesliebe und Bewegtheit nach Bilderbuchvorlage. Elsa entsann sich eines ›Töchteralbums‹, wo eine solche Szene abgebildet war.

Albert blickte auf und in Elsas Gesicht.

Er stammelte: »Wie fremd du aussiehst!«

Aus seiner Stimme schwangen dünne Obertöne von Trauer und Empörung. Über seinen rötlich entzündeten Augenrändern nahmen die Augäpfel etwas Inquisitorisches an. Das Verhör begann. Gelblicher Verdacht war im Weißen seines Auges. Der Verdacht erstreckte sich auf nichts als Daseinsfreude, auf eitle Lust an ihrem eigenen Bilde, das unangemessen freigebig, verschwenderisch frivol auch anderen zugewandt sein mochte.

»Tu mir einen Gefallen und wisch das alles schnell ab!«

Die Stimme wurde väterlich verzeihend, sie gab Überwindung ersten Unmutes kund. Der Bräutigam wollte nicht kleinlich sein. Natürlich hatte die Braut ohne ihn in Unsicherheit gelebt, Fehlgriffe waren unterlaufen.

Alberts Schwester schob ihren Rosenstrauß zwischen ihn und Fräulein Lewinsky. Der alte Herr schlug vor, die Treppe hinunter und durch die Sperre zu gehen. Albert sah sich nach Elsa um, er wurde von seiner Mutter geschoben, er ging voraus.

Fräulein Lewinsky sah ihn entschwinden, den Kopf seiner Mutter, seiner Schwester, seinem Vater zugeneigt, nach ihr, Elsa, zurückgewandt; sie winkte ihm mit dem Schokoladenriegel; sie lächelte, sie machte wippende Schritte, ohne doch voranzugehen; sie winkte, die Menge trieb ihn die Treppe hinunter; er wandte sich ganz nach ihr um; sein Vater, seine Mutter, seine Schwester wandten ihre Gesichter ihr zu; oh, wie ungeschickt sich alles traf, nun solle sie nur folgen, alles würde nachgeholt, Verzeihung, sie möge doch gütigst verzeihen.

Sie stand hoch auf den Zehen. Neue Massen drängten die Treppe herauf, ein energischer Wille ballte sich ihr entgegen: Bleib, wo du bist!

Sie blieb, wo sie war. Sie senkte den Kopf und tauchte unter. Der Mann, der auf dem Rucksack saß, starrte sie aus seinen bloßen Nasenlöchern an, sein Blick hing am Regenhimmel. Regen stob schräg über den Bahnsteig, über dem es kein Dach mehr gab.

Die Abfahrt eines Zuges wurde aufgerufen. Der Mann stand auf, schulterte den Rucksack. Der Zug stellte sich mit seinem Keuchen vor die Menge, die Gemeinheit und Geschick erprobte. Der Mann ohne Nase bahnte sich seine Bahn. Er bekam einen Fensterplatz. Er begaffte Fräulein Lewinsky noch, als der Zug davonschnob.

Sie spürte den Regen an Armen und Beinen, auf der Haut, die wieder allein ihre Haut war.

Heinrich Böll

»Ohne daß er es wollte, verkörpert er heute die deutsche Literatur und mehr als die Literatur.«
(Marcel Reich-Ranicki)

dtv 856

dtv 1518

dtv 1631

dtv 991

dtv 400

Gruppenbild mit Dame
Roman
dtv 959

Fürsorgliche
Belagerung
Roman
dtv 10001

dtv